강남 형사

강남 형사 : chapter 2. 마트료시카

| 펴낸날 | 초판 1쇄 2025년 7월 1일 |

지은이 　알레스 K
펴낸이 　임혁준
펴낸곳 　더스토리정글
출판등록 　2023년 12월 4일 제2023-000131호
(07788) 서울시 강서구 마곡중앙로 161-8 두산더랜드파크 B동 1007호
전화 02)6365-2001 　　팩스 02)6499-2040
onenessmedia@naver.com

ISBN 979-11-990246-2-5 (03810)

이 도서의 국립중앙도서관 출판시도서목록(CIP)은 서지정보유통지원
시스템 홈페이지(http://seoji.nl.go.kr)와 국가자료공동목록시스템
(http://www.nl.go.kr/kolisnet)에서 이용하실 수 있습니다.

- 책값은 뒤표지에 표시되어 있습니다.
- 잘못된 책은 구입하신 서점에서 교환해 드립니다.

책임편집 　크리스 한, 서지영

강남형사

Chapter 2
마트료시카

알레스 K 지음

스토리정글

01 프롤로그   013

02 보물선   018

03 몽골 희토류   048

04 순명 교회   063

05 돌아온 설계표   071

06 헤헤란로의 아버지   082

07 재벌집 사생아   103

08 토사구팽   111

09 오리발   131

10 여덟 명의 사진   143

11 싱가폴   159

12 관상어   176

13 답 잡는 칼   189

14 지문 없는 죽음   203

15 투신한 이유   214

16 공익신고자   233

17 파란색 요술 방망이   259

18 한(恨)   269

19 엘사   276

20 몰타 호텔 804호   287

21 미행당하는 자, 미행하는 자   302

22 채석포항   319

23 결착   333

24 거짓말   344

25 에필로그   350

등장인물
Characters

박동금(32세, 남)
과거, 청담동 도라이로 불리던 형사. 경찰에 들어오기 전에는 골프선수였다. 순경 출신 최초로 뉴욕총영사관 주재관을 지냈다. 큰 키에 연예인 뺨치는 얼굴, 뛰어난 비주얼로 여자들에게 인기가 많다. 뉴욕 주재관을 마치고 한국으로 돌아온 뒤, 보물선 사건의 담당 형사가 된다.

허승도(62세, 남)
베일에 가려진 재력가. 40년 전, 한국을 떠나 동남아시아를 기반으로 크게 성공했다. 최근에는 몽골에서 희토류 광산 사업을 진행 중이다. 이뿐만 아니라 울릉도 앞바다에 침몰한 러시아 보물선 '표트르 호'에 묻힌 금괴와 보물을 발굴하는 프로젝트를 진행해 국민들에게 꿈과 희망을 심어주고자 한다.

명장범(45세, 남)
승일 그룹 회장. 성우 같은 목소리에 세련된 화술을 가진, '테헤란로의 아버지'라 불리는 재테크 명강사이다. 대머리에 뚱뚱한 체격을 가진 전형적인 사장님 스타일. 조왕진 부사장과는 앙숙 사이다.

조왕진(38세, 남)
큰 키에 서양인처럼 시원시원한 이목구비를 가진 귀공자풍의 미남. 재벌가 대왕 그룹의 숨겨진 아들이다. 투자설명회장에서 만난 전 아나운서, 심지연과 한눈에 반해 결혼한다.

한혜수(35세, 여)
미국 콜롬비아대를 나온 국제변호사. 어떤 남자도 빠질만한 매력의 소유자로, 뛰어난 몸매와 미모를 지녔다. 성공에 대한 욕심에 명장범의 애인이 되어 고통받는다.

최상칠(55세, 남)
해군 UDT 중령 출신의 '표토르호' 탐사대장. 작은 키에 다부진 체격을 가진, 애국심으로 똘똘 뭉친 남자다. 허승도 의장의 호소에 탐사대장 역할을 수락한다. 나진우와 함께 보물선의 실체에 대해 의문을 갖는다.

나진우(36세, 남)
희고 매끄러운 피부에 여성스러운 부드러운 이미지를 가진 호감형의 남자. 인터넷 언론사 기자 출신으로, 허승도 의장에게 영입되어 승일 그룹 홍보실장을 맡는다. 러시아 보물선 탐사에 의문을 갖기 시작한 즈음, 조왕진 부사장의 전 애인인 진성희로부터 성폭력 고소를 당해 회사를 그만둔다.

부기원(51세, 남)
강남경찰서 형사과 강력 3팀장. 전라도 출신으로, 말수는 적지만 유머가 있다. 수사 능력은 그야말로 타의 추종을 불허한다. 과거, 박동금 형사의 광수대 조장이었다.

권수찬(42세, 남)
강남경찰서 형사과 강력 3팀 반장. 큰 키에 떡 벌어진 어깨를 가진 형사. 무도 단증만 14단으로, 형사 생활 중 누구에게도 져본 적이 없다. 그러나 집에서는 공처가다.

김정선 형사(32세, 여)
뛰어난 수사 능력을 가진 사이버특채 출신의 여경. 과거, 동금을 외사랑하며 속앓이 했던 전적이 있다. 동금과는 동갑내기 형사로, 수사 중 손발이 짝짝 맞는 경우가 많다.

신수석(27세, 남)
경찰대 출신의 막내 형사. 경찰청장까지 되라는 의미로 선배들에게 '신 청장'이란 별명으로 불린다. 똑똑하지만 미숙한 점이 많아, 자존심을 부리다 망신을 당하곤 한다.

서문
Prologue

소설가 마크 트웨인은 말했습니다.

"거짓말에는 3가지 종류가 있다. 거짓말, 새빨간 거짓말, 그리고 통계다."

이 소설 《마트료시카》의 내용과 딱 맞아떨어집니다. 《마트료시카》는 울릉도 앞바다에 침몰한 러시아 군함에 100조나 되는 금괴가 실려있다는 보물선 이야기에서 시작합니다. 모든 등장인물은 작가의 상상 속에서 탄생한 화려한 무대 위에서 열연을 펼칩니다. 이 소설은 바로 '거짓말'로 사람을 속이는, 베테랑 사기꾼들의 이야기입니다. 마치 열어도 열어도 계속 나오는 러시아 인형, 마트료시카처럼 진실을 찾고 또 찾아도 그 속에서 새로운 거짓이 계속해서 나옵니다.

거짓말은 참 팔색조처럼 오묘합니다. 상대방의 거짓말 때문에 목숨을 끊는 사람도 있고, 자기가 살기 위해 새빨간 거짓말을 하는 사람도 있습니다. 거짓말을 뻔히 알면서도 거짓으로 바람잡이 해주는 사람도 있습니다. 위선적인 슬픔을 뜻하는 악어의 눈물도 거짓말의 일종입니다.

소설 속 사기꾼들은 '보물선'이라는 아이템을 둘러싼 채 거짓말을 합니다. 마치 연극배우처럼 말입니다. 그들이 거짓말을 하는 목적은 결국 돈입니다. 저는 '보물선'이라는 배를 두고 펼쳐지는 각양각색의 거짓말을 통해 인생과 인간관계를 이야기하고 싶었습니다. 소설 속

이규철 장군은 아들에게 '인생은 한 편의 연극'이라고 말합니다. 어쩌면 그 말이 소설 속 등장인물들의 인생일 것입니다.

   초보 작가인 제가 글쓰기를 할 수 있도록 웃음과 용기를 준 사람은 뜻밖에도 초등학교 3학년 늦둥이 막내딸입니다. 사람들에게 "우리 아빠는요. 경찰서장이었고요. 대표변호사도 했고요. 이제는 소설작가예요."라고 말하곤 합니다. 저를 있는 그대로 받아들여 주는 순수함에 힘이 납니다. 《마트료시카》는 '강남형사' 시리즈의 두 번째 챕터입니다. 곧이어 출간될 '챕터3'까지 모두 완성하면서 인간의 본질과 욕망에 대해 다시 한번 생각해보게 됩니다. 살아오며 겪은 수많은 경험과 끝없는 상상이 빚어낸 이 이야기들이 많은 독자들의 사랑을 받기를 바라봅니다.

- 알레스 K

01
프롤로그

10월 16일 밤 10시경 부산 해운대 해수욕장 해변

백사장을 둘로 나눈 어둠 속, 멀리서 들려오는 파도 소리는 남자의 귓가에 한순간의 실수를 꾸짖는 불호령처럼 속삭이고 있었다.

"사장님, 길 회장님 좀 아나 봐요?"

파도 소리를 듣고 있는 남자의 뒤로 검은색 가죽 재킷을 입은 남자가 물었다. 그의 이름은 장갑진. 갑진은 입에 담배를 꼬나물고는 초라한 행색의 나이 든 남자를 무시하듯 내려다보았다. 남자는 무게 있고 신중해 보였지만, 그렇다고 건달처럼 보이지는 않았다. 갑진은 그가 어떤 일을 하는 사람인지 도무지 가늠할 수가 없었다. 그래서일까? 갑진의 눈빛에는 경멸과 의심이 교차했다. 나이 든 남자가 유명한 조폭 두목 이름을 언급한 것이 우스워 보였기 때문이다. 갑진은 남자가 반응을 보이지 않자 더 몽니를 부렸다.

"길 회장이 부탁했다고 해도 어중이떠중이한테 이런 물건을 함부로 내줄 순 없어요."

갑진의 목소리에는 거만함이 묻어났다. 그는 부산을 무대로 러시아에서 밀수입한 각종 총기류를 밀매하는 남자였다. 그의 말대로 돈만 있다고 누구나 총을 살 수는 없었다. 사람을 살상할 수 있는 물건인 만큼 받는 사람이 누구인지는 매우 중요했다. 누군가 신원을 보증할 수 있는 사람의 소개가 있어야만 갑진에게 총을 구매하는 것이 가능했다. 갑진은 거물 조폭인 길상만이 보증한 남자의 정체가 몹시 궁금했다. 지금껏 길상만이 물건을 받기 위해 소개한 사람은 없었다. 그런데 이렇게 평범해 보이는, 아니 오히려 초라해 보이는 남자가 길상만의 이름을 언급하다니….

나이 든 남자는 힐긋 갑진을 쳐다보더니 품속에서 핸드폰을 꺼내 어딘가로 전화를 걸었다. 전화를 받은 사람은 양도파 두목 양건호였다. 건호는 남자와 통화를 마치기 무섭게 바로 전화를 돌렸다. 그 대상은 갑진이 언급한 길 회장, 즉 부산 최대 폭력조직인 제일부산파 두목 길상만이었다.

잠시 후 갑진의 가죽 재킷 안에서 핸드폰 벨소리가 요란하게 울렸다. 발신인을 보고 놀란 갑진이 핸드폰을 두 손으로 공손히 감싸 쥐었다. 그의 얼굴이 순식간에 긴장으로 굳어졌다.

"장 사장! 내 면이 지금 말이 아니오. 내 이름 석 자 말고 필요한 게 있으면 말해주시오."

길상만의 짧고 단호한 한마디에 장갑진이 안절부절못했다.

"예… 예… 회장님, 제가 좀 오해한 것 같습니다! 죄송합니다."

갑진의 태도는 180도 바뀌었다. 방금 전까지 무시하던 나이 든 남자가 갑자기 두려움의 대상이 되었다. 그는 전화를 끊고 작은 종이 가방을 재빨리, 비굴하다 싶을 정도로 공손하게 남자에게 건네주었다. 남자는 신문지에 감싼 물건을 펼쳐 살펴보았다. 그러고는 만족스러운 듯 이내 고개를 끄덕였다. 그의 묵직한 존재감이 백사장의 어둠 속에 스며들었다.

"물건은 어디다 쓰시려고요?"

말투까지 공손하게 바뀐 갑진이 물었다.

"걱정하지 말게. 자네에겐 아무 일도 없을 테니까."

갑진은 자기가 묻는 말에 한 치의 동요도 없는 남자를 보며, 배포가 무척이나 큰 사람이라는 것을 느낄 수 있었다. 그의 평온함이 갑진에게는 오히려 더 큰 두려움을 자아냈다.

남자는 들고 있던 작은 가방을 열어 오만 원권 현금 뭉치를 갑진에게 건네주었다. 갑진이 돈을 확인하고 다 되었다는 표정으로 고개를 끄덕이자, 남자는 종이가방을 들고 자리를 떠났다.

* * *

10월 17일 오후 12시 40분경 울릉도 앞바다 여객선

"오늘 바람이 왜 이래?"

항해 경력만 30년인 손구천 선장이 먹구름으로 덮인 하늘을 바라보며 중얼거렸다. 울릉도가 가까워지자 바람은 점점 더 강해졌다. 비까지 부슬부슬 내리고 있었다. 구천의 말에 옆에 서 있는 장웅진 일등 항해사도 눈을 굴려 밖을 이리저리 살펴보았다. 구천이 선장으로 있는 이 배는 3시간 전 포항에서 출발해 울릉도로 가는 대형 여객선이었다. 구천의 눈에 곧 도착할 울릉도가 저 멀리 보이기 시작했다. 구천은 잠시 구름 과자를 태우러 브릿지 옆에 나 있는 문을 열고 윙 브릿지로 나갔다.

구천은 담배 연기를 길게 빨았다가 내뱉으며 만족스러운 얼굴로 선미 쪽을 스캔했다. 그때 구천의 눈에 여객선 선미에 홀로 서 있는 한 남자가 들어왔다. 예순쯤 되어 보이는 남자였다. 구천이 담배를 한 모금 더 빨며 중얼거렸다.

"이런 날씨에 객실 안에 있어도 시원찮을 텐데…."

자세히 살펴보니 남자는 곤색 점퍼를 입고 있었고, 손에는 신문지로 감싼 무언가를 들고 있었다. 가만 보니 남자의 자세는 어딘가 부자연스러웠다. 가끔 허공을 멍하니 응시하다가 갑자기 고개를 돌려 바다를 바라보고, 또다시 허공으로 시선을 돌리고 있었다. 구천은 담배를 한 모금 더 깊게 빨았다.

'저 양반, 혹시 술이라도 마셨나? 아니면 뱃멀미가 심한가? 근데 왜 하필 저 위치에…?'

더욱 거세지는 바람에 나이 든 남자의 곤색 점퍼 자락이 펄럭거렸다. 구천은 담배꽁초를 재떨이에 비벼 끄려다 문득 남자의 기괴한 행동에 시선이 고정됐다. 남자가 갑자기 제자리에서 한 발짝 앞으로 나갔다가 뒤로 물러서기를 반복했던 것이다. 이내 남자는 들고 있던 신문지를 풀어헤치기 시작했다.

"뭐야, 저건?"

구천은 반사적으로 몸을 앞으로 기울였다. 그의 손에 잡혀 있던 담배꽁초가 바람에 날아갔다. 신문지를 풀어헤친 남자의 손에 검은 물체가 쥐어졌다. 구천의 눈이 휘둥그레졌다.

"저건… 설마…. 야! 저기 저 승객, 뭐 하는 거야!"

구천은 본능적으로 소리쳤지만, 거센 바람과 엔진 소리에 묻혀 브릿지 안에 닿지 않았다. 남자는 난간 위에 올라 한 손으로는 난간을 붙잡고, 다른 손으로는 검은 물체를 들어올렸다. 강한 바람에 남자의 몸이 크게 흔들렸다. 구천의 얼굴이 백지장처럼 하얘졌다.

"야! 저기! 누구 없어? 저 승객 좀 막아!"

30년 항해 경력 동안 이런 광경은 처음이었다. 구천의 온몸이 얼어붙었다. 시간이 느리게 흘렀다. 탕-!!! 검은 권총에서 불꽃이 번쩍이며 총성이 울렸다. 남자의 몸이 허공에서 잠시 정지한 것처럼 보였다가 천천히 난간을 넘어 바다로 떨어졌다.

"어… 어…!!"

구천은 그대로 얼어붙었다. 브릿지 문이 열리며 일등항해사가 얼굴을 내밀었다.

"선장님? 방금 무슨 소리가…."

구천은 창백한 얼굴로 항해사를 바라보았다.

"비상… 비상이다! 지금 당장 해경에 연락해! 승객이…!"

장웅진 항해사는 떨리는 손으로 무전기를 잡아들었다.

"갑판장! 지금 선미에서 승객 추락 사고 발생! 응급 구조 태세 갖춰라! 해경에도 즉시 연락!"

구천은 공허한 눈으로 승객이 떨어진 바다를 바라봤다. 비가 더 거세게 내리기 시작했다. 마치 방금 일어난 비극을 씻어 내리려는 듯이….

02
보물선

6개월 전, 강원도 묵호항

어깨에 검은색 백팩을 걸친 나진우는 면도하지 않은 덥수룩한 얼굴로 담배 한 대를 입에 물었다. 3월 중순이라 그런지 동해에서 불어오는 바닷바람은 아직 쌀쌀했고, 바다 냄새가 코끝을 자극했다. 진우는 누군가를 기다리는지 주위를 두리번거렸다. 그는 새벽부터 일어나 아침 일찍 동서울터미널에서 동해로 가는 고속버스를 타고 이곳 묵호항까지 내려왔다.

잠시 후 골프복으로 한껏 멋을 낸, 얼굴에 기름기가 줄줄 흐르는 판다처럼 둥글둥글한 인상을 한 사내가 늘씬한 몸매를 가진 젊은 여자와 함께 진우를 향해 걸어왔다. 큰 키에 짧은 단발머리를 한 여자에게서는 세련되고 지적인 분위기가 풍겼다. 쓰고 있는 갈색 선글라스가 그녀를 더 돋보이게 했다. 걸음걸이는 마치 런웨이 위를 걷는 모델처럼 단정하면서도 우아했고, 바닷바람에 살짝 흩날리는 실크 블라우스는 그녀의 몸을 묘하게 감싸 관능미를 끌어냈다.

"나진우 기자님 맞으시죠?"

진우가 가볍게 목례를 하며 고개를 끄덕였다.

"승일 그룹 명장범 회장올시다. 앞으로 보물선 인양을 위해서 우리 잘해봅시다!"

명장범 회장은 옆에 서 있는 미모의 젊은 여성을 한혜수 법무팀장이라고 소개했다. 45세의 장범은 희박한 앞머리와 악어를 연상시키는 돌출된 두상, 작고 가는 입술, 둥근 얼굴을 지니고 있었다. 불룩 튀어나온 배에는 마치 풍선이 들어 있는 듯했다.

장범의 옆에 서 있는 혜수의 나이는 35세였다. 그녀가 선글라스를 이마 위로 올리자, 파도가 빚어낸 완벽한 조각품 같은 얼굴이 드러났다. 진우의 시선을 느낀 혜수가 입가에 미소를 지으며 목례를 건넸다. 알 수 없는 의미가 담긴 미소를 받는 그 순간, 진우는 운명의 실이 그들 사이에 연결되는 듯한 묘한 느낌을 받았다.

"어째, 기자님은 울릉도가 처음인가요? 바다 넘어 울릉도는 날씨 탓에 쉽게 들어갈 수 없는 곳입니다. 오늘 같은 날은 일 년 중에도 보기 드물게 좋은 날씨죠. 앞으로 우리 승일 그룹의 미래를 보는 것 같습니다."

장범은 악어와 곰을 섞어 놓은 인상과 달리 성우처럼 부드러운 목소리에 세련된 화술을 가지고 있었다. 진우도 그가 강남 테헤란로에서 투자자를 끌어모으는 명강연자로 유명함을 알고 있었다. 장범의 말 한마디 한마디는 마치 꿀처럼 흘러나와 듣는 이를 사로잡는 것으로 유명했다.

"아닙니다. 예전에 독도 취재차 다녀온 경험이 있습니다."

"아, 그래요? 이번에 울릉도를 직접 방문한 후에 우리 승일 그룹 홍보실장으로 올지를 결정하기로 약속하셨다면서요? 의장님께서 꼭 영입하라고 내게 엄명을 내렸답니다."

혜수는 의장님이란 말에 진우를 찬찬히 뜯어보았다. 36세라고 자신을 소개한 진우는 175cm 정도 되는 보통 키에 매끄러운 피부를 가졌으며, 여자처럼 하얀 얼굴을 가지고 있었다. 게다가 크고 맑은 눈을 덮은 긴 속눈썹에 가늘고 섬세한 콧날까지…. 뛰어난 미남까진 아니었지만 상당히 호감이 가는 인상이었다.

'보기와 다르네. 의장님도 다 알고…. 꽤 흥미로운 사람인데…?'

혜수의 시선에는 진우에 대한 호기심과 함께 여자로서의 미묘한 관심이 섞여 있었다. 승일 그룹 최고 의사결정권자이자 유일한 주인인 허승도 의장이 직접 영입한 사람은 회사 내에서도 손에 꼽혔다. 혜수 자신도 아직 허승도 의장을 직접 본 적은 한 번도 없었으니 말이다.

"기자님, 정말 서른여섯 살 맞아요? 너무 젊어 보이세요. 스물여섯이라 해도 믿겠어요."

혜수의 칭찬에 진우가 부끄러운 듯 얼굴이 빨개지며 미소를 지었다. 혜수의 말처럼 진우는 30대 전후로 보일 정도로 동안이었다. 혜수는 그런 진우의 반응에 살짝 웃었다. 바닷바람이 두 사람 사이를 스쳐 지나가며, 앞으로 펼쳐질 그들의 운명을 속삭이고 있었다.

"이 친구들은 대체 왜 아직도 안 나타나지? 꼭 이렇게 늦는단 말이야!"

장범의 투덜거림이 끝나기 무섭게 명품 옷을 걸친 키 크고 잘생긴 남자가 어슬렁어슬렁 나타났다. 남자의 뒤에는 그보다 대여섯 살은 더 되어 보이는 촌티가 물씬 풍기는 남자가 따라왔다. 둘은 전날 술을 많이 마셨는지 여전히 벌건 얼굴에 술 냄새까지 풍겼다.

장범이 남자들을 째려보자 촌티 나는 남자가 머리를 긁적이며 말을 꺼냈다.

"회장님, 죄송합니다. 어제 밤늦게 도착해서 이 근처에서 숙박했는데 민박집 아줌마가 아침에 깜빡 잊고 늦게 깨우는 바람에 그만…."

등산복 차림의 권봉만 이사가 햇볕에 그을린 얼굴로 장범에게 몸을 한껏 낮추며 말했다. 그의 손에는 일수 가방처럼 보이는 작은 핸들백이 들려 있었고, 구두는 유행이 한참 지난 투박한 디자인에 먼지가 잔뜩 묻어 있었다. 전직 형사 출신다운 투박한 손과 거친 피부, 목덜미에 진하게 그을린 흔적은 그의 과거 이력을 고스란히 보여주는 듯했다. 그러나 봉만과 함께 온 남자는 장범의 말에 신경 쓰지 않는 듯했다. 귀공자풍의 그는 진우에게 자신을 "승일 그룹 부사장 조왕진입니다."라고 소개했다. 말투와 행동 하나하나가 자신만만한 것이 자존심이 무척이나 세 보였다.

38세의 왕진은 큰 키에 쌍꺼풀 있는 큰 눈과 쭉 뻗은 콧날을 가진, 서양인처럼 시원시원하게 생긴 미남이었다. 어디에 내놔도 눈에 확 띌 만한 미남에 귀티까지 철철 풍겼다. 무엇보다 장범과 비교되는 풍성한 머리숱이 압권이었다.

"부사장, 아는 척이라도 하지 그래?"

장범의 눈에 숨기지 못하는 반감이 서렸다. 그러나 왕진은 장범을 향해 짜증 섞인 한숨을 내쉬며 고개를 돌렸다. 그는 자신을 노려보는 장범을 무시한 채 진우에게 손을 내밀었다.

"아침부터 피곤하네요. 잘 부탁드립니다, 나진우 기자님."

울릉도로 가는 배 안에서도 장범과 왕진은 단 한마디도 섞지 않았다. 진우는 객실 안이 답답해 담배 한 개비를 물고 밖으로 나갔다. 이를 본 봉만이 진우를 따라 나왔다. 진우는 주머니에서 라이터를 꺼내 봉만의 담배에 불을 붙여주었다.

"기자님은 허승도 의장님하고 어떤 인연이 있습니까?"

봉만이 부러운 듯 담배 연기를 바다로 내뿜으며 물었다. 승일 그룹은 허승도 의장이 직접 영입한 사람과 그렇지 않은 사람으로 나뉘었다. 허승도 의장이 직접 영입했다면, 그 사람은 그만큼 승일 그룹에서 입지가 탄탄하다고 볼 수 있었다.

"인연이요? 울릉도 앞바다에 러시아 보물선이 있다고 하시던데요. 한번 취재를 해보라 권유하셔서 흔쾌히 동의했습니다. 보물선 얘기에 훅 끌리던데요."

진우가 보물선 얘기에 들뜬 표정으로 어린아이처럼 천진난만하게 웃었다. 봉만은 자신의 질문에 동문서답하는 진우를 보며 그럴 줄 알았다는 듯 억지웃음을 지었.

허승도 의장과의 관계를 주변에 그렇게 쉽게 오픈할 사람은 없었다. 그만큼 허승도 의장은 베일에 싸여 있었다. 허 의장은 진우를 상무급인 홍보실장으로 영입 제의하고 승일 그룹에 대한 홍보를 전담토록 요청했다. 허승도는 동남아시아 혼혈 한국인으로, 싱가폴이나 말레이시아에서 자수성가한 것으로 크게 알려진 성공한 교포였다. 그는 젊은 나이에 가난을 벗고자 참치 배의 선원으로 일하며 온갖 고생을 했다. 이후 무일푼으로 사업을 시작해 어느 순간부터 큰돈을 만지기 시작했다. 워낙 성실하고 신용이 좋은 덕이었다. 그렇게 성장한 그의 사업체는 현재 싱가폴에 사무실을 두었고, 최근에는 몽골에서 광산개발로 큰 프로젝트를 진행 중이었다. 그는 이제 고국을 위해 무언가 의미 있는 큰일을 하겠다고 마음먹었고, 그것이 러일전쟁 중 울릉도 앞바다에 침몰한 표토르호였다. 거기 실려 있는 금괴 인양발굴 사업을 하기로 마음먹었던 것이다.

*　*　*

묵호항을 떠난 배는 오후 3시쯤 울릉도 도동항에 도착했다. 관광객들로 어수선한 틈 속에서 낡은 군복을 입은 사내가 진우 일행에게 다가왔다. 사내는 55세의 최상칠. 승일 그룹 표토르호의 탐사대장이었다.

상칠은 해군 UDT에서 장기간 복무한 예비역 중령으로, 작은 키지만 단단한 체격을 가지고 있었다. 한눈에 보기에도 바닷사람이라는 분위기가 확 풍기는 그는, 이마에 여러 겹 겹쳐진 굵은 주름이 인상적이었다. 등 뒤로 꼿꼿하게 펴진 자세는 수십 년의 군 생활이 몸에 배었음을 보여주었다. 상칠은 장범을 포함한 일행에게 절도 있는 모습으로 거수경례를 했다.

"먼 길 오신 여러분, 울릉도에 오신 것을 환영합니다."

상칠의 옆에는 기가 세 보이는 중년 남자가 장범에게 90도로 허리 굽혀 인사를 건넸다. 통나무처럼 굵직한 몸통에 넓은 어깨, 사각턱을 가진 그는 마치 벌목꾼 같은 인상을 주었다. 그의 이름은 상덕배. 승일 그룹 이사로, 울릉도 토박이였다. 진우는 덕배의 눈길이 혜수에게 잠시 머물렀다가 황급히 다시 장범에게로 돌아가는 것을 보았다.

일행들은 차를 두 대로 나누어 타고 30분 거리에 있는 승일 그룹 사택으로 향했다. 진우는 장범과 혜수, 상칠과 함께 카니발 1호차에 승차했다.

"이곳 울릉도가 관광객은 많은데 제대로 된 숙박 시설이 별로 없어요. 그나마 허승도 의장님의 배려로 비교적 큰 주택을 하나 장만해서 사택으로 개조했습니다. 앞으로 사택이 보물선 탐사와 발굴의 전초기지가 될 겁니다."

장범은 상칠이 30여 년을 해군 특수부대에서 장교로 복무한 베테랑으로, 표토르호 탐사와 인양을 총괄한다고 소개했다. 허 의장의 삼고초려로 어렵게 영입했다며 상칠을 한껏 띄워 주었다. 상칠은 군인답게 간결하게 말했다.

"표토르호는 울릉도에서 약 1.5km 떨어진 곳에 침몰해 있습니다. 수심이 약 500m가량 되는 곳입니다."

일행은 얼마 지나지 않아 사택에 도착했다. 사택은 상당한 크기의 2층 단독주택을 개조한 건물로, 1층에는 회의실과 식당, 방이 있었다. 2층에도 역시나 방과 꽤 넓은 거실이 있었다.

덕배는 혜수의 가방을 들어주려 했으나, 혜수가 정중히 거절하자 머쓱한 표정으로 물러났다. 외부 손님이라 그런지 진우는 2층 방 하나를 혼자 사용하도록 배려를 받았다.

저녁 식사 후, 모두 회의실에 모였다. 외부인은 진우 한 명뿐이었다.

와자지껄한 분위기는 대형 TV 화면에 허승도 이사회 의장의 동영상이 재생되면서 곧 조용해졌다. 동영상 속, 62세의 허승도 이사회 의장은 오랜 외국 생활 때문인지 한국어 발음이 어색해 외국인이 국어책을 읽는 느낌을 주었다. 진우는 화면을 바라보며 미묘한 표정을 지었다. 허 의장이 입고 있는 옷과 신체 이곳저곳에 부착된 장신구들은 하나 같이 그의 엄청난 부를 보여주고 있었다. 손목에는 큼지막한 명품 롤렉스시계를 착용했는데, 한눈에 봐도 무척 비싸 보였다.

"외국에서 삼십 년을 떠돌았지만, 한시도 조국을 잊어본 적 없습니다. 내 마지막 소명은 표토르호를 인양하는 일이 될 것입니다. 인양된 표토르호는 울릉도에 전시해 관광자원으로 사용하고, 금괴는 국가재정을 튼튼히 하는 뜻 깊은 곳에 기부할 예정입니다. 내 개인적인 욕심은 전혀 없습니다."

오랜 시절 조국을 떠나 거친 인도양과 태평양의 망망대해에서 파도와 싸우며, 모국어도 잃어버릴 정도로 험난한 여정 끝에 성공한 허 의장의 어색한 발음은 오히려 모두를 숙연하게 했다. 모두가 화면 속 허 의장을 존경과 경외심이 담긴 눈빛으로 바라보았다. 오직 단 한 사람, 진우만을 제외하고. 진우는 무표정한 얼굴로 자신의 메모장에 뭔가를 적고 있었다.

뒤이어 상칠이 침몰한 표토르호에 대한 설명을 시작했다. 그에 의하면, 러일전쟁 직후인 1905년 5월 12일 아침에 일본함대에 쫓기던 표토르호가 울릉도 앞바다에서 침몰했다. 표토르호에는 러일전쟁에서 러시아 군자금으로 사용할 막대한 양의 금괴가 실려 있었는데, 현재 시세로 100조쯤 된다고 알려져 있다. 러시아 군인들은 일본함대에 쫓겨 더는 도망할 수 없게 되자 일본이 금괴를 가져가지 못하도록 일부러 표토르호를 침몰시켰다. 표토르호가 침몰한 것은 아침 동이 틀 무렵이었다. 마침 울릉도 근방에 있던 어부들이 이를 목격했다. 표토르호에 타고 있던 서너 명의 러시아인이 겨우 살아남았는데, 그때 살아남았던 러시아인에 의해 표토르호에 관한 여러 이야기가 울릉도 주민들 사이에 전해졌다.

울릉도 토박이인 덕배가 뭐 좀 안다는 얼굴로 말하기 시작했다.

"대장님 이야기가 모두 맞아요. 내가 이곳 울릉도에서 태어나 뭍으로 나오기 전, 그러니까 고등학교 때까지 쭉 자랐지 않습니까. 울릉도 주민 중 러시아 보물선 이야기를 모르는 사람은 없습니다. 저도 국민학교 다닐 때 표토르호 생존자인 러시아 선원을 구출해 주었던 이필성 할아버지를 만나 보물선 이야기를 여러 번 들었고요."

장범이 앞으로의 계획을 설명했다. 허 의장은 싱가폴에 주로 거주하기 때문에 자신이 국내에서 표토르호 탐사 발굴의 총책임을 맡게 되었다고 했다. 약 20여 명 정도로 예상되는 탐사대의 총책임자는 상칠이었다.

"싱가폴에 계시는 의장님께서는 많은 사업체를 운영하시느라 바빠 한국에 자주 오기 어렵습니다. 다만 이번 프로젝트만큼은 각별한 관심을 가지고 계십니다."

장범의 말에 모두가 고개를 끄덕였다.

"앞으로 표토르호 탐사가 본격적으로 시작되면 국민들의 관심이 클 거라고 의장님께서 말씀하셨습니다. 그때를 대비해 우리 나 기자님이 홍보실장을 맡아주실 것입니다."

장범의 유도로 진우에게 우레와 같은 박수가 쏟아졌다. 진우는 아직 거취를 확실히 결정하지도 않았는데 받는 박수가 몹시 부담스러웠다. 진우는 보물선 탐사에 들떠 있는 분위기를 뒤로하고, 장범에게 의심 가득한 눈으로 조심스레 질문을 건넸다.

"울릉도 주민들 얘기가 그저 섬사람들의 터무니없는 낭설일 수도 있지 않나요? 표토르호에 금괴가 100조 원어치나 실려 있다고 믿기에는 너무 근거가 빈약해 보이는데요."

진우의 말에 방 안의 공기가 얼어붙었다. 열기로 가득했던 회의실은 한순간 무거운 침묵에 휩싸였다. 장범은 굳은 얼굴이 되어 테이블을 손끝으로 가볍게 두드렸고, 왕진은 불편한 기색으로 의자에 몸을 움츠렸다. 100조 원의 꿈이 순식간에 안개처럼 흩어지는 듯했다.

 그때, 덕배의 얼굴이 점점 붉어지더니 마침내 폭발했다. 그는 벌떡 일어나 진우에게 성큼성큼 다가가더니 두 손으로 그의 셔츠 깃을 움켜쥐고 거칠게 끌어당겼다.

 "뭐 낭설? 그럼 우리 울릉도 사람들이 거짓말이나 만들어 냈다는 거야? 나는 욕 처먹어도 좋지만, 우리 울릉도 사람들을 허풍쟁이 취급하는 건 내 두 눈 뜨고 못 봐!"

 덕배가 분노로 충혈된 눈으로 언성을 높이자 장범이 나서 뜯어말렸다. 상칠도 손님에게 왜 이리 무례하냐며 호통을 쳤다. 그동안 쭉 듣고만 있던 왕진 역시 자리에서 일어나 거들었다.

 "기자님, 바닷속 500m에 침몰한 배를 인양한다는 것이 애들 장난도 아니고 한두 푼 돈이 드는 사업이 아니지 않습니까? 최소 인양 비용만 수백억이 들어가는 큰 프로젝트인데 확신이 서지 않으면 누가 이런 일에 큰돈을 투자하겠습니까?"

 장범이 자리에서 일어나 손뼉을 치며 주의를 집중시켰다.

 "그럼 오늘은 피곤할 테니 각자 숙소에서 쉬고, 내일 아침 9시에 침몰 현장으로 나가 봅시다. 기자님도 직접 눈으로 보시면 생각이 달라질 겁니다."

 진우는 여전히 화가 안 풀린 듯 자신을 노려보는 덕배의 시선을 뒤로하고 2층으로 올라갔다. 그리고 울릉도 밤바람을 막아줄 외투를 찾아 입고 사택을 나섰다.

아직 3월 중순이라 그런지 울릉도의 밤 날씨는 꽤나 쌀쌀했다. 진우가 사택을 나서자 상칠이 뒤따라와 진우를 불러 세웠다.

"기자 양반은 술 한잔 안 하시오? 뭍에서 오는 사람들은 다들 자연산 생선회라면 환장을 하던데…."

진우가 빙그레 웃으며 상칠의 얼굴을 찬찬히 뜯어보았다. 상칠의 이마에 나 있는 깊은 주름과 굳은살이 박인 손은, 그동안 그가 녹록지 않은 삶을 살아왔음을 보여주는 듯했다.

"대장님과 한잔 기울이며 보물선 이야기 듣는 게 제 취재에 도움이 되겠는데요. 자연산 회라니, 벌써부터 기대됩니다."

"상덕배 그 친구가 좀 다혈질이야. 고향인 울릉도에 대한 애향심이 넘쳐 그러니 너무 마음에 담아두지 말아요."

상칠이 조금 전 봉변을 당한 진우를 위로했다. 진우는 고개를 끄덕이며 감사의 뜻을 표했다.

"사실 저는 기자로서 의문이 드는 부분에 대해 질문한 것뿐인데…. 이 프로젝트에 대해 확실히 알고 싶어서요."

"젊은 기자 양반의 말도 일리가 있어. 나도 허승도 의장님께 처음에 탐사대장을 제안받았을 때 똑같은 질문을 했으니까…."

상칠의 솔직한 말에 진우도 호응했다.

"대장님은 표토르호에 금괴가 있다고 확신하시나 보죠?"

상칠의 눈이 반짝였다. 상칠은 표토르호가 침몰한 사실은 부인할 수 없는 역사적 사실이라고 했다. 문제는 정말로 표토르호 안에 100조 원 어치나 되는 금괴가 있느냐는 것이었다.

"나는 확신한다네."

상칠은 확신한다고 자신 있게 말했다. 울릉도 사람인 이필성 할아버지를 비롯해 울릉도 주민 다수의 증언이 있다고 했다.

"그분들이 거짓말을 할 이유가 없어요."

진우는 상칠의 진심 어린 확신을 바라보며 잠시 생각에 잠겼다.

'정말 그럴까? 100조라는 어마어마한 금액…. 이건 너무 비현실적인데.'

진우는 자신의 판단을 유보하고 더 많은 정보를 수집하기로 했다.

"표토르호 인양은 가능하다고 보십니까?"

상칠은 엄청난 비용은 들겠지만, 요즘은 인양기술이 발전해 침몰한 위치만 정확히 알면 인양할 수 있다고 했다. 결국 관건은 침몰한 위치에 대한 정확한 좌표 정보와 인양할 수 있는 자금이라고 했다.

잠시 후, 작은 횟집에 들어선 두 사람은 소주 한 병을 시키고 자리에 앉았다. 회가 나오자 상칠이 능숙하게 소주잔에 술을 따랐다.

"기자라면 보통 들어오자마자 기사 한 줄 뽑아내려고 혈안일 텐데, 자네는 좀 다르군. 차분하게 이야기도 듣고… 그런 자세가 마음에 들어. 우리 프로젝트 이야기도 제대로 들어보겠다는 그 태도, 그게 중요한 거야. 한잔하면서 편하게 얘기해보세."

진우는 상칠이 따라준 소주를 한 모금 마시고 생각에 잠겼다. 그는 이 프로젝트에 대한 의구심을 완전히 버리지 않았지만, 상칠의 진심 어린 태도에 호감을 느꼈다.

"과찬이십니다. 저는 그저 진실을 알고 싶을 뿐이에요. 100조라는 금액이 현실적으로 가능한지, 이 프로젝트가 정말 실현 가능한지 확인하고 싶습니다."

상칠은 강원도 속초가 고향으로, 부모님은 북한이 고향인 실향민이라며 자신의 과거를 소개했다. 해군 UDT에서 직업 군인으로 오랫동안 복무했던 그는, 허승도 의장에게 '표토르호에 실려 있는 금괴와 보물 중 일부를 울릉도 주민들과 실향민을 위한 장학사업과 기념사업에 사용한다'는 말을 듣고 탐사대장을 수락했다.

"해군 UDT 출신이시라고요? 실제로 바다를 아는 분이 보시기에…. 이 프로젝트가 객관적으로 성공 가능성이 있을까요? 경험에서 우러나오는 냉철한 판단이 궁금합니다."

진우의 질문에 상칠의 얼굴에 잠시 생각하는 기색이 스쳤다.

"솔직히 말하자면, 나도 처음에는 의심이 있었소. 하지만 내가 직접 자료를 검토해본 결과, 적어도 표토르호의 존재와 침몰은 사실인 것 같단 결론을 내렸지. 금괴의 양에 대해서는…. 글쎄, 그건 우리가 직접 확인해 봐야 할 일이지."

진우는 상칠의 정직함에 조금 놀랐다. 완전한 확신이 아닌, 합리적인 의심과 희망이 섞인 태도가 오히려 신뢰를 주었다. 상칠에게는 제복을 입은 전형적인 군인다움이 있었다. 솔직했고 꾸밈이 없었다.

금세 친해진 진우와 상칠은 도동항까지 한 시간을 더 함께 걸었다. 그 시간 동안 진우는 상칠에게서 프로젝트의 구체적인 정보들을 수집했다. 타당한 부분과 의심스러운 부분을 머릿속에서 정리해나갔다. 달빛이 비치는 도동항에서 헤어지기 전, 상칠은 진우의 어깨를 두드렸다.

"나진우 기자, 당신의 비판적인 시각이 이 프로젝트에 오히려 도움이 될 수 있을 것 같소. 앞으로도 좋은 질문들을 많이 던져주시오."

진우는 환하게 웃으며 고개를 끄덕였다.

"네, 대장님. 진실을 밝히는 데 최선을 다하겠습니다."

사택에 들어오니 어느덧 밤 11시가 넘어 있었다. 식당에서 술을 마시던 사람들도 이제는 각자 방으로 들어간 듯했다. 진우는 계단을 통해 어두컴컴한 2층으로 올라갔다. 그때, 2층 장범의 방문 앞에서 누군가의 실루엣이 도둑고양이처럼 웅크리고 앉아 벽치기를 하고 있었다. 실루엣은 진우가 계단을 올라오는 인기척도 놓칠 정도로, 장범의 방 안에서 나는 소리에 집중하고 있었다. 진우는 잠시 멈춰 그 그림자를 관찰했다. 뭉툭한 머리 모양과 각진 어깨선이 희미하게 드러났다. 그러나 진우는 어둠 속인 데다 모두 오늘 처음 보는 사람들이라 그 실루엣이 누군지 전혀 알 수 없었다.

진우가 '흠흠' 헛기침을 하자 화들짝 놀란 실루엣이 후다닥 계단을 통해 1층으로 내려갔다. 그 소란에도 불구하고 방 안의 소리는 계속되었다. 진우도 호기심에 장범의 방문 앞에 다가섰다. 장범의 방문 너머로는 남녀의 거친 신음이 들렸다. 헉헉거리는 거친 숨소리와 함께 간간이 여자를 비하하는 남자의 낯 뜨거운 욕설도 들려왔다.

"씨발년, 넌 가만있어도 좋지? 어때, 좋아?"

"소리 좀 내지 마! 얼른 좀 끝내면 안 돼?"

여자의 목소리는 분명 혜수의 것이었다. 진우는 갑자기 불편함을 느꼈다. 그녀의 목소리에는, 쾌락보다는 무력감이 더 묻어나오고 있었다. 고요한 밤에는 작은 소리도 더 크게 들리기 마련이다. 남자의 거친 숨소리와 여자의 낮고 깊은 숨소리가 멈추었다가 시작되기를 반복했다. 침대가 벽에 부딪히는 둔탁한 소리도 정기적으로 들려왔다.

진우는 쓴웃음을 지으며 남녀의 신음을 뒤로하고 자신의 방으로 들어갔다. 문을 닫은 후에도 그는 한참을 생각에 잠겼다. 그의 마음속에 혜수에 대한 이상한 감정이 스쳐 지나갔다. 그녀가 회의실에서 자신에게 보내던 눈빛과 미세하게 흘렸던 미소가 떠올랐다. 진우는 머리를 흔들며 생각을 지웠다. 이제 그는 혜수가 자신에게 보내는 어떤 관심이나 호의도 경계하게 될 것이다.

진우는 침대에 누워 천장을 바라보았다. 귓가에는 여전히 장범과 혜수의 정사 소리가 아련하게 맴돌았다. 그리고 복도에서 보았던 그 수상한 실루엣의 정체에 대한 의문도….

* * *

3월 21일 오전 9시경 울릉도 앞바다

울릉도 도동항에서 출발한 배는 진우와 일행을 태우고 40분쯤 지나 근해에 도착했다. 배가 멈추어 선 곳은, 아무것도 보이지 않는 망망 바다일 뿐이었다.

"이곳이 표토르호가 침몰한 장소라는 건가요?"

진우의 말에 상칠이 좌표를 살펴보았다. 상칠은 대강의 침몰 지점은 알지만 정확한 위치는 알 수 없다고 했다.

"이필성 어르신은 침몰 지점이 성인봉[1]을 바라봤을 때 서남쪽 1해리[2]가 조금 넘는 곳이라고 했습니다. 우리가 있는 바로 이 지점 주변입니다. 그래서 이 주변을 침몰 지점으로 보고 수색했는데, 이곳에서 잠수사들이 표토르호에 실려 있던 것으로 보이는 청동 주전자 같은 유물을 몇 개 건져냈습니다."

장범은 여유로운 표정으로 본격적인 탐사는 탐사대가 조직되고 선박에 대한 계약이 마무리되면 곧 시작될 것이라고 말했다.

---

1 울릉도에서 가장 높은 산으로 높이는 984m이다.
2 1해리는 1.85km이다.

"하아…."

진우는 과학적인 근거가 아닌 주먹구구식 탐사가 진행된다는 점에 한숨을 내쉬었다. 공기마저 무겁게 만드는 그 한숨 소리에 장범이 나섰다.

"100년이 넘는 세월 동안 동해바다 깊숙한 곳에 잠들어 있는 표토르호를, 동해 용왕님이 쉽게 허락하시겠습니까?"

장범은 배 안의 사람들을 쭉 둘러보았다. 그러고는 마치 진우가 들으라는 듯 입을 열었다.

"우리는 이 끝없이 넓은 바다 앞에서 겸손해질 필요가 있습니다. 100조나 되는 보물선 탐사가 쉽게 된다면, 그게 오히려 이상한 일 아니겠어요?"

누구도 장범의 '바다에 겸손하자'는 말에 토를 달기는 어려웠다. 특히 진우는 홍보전문가인 자신이 표토르호 탐사와 인양에 대해서 전문가들을 제쳐 놓고 이래라저래라 의견을 낸다는 것이 장범의 말대로 겸손하지 못한 처사라는 사실을 알고 있었다.

상칠이 탐사대장답게 바닷속 구조를 설명했다. 울릉도는 화산폭발로 이루어진 섬으로, 섬 전체가 하나의 큰 산이다. 그 큰 산의 중간쯤까지 바닷물이 차 있는 지형이다. 그래서 섬 주변 바닷속이 평평하지 않고 가파른 계곡으로 이루어져 있다. 동해안, 특히 울릉도 주변은 대체로 평지인 서해안과는 달리 바닷속 지형이 완전히 딴판이다. 그런 이유로 조류의 흐름이 세서 일반적인 탐사방법으로는 접근조차 할 수 없었다. 만일 표토르호가 침몰한 장소가 바닷속 계곡 깊은 곳이면, 탐사와 인양은 그만큼 성공 가능성이 떨어진다고 할 수 있었다. 설명을 마친 상칠은 이마에 흐르는 땀을 닦아내며, 어려운 여건이지만 표토르호 인양은 충분히 가능하다고 자신했다.

"바닷속 지형이 인양에 장애가 된다면 인양 비용도 만만치 않을 텐데요? 내가 알기로 세월호 인양 비용이 천오백억 원이었다고 알고 있습니다."

진우의 도발적인 질문에 상칠은 '세월호와 달리 표토르호는 작은 배고, 울릉도 근해에 침몰해 있어 약 오백억 원 정도면 충분히 인양할 수 있다'고 자신했다.

진우는 돌아오는 배 안에서 표토르호가 침몰했다는 지점과 울릉도를 번갈아 보았다. 한강 백사장에서 바늘 찾는 정도는 아니었지만, 절대 만만하지 않은 프로젝트인 것만은 틀림없었다. 표토르호가 실제 바닷속에 있다고 하더라도, 침몰한 표토르호 안에 금괴 100조 원이 실려 있는지에 대해서는 그 근거가 너무 미약했다. 이런 불확실한 정보를 갖고 인양 비용으로 오백억 원을 투입한다는 것이 과연 옳은지, 헛돈을 쓰는 것은 아닌지 의문이 들었다. 말이 오백억 원이지, 실제 인양이 시작되면 추가비용이 들 확률이 매우 높았다. 특히 침몰 지점을 정확히 찾아내야 인양할 수 있는데, 육지와 달리 바다는 너무 넓고 끝없이 펼쳐져 있어 정확한 침몰 지점을 특정하는 것이 가능한지도 의문이었다. 조금 전 일행이 있던 장소도 다시 찾기 쉽지 않은 곳…. 그것이 바로 바다 아니던가.

사택으로 돌아온 진우는 덕배의 주선으로 울릉도 주민 몇 명을 만나기 위해 간단한 필기도구와 녹음기를 준비하고 있었다. 그때 진우의 방문을 노크하는 사람이 있었다. 바로 장범이었다. 장범은 문이 열리자 주변을 살피며 진우의 방으로 성큼 들어왔다. 그의 얼굴에는 자신만만한 미소가 서려 있었다. 이틀 동안 보인 진우의 의심이 그를 자극한 듯했다. 장범은 방문이 잠겼는지 확인하기 위해 손으로 문을 한 번 잡아당기더니, 나직한 목소리로 이야기를 시작했다.

"허승도 의장님은 천부적인 장사꾼입니다. 돈 냄새라면 기가 막히게 맡는 분이시죠. 이제 우리는 한배를 탄 한 식구라 말씀드리는 겁니다. 내게 허 의장님으로부터 받은, 표토르호 인양에 관한 전체 계획이 담긴 물건이 있습니다. 쉽게 설계표라고 해두죠. 이 문서에는 앞으로의 구체적인 세부 일정과 각자의 역할이 작성되어 있습니다. 우리는 허승도 의장님의 지시대로만 하면 되는 겁니다."

장범은 진우의 의심을 잠재우기 위해 자신만 알고 있는 정보를 공유했다. 또 한편으로는 자신이 허 의장과 직접 소통하는 신뢰받는 측근이라는 점을 은근히 과시하고 있었다. 장범은 이 정보는 누구에게도 공개할 수 없어 의장과 자신만 아는 극비 보안 사항이라고 했다. 진우는 허 의장님이 직접 영입한 분이니 자신도 믿고 말씀드리는 거라며….

* * *

진우는 덕배가 운전하는 차를 타고 표토르호에 관한 이야기를 들려줄 울릉도 주민을 만나러 이동하고 있었다. 진우를 태운 카니발은 남양천을 따라 좁은 길을 올랐다. 잠시 후 달리던 차가 멈추었다.

"다 왔습니다. 내립시다!"

어제의 앙금이 가시지 않은 듯, 덕배가 퉁명스럽게 말하며 차 시동을 끄고 내렸다. 덕배는 대문이 없는 집 마당으로 들어서며 소리쳤다.

"어르신, 덕배 왔습니다!"

듬성듬성 나 있는 머리카락과 흰 수염을 가진 노인이 방문을 열고 밖으로 나왔다. 깊은 주름과 검버섯이 가득한 노인의 얼굴에는 세월의 흔적이 고스란히 묻어 있었다.

"덕배 왔구나!"

덕배가 노인에게 홍삼을 선물하자 노인은 어린아이처럼 좋아했다. 덕배는 노인에게 서울에서 표토르호를 취재하기 위해서 내려온 기자라며 진우를 소개했다. 진우가 노인에게 허리 굽혀 공손히 인사를 건넸다.

"서울에서 왔다고? 기자라고?"

노인은 진우를 한번 쭉 훑어보더니 집안으로 들였다. 노인의 이름은 '홍경동'으로 88세였다. 울릉도에서 나고 자라 한 번도 울릉도를 떠난 적이 없었다. 그야말로 울릉도의 산증인이라 불릴 만했다.

"내가 어렸을 때 한 소꿉놀이도 보물선 찾는 놀이였어. 보물선 이야기를 쭉 듣고 자랐지…."

홍 노인은 러시아 놈들이 해방 전에 보물선에 금을 가득 싣고 러시아로 도망가려다 이곳 서면 앞바다에서 이른 아침에 침몰한 거라며 회상했다. 그때 만약 보물선이 침몰 안 했으면 금은보화가 고스란히 러시아로 갔을 거라며, 오히려 잘 침몰했다는 듯 고개를 끄덕였다.

"배에 타고 있던 러시아 군인들이 죽은 것은 안타깝지만…."

진우는 표토르호가 보물선인 것은 어떻게 알았는지 물었다. 홍 노인은 러시아 군함이 침몰했을 때, 마침 이른 새벽에 고기잡이를 나가려던 동네 사람들이 있었다고 했다. 그때 러시아 군인 몇몇이 탈진해 겨우 숨만 붙어 바다에서 허우적거리는 것을 어부들이 구해 주었다는 것이다. 홍 노인은 러시아인 서너 명이 기력을 찾을 때까지 몇 개월을 울릉도 마을 사람들이 돌보아주었다고 했다. 마을 주민들은 안타까운 마음에 지극정성으로 그들을 돌봐주었고, 러시아 군인들은 기력을 회복해 러시아로 돌아갔다. 러시아로 복귀하기 하루 전, 그중 한 사람이 마을 촌장을 찾아와 보물선 이야기를 해주었다. 목숨을 건져주셨는데 보답할 길이 없다며, 자기들이 타고 온 배 이름이 표토르호인데 그 배에 금이 실려 있다고 말했다.

"그때 러시아 선원을 구해준 사람이 바로 이필성 할아버지십니다."

덕배가 나서서 추가로 설명을 이어갔다. 실제로 이필성 할아버지가 동네 사람들과 함께 표토르호가 침몰한 지점으로 가서 수중 수색을 시도하곤 했지만, 수심이 깊고 조류가 세서 성공하지는 못했다. 다만 침몰한 지점에서 청동 주전자 같은 생활용품 몇 점을 발견했다. 홍 노인은 담배를 물고 다시 말을 이어갔다.

"필성이 아저씨가 그 후 고기잡이는 하지 않고 왜 보물선 탐사에 평생을 바치셨겠어? 끝내 보물선에서 금을 건져내지는 못했지만 말이야!"

진우는 사택으로 복귀하는 차 안에서 창밖을 바라보며 상념에 잠겼다. 러시아로 향하던 표토르호가 어떤 이유로든 울릉도 앞바다에서 침몰한 것만은 부인할 수 없는 역사적 사실이었다. 마을 주민들의 정성 어린 치료로 목숨을 건진 러시아인들이 본국으로 돌아가며 했던 말도 사실일 확률이 높았다. 러시아인들 입장에서도 표토르호의 금괴를 자신들이 탐사와 인양을 한다는 것은, 당시 우리나라와 러시아와의 관계를 고려했을 때 불가능했다. 더욱이 이필성이라는 사람이 한 평생 동네 사람들과 표토르호 침몰 현장을 탐사했다는 사실은, 표토르호가 보물선이라고 믿었기에 가능한 일이었다.

진우는 표토르호에 관한 탐사가 충분히 가치 있는 일이라는 생각을 점점 가지게 되었다. 내일은 서울로 돌아가야 한다. 이젠 승일 그룹 홍보실장으로 새출발을 해야 하니 준비할 것이 많았다.

* * *

3월 22일 오전 9시경 승일 그룹 사택

아침 식사를 마친 장범은 콧노래를 흥얼거리며 짐을 챙기고 있었다. 머릿속에는 어젯밤의 정사 장면이 빙빙 돌았다.

"어… 뭐지? 어디 간 거지?"

당황한 장범이 가방을 이리저리 뒤져 헤쳐 놓았다. 그러나 몇 번이나 가방을 뒤지고, 방 안을 살펴보아도 그가 찾는 물건은 보이지 않았다. 그것은 절대 잃어버려서는 안 되는 물건이었다. 장범의 손은 떨렸고, 숨은 거칠어졌다. 심장은 믿을 수 없다는 듯 세차게 뛰었다. 어제까지만 하더라도 큰 가방 속에 들어 있던 것을 분명히 보았다. 누군가 손을 댄 것이 틀림없었다.

"이런 젠장!"

장범의 옆방에서는 진우가 서울로 상경할 준비를 마치고 있었다. 짐이라고 해봐야 달랑 외투 한 벌에 오래된 노트북이 전부였다. 진우는 장범이 화가 나 욕설을 퍼붓는 소리를 듣고 무슨 일인가 싶어 하던 일을 멈추었다.

'무슨 일이지…?'

잠시 후 누군가 진우의 방문을 노크했다. 문을 열자 나타난 것은 젖은 머리카락의 혜수였다. 그녀의 얼굴에서는 뭔지 모를 불안감과 낭패감이 보였다.

"명 회장님이 지금 회의실로 모이라시네요."

진우가 1층 회의실로 들어가자 사람들이 하나둘 모여들고 있었다. 2층의 명장범, 한혜수, 나진우. 1층의 최상칠, 조왕진, 권봉만, 상덕배. 그리고 사택에서 관리 겸 음식을 하는 50대 아주머니까지 모두 8명이었다. 장범을 제외한 7명은 무슨 일인가 싶어 멀뚱멀뚱 장범을 쳐다보았다. 장범은 붉어진 얼굴을 잔뜩 찡그리며 떨리는 목소리로 입을 열었다.

"내… 내가 허 의장님께 받아 서울에서 가져온 물건이 감쪽같이 사라졌습니다. 어제도 분명 가방 안에 있는 것을 확인했는데 말이죠…."

왕진이 잔뜩 짜증 섞인 목소리로 물었다.

"아니 회장님, 무슨 물건이기에 아침 댓바람부터 우릴 이렇게 모아 놓고 그러십니까?"

장범이 새파래진 얼굴로 한동안 침묵하다가 겨우 입을 열었.

"표토르호 인양과 탐사에 관한 계획이 들어 있는 설계표요!"

진우의 눈이 커졌다. 어제 장범이 그에게 자랑스럽게 보여주었던, 그 중요한 설계표가 사라졌다는 얘기였다. 그는 곧바로 모든 사람들의 표정을 살피기 시작했다. 누가 이런 짓을 저질렀을까?

왕진은 웃기지도 않는다는 듯 쓴웃음을 지었다. 탐사계획이야 다시 세우면 될 일 아니냐고 대수롭지 않게 말했다. 장범이 왕진을 쏘아보았다. 설계표를 잃어버린 것은 그렇게 간단한 문제가 아니었다. 그 속에는 침몰한 표토르호의 좌표 정보와 앞으로 3년간의 보물선 인양

계획이 구체적으로 작성되어 있었기 때문이다. 모두가 놀라 벙찐 표정이 되었다. 회의실에는 한동안 침묵만이 흘렀다. 무거운 침묵을 깬 것은 탐사대장 상칠이었다.

"그럼, 지금까지 좌표 정보를 알고도 숨겼다는 말씀이요?"

정확한 좌표 정보가 있고 없고는, 탐사하는 데 하늘과 땅만큼 차이가 날 수밖에 없었다. 격앙된 목소리로 언성을 높이는 상칠을 장범이 달랬다. 진우는 생각에 잠겼다. 사태는 매우 심각했다. 보물선 탐사의 핵심 정보가 담긴 설계표가 사라진 것은, 단순 도난이 아니라 이 프로젝트 전체의 실패로 이어질 수 있었다. 그는 이 상황이 어떻게 전개될지 예의주시했다.

장범은 '어차피 좌표 정보는 공개할 예정이었다'며, 지금까지 공개를 안 한 건 괜히 똥파리들이 낄 수 있다는 우려 때문이었다고 변명했다. 장범의 어이없는 대답에 또다시 탄식이 흘러나왔다. 아무도 해결책을 내놓지 못하고 왁자지껄하는 중, 조용히 듣고만 있던 진우가 의견을 냈다.

"우선 그 설계표라는 것을 분실한 사실을 허승도 의장님께 보고하는 게 순서 아닐까요?"

진우의 제안은 현 상황에서 가장 논리적인 제안이었다. 기자로서의 직감이 경찰 신고보다는 의장에게 보고하는 것이 더 적절하다고 말해주고 있었다. 무엇보다 이 프로젝트의 핵심 정보가 외부에 유출되는 것은 막아야 한다고 생각했다. 표정이 굳은 진우의 말에 찬반이 갈렸다.

"허승도 의장님께 지금 보고해봤자 걱정만 하실 텐데…. 그럴 필요가 있습니까? 지금 바로 경찰에 신고하죠! 내 경찰학교 동기가 여기 울릉경찰서 형사과 팀장으로 있습니다."

전직 경찰인 봉만이 경찰 인맥을 자랑하며 자리를 털고 일어났다. 왕진도 그게 좋을 것 같다며 호응했다. 진우는 사람들의 반응을 주시했다. 상황이 복잡해지고 있었다.

"허승도 의장님이 명 회장님께 주신 물건이라면 두 분이 상의해서 경찰에 신고할지도 결정하는 것이 맞지 않을까요? 우리가 여기서 처리 방향을 마음대로 정했다가 그것이 허 의장님의 뜻과 다르다면 누가 책임지겠습니까?"

외부인인 진우가 장범을 보며 말했다. 그렇지만 정작 당사자인 장범은 주판알을 튕기는지 머뭇거리고 있었다. 상칠이 '좌표 정보가 외부에 공개된다면 표토르호를 인양하겠다고 사람들이 떼로 몰려들 것'이라며 경찰에 수사 의뢰하는 것은 신중해야 한다는 의견을 피력했다. 아직 승일 그룹이 관공서에 인양 허가를 받은 것도 아닌데, 그렇게 되면 승일 그룹이 표토르호를 인양하는 것을 독점할 수 없다고도 했다.

"나진우 기자님 말씀이 옳다고 봐요. 설계표는 잠시 명 회장님이 보관하셨을 뿐, 실제 주인은 허승도 의장님이시잖아요. 설계표 주인의 의견을 묻지 않고 일을 진행할 수 있나요?"

혜수가 진우의 눈을 바라보며 말했다. 경찰에 신고하자는 의견과 허승도 의장님의 의사를 먼저 물어보자는 의견이 3:3으로 팽팽히 맞섰다. 뚜렷한 해답을 찾지 못해 정적만 흐르던 중, 잠자코 있던 덕배가 아이디어를 냈다.

"여기 모인 분들 모두 함께 방으로 가서 각자 자기 짐을 풀어보는 게 어떻겠습니까? 모두가 보는 자리에서 말입니다."

덕배의 제안은 초등생이 소꿉놀이하는 것처럼 유치했다. 누가 왕이 될까 다투다가 결국은 오리가 동물의 왕이 되었다는 상황과 같았다. 육지 동물은 사자를, 바다 동물은 고래를, 새들은 독수리를 왕으로 내세웠지만 결국은 의견이 팽팽히 맞서 육지와 물에서도 살 수 있고 새처럼 날개도 있는 오리가 대왕이 되어 엉뚱한 결론에 도달했다는 우화였다. 그러나 상황이 상황인지라 덕배의 가장 단순무식한 제안이 해결책으로 받아들여졌다. 진우는 순간, 혜수가 얼굴을 찌푸리는 것을 보았다. 그녀의 눈은 어느새 날카로워져 있었다.

"그건 지나친 사생활 침해 아닌가요? 저는 반대예요. 누군가를 의심해서 해결될 문제가 아니지 않나요?"

혜수의 목소리에는 평소 없던 날이 서 있었다. 덕배는 자신이 제안한 의견에 혜수가 반대하자 당황한 기색이 역력했다. 그는 혜수를 향해 미안한 표정을 지었다.

"여차하면 저희 남자들끼리만 짐을 확인하고, 법무팀장님은 제외해도 될 것 같습니다."

진우는 덕배의 태도 변화를 흥미롭게 지켜보았다. 방금 전까지 강하게 주장하던 사람이, 혜수의 한마디에 입장을 바꾸고 있었다. 상칠 역시 불편한 표정으로 끼어들었다.

"법무팀장 말이 맞아. 지금이 쌍팔년도도 아니고…. 우리끼리 서로 짐을 뒤지는 건 품위가 없어 보이는군."

자존심 강한 상칠과 여자인 혜수가 불만을 터트렸지만 달리 뾰족한 방법이 없었다. 진우와 왕진도 허탈한 웃음을 지었다. 모두 심사가 뒤틀렸지만, 줏대 없는 장범이 측근인 덕배의 의견에 동조하자 곧 1층부터 수색이 시작되었다. 수색이 진행되는 동안 덕배는 계속해서 혜수의 주변을 맴돌았다. 진우는 그가 혜수를 향해 던지는 걱정스러운 시선과, 그녀가 불편해할 때마다 곁에서 슬쩍 위로하듯 던지는 말들을 놓치지 않았다. 그것은 단순한 동료애를 넘어선 특별한 감정임이 분명했다.

상칠과 덕배의 방에서는 별다른 소득이 없었다. 왕진과 봉만의 방을 수색할 때는 장범이 이곳저곳을 꼼꼼히 살펴보았다. 봉만의 소지품에서는 전직 형사답게 수갑과 단단한 모양의 경찰봉이 눈길을 끌었다.

"자네, 별걸 다 갖고 다니는구먼?"

장범이 경찰봉을 들어 보이며 냉소적으로 물었다. 봉만은 어깨를 으쓱했다.

"습관이죠. 20년 넘게 차고 다녔는데, 이제는 몸의 일부 같은 거라서."

아무래도 장범은 왕진과 왕진의 최측근인 봉만을 의심하는 듯했다. 그런 장범의 태도에 왕진은 불만 가득한 얼굴로 장범을 째려보았다. 잘못은 자기가 저질러 놓고 왜 엄한 사람을 의심하냐는 표정이었다. 진우의 방은 간단히 수색을 끝냈다. 짐 자체가 거의 없어 수색이라고 할 만한 것도 없었다. 장범이 자신의 방을 건너뛰고 혜수의 방을 가려고 하자, 왕진이 막아섰다.

"회장님 방도 수색해야죠! 그것도 아주 철저하게 말이죠."

조왕진의 냉소적인 목소리에는 비아냥거림이 가득했다. 그의 눈빛에는 '당신이 자작극을 벌이는 것 아니냐'는 의심이 역력했다. 서로를 잡아먹을 듯 노려보는 두 사람의 눈에서 불꽃이 튀었다. 왕진의 도발에 장범의 측근인 덕배가 발끈했다. 그는 왕진의 말에 폭발하듯 일어났다.

"씨발! 헛소리 작작 하지? 회장님이 피해자인 거 몰라? 뭔 개소리를 하는 거야!"

덕배의 얼굴은 홍시처럼 붉게 변했다. 평소에도 다혈질로 알려진 그였지만, 오늘은 유난히 감정 조절이 안 되는 듯했다. 그의 관자놀이에 핏줄이 불거졌다. 욱하는 성격의 덕배가 욕설을 내뱉자 이번에는 왕진 쪽 사람인 전직 형사 봉만이 나섰다. 그는 천천히 일어나 덕배 앞에 서며 경찰 시절의 위압감을 되살렸다.

"뭐, 씨발? 지금 개소리라고 했냐? 너 인마 명예훼손죄로 형사 고소당해서 콩밥 좀 먹어 볼래? 마침 내 동기가 여기 울릉경찰서에서 형사팀장 하고 있는데 잘 됐다. 서울 가기 전에 실적 좀 올려주고 가야겠네."

봉만의 말투는 차갑고 계산된 위협이었다. 그는 덕배와 달리 감정적이지 않았지만, 그 위협의 무게는 더 무거웠다. 그가 예전에 어떤 형사였는지 짐작할 수 있는 순간이었다. 덕배와 봉만은 서로 멱살을 잡고 으르렁거렸다. 둘 사이의 공기가 팽팽하게 당겨졌다.

"뭐 하는 짓들이야? 보물선 인양도 하기 전에 이렇게 싸우면 일이 되겠어?"

탐사대장 상칠이 호통을 치며 중재에 나섰다. 그는 두 사람 사이에 끼어들어 서로를 떼어놓았다. 군인 출신다운 단호함과 위엄이 느껴졌다. 상칠은 '회장님이 그 설계표를 어디에다 두고 잘 기억을 못 할 수도 있지 않냐'며 장범을 설득했다. 장기도 옆에서 훈수 두는 사람이 길을 잘 본다는 상칠의 말에 가까스로 사태가 진정되었다.

"좋소! 부사장, 당신 말대로 한번 마음껏 찾아봐! 내가 도대체 무슨 이유로 자작극을 벌인다는 것인지…. 어디 두고 봅시다!"

말을 마친 명장범이 자신의 방문을 쾅- 닫고 나갔다. 명장범의 방에서도 별다른 것은 찾지 못했다. 마지막은 혜수의 차례였다. 자신의 차례가 오자 그녀의 얼굴이 굳어졌다. 혜수는 이미 초반에 반대 의사를 표했던 만큼, 자신의 방을 수색하는 것에 강한 거부감을 표했다.

"허락은 했지만, 기분이 아주 더러워요. 남자들 모두가 여자 방에 들어가는 건 아무리 중요한 일이라도 양해가 안 되네요. 여기, 나진우 기자님만 들어가 확인해주셔도 되겠죠?"

진우를 바라보는 그녀의 눈빛에 미묘한 긴장감이 담겨 있었다. 혜수는 장범이 영입한 사람이다. 혜수와 장범이 짜고 치는 고스톱을 할 수도 있다는 생각에, 왕진과 봉만이 이러지도 저러지도 못하고 머뭇거렸다.

"아무렴, 법을 잘 아는 법무 팀장님이 도둑질하겠습니까? 여긴 그냥 넘어가죠?"

덕배가 혜수를 두둔하며 목소리를 높였다. 그의 눈빛은 혜수를 향할 때는 잠시 부드러워졌다가, 다시 봉만을 향해 돌아오자 싸늘해졌다. 화가 난 봉만이 오른 주먹을 들어 덕배를 때리는 시늉을 했다. 그의 눈은 여전히 분노로 가득했다. 분위기가 다시 험악해지자 이번에도 상칠이 나섰다.

"아직은 나 기자님이 외부 손님이고, 한혜수 팀장을 감싸줄 일도 없을 테니 그렇게 합시다!"

졸지에 진우는 혜수의 방에 혼자 들어가게 되었다. 깔끔하게 정리된 혜수의 방에서는 은은하고 부드러운 머스크 향이 났다. 나진우는 벽에 기대고 서서 눈짓했다. 혜수의 심장이 빠르게 뛰기 시작했다. 손가락이 무의식적으로 가방끈을 꽉 움켜쥐었다. 그녀의 방에는 잘 개어놓은 이불과 가져온 물건들이 잘 정돈되어 있었다. 혜수가 캐리어를 열어 하나하나 진우에게 보여주었다. 캐리어 안에는 몇 벌의 옷과 속옷이 있었다. 진우가 남아 있는 혜수의 가방을 가리키자, 그녀의 얼굴이 순간 하얗게 변했다가 붉게 물들었다. 손가락 마디가 하얗게 될 정도로 가방을 꽉 쥐고 있었다.

"꼭 열어봐야 하나요?"

진우는 잠시 숨을 골랐다. 혜수가 금방이라도 울음이 쏟아질 것 같은 표정을 지어 보였다. 둘 사이에 어색한 침묵이 흘렀다. 진우는 그녀의 가방에서 시선을 떼지 않았다. 그러다 천천히 눈을 들어 혜수의 얼굴을 바라보았다. 잠시 후, 진우는 몸을 돌려 혜수의 방을 나갔다. 그녀의 떨리는 눈동자와 불안한 표정을 더 지켜볼 수 없었다. 혜수는 문이 닫히자 안도의 한숨을 내쉬며 몸이 무너질 것 같은 기분을 간신히 추슬렀다.

모든 수색을 마쳤지만, 설계표는 찾지 못했다. 하긴 누군가 설계표를 훔쳤다면 벌써 자신만이 아는 공간에 숨겨놓았을 것이다. 회의실에 모인 사람들은 한동안 말이 없었다. 진우가 다시 나섰다.

"이젠 허승도 의장님께 보고하는 일만 남은 것 아닌가요? 경찰에 신고할지 말지도 결국은 의장님이 최종적으로 결정하셔야 할 것 같은데요."

진우의 말이 끝나자 혜수가 그를 슬쩍 바라보았다. 그녀의 시선은 이전과 달리, 경계와 의구심 대신 미묘한 안도감과 다른 감정이 섞여 있었다. 장범은 허 의장의 질책이 두려운지 안색이 무척 어두웠다.

푸… 후… 하며 긴 한숨을 내쉬기도 했다. 마침내 장범이 결심한 듯 핸드폰을 쥐고 자신의 방으로 올라갔다. 허 의장에게 보고하기 위해서였다. 허 의장은 현재, 이규철 장군과 함께 몽골에 있었다.

"자, 우리도 서울로 돌아갈 준비를 하지요. 배 시간도 얼마 남지 않았습니다."

왕진 부사장이 말을 마치자 모두 어두운 표정으로 회의실을 하나 둘 빠져나갔다.

03
몽골 희토류

3월 말경 강남 테헤란로 승일 빌딩 12층

"장군님, 몽골은 잘 다녀오셨습니까?"

봉만은 고개를 꼿꼿이 세우고 사무실로 들어오는 나이 든 남자에게 달려가 허리를 굽혀 크게 인사했다. 봉만의 인사를 받은 남자는 기가 짱짱했다. 정확히 이 대 팔 가르마를 탄 머리카락에 검은색 양복, 그리고 봄 코트까지…. 한 치의 오차도 없어 보이는 남자였다.

"말도 말게. 몽골은 아직도 한겨울이야. 얼마나 추운지 몰라. 허 의장님도 몽골 날씨를 견딜 수 없었는지 곧장 싱가폴로 가셨다네."

카랑카랑한 목소리의 남자는 울릉도에 다녀온 일은 잘되었는지 물었다. 봉만이 대답 대신 손으로 머리를 긁적이며 고개를 숙였다. 남자는 울릉도에서 설계표를 도둑맞은 일을 아직 모르는 눈치였다. 허승도 의장은 분실한 설계표를 갖고 더는 왈가불가하지 않도록 입단속을 했다. 물론 경찰에 신고를 원하지도 않았다. 울릉도에서 장범이 설계표를 분실한 사실이 이미 서울 본사에서도 소문이 퍼진 터라 대답하기 곤란했다. 물론 그 소문을 낸 사람은 자신과 왕진이었다.

나이 든 남자의 이름은 이규철, 올해 65세인 그는 몇 년 전 별 두 개인 장군으로 군에서 퇴직했다. 러시아 보물선을 함께 인양하자는 허 의장의 요청에도 계속 나이를 이유로 고사하던 그는 약 2개월 전, 승일 그룹 합류를 결정했다. 그렇게 규철은 승일 그룹 계열사인 제일금속 사장으로 취임했고, 오늘 제일금속 사장 자격으로 몽골 광산 사업 관련 중요 회의에 참석차 승일 빌딩에 들렀다.

규철은 봉만의 안내로 대회의실에 입장했다. 대회의실은 20명은 거뜬히 회의할 수 있는 장소였지만, 책상과 의자는 모두 중고 가구점에서 구해온 듯 여기저기 흠집이 있고 색깔도 제각각이었다. 책상 위에는 오래된 모델의 노트북과 간이 마이크 거치대가 대충 설치되어 있었고, 주재자 자리 맞은편에는 한때 고급이었을 대형 TV가 걸려 있었다. 물론 이 TV 역시 테두리 부분이 벗겨져 오래 사용한 흔적이 역력했다. 말 그대로 기능만 겨우 수행할 수 있을 정도의 초라한 설비였다.

최고 연장자인 규철이 회의실에 입장하자 대회의실에 있던 10여 명이 모두 자리에서 일어나 손뼉을 치며 규철을 맞이했다. 규철은 회의실을 한 바퀴 돌며 참석자들과 일일이 악수를 나누었다. 회장인 장범도 누리지 못하는 대우였다. 그런 규철을 보는 장범과 왕진은 이 순간만큼은 생각이 일치하는지 서로 눈을 마주치며 비릿한 웃음을 짓고 있었다. 회의실을 한 바퀴 돈 이규철 장군에게 장범이 회의 주재자 자리를 양보하자, 규철이 사양하며 장범의 손을 잡아당겨 자리에 앉히려고 했다. 그러나 장범이 거듭 양보하자 규철은 어쩔 수 없다는 듯 주재자 자리에 앉았다. 서열상으로는 승일 그룹 계열사 제일금속 사장인 규철보다 그룹 회장인 장범이 위였으나, 장범의 양보로 규철이

상석에 앉아 회의를 주재하게 된 것이다.

진우의 맞은편에 앉은 혜수가 진우를 향해 미소 지으며 눈인사를 건넸다. 흰색 투피스에 짧은 넥타이를 맨 혜수의 미모는 회의장에 핀 흰 장미 같았다. 진우를 향한 그녀의 눈빛에는 단순한 친근함을 넘어선 무언가가 담겨 있었다. 지난번 울릉도에서의 일 이후, 회사에서 만날 때마다 혜수는 진우에게 특별히 살갑게 굴었다. 그녀는 진우와 시선이 마주칠 때마다 짧지만 의미심장한, 둘만의 교감이 있는 듯한 눈빛을 주고받았다.

"우리 존경하는 명 회장님께서 이 늙은이에게 자리를 양보해 어쩔 수 없이 제가 자리에 앉게 되었습니다."

규철은 장범의 배려에 미소가 떠나지 않았다. 규철이 책상 위에 있는 회의 서류를 살펴보자 장범이 채양석 이사에게 회의를 진행하도록 눈짓을 했다.

"지금부터 이규철 장군님의 명에 따라 회의를 진행하도록 하겠습니다."

채 이사는 PPT를 보며 설명을 시작했다.

"희토류는 반도체와 산업용 자석에 필수적인 광물입니다. 아시다시피 현재 희토류의 대부분은 중국에서 생산되는데, 중국은 미국과의 무역전쟁으로 희토류를 무기화하여 수출을 통제하고 있습니다. 이로 인해 최근 희토류 가격이 폭등하고 있습니다."

규철이 장군 출신답게 마이크를 잡고 한마디 거들었다. 과거 등소평이 중동에 석유가 있다면 중국에는 희토류가 있다고 말을 했는데, 그만큼 희토류는 석유만큼 중요한 자원이라고 설명했다. 채 이사가 규철의 지식에 감탄한 듯 고개를 끄덕이며 설명을 이어갔다. 승일 그룹은 몇 달 전, 비상장회사인 제일금속을 인수했다. 제일금속은 희토류를 채굴할 수 있는 기술을 가지고 있는, 우리나라에서 몇 안 되는 회사지만 최근 영업 부진으로 회사 가치가 바닥이었다.

"허승도 이사회 의장님께서 몽골 정부와 희토류 광산을 개발하기로 합의했습니다."

몽골에는 중국만큼 어마어마한 희토류가 매장되어 있지만 아직 채굴 기술이 없어 자원을 개발하지 못하고 있다. 채 이사의 설명이 모두 끝나자 규철이 마이크를 잡았다. 그는 최근 허 의장이 몽골 정부와 협의하여 희토류 개발권을 따낸 사실을 알렸다. 규철은 허 의장을 수행해 몽골 정부와의 MOU 체결을 위해 몽골에 다녀왔다. 몽골 정부 관계자와 두루 만난 허 의장과 규철은 승일 그룹이 몽골에서 독점적으로 희토류 광산을 개발하기로 확약을 받아냈다. 규철이 몽골에 다녀온 성과를 하나하나 설명하자, 대회의실에 있던 참석자들이 모두 열띤 박수를 보냈다. 적어도 오늘 이 자리에 있는 사람들은 승일 그룹의 발전을 믿어 의심치 않았다. 그때, 진우가 오른손을 들어 할 말이 있는 듯 마이크에 입을 가져다 대었다.

"하나만 질문 드려도 될까요?"

진우의 미간에는 의구심이 깊게 패여 있었다.

"기자 생활을 하면서 몽골 자원개발 사례를 여러 번 봐왔습니다만, 몽골 정부가 외국 기업에 독점개발권을 주었다는 사례는 들어보지 못했습니다."

진우의 공격적인 발언에 회의실 분위기가 급격히 차갑게 변했다.

"더구나 우리 같은 후발 기업에 독점권을 준다는 것을 솔직히 믿기 어렵습니다. 장군님, 몽골 측이 서명한 구체적인 계약서나 공식 문서가 있습니까? MOU는 단지 협의를 위한 의향서에 불과할 수도 있으니까요. 우리가 어떤 특별한 조건을 제시했기에 몽골 정부가 독점권을 내주었습니까?"

사람들의 차가운 시선이 일순간 진우를 향했다. 오직 한 사람, 혜수의 눈동자만이 불안한 파도처럼 일렁였다. 진우의 말이 끝나기도 전에 울릉도에서 진우와 악연이 있었던 덕배가 자리에서 일어나 삿대질했다.

"까짓, 이름 없는 인터넷 신문 기자 주제에! 요즘에는 개나 소나 다 기자야. 어이, 기자 양반. 여기 있는 이규철 장군님이 빈 수레로 보여? 우리가 모두 병신, 핫바지로 보이느냐고?"

"상 이사! 자리에 앉게나!"

규철의 말에 겨우 흥분을 가라앉힌 덕배가 규철을 보고 목례를 하더니 다시 자리에 앉았다. 규철은 진우를 향해 눈가에 미세한 주름을 지으며, 입꼬리를 살짝 올렸다. 표정은 부드러웠지만 눈빛에는 날이 서 있었다.

"새로운 홍보실장님이라고 했나요?"

규철의 목소리는 차분했지만 뼈 있는 말을 이어갔다.

"난 문제의식 갖는 것은 언제든 환영합니다. 다만…"

규철은 손목시계를 한 번 보더니 짜증스럽게 숨을 내쉬었다.

"한번 회의를 다 지켜보고 의견을 말하도록 하지요. 우리가 여기서 시간을 낭비할 여유는 없으니까요."

규철의 말투에는 '발목을 잡지 말라'는 경고가 담겨 있었다. 그의 표정에는 젊은이의 치기를 참아주는 너그러움보다는, 불필요한 지연에 대한 명백한 불만이 담겨 있었다. 곧이어 그는 자연스럽게 화제를 바꾸었다.

"광산을 개발하는 것도 그 비용이 만만치는 않을 텐데. 표토르호 탐사하는 데도 큰 비용이 소요될 터이고. 채 이사! 비용은 어떤 방법으로 충당할 계획이지?"

규철의 날카로운 질문이 회의실에 떨어지자 긴장감이 감돌았다. 공직에 있었던 규철은 언제나처럼 문제의 핵심을 정확히 짚었다. 결국은 모든 것이 돈이다. 희토류 광산을 개발하는 것도, 울릉도 앞바다에 침몰한 표토르호를 건져내는 것도 돈이 없으면 불가능했다. 그리고 필요한 돈은 최소 수백억이었다. 회의실은 무거운 침묵에 휩싸였다.

왕진은 팔짱을 단단히 끼고 차가운 눈으로 맞은편의 장범을 응시했다. 그의 입가에는 미세한 조소가 번졌다. 헛기침을 몇 번 하던 장범이 마이크를 잡았다. 이런 중요한 문제는 그룹 회장인 장범이 나설 수밖에 없었다. 최근 울릉도 사택에서 분실한 설계표에는 돈을 조달할 구체적인 방법과 임원들의 역할에 관한 대략적인 메모가 있었다. 그러나 이제는 장범의 기억에 의존해야 했다. 회의실의 긴장감은 최고조에 달했다. 모든 임원의 시선이 장범에게 쏠렸고, 몇몇은 숨까지 죽인 채 그의 말을 기다렸다.

"어차피 의장님이 당신의 개인 자산을 내놔야 합니다. 그런데 아시다시피 의장님의 자산 대부분은 싱가폴 등 동남아시아에 묶여 있습니다. 외국에서 우리나라에 투자하는 절차는 생각보다 까다롭습니다. 한혜수 법무팀장이 설명해 주시죠."

장범의 요청에 혜수가 마이크를 잡았다. 홍일점인 혜수가 평소 쓰지 않던 안경을 살짝 들어올리며 설명을 시작했다. 혜수의 맞은편에 앉아 있던 덕배는, 그녀가 말할 때마다 시선을 피했다 훔쳐보기를 반복하며 입술을 깨물었다.

혜수는 외국에 있는 허 의장 개인 자산으로 충당하는 것은 법적으로 우리나라 정부 당국의 허가를 받기까지 시간이 상당히 오래 걸린다고 우려했다. 따라서 의장님이 이 이상 개인 자산을 투자하는 것은 현재 상황에서 적절하지 않다고 판단했다.

"의장님이 개인 자산을 투자할 수 없다니, 그럼 어떤 방법으로 투자금을 조달할 작정입니까?"

규철이 걱정 섞인 눈으로 장범에게 물었다. 어렵게 성사시킨 몽골과의 광산개발 합의도 돈이 없으면 도로 아미타불이었다. 진우는 손가락으로 테이블을 두드리며 장범의 말을 기다렸다.

"시간도 아끼고 법적인 문제도 피해 갈 수 있는 간단한 방법이 있습니다."

수백억을 간단히 마련할 방법이 있다는 장범의 언급에 모두 숨죽여 귀를 기울였다.

"구라쟁이 새끼, 이번에는 또 어떤 허풍을 떨까…?"

왕진이 옆에 앉은 봉만에게 귓속말을 했다. 그의 목소리에는 경멸이 묻어났고, 눈빛은 여전히 차가웠다.

"허승도 의장님께서, 당신이 보유하고 있는 제일금속 주식을 시장에 내놓기로 했습니다."

장범은 허 의장이 제일금속 전체 주식 중 49%인 60만 주를 시장에 매물로 내놓고, 이렇게 확보한 돈을 다시 제일금속에 대여할 예정이라고 했다. 허 의장은 51%의 주식을 보유함으로써 제일금속의 경영권은 지키는 동시에 투자자금을 마련할 수 있는 절묘한 선택을 한 것이다. 솔로몬의 선택과도 같은 방법에 덕배가 자리에서 일어나 홍

분된 목소리로 소리쳤다.

"그럼 제일금속 주식을 판 돈으로 러시아 보물선도 인양하고 몽골에서 희토류도 개발한다는 말씀인 거죠!"

대회의실 곳곳에서 환호성과 탄성이 터져 나왔다. 평소 장범을 비웃던 왕진마저 흥분을 감추지 못하고 소리쳤다.

"이게 가능하다고? 대박이다, 대박!"

허 의장이 제일금속 주식을 조건 없이, 헐값인 주당 오만 원에 내놓고 그 돈으로 삼백억 원을 마련한다는 것은 신의 한 수였다. 그렇게 몽골 광산개발 투자와 보물선 인양을 진행하고, 나머지 부족한 자금은 차차 러시아 보물선에 투자 받아 메꿀 계획이었다. 지금 제일금속의 한 주 가격은 오만 원이지만, 내년에 증권거래소에 상장이 되면 몽골 희토류 개발 호재를 업고 주당 오십만 원까지 바로 갈 수 있었다. 사실 허 의장 처지에서 지금 한 주당 오만 원에 주식을 내놓는 것은 회사를 위해 매우 큰 손해를 감수하는 것이었다.

장범의 설명을 들은 규철이 감격한 표정으로, 이 자리에 없는 허 의장에게 모두 박수를 보내도록 유도했다. 왕진이 가장 먼저 의자에서 일어서자, 다들 따라 일어나 열띤 박수를 보냈다. 정작 박수를 받는 사람은 싱가폴에 있는, 기묘한 광경이었다.

"이번 제일금속 비상장주식 매도는 조왕진 부사장이 책임지고 진행하라는 의장님의 말씀이 있었습니다."

장범의 말이 끝나자 중책을 맡은 왕진의 얼굴에 희색이 돌았다.

* * *

 퇴근 시간이 다 된 무렵, 갑작스러운 혜수의 방문에 놀란 진우가 노트북을 덮고 얼른 자리에서 일어났다. 언뜻 보니 진우의 노트북 화면에는 순명 교회 홈페이지가 띄워져 있었다.

 "순명 교회가 어디 있는 교회예요?"

 진우는 홍보 아이디어를 얻으려고 이곳저곳 웹서핑을 하는 중에 우연히 들어가 본 곳이라고 답했다. 울릉도 사택, 혜수의 방에서 맡았던 진한 머스크 향이 공기를 감싸며 진우의 감각을 깨웠다. 혜수는 우아한 움직임으로 진우 옆에 바짝 다가왔다. 그녀의 목소리가 벌꿀처럼 달콤하게 흘러나왔다.

 "요즘 일한다고 너무 무리하는 것 아니에요?"

 혜수가 진우의 눈을 똑바로 보며 말했다. 그녀의 눈동자에는 달빛이 어린 듯 은은한 광채가 감돌았다. 진우는 무척 당황했다. 그의 흰 얼굴이 저녁노을처럼 붉게 물들었다. 숨을 깊게 들이마시려 했지만, 공기 속에 퍼진 혜수의 향기가 그의 정신을 더욱 어지럽혔다. 흰색 원피스 허리에 걸쳐진 검은색 벨트는 모래시계처럼 완벽한 혜수의 몸매를 더욱 돋보이게 만들고 있었고, 그녀가 미소를 지을 때마다 아주 미세하게 드러나는 쇄골이 진우의 시선을 사로잡았다.

 "별다른 약속이 없으신 것 같은데…."

 혜수가 손끝으로 진우의 손등을 살짝 스치며 말했다. 그 찰나의 접촉이 진우의 전신으로 번개처럼 퍼져나갔다.

 "우리 한잔하러 갈까요?"

 말을 마친 혜수의 입술이 살짝 벌어지는 모습에 진우는 숨을 죽였다. 시간이 멈춘 듯했다. 진우가 대답을 못하고 주저하자, 혜수는 함께 퇴근하자며 먼저 걸음을 옮겼다. 어쩔 수 없이 진우도 혜수를 따라 사무실 문을 나섰다.

두 사람이 사무실을 나가는 모습을 이글거리는 눈빛으로 지켜보는 사람이 있었다. 바로 덕배였다. 덕배는 직원 휴게실에서 그들을 몰래 관찰하고 있었다. 그의 손에 쥐고 있던 음료수 캔이 구겨졌다. 엘리베이터 앞, 혜수가 진우의 팔에 살짝 손을 대는 모습에 덕배의 얼굴이 일그러졌다. 그토록 자연스럽게, 그토록 친밀하게. 자신은 감히 상상조차 할 수 없었던 순간이었다. 엘리베이터 문이 열리고 두 사람이 함께 들어선 후, 문이 닫히는 찰나까지 혜수의 얼굴에서는 미소가 떠나지 않았다. 덕배에게는 절대 향한 적 없는 미소였다.

"저 매운 음식 무지하게 좋아하거든요."

"아는 음식점이 마땅히 없는데요."

혜수는 묘한 눈웃음을 지어 보이며 진우를 청담동에 있는 중식당으로 데려갔다. 사천요리를 전문으로 하는 고급 중식당이었다. 혜수는 가방을 들고, 진우는 백팩을 한쪽 어깨에 메고 나란히 걸었다. 혜수는 진우가 어떤 사람이기에 허 의장이 직접 영입했는지 무척이나 궁금했다. 장범은 테헤란로에서 투자 강의로 명성을 날린 명강사로, 왕진은 대왕 그룹의 숨겨진 아들이라는 배경으로, 규철은 장군 출신이라는 배경으로 한가락씩 하는 확실한 장점이 있었다. 이에 비해 진우는 이름도 없는 인터넷 신문 기자 출신이라는 것 외에는 알려진 게 없었다. 36세로 나이까지 가장 어린 진우가 어떻게 허 의장과 인연이 되어 승일 그룹 홍보실장까지 되었는지 모두가 궁금해 했다. 심지어 회장인 명장범조차도….

사천요리 전문점에 도착한 혜수는 능숙한 매너로 남자 매니저를 불러 꼼꼼하게 주문했다.

"매니저님, 우선 해산물 마라 샹궈하고, 매운 새우 요리 주세요. 마지막 식사는 장유 초밥 하나를 반으로 나누어 주시고요. 그리고 캘리포니아산 까베르네 쇼비뇽 레드와인 한 병도 주시죠!"

잠시 후, 세미 양복을 입은 남자 종업원이 익숙한 솜씨로 와인을 열고 테이스팅을 물었다. 혜수가 자신의 와인 잔을 앞으로 옮겨 놓았다. 그녀는 와인 잔을 코로 가져가 향을 깊게 들이켜고는, 천천히 와인을 한 모금 마시더니 입안에서 오물거렸다. 그런 혜수를 바라보는 진우의 입꼬리가 살짝 올라갔다.

"미국 와인의 특징이 잘 드러날 만큼 바디감이 뛰어나고 아주 밸런스가 좋네요."

혜수의 심플한 테이스팅 소감에 진우가 감탄하는 표정을 지어 보였다.

"미국에서 로스쿨을 다니셨다고요?"

진우의 말에 혜수가 환하게 웃으며 답했다.

"뉴욕에 컬럼비아 대학교라고 있어요. 할렘가 앞에 있어서 낮에도 학교 밖으로 나다니기가 좀 무서웠어요. 나 실장님은 혹시 뉴욕에 와 본 적 있으신가요?"

진우는 뉴욕은커녕 외국에 나가본 적도 없다고 답했다. 진우의 반응에 혜수는 신이 난 듯 미국에 관한 이야기보따리를 한참이나 풀어 놓았다.

"저는 동부에서 공부했지만, 서부의 자유분방함을 좋아해요. 날씨도 서부가 더 마음에 들고요. 지금 마신 와인도 서부 캘리포니아 소노

마 지역의 따뜻한 날씨에서 생산되는 와인이죠."

혜수가 와인 병 라벨을 살펴보며 말했다.

"와인을 좋아하시나 보죠? 저는 술은 맥주와 소주밖에 몰라서요. 아, 막걸리도 있네요."

"우리 승일 그룹 홍보실장 정도면 기초적인 와인 지식 정도는 갖고 계셔야죠. 허승도 의장님은 주로 무슨 술을 마시죠?"

혜수가 눈을 살짝 치켜뜨며 진우의 대답을 기다렸다. 진우가 잠시 뜸을 들였다.

"글쎄요, 술을 좋아하시나…? 함께 술을 마셔본 적은 한 번도 없어서요."

그때 혜수의 가방 속에서 전화벨 소리가 울렸다. 가방을 열어 발신인을 본 혜수의 표정이 어두워졌다.

"잠시만요."

혜수가 핸드폰을 들고 자리에서 일어나 화장실 방향으로 향했다. 진우는 혜수의 열린 가방 안에서 삐죽 나온 작은 책에 눈길이 갔다. '미국의 명문대학'이란 제목의 책이었다. 가방 밖에 반쯤 나온 책을 가방에 넣어주려고 진우가 책을 들어올렸다. 그 순간 책 안에 들어 있던 종이 한 장이 바닥에 떨어졌다. 여러 겹으로 접힌 노란색 종이였다. 시간이 멈춘 듯, 그 종이가 공중에서 천천히 바닥으로 내려앉았다. 진우가 무심코 종이를 잡으려 몸을 숙이는 순간, 혜수가 나타났다.

"나 실장님!"

혜수의 날카로운 목소리에 진우가 고개를 들었다. 그녀의 표정이 미세하게 굳어졌고, 시선은 바닥에 놓인 종이와 그것을 향해 뻗은 진우의 손에 고정되어 있었다. 혜수는 그 자리에 얼어붙은 듯 서 있다가, 갑자기 재빠른 동작으로 진우의 손보다 먼저 그 종이를 낚아챘다.

"이게 왜 바닥에 떨어져 있지?"

그녀의 목소리는 평온하게 들리려 애쓰고 있었지만, 손끝은 미세하게 떨리고 있었다. 당황한 혜수는 바닥에 떨어진 종이를 주워 서둘러 책에 끼워 넣었다. 잠시 후, 다시 이야기를 시작한 혜수는 진우가 묻지도 않은 승일 그룹 사람들의 평까지 일일이 얘기해 주었다. 하지만 혜수의 열띤 설명과 달리, 진우는 승일 그룹 사람들에게 별다른 관심을 보이지 않았다. 그의 머릿속에는 혜수가 그토록 급하게 감추려 했던 그 종이에 대한 의문이 남아 있었다. 그런 진우에게, 혜수는 누구나 혹할 만한 이야기보따리를 꺼내 들었다.

"이건 비밀인데요. 조왕진 부사장이 대왕 그룹 조준영 회장의 이복동생이에요. 모두 쉬쉬하고 있지만요!"

대왕 그룹이라면 우리나라에서 손에 꼽을 만한 재벌이었다. 왕진이 대왕 그룹의 숨겨진 아들이라는 이야기에 관심을 가지지 않은 사람은 지금까지 없었다.

"정말입니까?"

혜수의 기대와 달리 진우는 이 한마디를 끝으로 더는 묻지 않았다. 그녀는 진우의 얼굴을 유심히 쳐다보았다.

'허승도 의장과 도대체 무슨 관계일까? 무슨 믿는 구석이 있는 건지…. 다른 사람들에 관해서는 전혀 관심도 없잖아?'

혜수는 진우에게 이것저것 개인사를 물어보며 호감을 보였지만, 진우는 지난번 울릉도에서 목격한 장범과 혜수의 관계를 알기에 그녀의 관심을 차단했다.

"울릉도에서 잃어버린 설계표가 뭐라고 명장범 회장이 왜 그렇게 벌벌대는지 혹시 홍보실장님은 짐작 가는 것 있으세요?"

혜수의 질문에 담긴 의도를 읽으려는 듯, 진우는 그녀의 얼굴을 살폈다. 하지만 곧 혜수의 강렬한 시선을 견디지 못하고 눈을 돌렸다.

"명 회장님이 무어라고 말하던가요?"

진우의 목소리에 긴장감이 묻어났다. 혜수는 미소를 지으며 와인 잔을 들어 진우의 잔과 가볍게 부딪쳤다. 크리스탈 잔이 부딪치는 맑은 소리가, 두 사람 사이에 흐르는 긴장감을 더욱 강조했다.

"명 회장이 말하는 것을 왜 내게 물어보시죠?"

혜수의 예상치 못한 반문에 진우의 어깨가 움찔했다. 그의 머릿속에 울릉도에서의 기억이 떠올랐다. 장범의 방에서 들려오던 낯 뜨거운 정사 소리. 그 소리를 우연히 들었던 진우였기에 혜수의 질문은 더 날카롭게 들렸다. 그리고 혜수는, 진우의 미세한 반응 하나하나를 놓치지 않고 관찰했다. 잠시 후, 그녀의 입가에 미소가 번졌다.

"나 실장님도 설계표에 관심 많으신 것 맞죠? 울릉도에서 나 실장님이 적극적으로 의견을 내기에 궁금해서 한번 물어봤어요."

혜수의 호기심 어린 질문에 진우의 얼굴이 굳어졌다. 그의 입술은 미세하게 떨렸지만, 어떤 말도 나오지 않았다. 순간적인 침묵이 두 사람 사이를 감쌌다. 혜수는 자신의 와인 잔을 테이블 위에 내려놓으며 덧붙였다.

"저도 그 설계표가 궁금해요. 대체 뭐기에 그런 소동이 일어났는지…."

혜수는 진우의 눈을 정면으로 바라보며 말했다. 혜수의 목소리에는 궁금증이 묻어 있었다.

"그깟 종이 한 장에 허승도 의장님, 명장범 회장까지 좀 이상하지 않아요? 무언가 그 안에 큰 비밀이 있는 것 같아서요."

혜수는 고개를 살짝 기울이며 말했다.

"사실 저도 그날 밤늦게까지 잠을 못 잤어요. 누군가 내 방 앞을 지나가는 소리를 들은 것 같기도 한데…."

혜수는 마치 무심코 던지는 말처럼 자연스럽게 말했다.

"의심 가는 사람이 있습니까?"

"한 명 있어요!"

진우는 용기를 내어 혜수의 눈을 똑바로 응시했다.

"물론 나 실장님은 아니고요. 그건 확실해요."

진우의 어색한 웃음소리가 테이블 위로 떨어졌다. 혜수는 표정을 숨기며 와인을 천천히 홀짝였다. 와인 잔 너머로 드러난 그녀의 미소는 진우의 말에 안심한 듯했지만, 그 깊은 곳에는 알 수 없는 비밀이 숨겨져 있었다.

"그날 밤 상덕배 이사가 2층 거실에서 명장범 회장님 방 앞을 서성이는 것을 봤어요."

혜수는 목소리를 낮추며 진우에게 살짝 몸을 기울였다.

"내가 물을 마시러 나갔는데…. 상 이사님이 뭔가 불안해 보이더라고요. 저를 보자마자 깜짝 놀라기까지 했어요."

혜수는 잠시 말을 멈추고 진우의 반응을 살폈다. 두 사람의 눈빛 속에는 말로 표현되지 않은 진실이 숨겨져 있었다. 각자 감추고 있는 비밀과 함께, 서로를 의심하는 눈빛만이 테이블 위를 맴돌고 있었다.

04
순명 교회

4월 초순경 강남 순명 교회

"이 장군님, 최근 몽골에 사업차 다녀오셨다더니 언제 또 그런 큰 회사 대표로 취임하셨습니까? 정말 능력이 대단하십니다!"

주일 예배를 마치고 나오는 규철을 김지한 장로가 추켜세웠다. 흰머리가 듬성듬성한 김 장로는 순명 교회 설립 당시부터 다녔던 신도로, 교회 내 인맥이 대단했다. 순명 교회는 이제 막 대형 교회로 발전한 중견 교회로, 강남에 자리 잡은 덕에 돈 많은 신도가 많기로 유명했다. 규철은 겸연쩍은 듯 웃으며 손사래를 쳤다. 김 장로는 마침 장로와 신도 몇 분과 점심 식사를 약속했다며, 규철을 억지로 잡아당겼다. 규철은 몇 번의 사양 끝에 결국 김 장로를 따라나섰다.

"자네는 이만 들어가 보게나. 오늘 수고했네!"

규철의 옆에 껌딱지처럼 딱 붙어 있던 고명석이 들고 있던 성경을 규철에게 건네주었다.

"장군님, 그럼 저는 이만 들어가 보겠습니다. 다음 주 예배 전에 모시러 가겠습니다. 충성!"

규철이 흐뭇한 표정으로 명석을 바라보았다. 명석은 규철이 백마부대 사단장으로 근무할 때의 부관이었다. 우연히 순명 교회에서 만난 이후, 규철을 위해 예배 때마다 수행하고 성경책을 들어주기까지 했다. 김 장로가 둘의 모습을 지켜보며 부러움에 한마디했다.

"사람들이 괜히 백마부대, 백마부대 하는 게 아니었네요. 충성심 하나는 끝내주는군요!"

규철은 김 장로와 함께 교회에서 얼마 떨어지지 않은 갈비탕 집에서 식사를 했다. 규철과도 이미 안면을 튼 장로와 신도 여덟 명이 모인 자리였다.

"이 장군님, 우리 손자가 이번에 군대에 가는데 서울과 가까운 곳으로 배치되면 좋겠는데요. 어떻게 방법이 없겠습니까?"

규철의 옆에 앉은 중견기업 회장 신대건이 귓속말을 했다. 규철이 웃으며 오른손을 귀에 대고 전화하라는 신호를 주었다. 잠시 후, 김 장로가 기쁜 소식이 있다며 참석자들에게 규철의 대표 취임 소식을 알렸다. 규철은 주변의 박수에 민망한 듯 일어나 목례를 하며 인사말을 했다.

"김 장로님이 괜한 말씀을 하셔서…. 제일금속이라고 우리나라에서 나름 알아주는 자원개발 회사입니다. 주로 해외에서 영업하는데…. 이번에 고맙게도 제 경력을 높게 평가해주어 이 나이에 대표이사로 취업까지 하게 되었습니다."

철강 회사를 경영하는 신대건 회장이 '일어난 김에 회사 자랑 좀 하라'며 분위기를 띄웠다.

"참, 신 회장님도. 우리 회사는 해외에서 자원개발을 전문으로 하는 회사입니다. 혹시 희토류라고 들어보셨습니까?"

희토류라는 말에 모두 흥미를 보였다.

"중국 놈들이 일본 놈들에게 안 팔겠다고 해서 일본이 한바탕 뒤집혔다는 그것 아닙니까? 뭐… 반도체에 사용한다는 그것 아닌가요?"

유명 음식점인 산청관 사장 김석순이 아는 체를 했다.

"김 사장님이 희토류를 정확히 알고 계시네요."

언론에서 하도 중국 중국 하니 사람들은 중국에만 희토류가 있다고 알고 있다, 그런데 사실 몽골에도 희토류가 중국만큼 매장되어 있다, 이번에 자신이 대표로 취임한 제일금속은 몽골 정부로부터 어렵게 희토류 독점개발권을 따냈다, 등등 규철의 말이 이어졌다. 장로와 신도들은 규철의 한마디 한마디를 놓치지 않으려 귀를 쫑긋 세우고 듣고 있었다. 그런데 어느 순간, 규철이 하던 말을 멈추더니 무언가 고민하는 표정을 지었다. 다른 불청객이 있지는 않은지 주변을 한 바퀴 둘러보기까지 했다. 그러고는 손으로 입을 가리고 나직이 말했다.

"김 장로님 때문에 인사말까지 했는데 그냥 넘어갈 순 없고…."

규철은 '여기 계신 우리 순명 교회 신도님들께만 살짝 알려드리니 주변에는 절대 비밀을 지켜달라' 신신당부하며 이야기를 시작했다.

"혹시 사모님들 몰래 모아 놓은 비상금 있으시면 지금 당장 제일금속 주식에 조금만 투자하세요."

규철은 주식 투자를 권유하며 '지금은 제일금속 주식이 한 주당 오만 원쯤 하는데, 1년 후 상장되면 50만 원은 너끈하다'고 덧붙였다.

"앞으로는 희토류가 금이나 마찬가지입니다. 그만큼 귀한 광물이지요."

규철은 자신도 딸의 결혼 자금으로 모아 놓은 3억 원을 모두 제일금속 주식으로 바꾸었다며 재차 오른손 검지를 입에 가져다 대었다.

"비밀은 꼭 지켜 주세요. 회사 대표 한다는 사람이 내부 정보를 밖에 흘리고 다닌다면…. 이 나이에 겨우 얻은 직장을 한방에 잘릴 수도 있습니다."

* * *

"여보, 우리 논현동 아파트 담보로 대출받으면 얼마쯤 가능할까?"
 산청관 김석순 사장이 상기된 얼굴로 부인 강금례에게 물었다. 금례는 남편 석순의 뜬금없는 소리에 왜 대출을 받냐며 핀잔을 주었다. 석순은 금례에게 이 장군에게 들은 제일금속 희토류 얘기를 떨리는 목소리로 들려주었다.
"그거 다 사기 아니에요?"
 지금까지 남편인 석순은 주식은커녕 투자라는 것을 해본 적이 한 번도 없었다. 그동안 국밥집 장사로 한길만 걸어 남부럽지 않게 돈을 모았다. 그런 석순이 지금 잔뜩 흥분해 있었다. 석순은 금례에게 자신이 인터넷으로 검색한 제일금속에 관한 내용을 핸드폰으로 보여주었다. 인터넷에는 이규철 장군이 몽골 정부 관계자와 MOU를 맺는 사진이 있었다.
"시간이 얼마 없어. 곧 마감될 것 같은데 말이야. 이 장군님이 아무한테도 얘기하지 말라고 나한테만 은밀하게 얘기하더라고…. 자기네 친척들도 있는 돈 없는 돈 모두 끌어서 이미 제일금속 주식에 투자했다는 거야!"
 석순이 초등학교 소풍 보물찾기에서 쪽지를 발견한 어린아이처럼 상기된 얼굴로 말했다. 이규철 장군이라면 금례도 순명 교회에서 몇 번 마주친 적이 있었다. 교회 내에서 이 장군은 예의 바르고 모범적인 사람으로 통했다. 그런 만큼 주변에서 항상 장군님 장군님이라고 깍듯이 대하는 것을 알고 있다. 그러니 규철이 대표로 있는 회사라면 믿을 수 있었다. 더욱이 회사 대표가 자기 딸 결혼 자금까지 끌어모아 자기 회사 주식에 투자했다는데…. 그것만큼 확실한 것은 없지 않은가? 의심 많은 금례였지만, 평소 돌다리도 두들겨 보는 남편 석순이 평생 처음 꺼낸 투자 얘기라면 믿을 만하다는 생각이 들었다.

며칠 후, 석순과 금례는 아파트를 담보대출 받아 10억 원을 제일금속 주식에 투자하기로 했다. 한술 더 떠 금례는 친정 식구들에게도 제일금속에 관한 정보를 알려주었다. 금례의 친정 식구들도 자식들 결혼 자금에 전세자금까지 몽땅 털어 제일금속 주식을 샀음은 물론이다.

* * *

규철의 소개로 제일금속 주식을 사는 순명 교회 신도들은 전직 경찰 권봉만 이사가 직접 안내를 했다. 봉만은 신도들을 승일 빌딩 사무실 한쪽에 마련된 홍보실로 안내해 제일금속의 몽골 희토류 개발 동영상을 시청하도록 했다. 홍보실에는 여자 아나운서처럼 세련된 옷차림을 한 미모의 여성 두 명이 큐레이터 역할을 했다. LED 전광판과 함께 대형 TV 스크린에서는 희토류와 몽골 광산개발에 대한 동영상이 웅장한 음악과 함께 방송됐다. 이후에는 승일 그룹 소개와 승일 그룹이 울릉도에서 인양 예정인 표토르호에 관한 정보들을 다룬 동영상이 방영되었다. 모두들 눈이 휘둥그레졌다.

"김 장로님, 여긴 어쩐 일이십니까?"

석순이 김 장로를 보고 놀라 인사를 건넸다. 둘은 마치 무언가 들킨 사람처럼 서로 민망해했다.

"장로님은 얼마나 투자하셨습니까?"

"우리는 연금밖에 없어서 퇴직금과 노후 자금으로 모아 놓은 3억 정도 겨우 투자했습니다."

금례는 교회 내에서도 예의 바르고 모범생으로 소문난 교육자인 (김 장로는 부부 교사 출신이었다) 김 장로 부부를 보고 다시 한번 안심했다. 봉만은 두 부부를 아늑한 소파가 놓여 있는 VIP실이라 쓰인 곳으로 안내했다. 그곳에서 두 부부는 투자자의 지위를 만끽하며, 여유 있게 차를 마시며 담소를 나누었다.

"이 장군님!"

석순이 여비서를 대동하고 들어오는 규철을 보고 반갑게 인사를 했다. 지금 이 두 부부에게 규철은 강남에서 박을 물어다 주는 제비나 마찬가지였다.

"여기들 계셨네요. 사모님들, 그동안 안녕하셨습니까?"

규철이 들뜬 표정인 금례와 김 장로의 부인을 보고 오른손 검지를 입에 대면서 말을 했다.

"사모님들 너무 많이 사지 마시고, 조금만 투자하세요. 그리고 절대 주변에 우리 회사 주식 이야기하시면 안 되는 것 아시죠? 우리끼리 비밀입니다."

석순이 금례를 보고 '내 얘기가 맞지?' 하는 당당한 표정으로 미소를 보였다. 봉만은 일부러 순명 교회 신도들의 방문 시간을 중복하여 잡았다. 이렇게 하는 것이 입소문이 빠르게 나게 하는 방법이었기 때문이다. 신도들은 서로를 보며 투자에 대해 안심했고 자신들이 투자 기회를 얻은 것을 행운으로 여겼다. 순명 교회 신도들 사이에서는 제일금속 주식에 관한 정보가 은밀히 퍼져나갔다. 앞서 주식을 산 신도가 다른 신도에게 주식을 소개했다. 제일금속에서도 대표인 규철의 배려로 순명 교회 신도들에게는 특별히 금액 제한을 두지 않고 주식을 매수할 수 있도록 했다. 순명 교회 담임 목사까지도 거금을 투자했다는 소문이 신도들 사이에서 은밀히 돌았다.

* * *

대형 TV 화면에 띄어져 있는 제일금속 비상장주식 판매 그래프를 보는 왕진과 봉만의 얼굴에는 함박웃음이 피어났다.
"형님, 이제 목표까지 며칠 안 남은 것 같지?"
"그 노인네가 꼭두각시 역할을 알아서 해주니 우리는 꿩 먹고 알 먹고지."
왕진과 봉만은 서로의 얼굴을 쳐다보며 비릿한 미소를 지어 보였다. 한 달 전, 왕진은 제일금속 비상장주식을 판매하는 전담팀을 만들었다. 얼굴마담으로 장군인 규철을 앞히고, 자신과 봉만은 배후에서 일을 보았다. 전담팀에는 자신의 애인인 진성희를 팀장으로 영입했다. 27세에 사회 경험이라곤 없는 성희가 능력이 있을 리 만무했지만, 왕진은 어떡하든 진성희를 챙겨주고 싶었다. 진우가 책임자인 홍보실에서는 유튜브나 블로그 등에 '제일금속이 몽골에서 희토류 광산개발을 독점한다'는 내용을 집중적으로 올렸다. 규철이 몽골 정부 관계자와 MOU를 체결하는 사진도 몇 장 게시했다. 진우는 외부 광고대행사와 계약해 인터넷 조회수를 인위적으로 늘리기도 했다. 동시에 왕진은 영업에 집중하고자 주식판매팀에 텔러마케터 20명을 고용했다. 텔러마케터가 근무하는 사무실은 승일 빌딩 11층에 마련했다. 진우의 뛰어난 홍보 실력 덕분에 제일금속에 대한 유명세가 인터넷을 통해 알음알음 알려지기 시작했다. 포털에 제일금속을 검색하면 몽골과 희토류라는 단어가 연관어로 떴다. 제일금속 대표인 장군 출신 이규철의 명성도 제일금속의 신뢰를 한껏 높여주었다.

05
돌아온 설계표

4월 중순 오후경 명장범 회장 사무실

오후 3시가 막 넘을 무렵, 장범의 비서실로 정적을 깨는 한 통의 전화가 걸려왔다.

"명장범 바꿔."

회장님이란 호칭도 생략한 채 내뱉어진 퉁명스러운 목소리에, 비서는 화들짝 놀라 두 손으로 전화기를 붙잡았다. 번호를 보니 '발신자표시제한'이 떠 있었다.

"누구라고 전해드릴까요?"

"명장범에게 울릉도에서 잃어버린 물건이라고 말하면 알아들을 거야."

"그래도 누구신지 밝혀야…"

"쓸데없는 소리 말고, 당장 명장범에게 전화 왔다고 전해!"

전화 속 목소리가 비서의 말을 자르며 위협적으로 말했다. 어쩔 수 없다는 듯 비서는 장범에게 달려가 보고했다. 장범이 의아한 표정으로 전화를 넘겨받았다.

"당신이 울릉도에서 잃어버린 물건을 가지고 있어. 적당한 가격에 넘기고 싶은데…."

자신의 이름도 밝히지 않은 채 다짜고짜 반말을 내뱉는 목소리에 장범의 얼굴이 굳었다. 하지만 그는 겨우 감정을 주체하며 말했다.

"당신 누구야? 물건이라니 도대체 그게 무슨 헛소리야?"

눈치 빠른 장범이 넘겨짚으며 상황을 파악하려고 애를 썼다. 그러나 목소리 속 주인공은 장범의 기대를 산산조각 냈다.

"단도직입적으로 말하지. 설계표, 넘겨받을 거야? 말 거야?"

장범의 얼굴에 분노가 스쳐 지나갔다. 그는 숨을 고르고 물었다.

"당신이 가지고 있는 물건이 내가 잃어버린 물건이라는 것을 어떻게 보장할 수 있지?"

"당신의 작은 손가방 속에서 이 물건을 얻었다면 믿을까? 내가 이 물건을 경찰에 넘기기라도 한다면 어떨까? 당신이 은팔찌를 차는 것은 시간문제로 보이는데…."

"뭐, 은팔찌?"

장범은 은팔찌란 말에 분노로 급발진했다. 설계표는 이제 그에게 중요하지 않았다. 러시아 보물선 인양 초기에나 유용한 물건이었던 것이다. 부족하거나 기억이 안 나는 업무는 번거롭긴 하지만 허승도 의장이 다시 지침을 내려주었다. 유일한 걱정거리는 설계표를 경찰에 넘길 경우의 리스크였다. 하지만 그보다 더 참을 수 없었던 것은, 이 무례한 협박자의 태도였다.

"이 시궁창 냄새나는 개새끼가 누구한테 반말이야? 너 같은 쓰레기가 겁대가리 없이 감히 협박을 해? 내가 네 ATM기로 보이나?"

전화기 너머에서 잠시 침묵이 흘렀다.

"후회하게 될 거야. 이 물건이 얼마나 당신을 망칠 수 있는지…."

"입 닥쳐. 그런 식으로 말하면 한 푼도 못 받아. 내가 얼마나 무서운 사람인지 너는 모르나 보지? 다시는 연락하지 마!"

장범은 쾅- 전화기를 내려놓았다. 그의 손이 미세하게 떨렸다. 지금 전화를 건 목소리는 장범이 잃어버린 물건을 가지고 있음이 분명했다. 목소리의 말처럼, 그 물건은 울릉도 사택 2층 자신의 방에 둔 작은 파우치 가방 안에 들어 있었다. 목소리는 설계표의 내용까지 정확히 알고 있었다. 또한 그것이 허 의장과 장범의 아킬레스건이라는 사실도 알고 있었다. 그는 창밖을 바라보며 깊은 생각에 잠겼다. 이제 그는 협박자가 취할 행동에 대비해야 했다.

* * *

한 시간 후

"아까는 우리 애가 표현이 신중치 못했습니다. 내가 대신 사과드리겠습니다. 이제부턴 선수끼리 대화 나누시죠."

새로운 목소리가 정중하게 장범과 통화 중이었다. 장범도 장범대로 흥분을 가라앉히고 대화를 시도했다.

"조건이 뭐요?"

남자는 내일까지 007가방에 3억을 준비하라고 했다. 내일 이 시간에 전화해 장소를 알려주고 물건과 교환하겠다고 말했다.

"하루 만에 현금 3억을 준비하기는 우리도 쉬운 일이 아니오!"

"그건 내가 알 바 아닙니다. 만약 회장님이 응하지 않으면 우리도 이 물건을 깨끗이 포기하고 경찰에 넘길 예정입니다."

묵직한 경고를 마지막으로 남자는 전화를 끊었다. 아이러니한 상황이었다. 물건을 잃어버린 피해자가 아닌 물건을 훔친 도둑이 경찰을 찾겠다는 소리였다. 장범은 남자와의 통화 후 한참을 고민한 끝에 핸드폰을 들었다. 휴대폰에 뜬 전화번호는 허승도 의장이었다. 그는 장범이 어떻게 해야 할지 결정해 줄 유일한 사람이었다.

* * *

다음 날, 오후 3시경 르네상스호텔 사거리 횡단보도

진우는 덤덤한 표정으로 검은색 007가방을 들고 르네상스 호텔 사거리 건널목에 서 있었다. 지금은 조선 팰리스 호텔로 이름이 바뀌었지만, 여전히 사람들은 예전 지명인 르네상스 호텔 사거리를 더 익숙하게 사용했다. 진우는 건널목 주변을 눈으로 쭉 스캔했다. 파란불로 신호가 바뀌자 20여 명의 사람이 우르르 길을 건너기 시작했다. 그때 어디서 나타났는지 반대쪽에서 노란색 서류봉투를 든 중년 여자가 진우를 향해 걸어오고 있었다. 중년 여자는 작은 키에 머리를 뒤로 묶었는데 어디에서나 볼 평범한 모습이었다.

"승일 그룹 회장님이 보내신 분 맞지요?"

진우에게 다가온 여자는 아무렇지도 않은 듯 물었다. 긴장한 기색은 전혀 보이지 않았다. 진우는 여자의 얼굴을 보며 고개를 끄덕였다. 여자는 노란색 서류봉투를 진우에게 건네주었다. 동시에 진우도 007가방을 여자에게 건넸다. 진우가 서류봉투 안을 열어보자 A4 종이 크기의 투명한 비닐표지 안에 여러 장의 종이가 들어 있었다. 아마도 그 여러 장의 종이 중 설계표가 들어 있을 것이다. 중년 여자는 진우에게 받은 007가방을 손에 쥐고 서둘러 자리를 떠나려고 했다. 그때 진우가 여자를 불러 세웠다.

"혹시… 이런 거래 자주 하세요?"

여자는 무심한 표정으로 어깨를 으쓱했다.

"전 그냥 알바일 뿐이에요. 오늘은 서류 전달하라고 해서 온 거고."

진우는 마치 무언가를 생각해내려는 듯 고개를 약간 기울였다.

"전화번호나 연락처는 없으신가요? 혹시 내용물에 문제가 있을 수도 있으니까요."

여자는 경계하는 눈빛으로 진우를 바라보았다.

"그런 건 안 줬어요. 그냥 돈 받고 일하는 거예요."

진우는 미소를 지으며 한 발짝 더 다가갔다.

"아, 그러시군요. 그럼 최소한 남자분 생김새라도 알려주실 수 있나요? 혹시 문제가 생기면 내가 책임져야 할 수도 있어서요."

여자는 잠시 놀란 표정으로 진우를 쳐다보았다.

"남자라고요?"

진우는 여자의 반응에 눈을 살짝 치켜떴다. 그리고 천천히 고개를 끄덕였다.

"네, 부탁하신 분이요. 남자, 아니었나요?"

여자의 표정이 약간 경직되었다.

"더는 묻지 마세요. 전 그냥 돈 받고 일하는 사람이에요. 서류봉투 확인하시고 문제없으면 전 그만 가볼게요."

그 순간 오토바이 한 대가 다가왔다. 여자는 서둘러 오토바이에 올라탔고, 오토바이는 역삼역 방향으로 부웅- 소리를 내며 사라졌다. 진우는 장범과 사전에 약속한대로, 여자에게 받은 노란색 서류봉투를 장범의 사무실로 가져갔다. 장범은 긴장된 표정으로 진우에게 서류봉투를 받자마자 봉투를 열었다.

"잃어버린 물건이 맞습니까?"

진우의 물음에 장범이 사뭇 긴장한 표정으로 고개를 끄덕였다. 동시에 그는 핸드폰으로 누군가에게 전화했다.

"상 이사, 확인됐다. 빨리 잡아라!"

* * *

30분 전, 명장범 회장실

명장범은 진우를 향해 검은색 007가방을 밀어놓았다.

"홍보실장, 이 가방 안에는 3억이 들어 있소."

진우의 눈동자가 크게 흔들렸다. 그는 가방을 뚫어지게 응시한 후 고개를 들었다.

"르네상스 호텔 사거리 건널목에 서 있으면 누군가 나타날 겁니다. 그 사람에게 이 가방을 주고 물건을 받아 오면 됩니다."

진우는 턱에 살짝 힘을 주며 입술을 꽉 깨물었다. 그리고 의자에서 반쯤 일어나 책상을 손으로 짚었다.

"어떤 물건을 받아 오라는 말씀입니까?"

진우의 목소리가 평소보다 한 톤 높아졌다. 장범은 내심 당황했지만 표정은 최대한 침착하게 유지했다. 그는 자세를 고쳐 앉으며 미안한 표정을 지었다.

"어제 모르는 중년 남자로부터 협박 전화가 왔소…."

장범은 진우의 눈을 똑바로 쳐다보며 상황을 설명했다. 그러나 그의 시선은 진우의 반응을 예민하게 관찰하고 있었다. 진우가 정말 협박범과 연관되어 있다면, 어떤 미세한 반응이라도 포착하려는 의도였다. 이야기를 다 들은 진우는 의자에서 완전히 일어서더니 책상을 내리쳤다.

"그런데 왜 내가 가방을 들고 서 있어야 합니까?"

진우의 얼굴이 일그러졌다. 그는 고개를 돌리며 창밖을 노려보았다. 장범이 천천히 손을 모으며 한숨을 내쉬었다.

"솔직히 말하리다…."

장범은 진우의 표정 변화를 주시하며 다시 이야기를 시작했다. 물건을 분실하기 전 그 존재를 알았던 사람이 자신과 진우뿐이라는 사실과, 허 의장의 지시로 진우를 돈 심부름꾼으로 활용하게 되었다는 이야기였다. 진우는 장범의 말을 들으며 주먹을 쥐었다 폈다를 반복했다. 그의 목 근육은 팽팽하게 긴장했고, 관자놀이의 핏줄이 도드라지게 올라왔다.

"차라리 지금이라도 경찰에 신고하는게 낫지 않겠습니까?"

진우는 이를 악물고 말했다. 얼굴은 붉으락푸르락 변했고, 머리카락을 거칠게 쓸어 넘겼다.

"누가 이런 불장난을 하는 건지 반드시 범인을 잡아 혼내줘야 하지 않겠습니까?"

장범은 고개를 가로저었다. 진우의 분노는 예상했던 반응이었다. 무고한 사람이라면 당연히 보일 수 있는 반응이지만, 동시에 연기일 수도 있었다. 그는 표정을 부드럽게 유지하려 애썼지만, 내심 진우의 모든 행동을 의심의 눈초리로 관찰하고 있었다.

"이미 의장님과 심사숙고해서 내린 결정입니다."

진우는 잠시 서 있다가 거칠게 가방을 집어 들었다. 그는 장범을 한 번 노려본 후, 아무 말 없이 돌아서 빠른 걸음으로 문을 향해 걸어 갔다. 쾅-! 문을 닫는 소리가 평소보다 크게 울렸다. 장범은 진우의 뒷모습을 보며 중얼거렸다.

'나진우는 왜 설계표가 중요한지 아직 눈치를 못 채고 있군. 하긴 허 의장님이 이런 아킬레스건을 저런 놈에게 알려줄 리 만무하지…'

* * *

장범의 사무실에는 장범이 진우와 함께 덕배와 양석을 눈이 빠지게 기다리고 있었다. 설계표가 든 노란색 서류봉투를 진우에게 받은 장범은 진우를 자신의 사무실에 대기토록 했다. 진우는 장범이 자신에 대한 의심의 눈초리를 완전히 거둔 게 아니라는 사실을 짐작할 수 있었다. 허 의장의 이름을 빌리긴 했지만, 진우를 말판으로 활용하라는 것이 실제 허 의장의 뜻인지도 불분명했다. 진우를 의심하는 장범이 허 의장을 팔았을 수도 있었다. 만일 진우가 협박범들과 공범이라도 된다면, 공범들과 연락할 수 있다는 의심을 하는 듯했다. 장범은 확실해질 때까지 진우를 잡아 놓고 싶었다.

한 시간 정도가 지나자 덕배가 반쯤 얼이 빠진 얼굴로 다리까지 절며 장범의 사무실 문을 열고 들어왔다.

"어떻게 됐어?"

장범이 물었다. 덕배 손에는 007가방 속에 부착해 놓았던 위치추적기만 달랑 들려 있었다. 장범이 허탈한 듯 의자에 털썩 주저앉았다.

"채양석 이사와 함께 위치 추적기를 따라가 보니 역삼동 어느 건물이었습니다."

덕배가 덤덤하게 말을 이어갔다.

"부랴부랴 신호가 잡히는 건물로 들어가려는데 갑자기 남자 셋이 나타나 우리를 마구 폭행했습니다."

진우는 덕배의 얼굴과 옷차림을 훑어보았다.

"제가 괴한들과 싸우면서 기회를 만들어 줘 채양석이 현장에서 도망칠 수 있었습니다."

덕배의 얼굴에는 잠시 당혹감이 스쳐 지나갔다. 그의 말투에 약간의 망설임이 느껴졌다.

"채양석은… 온몸을 맞아 병원에 실려 갔습니다. 지금은 병원에서 치료받고 있을 겁니다. 우리를 실컷 폭행한 후 괴한들은 선물이라며 위치추적기를 제 손에 억지로 건네주었습니다."

덕배는 손에 들린 위치추적기를 내려놓으며 고개를 푹 숙였다. 장범은 진우에게 알리지 않고 덕배와 양석을 동원해 범인을 잡고자 했지만 실패로 돌아간 것이다. 당황한 장범은 무례하게도 손짓으로 진우에게 방에서 나가 달라는 신호를 보냈다. 진우가 나가자 덕배도 슬금슬금 눈치를 보며 따라 나갔다. 혼자 남은 장범은 진우에게 건네받은 노란색 종이 한 장을 뚫어지게 바라보았다.

"완전히 당했군…. 도대체 어떤 놈들이지? 의장님께는 뭐라 말하나…?"

진우는 명장범 회장에게 '경찰에 신고해야 한다'고 강하게 주장했다. 괴한들에게 맞아 코뼈까지 부러진 양석도 입원한 병원에서 왜 경찰에 신고하지 않느냐며 방방 뛰었다. 그러나 장범은 '허 의장의 뜻'

이라며, 설계표 사건이 승일 그룹 내에서 조용히 마무리되길 바랐다. 이렇게 사건은 다시 회사 호사가들 입에 오르내린 채 마무리되고 있었다. 장범은 양석을 달래주기 위해 오천만 원이라는 특별 위로금까지 지급해야 했다.

* * *

4월 중순 조왕진 부사장 사무실

"형님, 좀 알아봤어요?"

왕진이 자신의 방으로 들어오는 봉만에게 궁금한 듯 재촉하며 말했다. 전직 강남경찰서 형사였던 권봉만은 이런 일을 알아보는 데 안성맞춤이었다.

2년 전, 왕진이 강남경찰서에서 조사를 받고 나와 경찰서 안 그늘 집에서 담배를 한 대 피우고 있을 때였다. 검게 그을린 얼굴과 추리닝 바지를 입은 한 형사가 바지 주머니에 수갑을 넣고 어슬렁어슬렁 걸어 나왔다.

"거, 불 좀 빌립시다."

형사는 라이터가 없는지 왕진에게 불을 빌리며 투덜거렸다.

"내가 경찰을 그만두어야지…. 나쁜 놈들이 오히려 형사를 고발하는 세상이 됐으니… 원."

그 촌스러운 형사가 권봉만이었다. 왕진과 인연이 된 봉만은 가끔 왕진과 만나기 시작해 형 동생 하는 사이로 발전했다. 그리고 1년 후, 더는 형사 생활이 맞지 않는다며 경찰 생활을 접었다. 왕진은 그런 봉만을 승일 그룹 허 의장에게 추천해 이사로 영입했다.

"테헤란로의 아버지께서 개 털렸다는데?"

'테헤란로의 아버지'는 명장범의 별명이었다. 왕진은 의자에 깊이 몸을 묻고 창문 너머 테헤란로의 번화한 거리를 응시했다.

"3억이 누구 애 이름도 아니고. 혓바닥만 긴 새끼가 아주 회사를 말아먹는구먼!"

왕진이 비웃듯 말했다. 봉만이 고개를 끄덕이며 덧붙였다.

"명장범이 설계표를 받고 3억을 넘겨주었지만, 그 물건에는 침몰한 표토르호에 대한 좌표 정보가 없었다는데. 이런저런 내용을 메모한 글만 적혀 있는 종이 한 장이 전부였대."

"형님, 좀 더 알아봐. 명장범이 왜 그깟 종이 한 장을 3억이나 주려고 했는지."

왕진의 목소리에는 날이 서 있었다. 머릿속 퍼즐 조각들이 맞춰지지 않고 있었던 것이다. 봉만이 방에서 나간 후, 왕진은 창문 밖 테헤란로를 보며 무언가를 곰곰이 생각했다.

'좌표 정보라…? 명장범이 모를 리 없는데…. 그게 왜 필요한데…? 설계표가 뭐라고…?'

왕진은 창가에 서서 손가락으로 창문을 툭툭 두드렸.

'허승도와 명장범이 저리 휘둘리는 이유가 뭐지? 분명히 그 설계표에는 경찰이 알아서는 안 되는 비밀이 있어…. 내가 모르는 뭔가 큰 그림이 있을 거야.'

왕진의 얼굴에 서서히 의심의 그림자가 드리웠다. 장범이 설계표를 돌려받기 위해 기꺼이 3억을 지불했다는 사실 자체가 그 종이의 진짜 가치를 암시하고 있었다.

06
테헤란로의 아버지

강미자는 테이블 위에 놓인 커피잔을 손가락으로 끊임없이 두드리며 몸을 앞으로 기울였다. 눈은 비정상적으로 반짝였고, 말을 할 때마다 흥분으로 목소리가 떨렸다.

"영숙아, 돼지 엄마[3] 얘기 들었어?"

미자가 작은 소리로 속삭이듯 물었다. 그녀는 마치 귀중한 비밀을 나누는 것처럼 주변을 살폈다. 반면에 조영숙은 느긋하게 등을 의자에 기대며 한숨을 내쉬었다.

"무슨 소식?"

"울릉도 앞바다에 러시아 보물선이 묻혀 있다는 소식!"

미자의 목소리가 갑자기 높아졌다.

"어떤 줄을 잡았는지 불여시 같은 돼지 엄마가 벌써 투자했대. 또 한발 앞서 가!"

영숙은 입꼬리를 살짝 올리며 웃었다.

---

3   대치동 학원가에서 학원이나 강사에 대한 정보를 쥐고 있는 학부모를 지칭하는 속어

"야, 너 정말 그런 황당한 얘기를 믿어? 설마 진짜라고 생각하는 건 아니지?"

미자는 영숙의 비웃음에 눈살을 찌푸렸다. 그녀는 손톱으로 테이블 면을 긁으며 몸을 더 앞으로 기울였다. 미자의 얼굴은 거의 영숙에게 닿을 듯 말 듯 가까워져 있었다.

"아이, 정말! 넌 항상 이래. 의심만 하다가 좋은 기회 놓치고."

미자는 구겨진 브로셔를 가방에서 꺼내 영숙 앞에 펼쳤다. 그녀의 손가락이 종이 위를 빠르게 움직였다.

"여기 봐. 러일전쟁 때 일본군에 쫓기던 러시아 배가 울릉도 앞바다에서 침몰했는데, 그 배에 자그마치 100조나 되는 금괴가 실려 있었다는 거야!"

미자는 숨도 쉬지 않고 말을 이어갔다. 그녀의 눈은 계속해서 주변 테이블들을 살피고, 목소리는 때때로 지나치게 커졌다가 다시 작아졌다.

"지금 승일 그룹이란 곳에서 그 보물선을 인양한다고. 더구나 승일 그룹 대표는 '테헤란로의 아버지'라는 명성이 있는 재테크 최고 전문가야!"

영숙은 무표정한 얼굴로 커피를 한 모금 마셨다.

"그래서?"

"인양 비용에 투자하면 보물선을 건져내서 그 배에 실려 있는 금괴를 팔아 투자한 금액의 백배를 수익으로 나누어 준다는 거야!"

미자의 손은 이제 끊임없이 움직이며 제스처를 취했다. 그녀의 얼굴은 어느새 한껏 붉어져 있었다. 미자는 몸을 더 가까이 기울였다.

"게다가, 다른 투자 회사와 달리 승일 그룹이란 곳은 원금을 무조건 보장해 준대. 그리고 투자금은 코인을 담보로 준다는 거야. 투자는 하지만 코인을 받아 놓으면 돈 떼일 일은 없어!"

영숙의 눈썹이 살짝 올라갔다.

"코인?"

"그렇다니까! 더구나 군인이나 경찰 같은 전직 공무원들이 주로 투자하고 있어."

미자는 영숙의 관심을 눈치 채고 빠르게 말을 이었다. 그녀의 손가락은 이제 브로셔 위에서 쉬지 않고 춤을 추고 있었다. 영숙은 잠시 생각에 잠겼다.

"음… 그래도 사기 아닐까? 요즘 코인에 투자했다가 사기당한 사람도 많다던데…."

"사기면 원금 보장을 해주겠어?"

미자가 버럭 소리를 질렀다. 주변 손님들이 잠시 그들을 쳐다보았다. 미자는 목소리를 낮추며 이야기를 계속했다.

"그리고 투자한 돈도 코인으로 준다니까? 그 코인도 내년이면 미국 코인거래소에 상장될 거래. 이중으로 돈을 버는 구조야!"

미자는 자리에서 일어나 영숙의 손을 잡고 흔들었다. 그녀의 눈빛은 강렬했고, 입술은 약간 떨리고 있었다.

"영숙아, 청담동 오리진 호텔에서 매일 투자설명회가 열리고 있어. 우리 같이 가보자. 응? 응?"

그녀는 영숙의 팔을 계속 잡아당기며 애원하듯 말했다.

"우리 속는 셈 치고 한번 가보자! 어때? 가봐서 영 아니다 싶으면 그만두면 되잖아!"

***

4월 23일 강남 오리진 호텔 대회의실

강남 유명 호텔인 오리진 호텔 대회의실은 후끈거리는 열기로 가득했다. 약 20여 개의 원탁 테이블에는 일확천금을 노리는 중년부터 노년까지, 다양한 연령의 남녀들이 한몫 찾겠다는 표정으로 팸플릿을 뚫어져라 살펴보고 있었다. 대회의실 앞 연단에는 말끔히 양복을 차려입은 남자가 PPT를 띄워 놓은 채 마이크를 들고 열심히 무언가를 설명하고 있었다. 마이크를 든 남자의 머리 위에는 '러시아 보물선 표토르호 투자설명회'란 대형 플래카드가 걸려 있었다.

"어때, 잘 왔지?"

미자가 친구 영숙에게 옆 사람이 듣지 못할 정도의 작은 목소리로 속삭였다. 영숙이 고개를 끄덕였다. 친구인 미자를 따라온 그녀는 오늘 투자설명회를 보고 감동했다. 한 시간 동안 연단 위에서 열띤 강의를 하던 남자가, 예전 유명 아나운서였던 여자 사회자에게 마이크를 넘겼다.

"채양석 이사님, 수고 많으셨습니다. 다음은 표토르 코인 발행과 상장에 관해 조왕진 승일 그룹 부사장님의 강연이 있겠습니다. 큰 박수로 맞이해 주시기 바랍니다."

행진곡에 맞추어 등장한 귀공자풍인 왕진의 분위기와 시원시원 잘생긴 외모는 고객들에게 신뢰를 주기에 충분했다. 왕진은 승일 프리미엄 코인에 관해 설명했다. 승일 프리미엄 코인은 프리미엄이라는 이름답게 향후 발전 가능성이 매우 크다고 했다. 올해 말에는 미국에 있는 ATX 국제 코인 거래소에 상장될 예정이라고. 우리나라 코인 거래소보다 상장 요건이 훨씬 까다로운 미국 ATX 코인 거래소에 먼저 상장하는 이유는 글로벌 코인으로서 위치를 확고히 하기 위해서였다. 우리나라 거래소에는 내년 상반기 상장을 예정한다고 했다. 사회를 보는 심지연 아나운서가 이 대목에서 고객들에게 박수를 유도했다. 승일 그룹은 오늘 행사를 위해서 왕년에 유명 아나운서였던 심지연을 특별 초대해 사회를 맡겼다. 왕진은 급격하게 우상향하는 그래프를 띄워 놓고 전자 지휘봉으로 그래프를 가리키면서 설명을 이어갔다.

"현재 승일 프리미엄 코인은 개당 백 원에 판매가 되고 있으나 올 연말 미국 ATX 코인 거래소에 상장되면 오천 원, 내년 상반기 국내 코인 거래소에 상장되면 김치 프리미엄[4]을 감안했을 때 만 원으로 예상이 됩니다."

영숙은 왕진의 말을 팸플릿에 깨알같이 옮겨 적었다. 약 30여 분의 강의를 마친 왕진이 사회를 보는 심지연 아나운서에게 다가갔다. 지연도 자신을 바라보는 왕진의 시선을 느꼈다. 왕진은 봉만이 미리 준비한 샴페인 두 잔 중 한 잔을 지연에게 건네주었다. 이제 막 마흔 살이 된 지연은, 몇 년 전까지 공중파 방송을 진행했던 유명 아나운서였다. 금융인과 결혼한 후 프리랜서로 나섰지만 남편의 바람기와 가정폭력으로 이혼한 뒤 홀로 딸을 양육하고 있었다.

"이렇게 유명하신 아나운서님을 뵙게 되어 무한한 영광입니다. 웃는 모습이 정말 아름다우십니다."

왕진의 뻔한 칭찬에 지연은 형식적인 미소로 답하며 샴페인을 한 모금 마셨다. 그때 왕진이 명함을 지연에게 건넸다.

---

4 같은 코인이라도 한국에서 거래되는 코인이 외국에서 거래되는 경우보다 가격이 높은 현상

[승일 그룹 및 제일금속 부사장 조왕진]

왕진에게 명함을 받은 지연은 일부러 무덤덤한 표정을 지었다. 그녀는 순순히 관심을 보여주기보다는 조금 까칠한 모습을 연기했다. 방송국 시절, 자신만의 원칙이었던 '첫 만남에서 너무 쉽게 넘어가지 않기'를 지키려는 듯했다. 그녀는 형식적인 웃음으로 화답한 뒤 바로 돌아섰다. 지연은 자신이 왕년의 유명 아나운서였다는 자존심을 지키려는 듯한 태도를 연기했다. 하지만 그녀는 행사가 끝난 후, 왕진이 어떻게 다시 접근해올지 기대하고 있었다. 지연은 봉만으로부터 섭외를 받은 뒤, 강연 순서를 리허설 할 때 왕진에 대한 소개를 이미 들은 터였다.

"조왕진 부사장님은 특별한 분이에요. 대왕 그룹 조준영 회장 아시지요? 조왕진 부사장님이 바로 조 회장님의 이복동생입니다. 조명배 선대 회장님의 숨겨진 자식이죠! 하지만 조 부사장님이 스스로 말하기 전까지는 절대 모른 척 해주십시오. 본인의 자존심 문제입니다."

휴식 시간이 끝나고 대회의실의 조명이 다시 밝아졌다. 지연이 세련된 목소리로 다시 마이크를 잡았다.
"이번에 소개해 드릴 분은 테헤란로의 아버지라 불리는 분이시죠! 우리나라 최고의 재테크 강사이자 승일 그룹 회장인 명장범 회장님이십니다. 큰 박수로 맞이해 주시기 바랍니다."
라데츠키 행진곡이 울려 퍼지는 가운데, 명장범이 무대 위로 걸어 나왔다. 세련된 네이비 슈트와 화사한 자주색 넥타이는 그의 풍채를 더욱 당당해 보이게 했다. 그는 걸음을 멈추고 청중을 향해 잠시 미소 지었다. 그 한순간의 정적이 객석의 기대감을 최고조로 끌어올렸다. 장범은 왼손으로 마이크를 가볍게 잡고, 오른손을 천천히 들어올렸다. 숨소리조차 들리지 않을 정도로 조용해진 객석을 향해 부드러운 목소리로 말문을 열었다.

"여러분, 오늘 이 자리에 모이신 분들은 특별한 분들입니다."

그의 목소리는 낮고 차분했지만, 객석 구석구석까지 울려 퍼졌다. 그는 무대 왼쪽으로 느릿하게 걸어가며 말을 이어갔다.

"왜 특별하다고 말씀드리는지 아십니까?"

장범은 갑자기 걸음을 멈추고 목소리를 높였다.

"바로 기회를 알아보는 눈을 가진 분들이기 때문입니다!"

장범의 오른손이 공중에서 우아한 호를 그렸다. 그는 동작 하나하나가 마치 오케스트라 지휘자처럼 정확하면서도 의미가 있었다.

"이 러시아 보물선이 왜 울릉도 앞바다에서 침몰했는지 짐작하시는 분은 손 한번 들어주시지요!"

장범은 무대를 가로지르며 관객들의 반응을 살폈다. 몇몇 손이 올라가자 그는 부드럽게 웃으며 손짓했다.

"맞춘 분께는 내가 오늘 승일 프리미엄 코인 천 개를 상품으로 드리겠습니다. 내년이면 떡상해서 천만 원이 되는 것 다들 아시죠?"

장범은 잠시 침묵했다가, 목소리를 한 톤 낮추어 마치 비밀을 나누듯 말했다.

"러시아가 만만히 보았던 일본에 아주 개박살이 났어요."

갑자기 장범의 얼굴이 진지해졌다. 그는 무대 중앙으로 돌아와 천천히 고개를 저었다.

"더는 도망가려고 해도 도망갈 방법이 없었죠."

장범은 관객석을 향해 몸을 살짝 숙이고, 손을 턱에 대며 생각에 잠긴 듯한 포즈를 취했다.

"그래서 러시아 함장이 그 순간 고민을 했어요. 일본에 생포되어서 군자금으로 쓸 100조 원어치 금괴를 일본에 바치느니 차라리 바다에 수장시키겠다고 말이죠! 혹시 압니까? 100년 후에 자기 후손들이 찾으러 올지?"

객석에서 흥분된 웅성거림이 일었다. 장범은 미소를 지으며 무대를 천천히 걸었다. 그의 발걸음은 마치 발레리나의 움직임처럼 부드럽고 우아했다.

"러시아 함장은 애국자입니다. 또 우리 대한민국에 이런 기회를 준 대한민국 애국자죠!"

장범은 갑자기 걸음을 멈추고 한쪽 눈썹을 올렸다.

"만약 살아 있었다면 내가 우리 정부에 건의해서 무궁화 대훈장을 수여하도록 했을 겁니다."

장범은 잠시 입술을 오므렸다가 불쑥 하하하- 웃음을 터뜨렸다. 그의 웃음소리에 객석에서도 웃음이 터져 나왔다. 장범은 그 순간을 정확히 포착해 손을 들어 청중을 조용히 시켰다.

"오늘 우리 승일 그룹은 딱 선택받은 백 분만 이 자리에 초대했습니다."

장범의 목소리가 다시 차분해졌다. 그는 양손을 가슴에 모으며 진심 어린 표정을 지었다.

"승일 그룹은 돈 버는 것 자체를 목적으로 하는 회사가 아닙니다. 돈이 가지고 있는 사회적 가치에 포커스를 맞추고 있습니다."

장범은 오른손을 곧게 뻗어 허공에 숫자 '5'를 그렸다.

"승일 그룹이 버는 수익금의 5%는 사회적 소외계층의 자녀들에게 사용함으로써 대한민국의 미래를 위해 재투자를 하고 있습니다."

장범은 무대 가장자리로 걸어가 첫 번째 테이블에 앉아 있는 사람들을 향해 정중히 고개를 숙였다.

"이 자리에는 애국지사 가족도 있고, 은퇴한 군경 간부 분들도 있습니다. 우리 승일 그룹은 그런 분들에게만 부자 될 기회를 드리고자 합니다."

장범은 갑자기 양팔을 벌리며 활짝 웃었다.

"울릉도에서 귀한 손님이 여러분을 만나러 왔습니다!"

장범이 맨 앞 테이블에 앉아 있던 다부진 체격의 남자를 가리켰다. 팡파르가 울려 퍼졌다.

"러시아 보물선 표토르호 탐사대장이면서 대한민국 해군의 자존심이자 작은 거인인 최상칠 UDT 예비역 중령님을 소개합니다! 울릉도에서 오시느라 고생하셨는데 인사 말씀 한마디하고 가시지요!"

군복 차림의 상칠이 일어나 관객들을 향해 거수경례했다.

"여러분, 걱정하지 마십시오. 표토르호는 내 이 손으로 반드시 인양합니다!"

상칠이 주먹을 쥔 오른손을 힘차게 들어올렸다. 객석에서 우레와 같은 박수가 터져 나왔다. 장범은 한 손을 가슴에 얹고 깊이 숨을 들이마셨다. 그리고 관객을 향해 정중히 고개를 숙였다. 장범의 명강의가 끝이 나자 한참 동안 기립박수가 이어졌다.

투자설명회가 모두 끝나자, 진우는 카메라를 꺼내 8명의 인물을 향해 렌즈를 맞췄다. 셔터를 누르기 전, 그는 잠시 뷰파인더를 통해 8명의 인물을 꼼꼼히 살폈다.

"자, 모두 준비됐습니다. 회장님, 가운데로 좀 더 들어와 주시고…. 조 부사장님, 왼쪽으로 한 걸음만…. 탐사대장님도, 좋습니다!"

장범은 활짝 웃으며 중앙에 섰고 왕진, 양석, 상칠, 혜수, 덕배, 봉만, 그리고 심지연 아나운서가 각자 위치를 잡았다. 진우는 한 번 더 구도를 확인한 후, 셔터를 여러 번 눌렀다.

"홍보실장도 같이 찍읍시다."

장범이 환한 미소로 제안했지만 진우는 손을 내저으며 사양했다. 일상적인 홍보 촬영이었지만 진우가 카메라를 챙기는 동작은 마치 중요한 증거물을 확보하는 듯 신중함이 묻어났다. 핵심 인사 여덟 사람이 나란히 서자 청중들도 자신들의 핸드폰에 그들의 사진을 담아내기 바빴다. 사진 촬영 후에는 명장범의 주변으로 청중들이 몰려들었다. 지금 이 순간 장범은 연예인 못지않은 스타나 마찬가지였다. 미자와 영숙도 누가 뭐랄 것 없이 장범에게 다가갔다.

"회장님, 우리하고도 사진 좀 찍어 주시겠어요!"

* * *

5월 초순 울릉도 도동항

30여 명쯤 되는 승일 그룹 투자예정자들은 주로 50~60대 남녀들이 많았다. 물론 소수지만 30~40대 젊은 사람들도 간혹 눈에 띄었다. 덕배의 안내로 승일 그룹 투자예정자들은 울릉도 도동항에서 출발해 1.5km쯤 떨어진 러시아 보물선 표토르호 침몰 지점으로 향했다. 아무것도 없는 바다였지만 사람들의 눈은 빛이 났다. 탐사대장이라고 자신을 소개한, 작지만 다부진 체격의 상칠이 투자자들에게 설명했다.

"여러분들이 타고 있는 배, 바로 이 아래에 러시아 보물선 표토르호가 침몰해 있습니다. 우리 승일 그룹 탐사대는 이미 수백 회의 탐사를 통해 이 지점 500m 아래에 있는 표토르호를 확인했습니다."

덕배가 표토르호에서 인양한 청동 주전자를 오른손으로 들어올리며 투자예정자들에게 보여주었다.

"이 청동 주전자는 러시아산으로, 표토르호에서 인양한 것입니다."

상칠의 말에 투자예정자들이 웅성웅성했다. 일부 사람들은 청동 주전자를 받아 이리저리 살펴보았다. 핸드폰으로 촬영하는 사람들도 있었다. 서울에서 투자자들을 인솔해 온 양석이 팸플릿을 보며 즉석에서 설명했다. 승일 그룹은 표토르호 인양사업에 투자하는 사람에게는 원금을 100% 보장하고, 투자금은 승일 프리미엄 코인으로 지급하는 계약을 할 예정이다. 그리고 내년에는 표토르호 인양 여부와 상관없이 무조건 원금의 두 배에 해당하는 수익금을 투자자들에게 지급할 것을 약속했다.

울릉도 현장에서의 투자설명회 효과는 대단했다. 서울 강남 테헤란로 주변에는 순식간에 러시아 보물선 투자 광풍이 불기 시작했다. 순식간에 수십억이 몰렸다. 투자자들 사이에서는 승일 프리미엄 코인에 투자하는 것은 안전하다는 소문이 나기 시작했다. 더욱이 러시아 보물선 탐사 소식도 언론을 통해 스멀스멀 알려지기 시작했다.

***

5월 중순 오후경 명장범 회장실

"내가 며칠을 설득해서 겨우 입사시켰으니 앞으로 상 이사가 관리를 잘하라고!"

장범은 얼마 전 투자설명회에 왔던 전직 경찰 간부를 승일 그룹 본부장으로 영입했다.

"수사과장 출신이라면 우리 회사 얼굴마담으로 딱 맞을 거야! 주변에 홍보 좀 잘하라고!"

장범은 만족스러운 표정으로 머리카락 숱도 별로 없는 듬성듬성한 머리를 양손으로 만지며 흐뭇해했다. 코인 판매도 순조롭고, 보물선도 인양이 시작될 예정이었다. 울릉도를 다녀온 예비투자자들에게도 투자가 몰리고 있었다. 그때 장범의 비서가 인터폰을 연결했다.

"회장님, 한혜수 법무팀장님 오셨습니다."

"들어오시라고 해요!"

장범이 의자를 바로 세우며 인자한 어조로 말했다. 혜수가 결재판을 허리에 끼고 회장실로 들어왔다. 장범의 사무실에 있던 덕배는 혜수가 들어오자마자 얼굴이 화끈거렸다. 그는 장범과 혜수의 관계를 알고 있었다. 두 사람의 관계는 회사 내 공공연한 비밀이었지만, 그럼에도 덕배는 혜수를 향한 마음을 주체할 수 없었다. 그녀의 지적인 모습, 차가워 보이지만 가끔 보여주는 따뜻한 미소가 그의 마음을 쉴 새 없이 흔들었다. 얼굴이 빨개진 덕배가 쭈뼛쭈뼛하더니 장범에게 허리 굽혀 인사하고는 혜수를 힐끗 보고 사무실을 나갔다. 장범은 의자에서 일어나며 혜수의 몸매를 쭉 훑어봤다.

"너 요즘 누구랑 붙어먹냐? 나 실장에게 꼬리 치는 거야? 그깟 샌님이 뭐가 그렇게 좋냐?"

장범이 원피스를 입은 혜수의 등 뒤로 다가가더니 혜수의 허리를 껴안았다. 키가 작은 장범은 혜수의 머리카락 뒤로 코를 대고 '킁킁' 냄새를 맡았다.

"사무실에서 왜 이리 질척거려?"

혜수가 몸을 돌려 장범을 떼어내자 장범이 허리 벨트에 손을 가져다 대며 혜수를 음흉한 눈빛으로 훑어보았다.

"나 이 정도면 아직 쓸 만하지 않아? 안 그래?"

"머리카락이나 심고 그런 말 하시지!"

혜수가 장범의 가장 약한 부분을 찔렀다. 분노와 수치심으로 자존심이 상한 장범이 혜수를 향해 냅다 따귀를 날렸다.

"나 꼭지 돌게 하지 마라."

장범의 짧고 굵은 외마디에 혜수는 한심하다는 듯 오히려 더 비웃었다.

"적당히 하라고! 언제까지 이럴 거야?"

혜수가 신경질적으로 반응했다.

"언제까지? 넌 나한테 평생 못 벗어나. 내가 반신불수가 되어도 넌 내가 부르면 와서 빨아야 해! 알겠어? 오늘 저녁은 몰타 호텔 804호야. 난 네 목소리만 들어도 발딱 서거든."

혜수는 기가 찬 표정으로 몸을 부르르 떨며 장범의 사무실을 나갔다. 혜수는 화를 참지 못하고 어제 받은 네일 아트가 망가지는 것도 모른 채 결재판을 강하게 긁어내렸다. 장범은 음흉하게 웃으며 그런 혜수의 뒷모습에서 눈을 떼지 않았다. 오늘 밤에 있을 무언가를 상상하면서….

* * *

같은 날 저녁 8시경 선릉역 남도음식점

혜수는 진우의 만류에도 불구하고 소주를 연거푸 마셔댔다. 한 잔을 비우고 바로 또 따르는 모습에 진우가 걱정스러운 표정을 지었다.
"홍보실장님, 아니 나진우 씨!"
혜수의 목소리가 갑자기 높아졌다. 그녀의 목소리는 흔들렸고, 혀는 꼬부라져 단어가 뭉개졌다. 얼굴은 벌겋게 달아올라 있었다. 조금 전, 일과 시간이 막 끝나갈 무렵 혜수는 진우의 방에 들어와 무조건 한잔하자며 그를 끌어당겼다. 그러고는 무슨 일이 있었는지 몰라도, 음식점에 도착하자마자 혼자 술을 벌컥벌컥 들이켰다. 혜수는 주먹으로 테이블을 내리쳤다.
"당신, 우리 아빠가 누군지 알아? 우리 엄마는?"
혜수의 눈에 눈물이 고였다. 그녀는 소주잔을 또 들이켰다.
"나 컬럼비아대 로스쿨 출신이라고…."
혜수는 갑자기 감정이 복받치는 듯 엉엉 울어댔다. 화장이 번져 눈 밑이 까맣게 그을렸다.
"우리 엄마, 아빠가 나를 어떻게 키웠는지 아냐고오! 정말 손에 물 한 방울 묻히지 않고 귀하게 키웠다고….''
흐느끼던 혜수는 마시다 만 소주잔을 내려놓고 진우의 셔츠 깃을 붙잡았다. 그녀의 눈이 분노로 타올랐다.
"변태 새끼…. 더러운 새끼…. 나 국제변호사라고!"

혜수는 소리를 지르다 주변 테이블의 시선이 모이자 갑자기 소리를 낮췄다. 그녀는 진우에게 몸을 기대며 비틀거렸다.

"나를… 이렇게 취급할 수는 없어. 나… 승일 그룹 법무팀장이라고!"

진우는 더는 안 되겠다고 생각해 만취한 혜수를 일으켜 세워 음식점을 나왔다. 그녀는 일어서며 테이블을 붙잡았지만, 다리에 힘이 풀려 진우의 어깨에 기대야 했다. 혜수는 진우의 몸에 착 달라붙어 몸을 가누지 못했다. 진우는 어깨에 기댄 혜수의 무게가 점점 더 무거워지는 것을 느꼈다. 그녀의 머리카락에서는 달콤한 샴푸 향이 났고, 살결에서는 은은한 머스크 향수 냄새가 풍겨왔다. 취기로 붉어진 혜수의 얼굴이 진우의 목덜미에 파고들었다.

"팀장님, 집이 어디세요? 내가 모셔다 드릴게요."

혜수가 양손으로 진우의 얼굴을 어루만지면서 말했다.

"야, 나진우! 너 나 그냥 놔두고 도망가면 죽을 줄 알아!"

혜수는 그 말을 끝으로 의식을 잃었다. 진우가 이러지도 저러지도 못하고 있는 사이 혜수의 가방 속 핸드폰이 울렸다. 진우는 잠시 고민하다 가방을 열어 핸드폰을 보았다. '대머리 변태 새끼'라고 저장된 사람이었다. 잠시 고민하던 진우는 전화를 받았다.

"씨발, 빨리 안 올 거야? 어디야, 지금?"

잔뜩 화가 난 장범의 목소리가 들려왔다. 아마도 장범과 혜수가 만나기로 했던 모양이다. 진우는 결심한 듯 목소리를 깔고 대답했다.

"회장님, 저 나 실장입니다. 한 팀장님이 회장님과 약속이 있는 것을 깜빡 잊었나 봅니다. 지금 술을 너무 많이 마셔서 정신을 못 차리네요. 한 팀장님하고 약속은 다음으로 미루셔야 할 것 같습니다."

"아… 그래요. 홍보실장님."

장범은 생선을 훔치려다 들킨 도둑고양이처럼 얼른 전화를 끊었다. 입안에 남은 쓴맛처럼 마음이 개운치 않았다. 진우에게 자신과 혜수의 관계를 의심할 실마리를 제공한 것 같아 찝찝했다. 진우는 진우대로 곤혹스러운 상황이었다. 인사불성인 혜수는 뜨거운 숨결을 진우에게 간질였다.

"조금만… 더 안아줘…."

술에 절어 흐물거렸지만 그 목소리 속 유혹은 선명했다. 진우는 입술을 깨물었다. 그의 이성은 그만두라고 외쳤지만 본능은 다른 소리를 내고 있었다. 목을 감싸 안은 혜수의 팔에서 전해지는 체온이 그의 몸을 달구고 있었다. 그녀의 부드러운 가슴이 팔에 닿을 때마다 진우의 심장 또한 미친 듯 뛰었다.

모텔 간판의 네온사인이 어두운 밤거리를 붉게 물들였다. 진우는 걸음을 멈추고 고개를 저었다. 하지만 잠시 후, 그의 발걸음은 모텔 입구를 향하고 있었다. 선택의 여지가 없었다. 혜수는 반쯤 정신을 잃은 상태였고, 그녀의 집 주소를 모르니 택시를 태울 수도 없었다.

"방 하나요."

진우의 목소리가 떨렸다. 모텔 방문을 열고 들어서자 옅은 조명 아래 큰 침대가 두 사람을 기다리고 있었다. 진우는 혜수를 침대 위에 조심스럽게 눕혔다. 그녀의 원피스가 올라가 매끈한 허벅지가 드러났다. 진우는 시선을 돌리려 했지만, 그의 눈은 이미 그녀의 아름다운 곡선에 사로잡혀 있었다. 혜수의 신발을 벗기려 몸을 구부리자, 그녀가 갑자기 진우의 손을 잡아당겼다. 진우는 균형을 잃고 그녀 위로 쓰러질 뻔했다. 그 순간 혜수는 진우의 손을 자신의 가슴 위로 이끌었다.

"느껴봐…."

혜수의 속삭임이 방 안의 공기를 뜨겁게 달궜다. 진우의 손바닥 아래, 혜수의 심장이 세차게 뛰고 있었다. 얇은 원피스 천 너머로 그녀의 단단해진 꽃봉오리가 느껴졌다. 진우의 손가락이 무의식적으로 움직였고, 혜수는 작은 신음을 흘렸다.

"내가 모를 줄 알아? 내게 관심 있는 것 아니었어…?"

혜수의 눈이 반쯤 열렸다. 그 속에는 취기 너머의 뭔가가 빛났다. 진우의 호흡이 거칠어졌다. 그의 이성은 점점 희미해지고 있었다. 그녀의 풀어 헤쳐진 가슴골이 그를 유혹했고, 붉게 물든 입술은 달콤한 독을 품고 있는 것 같았다. 진우의 손가락이 자신의 셔츠 단추에 닿았다. 한 번의 선택으로 모든 것이 달라질 순간이었다. 그는 혜수의 눈을 바라보았다. 취기 속에서도 그녀의 눈빛은 간절했다. 그녀는 알 듯 말 듯한 혼잣말을 중얼거렸다. 진우는 순간 고민했다. 그녀의 달콤한 향기를 맡는 순간, 지금껏 쌓아온 공든 탑이 한순간에 무너질 수도 있었다. 이 유혹은 순간의 쾌락이 아닌, 그의 인생을 뒤흔들 수 있는 선택의 기로였다. 혜수의 향기가 진우의 감각을 뒤흔들었다. 진우는 한순간 모든 것을 내려놓고 싶었다. 그녀의 부드러운 입술과 달콤한 숨결, 그리고 매혹적인 몸에 자신을 내맡기고 싶었다. 하지만 그때, 진우의 머릿속 차가운 이성이 깨어났다. 그는 자신이 누구인지, 무엇을 위해 지금까지 살아왔는지 기억해냈다. 중학교 때 자신을 놀리며 때리던 반 친구를 혼내주었고, 친구의 부모님 앞에서 울며 무릎을 꿇고 용서를 빌던 엄마의 얼굴이 떠올랐다.

"후…."

진우는 길고 깊은 한숨을 내쉬었다. 그의 손이 혜수의 손을 조심스럽게 벗어났다. 그리고 천천히 일어나 흐트러진 셔츠를 정리했다. 혜수는 장미처럼 아름다웠지만 그 가시에는 독이 묻어 있었다. 끝내 진우는 길게 한숨을 쉬고는 혜수의 손을 뿌리치고 모텔방을 빠져나왔다. 진우가 모텔 방문을 열고 나가자, 혜수가 그 뒷모습을 보며 알 수 없는 웃음을 지어 보였다.

"이제 우리 하나씩 주고받은 거야…."

차가운 밤공기가 진우의 뜨거운 얼굴을 식혔다. 모텔 밖 길가를 걷는 진우의 귓가에는, 여전히 자신을 잡아끄는 혜수의 숨소리가 생생히 들려오고 있었다.

* * *

장범은 쿵 하고 내려앉은 마음을 주체할 수 없었다. 며칠 동안 고대했던 혜수와의 만남이 좌절된 것도 화가 났지만, 그보다 더 질투가 일었던 건 혜수와 함께 있는 진우의 존재였다. 뛰어난 미모와 몸매를 가진 혜수에게 장범은 이미 푹 빠져 있었다. 그녀는 침실에서도 열정적인 몸놀림으로 장범의 모든 감각을 자극하며 그를 황홀경으로 이끌었다. 하지만 최근, 혜수가 진우에게 눈길을 보내는 것을 눈치 십 단인 장범이 모를 리 없었다. 다만 둘 사이가 이 정도일 줄은 예상하지 못했다. 장범은 자신의 텅 빈 머리를 손으로 만졌다.

'나이도, 외모도… 나진우에게 내가 비교 대상이 될 수 없지.'

장범은 창밖을 바라보며 쓴웃음을 지었다. 직책은 자신이 회장이었지만, 진우도 허승도 의장이 직접 영입한 사람이었다. 사내에서 그의 입지는 결코 만만치 않았다. 장범의 머릿속에 질투심이 용솟음쳤다. 진우는 자신의 전화인 사실을 알고도 대놓고 혜수의 핸드폰을 받았다.

'나진우와 어디까지 간 걸까? 나진우 이 새끼가 정말…?'

장범은 작년 겨울, 혜수를 처음 만났던 날을 떠올렸다. 강남경찰서 앞 스타벅스에서 자신에게 투자하려는 투자자들을 설득하느라 땀을 뻘뻘 흘리고 있을 때였다.

"명 회장, 나는 내 눈으로 직접 보기 전에는 라오스에 있다는 관상어 농장에 투자할 수 없네! 한두 푼도 아니고 말이야!"

노년의 남자가 장범에게 깐깐하게 굴고 있을 때, 옆 테이블에서 노트북을 펴놓고 무언가 열심히 작성하던 여자가 눈에 들어왔다. 한눈에 보기에도 뛰어난 미모와 늘씬한 몸매가 사람들의 시선을 사로잡았다. 투자자들과 장범이 '라오스에 있다는 관상어 농장을 어떻게 확인할 수 있는지' 한 시간째 다람쥐 쳇바퀴 돌 듯 논쟁을 이어가고 있을 때였다.

"라오스에 직접 안 가셔도 인터폴을 통해 현장을 확인할 방법이 있습니다."

여자는 자신을 국제법 전문 변호사 한혜수라고 소개했다. 마침 자신의 고객이 강남경찰서에서 조사를 받아 막 미팅을 마치고 상담내용을 노트북에 정리 중이라고 했다. 마법 같은 순간이었다. 장범은 인터폴을 통해 관상어 농장을 확인할 수 있다는 혜수의 말에 놀랐고, 투자자들도 만족해했다. 자리를 파할 때, 장범은 혜수에게 명함을 건네며 말했다.

"내가 주로 해외에서 사업을 합니다. 그러다 보니 국제법 자문 받을 일이 많은데 언제 한번 일 좀 맡겨도 되겠습니까?"

 그 후, 혜수의 명함을 받은 장범이 그녀에게 연락하는 것은 어려운 결심이 아니었다. 이런 인연이 이어져 마침 승일 그룹에 변호사가 필요했을 때, 허 의장의 허락을 얻어 혜수를 법무팀장으로 영입했다.

 국내 변호사 자격증이 없는 혜수였기에, 허 의장의 허락을 얻어내는 것도 장범의 노력 없이는 쉽지 않은 일이었다. 장범의 도움으로 박앤김 법무법인에서 승일 그룹 법무팀장으로 벼락출세한 혜수는 그 직후부터 장범과 연인관계가 되었다. 장범은 창가에 기대어 깊은 한숨을 내쉬었다. 혜수가 승일 그룹 법무팀장 자리 때문에 자신에게 몸을 허락한다는 것을 잘 알고 있었다. 그래도 괜찮았다. 하지만 이제는 나진우까지…. 생각할수록 불안해졌다.

 '내가 그녀에게 줄 수 있는 것과 나진우가 줄 수 있는 것…. 나이 차이만큼 차이가 나겠지.'

 그는 혜수를 잃고 싶지 않았다. 하지만 진우의 존재는 점점 더 큰 위협으로 다가오고 있었다.

* * *

 갈증을 느낀 혜수는 물을 마시기 위해 몸을 뒤척였다. 머리가 지끈거리고 몸은 천근같이 무거웠다. 손을 뻗어 핸드폰을 찾아 시계를 보니 새벽 4시 50분이었다. 옷은 그대로였지만 낯선 장소에 누워 있었다. 어제 저녁, 진우와 남도음식점에 간 기억만 나고 그 후의 일은 필름이 끊겼다. 혜수는 한동안 뇌가 정지된 느낌으로 가만히 누워 시간을 보냈다. 진우가 자신을 부축해서 이곳으로 데리고 온 것이 스멀스멀 기억이 났다. 혜수는 이런 상황에서 자신을 두고 그냥 나간 남자는 오랜만이라는 생각이 들자 피식 웃음이 났다.

혜수는 천장을 바라보며 입술을 깨물었다. 거절이라는 감각이 낯설었다. 가슴 한구석이 묘하게 쓰렸다. 자존심이 상한 것일까, 아니면 진우라는 남자에 대한 호기심이 더 커진 것일까. 그녀는 이 모텔방의 적막함 속에 자신의 마음이 어떤 상태인지 곰곰이 생각해 보았다. 하지만 곧 그 감정은 익숙한 공허함으로 돌아왔다. 비어 있는 옆자리, 차가운 침대 시트, 그리고 외로움. 아무리 생각해도 이해할 수 없는 진우의 행동에 혼란스러움과 호기심이 뒤섞였다.

혜수는 몸을 일으켜 앉으며 핸드폰을 집어 들었다. 전화기 너머로 숨소리가 거칠어지는 것이 느껴졌다. 잠에서 완전히 깬 듯했다. 그의 목소리에는 이미 기대감과 설렘이 가득했다.

"지금, 나 좀 데리러 올래?"

07
재벌집 사생아

5월 중순경 저녁 반포동 M 호텔 레스토랑

테이블 위로 내려앉은 은은한 조명이 턱시도를 완벽하게 차려입은 왕진의 선 굵은 외모를 더 빛나게 했다. 그는 와인을 홀짝이며, 맞은편에 앉은 지연을 향해 미소 지었다. 그녀의 도회적인 미모는 비싼 드레스보다 더 빛났다.

"와인 어떠세요? 2004년산 샤또 마고입니다. 프랑스 보르도 지방에서만 생산되는 1등급 한정판입니다."

왕진의 목소리는 낮고 부드러웠다. 그는 와인을 권하며 지연의 눈을 똑바로 응시했다.

"구하기 어려운 빈티지인데, 지연 씨를 위해 특별히 수입사에 부탁했습니다."

지연 역시 와인 향을 음미하며 미소를 지었다.

"1등급 와인은 역시 풍미가 뛰어나네요. 와인에 대해 많이 아시나 봐요?"

"프랑스 1등급 와인은 되어야 제대로 된 맛을 느낄 수 있죠."

왕진이 지연의 눈을 바라보며 답했다.

"참, 혹시 음식 알레르기는 없으신가요? 메뉴를 주문하기 전에 셰프에게 미리 알려드리는 게 좋을 것 같아서요."

"없어요. 신경 써 주셔서 고마워요."

"당연한 일이죠."

왕진은 손을 들어 웨이터를 불렀다.

"워~터가 얼마 남지 않았네요. 약간 미지근한 워~터로 계속 리필해 주시겠어요?"

웨이터가 물을 가지러 가자 왕진은 지연을 보며 웃어 보였다.

"아나운서는 목을 보호하는 게 중요하잖아요."

왕진의 이런 세심한 배려에 지연은 마음이 흔들렸다. 그의 매너는 타고난 듯했다. 웨이터가 다가와 물을 따르자 왕진은 고개 숙여 감사 인사를 건넸다. 두 사람은 지난 4월 23일, 오리진 호텔에서 있었던 투자설명회장에서 처음 연을 맺은 뒤 만남을 이어오고 있었다.

"첫 번째 꽃다발을 돌려보냈을 때도 이해했어요."

왕진은 지연을 처음 본 이후 수시로 꽃과 선물을 보내 애정 공세를 폈다. 그렇게 2주 간 밀고 당기기를 반복한 끝에, 지연은 왕진의 만남 제의를 받아주었다. 사실, 그녀는 벼랑 끝 전술을 사용하는 자신을 왕진이 포기하지 않을까 조마조마했다. 하지만 그녀의 걱정과 달리 왕진은 매우 적극적이었고, 어느새 두 사람의 데이트는 오늘로 세 번째를 맞이하고 있었다.

"하지만 지연 씨가 두 번째, 세 번째 선물도 돌려보냈을 때는…."

그는 빙그레 미소를 지으며 가슴에 손을 얹었다.

"솔직히 조금 상처받았습니다."

지연은 미소를 숨기지 못했다.

"그럼 왜 계속 보냈어요?"

왕진은 진지한 표정으로 그녀를 바라봤다.

"지연 씨를 포기한다는 것은 내 인생을 포기하는 것이니까요."

메인 코스가 나오자 왕진은 요리에 관한 이야기로 화제를 돌렸다. 그는 셰프의 독특한 조리법과 식재료의 출처를 설명하며 지연을 매료시켰다. 왕진은 와인 잔을 살짝 돌리며 지연을 바라보았다. 은은한 조명 아래 그의 얼굴은 평소보다 더 감성적으로 보였다.

"지연 씨, 내가 가정사가 조금 복잡한 편입니다."

왕진이 조심스럽게 말문을 열었다. 그는 잠시 테이블 위 촛불을 바라보며 말을 고르는 듯했다. 지연은 모르는 척 꽃사슴처럼 큰 왕진의 눈을 호기심 어린 표정으로 바라보며 귀를 기울였다. 그 '복잡한 가정사'야말로, 자존심 센 그녀가 왕진을 만나주는 이유였다.

"내 이야기를 들려드려도 될까요?"

살짝 떨리는 왕진의 목소리에 지연은 조용히 고개를 끄덕였다. 왕진은 숨을 깊게 들이마신 후 천천히 이야기를 시작했다.

"저의 아버지는… 대왕 그룹 선대 회장이십니다."

그의 목소리는 낮고 차분했지만, 그 안에 숨겨진 감정이 느껴졌다.

"아버지는 내 존재가 주변에 알려지는 것을 꺼렸습니다. 내가 성인이 될 때까지 싱가폴에서 쥐 죽은 듯 살아야 했던 이유죠."

왕진은 와인 잔을 내려놓고 시선을 창밖으로 돌렸다. 그의 눈동자가 반짝였다.

"어머니는 제가 한국에 귀국하고 얼마 지나지 않아…. 싱가폴에서 유방암으로 쓸쓸히 돌아가셨습니다."

왕진은 목이 메는 목소리로 어머니 얘기를 하며 포크를 내려놓았다. 그의 눈시울이 붉어졌고, 애써 눈물을 참는 듯 깜빡거렸다.

"어머니는 대왕 그룹 선대 회장의 비서실 출신이었어요."

왕진의 목소리가 속삭임처럼 작아졌다. 그런 왕진의 손을, 지연이 테이블 위로 내밀어 꼭 잡아주었다.

"이야기를 계속하세요. 털어놓는 것만으로도 마음이 가벼워질 거예요."

왕진은 지연의 손을 마주 잡으며 고마운 듯 미소 지었다.

"지금도 대왕 그룹 조준영 회장은 동생인 저를… 선대 회장의 명예에 누가 된다며 공식 석상에 노출되는 것을 극구 꺼립니다."

왕진은 입술을 깨물며 말을 이었다.

"다만, 제 몫의 유산은 남겨준다고 약속했어요."

왕진은 잠시 침묵한 후, 지연의 눈을 똑바로 바라보며 말했다.

"그 몫이… 오천 억쯤 됩니다."

오천억이란 말에 지연은 놀란 표정을 지었다. 실제로는 이미 알고 있었지만, 연기하듯 가슴에 손을 얹으며 놀란 척했다. 지연도 재산가였던 전 남편에게서 지금 살고 있는 강남 아파트와 위자료로 꽤 많은 돈을 받았다. 하지만 왕진의 유산과는 비교할 수 없었다.

"지금 준영이 형님이 조카들에게 지분을 나눠주고 있어서…."

왕진은 머리를 살짝 긁적이며 미안한 표정을 지었다.

"제가 받기로 한 유산도 아직 묶여 있습니다."

왕진은 진지한 눈빛으로 덧붙였다.

"물론 저도 준영이 형님을 다 믿을 수가 없어 공증은 받아 놓았지만요…. 아마도 지분 정리가 끝나는 6개월 후에는 내 몫의 유산을 받게 될 겁니다."

지연은 묵묵히 듣고만 있었다. 그녀의 머릿속에서는 이미 봉만에게 들은 이야기와 왕진의 말이 정확히 일치하는지 확인하고 있었다.

"나도 이젠 참지 않을 겁니다."

왕진의 목소리가 갑자기 단호해졌다.

"저도 아버지의 소중한 자식 아닙니까?"

그 말을 하는 순간, 왕진의 큰 눈에 눈물이 그렁그렁 맺혔다. 조명 아래 그 눈물이 보석처럼 빛났다. 그는 재빨리 눈물을 닦았지만, 충분히 지연이 볼 수 있을 만큼 천천히 동작했다. 지연은 왕진의 감정에 공감하는 듯 그의 손을 더 꼭 잡았다.

"유산을 다 받은 6개월 후에 승일 그룹은 어떻게 할 계획인가요?"

"승일 그룹 허승도 의장은 젊었을 때 제 아버지 조명배 회장에게 많은 도움을 받아 사업을 성공한 사람이었어요."

왕진은 자부심이 느껴지는 말투로 이어갔다.

"허승도 의장님은 항상 저를 안타깝게 여겼습니다. 그런 이유로 저를 승일 그룹 부사장으로 영입했죠. 조만간 허 의장님은 명장범 회장을 고문으로 물리고 저에게 회장 자리를 물려주기로 이미 약속했습니다."

지연이 이제야 이해됐다는 얼굴로 고개를 끄덕였다. 오리진 호텔에서 있었던 투자설명회 당시, 왕진이 회장인 장범을 어려워하지 않고 만만히 보는 이유를 알 수 있었다.

"지연 씨…."

왕진이 목소리를 더 낮추며 지연의 손을 두 손으로 감쌌다.

"그동안 힘들게 살아온 이야기를 사랑하는 지연 씨에게 모두 하니

속은 뻥 뚫린 느낌이지만 너무 속상하기도 하네요."

왕진은 동전처럼 큰 눈망울에 눈물을 담아 깊은 시선으로 지연의 눈을 바라보았다. 그의 눈빛은 진실된 감정처럼 빛났다. 그야말로 완벽한 열연이었다. 이미 지연의 눈동자는 왕진의 눈 속에 자리 잡고 있었다. 그녀는 왕진의 슬픈 과거와 빛나는 미래에 완전히 매료되어, 그의 모든 말을 진실로 받아들이고 있었다.

* * *

왕진과 지연의 연애는 급진전했다. 이미 30대 후반인 두 사람은 주변의 눈치를 볼 것이 없었다. 왕진은 지연의 외동딸에 대해서도 살갑게 대하며 양육을 약속했다. 그런 왕진을 보며 지연은 더 믿음을 키워갔다. 방송국 주변 호사가들 사이에서는 지연이 재벌가와 결혼한다는 소문이 파다하게 돌았다. 지연은 그 소문이 나는 것을 피하지 않고 오히려 즐겼다. 방송국 주변 음식점과 카페에서 왕진과 함께 있는 지연의 목격담이 심심찮게 퍼졌다. 왕진은 재벌가의 자제답게, 귀공자풍의 뛰어난 외모와 세련된 매너로 소문을 더 확실하게 다져주었다.

"지연 씨, 이번에 신혼집을 한남동 에이원으로 하려고 하는데요."

지연은 한남동 에이원이란 말에 놀라 두 눈을 크게 떴다. 심장이 두근거렸다. 그곳은 유명 연예인과 기업인들, 변호사와 의사 같은 고소득 전문 직종 사람들이 주로 거주한다는 빌라로 유명했다.

"그런데 문제가 좀 생겼어요."

왕진이 골치 아픈 듯 심각한 얼굴을 했다. 지연의 얼굴 역시 덩달아 심각해졌다.

"무슨 문제요?"

대왕 그룹 현 회장인 조준영이 왕진에게 증여하기로 약속한 재산은 꽤 되었다. 그리고 국세청에서는 왕진이 대왕 그룹의 숨겨놓은 아들이라는 것을 진즉에 눈치 챘다. 조 회장의 재산이 어떤 방법으로 왕진에게 넘어갈지 국세청에서 눈을 치뜨고 지켜보고 있었다.

"그런데요?"

"증여받을 재산 규모가 너무 크다 보니 증여세가 한두 푼이 아닌가 봐요. 세무사를 통해 알아보니 증여세만 몇백억이라고 하더라고요."

왕진이 아무렇지도 않게 몇백억이라는 말을 꺼내자, 지연이 놀란 가슴을 진정시켰다. 왕진은 증여세를 피하기 위해 지금 재산을 처분할 시, 세무당국에서 이미 요주의 인물로 그를 지켜보고 있기에 그렇게 행동할 수 없다고 했다.

"세금폭탄을 맞을 수도 있겠네요."

지연의 말에 왕진이 고개를 끄덕였다.

"그러니까 천천히 재산을 증여받아야 한다는 말이죠?"

똑똑한 아나운서 출신답게 지연은 왕진이 하고 싶은 얘기를 금세 알아차렸다. 왕진은 얼마 전, 에이원 매매계약서를 작성해 계약금까지 지급한 상태였다. 그런데 나머지 잔금을 치르기 위해 지금 증여를 받으면 세금도 세금이지만 국세청에서 100% 세무조사가 들어올 가능성이 컸다. 지연은 왕진의 말을 대수롭지 않은 듯 받아넘겼다. 지연은 전 남편에게 받은 강남 아파트를 처분하고 부모님 도움을 받으면 30억 정도를 준비할 수 있었다. 왕진이 지연에게 미안한 표정을 지었다.

"한 달 안에 정리할게요. 중도금하고 잔금을 우선 내 계좌로 보내

주면 집주인에게 이체하겠습니다."

지연은 왕진의 말을 믿고 급하게 자신의 아파트를 처분한 뒤, 이곳저곳에서 돈을 빌려 30억을 왕진에게 넘겨주었다. 그리고 자신은 결혼하기 전까지 잠시 부모님 집에 얹혀살기로 했다. 왕진과의 장밋빛 미래로 들떠 있는 지연에게 눈에 보이는 것은 아무것도 없었다. 오로지 잘생긴 재벌가의 숨겨진 아들, 조왕진만이 보일 뿐이었다.

08
토사구팽

6월 초순 오전경 조왕진 부사장 사무실

"어허, 의장님께서 이 늙은이에게 무엇이 서운하셨던 건지 사전에 말씀이라도 해주셨어야지!"

규철의 목소리에는 힘이 실리지 않았다. 한때 당당했던 그의 목소리가 바람 빠진 풍선처럼 공허하게 왕진의 사무실에 울렸다. 그는 어깨를 늘어뜨린 채 창밖을 응시했다. 푸- 깊은 한숨이 규철의 입에서 흘러나왔다. 그의 얼굴에는 실망과 체념의 표정이 역력했다. 왕진은 표정을 관리하며 말했다.

"이젠 젊은 후배들에게 자리를 물려주고 좀 편안히 쉬시라는 뜻 아니겠습니까?"

왕진의 말투는 공손했지만, 눈빛은 다른 곳을 향하고 있었다. 그는 며칠 전, 허승도 의장으로부터 대표이사 취임을 준비하라는 연락을 받은 참이었다. 규철은 손에 들린 인사명령장을 바라보았다. 제일금속 사장에서 비상임 고문으로의 2선 후퇴. 그것도 불과 5개월 만에···. 규철은 인사명령장을 구겨 책상 위에 툭 던졌다.

"도대체 이해가 안 가는구만. 보름 전에 비상장주식 삼백억 원 목표치를 채웠는데…."

규철의 손가락이 책상을 짚으며 떨렸다. 그는 울분을 토하는 듯한 표정으로 고개를 저었다. 보름 전, 그는 순명 교회 신도들에게 제일금속의 비상장주식 삼백억 원어치를 완판시키는 데 성공했다. 신도들은 규철을 믿고 제일금속에 투자했다.

"부사장, 어찌 되었건 사장 취임을 축하하네. 앞으로 제일금속을 잘 이끌어주게나. 자네 정도면 충분히 잘해낼 수 있을 거야."

규철의 목소리는 딱딱했다. 그의 눈빛은 살짝 흔들렸고, 입술은 일직선으로 굳어 있었다. 제일금속은 이제 막 몽골 정부와 희토류 채굴 협의를 마치고 본격적으로 광산개발을 준비해야 하는 시점이었다. 왕진은 자리에서 일어나 공손히 허리를 숙였다.

"장군님의 지도 덕분입니다. 앞으로도 조언 부탁드립니다."

규철의 얼굴에 쓸쓸한 미소가 스쳤다. 허 의장은 그나마 규철의 공을 인정해 비상임 고문을 제안했지만, 규철은 그 제안을 거절했다.

"나처럼 늙은이가 고문입네 하고 회사에 이름을 올리는 것이 부끄럽다고…."

규철의 폭탄선언에 왕진과 마침 소식을 듣고 사무실에 들어오던 봉만이 놀란 듯 두 눈을 동그랗게 떴다.

"장군님, 그래도 고문님으로 계셔야…. 우리가 의지도 되고…."

규철이 한쪽 팔을 가로저었다. 그의 손이 주먹을 꽉 쥐었다 폈다.

"이젠 나도 집에서 손녀나 보며 지내려고 하네! 모든 게 귀찮아졌어!"

규철은 직원에게 이미 자신의 사무실 짐을 모두 승용차로 옮기라고 지시한 상태였다. 그는 일어서며 책상을 한 번 세게 쳤다. 그 소리에 왕진과 봉만이 움찔했다.

"앞으로 잘들 지내시게나!"

규철은 마지막 인사와 함께 왕진의 사무실 문을 나섰다. 그는 의도적으로 문을 세게 닫았다. 쿵- 하는 소리와 함께 문이 흔들렸다. 규철의 뒷모습에서는 분노와 억울함이 뚜렷하게 느껴졌다. 문이 닫히자마자 사무실의 분위기는 일변했다.

"왕진아, 축하한다. 앞으로 잘 부탁드립니다! 존경하는 제일금속 사장님!"

봉만이 90도로 허리를 굽히며 아첨했다. 왕진도 봉만의 인사가 싫지만은 않은지 양손을 허리춤에 얹고 말했다.

"저 노인네가 없었으면 우리가 어떻게 주식을 다 팔아. 안 그래, 형님?"

두 사람의 웃음소리가 사무실에 퍼졌다. 그들은 규철이 퇴직금 한 푼 못 받고 나간 것에 대해 이야기했다.

"말로만 듣던 토사구팽을 여기서 보게 되는군!"

"그나저나 저 노인네도 자존심 하나는 끝내주는군요. 역시 아무나 장군을 하는 것은 아닌가 봐요. 나 같으면 악이 올라 명장범의 책상 위에 올라가 넥타이 풀어헤치고 발로 서류들 짓밟으며 한바탕 소란을 피우고 갈 텐데 말입니다."

규철은 이미 엘리베이터 안에서 홀로 서 있었다. 그는 거울에 비친 자신의 모습을 바라보며 넥타이를 바로 잡았다. 엘리베이터 문이 열리자, 그는 꼿꼿한 자세로 로비를 가로질러 갔다. 직원들이 그를 바라보았지만, 규철은 아무도 쳐다보지 않았다. 군인다운 그의 걸음걸이에 맞춰 바닥을 세게 밟는 구두소리가 로비 전체에 울렸다.

* * *

6월 하순경 울릉도 승일 그룹 사택

"골목대장 수준도 안 되는 새끼가 무슨 탐사대장이라고 폼을 잡고 있어? 밀린 임금이나 주면서 병정놀이하라고!"

"내일 내일 하며 밀린 게 지금 몇 달째야? 우리 집에 지금 쌀이 떨어졌다면 누가 믿겠어?"

분노로 폭발 일보 직전인 잠수사와 선원들이 표토르호 탐사대장 최상칠의 멱살을 움켜쥐고 언성을 높였다. 표토르호 탐사에 동원된 인부들은 지금껏 돈을 제대로 받지 못했다. 더는 참을 수 없던 인부들이 지금 상칠을 앞에 두고 따지고 있었다. 그나마 상칠과 친분이 있는 잠수사 중 하나가 다른 인부들을 뜯어말렸다. 온갖 수모를 당하고 있는 상칠은 상칠대로 답답했다. 승일 그룹에서 몇 개월 전 자신을 영입했지만, 탐사 비용을 지급한 것은 초기에 지원한 오천만 원이 전부였다. 그 돈은 이미 사택 월세와 이런저런 비용으로 며칠 만에 동이 났다. 그 후 몇 달 동안 상칠의 항의에 승일 그룹 서울 본사에서 몇백만 원씩을 보내준 게 전부였다. 상칠은 화가 머리끝까지 나서 울릉도 출신인 덕배에게 전화를 걸었다.

"상 이사, 서울은 돈이 넘쳐난다며? 여기 어떡할 거야?"

이번 주까지 밀린 임금이 해결되지 못할 경우, 상칠은 울릉도에서 더는 발붙일 수 없는 파리 목숨이었다. 그나마 최상칠을 믿었기에 인부들 또한 몇 달째 임금도 못 받고 일했던 것이다.

"대장님, 조금만 기다려 주시면….'"

화가 난 상칠이 덕배의 말을 중간에서 끊었다.

"명 회장님께 분명히 말하시오. 더는 못 기다린다고. 도대체 표토르호 인양을 할 생각이 있는 거요?"

상칠이 보기에 거창했던 계획에 비해 실제 이루어지는 것은 하나도 없었다. 잠수사 몇 명 물에 들어갔다가 나온 것 말고는…. 상칠은 지난 몇 달간을 떠올렸다. 서울 본사에서는 표토르호 인양에 투자할 투자자들을 하루가 멀다고 울릉도에 내려보냈다. 그때마다 자신이 하는 일은 러시아 보물선을 탐사하고 인양하는 일이 아니라 투자자들을 배에 태워가서 청동 주전자를 들고 앵무새처럼 설명하는 일이 고작이었다. 낡은 군복을 입고 멋들어진 거수경례를 하는 것은 덤이었다. 탐사대장이 아니라 관광객 가이드 같은 역할이었다. 상칠의 인내심도 한계에 다다랐다. 허승도 의장의 간곡한 요청으로 탐사대장을 수락했는데…. 표토르호를 인양해 자신의 이름을 알리고 싶었는데 말이다.

'허 의장님을 직접 뵙고 말씀드려야지 별수 없겠군. 명장범 회장을 더는 믿을 수가 없어!'

마침 싱가폴에서 허승도 의장이 며칠간 일정으로 귀국한다는 소식을 들은 상칠이었다. 그는 이번 기회를 놓칠 수 없다는 듯, 서둘러 묵호항으로 가는 여객선표를 끊었다.

* * *

서울에 도착한 상칠의 얼굴에는 피로와 분노가 뒤섞여 있었다. 그는 택시를 잡아타고 곧장 승일 빌딩으로 향했다. 울릉도를 떠날 때만 해도 장범과 단도직입적으로 이야기하면 모든 것이 해결될 거라 생각했지만, 그 기대는 빗나갔다. 장범은 이틀 내내 이런저런 핑계를 대며 그를 만나주지 않았다.

12층 대회의실에서 홀로 의자에 앉은 상칠은 창밖으로 보이는 테헤란로의 풍경을 멍하니 바라보았다. 울릉도에서 그가 이끄는 탐사대원들은 월급도 받지 못한 채 하루하루를 버티고 있었다. '러시아 보물선 인양 프로젝트'는 점점 더 의심스러워졌다. 그때, 회의실 문이 열리는 소리에 상칠이 고개를 돌렸다.

"대장님~!"

진우의 반가운 목소리에 상칠의 얼굴에 미소가 번졌다. 그는 자리에서 벌떡 일어나 진우에게 달려갔다. 두 사람은 격하게 포옹했다. 울릉도에서 만난 이후 서로에게 호감을 느낀 그들은 꾸준히 연락을 주고받으며 가까워졌다.

"그동안 어떻게… 잘 지냈지?"

상칠이 진우의 어깨를 두드리며 말했다. 진우는 미소를 지으며 상칠을 바라보았다. 두 사람은 회의실 테이블에 마주 앉았다.

"아니, 그럼 러시아 보물선을 인양한다면서 인양에 필요한 인부들 월급도 밀려 있단 말입니까? 지금 그게 말이 되나요?"

진우의 목소리에는 분노가 묻어났다. 상칠은 놀란 얼굴로 미간을 찌푸리는 진우를 보며 한숨을 내쉬었다.

"아무래도 뭔가 일이 잘못 돌아가고 있는 것 같네. 명장범 회장은 나를 피하기만 하고…. 벌써 이틀째야. 대회의실에서 기다리고 있다고 비서를 통해 몇 번이나 전했는데도 코빼기도 비추지 않아."

진우가 벌떡 일어났다.

"지금 당장 명 회장에게 찾아가 따져봐야겠습니다."

상칠이 급히 진우의 팔을 잡았다.

"아직은 안 돼. 명 회장과 척을 져서는 안 돼. 지금은 상황을 더 지켜봐야 해."

진우는 마지못해 다시 자리에 앉았다. 그의 눈에는 의분이 가득했다. 상칠이 목소리를 낮추며 말했다.

"그런데 조금 이상해. 뭔가 냄새가 나지 않아? 우리가 중요한 무언가를 모르는 것 같아서 하는 말이야."

"뭐가 말입니까?"

상칠은 진우에게 몸을 기울이며 속삭이듯 말했다.

"들어오는 것이 있으면 나가는 것도 있어야 한다. 사업은 기브 앤 테이크야. 지금껏 투자만 받았지, 러시아 보물선을 인양한다면서 진행된 건 아무것도 없었어."

진우의 표정이 더욱 심각해졌다. 그는 상칠의 말을 집중해서 듣고 있었다.

"투자자들만 울릉도로 계속 구름처럼 몰려들었어. 침몰한 배를 인양하려면 인양할 배도 계약하고 수중 탐사도 전문적으로 더 진행해야 하는데 말만 요란하지 이루어지는 것이 하나도 없었단 말이야."

상칠이 잠시 망설이다 덧붙였다.

"사실… 투자자들에게 잠수 시범을 보이고 난 뒤에 보여주는 청동 주전자도 명장범이 준 물건이야."

"뭐라고요? 그게 사실입니까?"

진우의 눈이 커졌다. 그의 표정은 충격을 받은 듯했지만, 그 깊은 곳에는 다른 감정이 스쳐 지나갔다.

"그렇다네…. 그리고 명 회장이 잃어버렸다는 그 설계표에 좌표 정보가 담겨 있다는 것도… 그리 중요한 좌표 정보를 종이 한 장에 달랑 써 놓았다는 것도 이상하지 않아?"

진우는 미간을 깊게 찌푸렸다. 그는 마치 깊은 고민에 빠진 듯 한동안 아무 말도 하지 않았다. 그의 손가락이 테이블 위에서 미세하게 움직였다.

"저도 점점 의심스러워지고 있어요. 하지만 아직 확실한 증거가 없으니…."

상칠이 결연한 표정으로 말했다.

"허승도 이사회 의장을 직접 만나 얘기해야겠어. 아무래도 명장범 회장이 허승도 의장 몰래 무언가 일을 꾸미고 있는 것 같아."

진우의 눈빛이 미묘하게 변했다. 그는 재빨리 표정을 가다듬었다.

"그러고 보니 대장님 말씀이 일리가 있습니다. 명 회장이 너무 자기 마음대로 그룹을 주무르고 있어요. 모든 투자금도 혼자서 관리한다는 소문이 파다해요."

진우는 허승도 의장에게 명장범의 전횡을 알릴 방법을 찾아보겠다고 말했다. 그의 목소리는 진지했고, 표정은 결연했다.

"허승도 의장님은 믿을 수 있는 분이십니다. 당분간은 둘만 이런 사실을 알고 있는 게 좋겠어요. 섣불리 다른 사람들에게 말했다가는 명 회장의 귀에 들어갈 수도 있으니까요."

상칠은 진우의 말에 고개를 끄덕였다. 두 사람은 서로를 신뢰하는 눈빛을 교환했다.

"자네나 나나 허 의장님이 직접 영입한 사람들 아닌가? 우리 빨리 방법을 찾아보자고!"

두 남자는 손을 굳게 맞잡았다. 진우의 표정은 결연해 보였지만, 그가 상칠과 악수하는 손 너머, 창밖을 바라보는 눈에는 냉정함이 스쳐 지나가고 있었다.

***

7월 초순경 강남 오리진 호텔

호텔 대연회장의 조명이 쏟아지는 단상 위, 일렬로 놓인 책상 앞에 승일 그룹 경영진이 나란히 앉아 있었다. 그들 머리 위로는 '러시아 보물선 표토르호 국민설명회'라는 대형 플래카드가 걸려 있었다. 명장범 회장을 중심으로 조왕진 부사장, 최상칠 탐사대장, 상덕배 기획이사, 채양석 이사, 권봉만 이사, 한혜수 법무팀장이 총출동했지만, 정작 기자들은 10여 명만 모여 있어 썰렁한 분위기가 역력했다.

"이런 중요한 자리에 의장님이 빠지다니요?"

상칠이 옆에 앉은 장범을 향해 실망스러운 눈빛을 보냈다. 장범이 작은 목소리로 답했다.

"허 의장님이 비행기 표까지 끊어 놓았지만, 싱가폴 총리가 갑자기 투자문제로 호출해서…."

상칠의 얼굴이 잔뜩 굳어졌다. 그는 이번 기회에 허승도 의장을 만나 명장범의 전횡을 고발하고 보물선 인양 지원을 약속받으려던 참이었다. 장범이 마이크를 잡고 기자회견을 시작했다.

"우리 승일 그룹은 국민들에게 꿈과 희망을 주기 위한 프로젝트로 이번 보물선 탐사를 기획했습니다."

장범은 표토르호 탐사 목적부터 경과까지 준비된 정보들을 자신감 있게 쏟아냈다.

"이번에 승일 그룹이 러시아 군함인 표토르호의 침몰 지점을 확인한 것은 정말 큰 수확이었습니다. 그와 함께 표토르호에는 다량의 금괴가 실려 있다는 확실한 정보도 확보했습니다."

장범의 말이 채 끝나기도 전에 YKN 권주석 기자가 손을 들었다.

"표토르호에 금괴 100조 원이 실려 있다는 소문이 돌던데 사실입니까?"

장범은 미소를 지으며 대답했다.

"러시아가 러일전쟁 군자금으로 사용하려고 표토르호에 금괴를 싣고 있었다는 다수의 역사적 사실을 확인했습니다."

K-데일리의 김천수 기자가 이어 질문했다.

"표토르호를 인양하는 데는 큰 비용이 들 것으로 보이는데요. 인양 비용을 어느 정도로 예상하시고, 또 이 비용은 어떻게 마련할 계획입니까?"

"인양 비용은 총 오백억으로 예상하고 있습니다. 이 비용은 선투자를 받고, 인양 후에 표토르호에서 나오는 금괴로 보상할 계획입니다."

이번에는 DBS 주영아 기자가 질문했다.

"탐사대장님께 묻겠습니다. 울릉도 근해는 수심이 깊어 표토르호 탐사와 인양이 쉽지 않다는 전문가들 의견도 많은데요?"

장범이 마이크를 상칠에게 넘겼다.

"기자님 말씀이 맞습니다. 울릉도는 수심도 깊을뿐더러 급경사로 이루어져 탐사하는 데 어려운 점이 있는 것도 사실입니다. 그렇지만 현재 인양기술 수준이면 충분히 가능합니다."

주영아 기자가 다시 손을 들었다.

"승일 그룹이라는 곳을 처음 들어보는데요. 승일 그룹이 언제 설립된 회사이고 주로 어떤 사업을 하는지 간략히 소개해 줄 수 있나요?"

이번에는 채양석 이사가 마이크를 받았다.

"우리 승일 그룹은 해외에서 자원개발을 주로 하고 있습니다. 승일 그룹은 표토르호 인양을 위해서 설립한 특수 목적 법인으로 6개월 전에 설립했습니다."

양석의 답변에 기자들이 고개를 갸우뚱했다. 설립한 지 6개월도 안 된 회사가 100조가 실려 있다는 러시아 보물선을 인양한다? 의문이 들 만했다. 조국일보 류선용 기자가 손을 들고 자리에서 반쯤 일어나 수첩을 뒤적거리며 물었다.

"표토르호가 러시아 군함인데 승일 그룹이 인양할 수 있습니까? 만약 표토르호에 금괴가 100조 원어치가 실려 있다고 하면 러시아에서 승일 그룹이 인양하는 것을 그대로 두고 볼까요?"

류 기자는 잠시 숨을 고르더니 더욱더 날선 목소리로 질문을 이어갔다.

"러시아에서 표토르호 소유권을 주장하면 어떡하실 겁니까? 법적인 검토는 사전에 충분히 하신 것 맞습니까?"

장범의 표정이 살짝 굳었다. 전혀 예상하지 못한 질문에 잠시 당황한 듯했다. 그러나 그는 곧 여유를 되찾고 한혜수 법무팀장에게 마이크를 넘겼다.

"우리 회사 재원인 국제변호사 출신, 한혜수 법무팀장이 답변 드리도록 하겠습니다."

갑작스럽게 마이크를 넘겨받은 혜수의 얼굴에 홍조가 번졌다. 그녀는 눈을 깜빡이며 손에 땀이 배어 나오는 것을 느꼈다. 기자들 뒤에서 이 모습을 지켜보던 진우의 표정이 긴장으로 굳어졌다.

"음…."

혜수가 목을 가다듬었다.

"그게…."

혜수의 목소리가 미묘하게 떨렸다.

"국제법적으로는 문제가 없습니다. 대한민국 영토 내에서 침몰했기 때문에…."

혜수의 말은 끊기고 더듬거렸다. 적절한 법률 용어가 생각나지 않는 듯했다. 그녀의 눈이 갑자기 커졌고, 마이크를 움켜쥔 손에 긴장감이 역력했다. 류 기자가 자리에서 완전히 일어섰다. 그의 목소리가 회의장 전체에 울려 퍼졌다.

"한혜수 법무팀장이라고 하셨나요? 대한민국 군함이 일본 앞바다에서 침몰하면 일본에 있는 민간회사가 자기네 배라고 주장할 수 있다는 말로 들리는데요?"

혜수는 입을 열었다가 다시 다물었다. 그녀의 눈동자는 불안하게 좌우로 움직였고, 이마에는 땀방울이 맺혔다. 법무팀장으로서의 위엄은 온데간데없었다.

"일본… 민간… 회사, 아니…."

혜수는 여전히 할 말을 찾지 못하고 더듬거렸다.

"그러니까…."

혜수가 마이크를 움켜쥐고 허공을 응시했다. 눈앞이 캄캄해진 듯한 표정이었다. 회의장 안에 불편한 침묵이 감돌았다. 패널석에 앉은 다른 임원들도 어색한 표정으로 서로를 바라보았다. 당황한 것은 장범을 비롯한 승일 그룹 임원들도 마찬가지였다. 기자들은 어이없다는 표정을 지었고, 몇몇은 더 날카로운 질문을 준비하기 위해 메모를 시작했다. 그때, 임기응변에 능한 장범이 얼른 마이크를 가로챘다.

"그러잖아도 현재 그 문제에 관해 대형 로펌인 박앤김에 자문 받는 중입니다. 아직은 큰 문제가 없다는 답변을 받았지만, 법적인 리스크가 없도록 철저히 준비할 생각입니다."

그의 말이 끝나자 기자들이 이곳저곳에서 웅성거렸다. 혜수는 수치감으로 고개를 숙인 채 테이블을 응시했다. 그녀의 손가락은 테이블 밑에서 떨리고 있었다.

* * *

기자회견이 끝난 후 진우는 혜수를 자신의 승용차에 태우고 승일 빌딩으로 향했다. 장범이 혜수에게 운전기사가 딸린 자신의 차로 가자고 권유했으나 혜수는 쌀쌀맞게 거절했다. 이 순간만큼은 명장범 회장이 아닌 진우에게 위로받고 싶었다. 차 안을 가득 채운 침묵 속에서 진우는 혜수의 모습을 흘깃 바라보았다. 아직도 기자회견의 악몽이 있는 듯, 그녀의 얼굴은 폭탄을 맞은 것처럼 낙담한 표정이었다. 차장 밖에서 들어오는 햇살이 어린아이처럼 울음보가 터질 듯한 혜수의 미모를 더 환하게 비추었다. 평소 당당하고 계산적인 그녀의 모습은 사라져 보이지 않았다. 지금 눈앞의 혜수는, 연약하고 상처받은 한 여자일 뿐이었다.

진우의 머릿속은 혼란스러웠다. 그는 혜수의 본모습을 잘 알고 있었다. 장범을 이용해 출세의 사다리를 오르고자 하는 여자, 자신의 목적을 위해서라면 누구라도 이용할 수 있는 독거미 같은 여자…. 진우는 그동안 그녀가 던지는 유혹의 신호들을 모두 거절해왔다. 머리로 늘 그녀를 경계하며, 그녀의 유혹에 넘어가지 않겠다 다짐했다.

'그런데 오늘의 그녀는… 다르다.'

지금 혜수의 얼굴은 진짜 감정을 있는 그대로 드러내고 있었다. 그녀의 이런 모습은 처음이었다. 진우는 혜수에게서 눈을 뗄 수가 없다. 자신의 감정을 솔직히 드러내는 그녀의 표정이, 진우의 마음을 요동치게 했다. 이성은 여기서 멈추라는 신호를 보냈지만, 감정은 길 잃은 소년처럼 날뛰고 있었다.

"나는 민법 전공이에요. 바다법은 전공이 아니라서 잘 몰랐어요."

풀죽은 혜수의 목소리가 진우의 귀를 간지럽혔다. 어느새 그는 감정의 바다로 풍덩 빠져들고 있었다.

"혜수 씨, 양두구육[5]이라는 말 알아요? 몸에 맞지 않는 옷을 계속 입으면…."

진우가 하던 말을 멈추고 다시 운전에 집중했다. 그는 평상시의 모습으로 돌아온 듯 입술을 굳게 다물었다. 조수석에 앉은 혜수가 진우의 뭔지 모를 말에 고개를 돌려 바라봤다. 지난번 장범과의 약속을 깨고 진우와 저녁 반주로 만취한 날, 진우는 모텔로 자신을 데려다주고도 끝까지 배려했다. 다른 남자들과 달리…. 혜수가 힘겹게 말을 뗐다.

"명 회장과 내 관계를 눈치 채셨지요?"

다시 이성의 영역으로 돌아온 진우는 아무런 답을 하지 않았다. 굳이 장범과 혜수의 관계에 끼어들고 싶지 않았다. 혜수는 자신이 만취한 그날, 진우가 장범의 전화를 받았음을 짐작하고 있었다.

---

[5] 양의 머리를 걸고 개고기를 판다는 말이다. 거짓말을 하는 것을 비유한다.

"신경 쓰지 마세요. 두 분 관계에 관심 없습니다."

혜수는 자신의 관심을 칼같이 끊는 진우의 옆모습을 슬쩍 바라보았다.

"사실은… 지금 진우 씨에게 위로받고 싶었어요."

'조심해… 나진우. 한혜수는 독 묻은 장미야!'

진우의 심장이 빠르게 뛰기 시작했다. 머릿속 경고음이 울렸다. 그러나 이성과 달리 진우의 가슴은 이미 그녀의 고백에 반응하고 있었다. 혜수가 한숨을 내쉬었다. 그녀의 시선이 진우의 손에 머물렀다가 다시 그의 얼굴로 올라왔다.

"당신은… 나를 거절한 유일한 사람이에요."

혜수의 말은 사실이었다. 진우는 그동안 그녀의 모든 유혹을 거절해왔다. 혜수의 아름다움이 그를 흔들지 못했던 것은, 그가 그녀의 거짓된 모습을 알고 있기 때문이었다. 혜수의 목소리는 가늘게 떨리고 있었다.

"어쩌면… 내가 당신을 얼마나 간절히 원하는지 전해지지 않는 걸까요?"

처음 보는 혜수의 모습이 진우의 마음을 흔들었다. 항상 자신감 넘치고 계산적이던 그녀가, 지금은 그저 상처받기 쉬운 연약한 마음을 드러낸 채 애태우고 있었다.

"이렇게 마음이 당신에게만 끌리는데… 왜 우리는 서로를 외면해야 하는 걸까요? 이렇게 애타게 기다려도 당신은 항상 닿을 수 없는 곳에 있어요…."

혜수가 어깨를 들썩였고, 그녀의 눈가에서 한줄기 눈물이 뺨을 타고 흘러내렸다. 그 순간, 진우의 마음이 무너져 내렸다. 그는 혜수의 말 속에서 진심을 느꼈다. 그녀도 자신의 인생에서 진정한 선택을 해 본 적이 없는 것이다. 장범과의 관계도, 회사에서의 자신의 위치도, 모두 생존과 성공을 위한 타협이었을 뿐…. 그러나 진우의 머릿속에서는 여전히 경고음이 울리고 있었다.

'안 돼…. 이건 너무 위험해. 잘못하다간 모든 것을 잃을 수 있어….'

이성과 달리 진우의 가슴은 이미 다른 결정을 내리고 있었다. 그의 손이 머릿속 선택이 아닌 가슴이 결정하는 방향으로 움직였다. 진우는 한 손으로 운전대를 잡고, 다른 한 손을 혜수의 볼에 가져다 대었다. 그 손길은 부드럽고 따뜻했다. 머리는 여전히 경계심을 놓지 않고 있었지만, 그의 심장은 이미 혜수에게 기울어져 있었다. 혜수 역시 그런 진우의 손길을 피하지 않았다. 울먹이는 그녀의 어깨가 더 세차게 요동쳤다. 그녀의 눈에서 흘러내린 눈물이 진우의 손등을 적셨다. 진우는 이 순간이 또 다른 거짓의 바다일지도 모른다는 생각과, 혜수의 진심이 담긴 순간일지도 모른다는 두 가지 가능성 사이에서 고민했다. 그러나 이미 그의 마음은 결정을 내렸다. 단 한 번, 이번 한 번만큼은 그녀를 믿어 보고 싶었다.

진우가 운전하는 차는 어느새 승일 빌딩이 아닌 다른 길로 향하고 있었다. 어디로 가는지, 무엇이 기다리고 있는지 알 수 없었지만, 그는 이미 선택을 내린 것이다. 그의 손이 혜수의 볼에서 천천히 내려와 그녀의 손을 감쌌다. 두 사람의 손가락이 서로 얽혀 들었다. 차 안에는 더 이상 말이 필요 없었다. 이제 그들은 한배를 탄 것이다. 옳든 그르든, 진실이든 거짓이든….

＊ ＊ ＊

 장범의 차에는 혜수 대신 상칠이 탔다. 장범은 되도록 상칠을 피하고 싶었지만, 상칠은 출발하려는 장범의 차에 억지로 올라탔다. 상칠은 상칠대로 장범의 기분을 맞추어줄 생각이 전혀 없었다. 승일 그룹의 검은 세단 안을 긴장감이 가득 채우고 있었다. 조수석에 앉은 덕배는 둘 간의 미묘한 상황을 알기에 조마조마했다. 상칠이 목소리에 힘을 주며 먼저 도발했다.
 "회장님, 표토르호를 인양할 마음은 있는 겁니까?"
 "다~ 때가 되면 인양할 생각입니다."
 장범이 성의 없이 건성으로 답했다. 지금 장범의 머릿속에는 혜수로 가득했다. 한 차로 가자는 자신의 청을 매몰차게 거절하고, 보란 듯이 진우가 운전하는 차에 타는 혜수의 모습을 본 뒤로 머릿속이 복잡했다.
 "명 회장님? 내가 인양을 시작할 수 있도록 지원을 해주셔야죠?"
 "…네? 아, 뭐라고 하셨지요?"
 장범이 상칠의 말을 놓친 듯 반문했다. 상칠은 인내심을 끌어올리며 장범에게 다시 한번 물었다. 하루가 멀다고 울릉도에 오는 투자자들을 보면 인양할 비용을 지원 못 해줄 이유가 없었다. 도대체 투자받은 돈을 어디다 사용하는지 따지지 않을 수 없었다.
 "허승도 의장님이 지금 이런 상황을 알고는 계십니까?"
 '허승도'라는 말에 장범은 그제야 나갔던 정신이 되돌아온 듯 상칠을 째려보았다. 허승도라는 이름은 장범에게 있어 역린이었다.
 "최 대장님은 바닷속 잠수나 신경 쓰시지요. 경영자들 하는 일에 관심 두지 마시고요!"

가뜩이나 혜수의 일로 짜증이 난 장범의 말투는 매우 신경질적이었다. 그가 내뱉는 단어들은 상칠의 자존심과 삶의 가치를 조각내는 칼처럼 날카로웠다.

"뭐요?!"

그 순간, 상칠의 인내심이 끊어졌다. 수십 년간 바다의 위험과 싸워온 그의 자부심이 폭발했다. 상칠은 거칠게 손을 뻗어 장범의 멱살을 단단히 움켜쥐었다. 굳은살이 박인, 거친 파도와 싸워온 그 강인한 손이 장범의 넥타이와 셔츠 깃을 비틀었다.

"켁, 켁…!"

장범은 갑작스러운 공격에 숨이 막혀 기침을 했다. 운전기사가 백미러로 상황을 확인하고 급히 차를 도로 가장자리에 세웠다. 타이어가 아스팔트 위에서 날카롭게 미끄러졌다.

"네가 뭘 안다고! 내가 바다에서 목숨 걸고 있을 때 넌 어디 있었어?!"

상칠의 얼굴은 분노로 일그러져 있었다. 그의 눈에는 평생 쌓아온 자존심이 짓밟힌 고통이 서려 있었다. 차가 멈추자 조수석에 타고 있던 덕배가 재빨리 문을 열고 뛰어나왔다. 덕배가 뒷좌석 문을 거칠게 열자, 차 문이 요란하게 부딪치는 소리가 적막한 도로에 울려 퍼졌다.

"이 새끼가 실성했나!?"

덕배는 상칠의 어깨를 거칠게 잡아끌었다. 하지만 바닷사람인 상칠도 만만치 않았다. 그는 덕배의 손아귀에서 벗어나려 몸부림쳤다. 두 사람의 몸이 열린 차 문을 두고 뒤엉켰다. 상칠의 거친 숨소리와 덕배의 저주가 뒤섞였다. 한참 힘겨루기를 한 끝에, 나이 든 상칠이 덕배에게 밀리기 시작했다.

"으악!"

상칠의 몸이 도로변 아스팔트 위로 내동댕이쳐졌다. 뜨거운 아스팔트의 열기가 그의 주위로 흩어졌다. 상칠은 통증으로 얼굴을 찡그리며 천천히 몸을 일으키려 했다.

"죽어라, 새꺄! 뱃놈 주제에 어따 대고 회장님께 기어올라?"

덕배의 눈빛이 광기로 번쩍였다. 그는 발을 들어 상칠의 갈비뼈를 있는 힘껏 걷어찼다. 둔탁한 소리와 함께 상칠의 신음이 공기를 찢었다. 한 번, 두 번, 상덕배의 발이 상칠의 몸을 후려쳤다. 상칠은 입에서 피가 배어 나오는 것을 느꼈다.

"헉… 윽…!"

차 안에서 이 광경을 지켜보던 장범이 차에서 내렸다. 그는 풀어헤친 넥타이를 느긋하게 벗어 도로 위에 던져버렸다. 고급 실크 넥타이가 더러운 아스팔트 위로 나풀거리며 떨어졌다.

"그만!"

장범의 한 마디에 덕배의 발길질이 멈췄다. 장범은 천천히 상칠에게 다가갔다. 그의 입가에는 비릿한 미소가 어려 있었다. 바닥에 쓰러진 상칠은 고통으로 몸을 웅크리고 있었다. 한때 용맹했던 탐사대장의 모습은 온데간데없었다. 장범은 지갑에서 오만 원짜리 지폐 수십 장을 꺼냈다. 그리고 그것을 상칠의 피 묻은 얼굴 앞에 흩뿌렸다. 지폐들이 바람에 흩날리며 상칠의 부서진 자존심 위로 떨어졌다.

"최 대장님, 울릉도 가실 때 차비라도 하시오!"

장범의 목소리는 잔인할 정도로 쾌활했다.

"곧 원하는 대로 최상칠 이름 석 자가 우리 승일 그룹의 우뚝 선 리더로서 세상에 알려지도록 해드리지요!"
 장범의 웃음소리가 도로에 울려 퍼졌다. 덕배도 곁에서 비열한 웃음을 터뜨렸다. 상칠은 바닥에 흩어진 돈을 바라보았다. 그의 눈에는 분노와 수치심, 그리고 무력감이 뒤섞여 있었다. 장범과 덕배가 다시 차에 오르자, 검은 세단이 출발했다. 그 바람에 타이어가 지폐 몇 장을 밟고 지나갔다. 먼지와 오물이 날리며, 한때 자존심 높던 탐사대장의 모습만이 도로변에 초라하게 남겨졌다.
 '승일 그룹의 우뚝 선 리더라니? 저건 또 무슨 말이지…?'
 도로 바닥에 쓰러진 상칠은 결심했다. 어떡하든 명장범의 전횡을 싱가폴에 있는 허승도 의장님께 알려야 한다고. 그래서 반드시 내 손으로 러시아 보물선 표토르호 인양을 다시 제 궤도에 올려놓겠다고…. 상칠이 핸드폰을 꺼내 누군가에게 전화를 걸었다. 자신을 도와줄 유일한 사람… 나진우였다.

09
오리발

7월 중순 오후경 명장범 회장실

장마가 시작되어 온종일 비가 내렸다. 가끔 천둥과 번개가 치기도 했다. 요란한 빗소리와 함께 인터폰이 울렸다. 진우가 장범의 방으로 보고를 하기 위해 들어왔다. 마침 덕배도 장범의 방에 있었다. 그런데 사무실 안으로 들어오는 진우의 표정이 꽤나 어두웠다. 덕배가 자리를 피하려 하자 진우가 그를 불러 세웠다.

"상 이사님도 들으셔야 할 일입니다."

"무슨 일입니까?"

장범이 뜨뜻미지근한 어조로 물었다. 진우는 장범이 혜수 일로 자신과 데면데면한 것을 알기에 되도록 업무가 아니라면 마주치는 일을 피했다. 그러나 오늘 용건은 마냥 장범을 피할 수 없기에 찾아온 것이다. 진우는 머뭇머뭇하다가 입을 뗐다.

"회장님, 제가 좀 불미스러운 일을 당했습니다."

장범이 모범생이자 샌님인 진우의 얼굴을 유심히 쳐다보았다.

"경찰서에 고소를 당했습니다."

장범은 대수롭지 않은 듯, 법무팀에 말해 변호사의 도움을 받으라고 답했다. 자신이 직접 법무팀에 말해두겠다며 성의를 보이는 척했다. 혜수 일로 진우가 괘씸하긴 했지만, 허 의장이 직접 영입한 인물이라 함부로 대할 순 없었다.

"고소 내용이 좀 문제가 있습니다."

"…무슨?"

"제일금속 영업팀장인 진성희 씨에게 고소를 당했습니다."

"진성희라면, 조왕진 부사장이 영입한 그 여자 말입니까?"

진우가 바닥에 눈을 내려뜨리고 고개를 끄덕였다. 장범이 혹시나 하는 얼굴로 물었다.

"홍보실장이 여자 직원에게 무슨 일로 고소를 당했다는 겁니까?"

진우는 착잡한 목소리로 이야기를 시작했다. 얼마 전, 진성희가 진우에게 술이나 한잔하자고 제안한 일이 있었다. 그 자리에서 진성희는 조왕진이 자신에게 이별을 통보하고 아나운서인 심지연과 결혼하겠다 선언했다며 울음을 터트렸다. 진우는 그런 진성희를 위로해 주느라 평소 즐기지 않던 술까지 마시게 되었다. 이후, 술에 취한 진우는 진성희와 어떤 일이 있었는지 전혀 기억이 나지 않았다.

"진성희 팀장이 저를 성추행으로 고소했습니다."

변호사 말에 의하면, 요즘은 성추행으로 고소되면 피해자인 여자의 주장을 거의 다 인정하고 있다고 한다. 술을 너무 많이 마셔 기억을 못 하는 것이 진성희의 주장에 힘을 실어주고 있었다.

"담당 형사 말로는 구속할 수도 있다고 합니다."

진우는 품속에서 흰색 봉투를 꺼내 장범 앞에 내어놓았다.

"이게 뭡니까?"

장범은 봉투를 열어보았다. 그 안에는 사직서가 들어 있었다.

"나 실장, 이만한 일로 회사를 그만두면 됩니까? 불편하다면 진성희 팀장하고 합의해서 고소를 취소하게 하고 그녀를 그만두게 하면 될 일 아니오?"

진우는 성범죄가 그렇게 간단한 일이 아니라며 변호사와 상담한 내용을 들려주었다. 성범죄에서는 피해자와 가해자를 분리하도록 법에 규정되어 있었다. 만일 가해자인 진우가 회사에 남고 피해자인 진성희 팀장이 회사를 떠난다면, 그 자체로 회사에 큰 피해가 갈 수 있었다. 진성희 팀장이 제보했는지, 벌써 언론사 한 곳에서 취재 요청이 왔다. 국민에게 희망을 준다며 보물선을 탐사한다는 회사에서 임원이 여직원을 성추행한 사실이 있느냐고 문의가 왔다.

"제가 이쯤에서 그만두는 것이 맞습니다."

장범과 덕배는 진우의 말에 당혹스러움을 감추지 못했다. 혜수의 일로 진우가 못마땅했지만 공과 사는 구분해야 했다. 진우가 승일 그룹 홍보실장으로 영입된 뒤로 일이 술술 잘 풀리고 있었다. 또한 진우는 회사 내에서 여론도 좋을 뿐 아니라, 제일금속의 비상장주식과 승일 프리미엄 코인 판매에도 큰 공이 있다는 것을 누구도 부인할 수 없었다.

"의장님께는 상의하셨소?"

진우는 그렇다고 답했다. 허승도 의장도 나진우의 사직을 허락했다는 것이다. 어찌 되었든 진우 개인의 실수로 승일 그룹이 피해를 볼 수는 없었다. 허 의장은 진우에게 고소사건이 다 해결된 후, 다시 회사에 들어오라고 당부했다.

"저는 허승도 의장님께 그럴 일은 절대 일어나지 않을 거라 단단히 말씀드렸습니다."

 진우의 얼굴은 담담했지만, 눈빛에는 단호함이 서려 있었다. 진성희의 고소는 그에게 큰 충격이었다. 하지만 어쩌면, 이것이 자신의 삶을 바꿀 전환점이 될지도 모른다는 생각도 들었다. 몇 달 전부터 쌓아온 회사에 대한 불만과 분노가 그의 내면에서 소용돌이쳤다.

 "그게 무슨 말이요?"

 진우의 눈빛이 흔들렸다. 그는 속마음을 감추려는 듯, 잠시 시선을 내렸다가 결연한 표정으로 고개를 들었다.

 "최상칠 탐사대장을 대하는 회장님의 처사에 정말 실망했습니다."

 진우의 목소리에는 진심이 묻어났다. 상칠은 진우가 진심으로 존경한 인물이었다. 하지만 장범은 상칠의 고군분투를 외면했고, 허 의장은 그런 장범의 태도에 어떤 조치도 취하지 않았다. 진우의 가슴속에서 분노가 끓어오른 이유였다.

 "저는 최상칠 대장님이 얼마나 회사를 위해 헌신했는지 직접 봤습니다. 그런데도 두 분은…."

 진우는 잠시 숨을 고른 뒤 말을 이었다.

 "내가 3억 원이 든 돈 가방을 들고 르네상스 호텔 사거리에 서 있었던 일도 마찬가집니다. 지금 다시 생각해도 화가 납니다. 그게 홍보실장의 일입니까? 그저 심부름꾼 취급을 받는 느낌이었습니다."

 진우는 장범의 얼굴을 똑바로 노려보며 불만을 쏟아냈다. 그러고는 자리에서 벌떡 일어서며, 앉아 있는 덕배를 향해서도 한마디를 쏴붙였다.

 "당신, 주먹 함부로 쓰지 마. 그러다 크게 다쳐."

 며칠 전, 진우는 상칠로부터 덕배에게 폭행당했다는 사실을 들었다. 그 이야기를 듣는 순간, 진우의 마음속에는 퇴사 결심이 굳어졌다. 상칠에 대한 부당한 대우가 자신에게도 언젠가 닥칠 것이라는 불안감이 엄습했다.

"이규철 장군이 쓸쓸히 회사를 떠나시는 모습에도 실망했습니다. 회장님이나 의장님이나 사람 가지고 장난질하지 마십시오!"

진우는 마지막 일격을 날렸다. 그의 눈에는 진심 어린 실망감이 깃들어 있었다.

"홍보실장, 정말 안타깝습니다. 그동안 회사에 많은 공헌을 했는데…."

장범은 애써 안타까운 표정을 지으려 노력했지만, 눈빛은 그것이 거짓임을 고스란히 보여주고 있었다. 진우는 더 이상 할 말이 없다는 듯 몸을 돌려 장범의 사무실을 나갔다.

방을 나온 진우는 무거운 짐을 내려놓은 듯 묘한 감정을 느꼈다. 떠나는 발걸음은 무거웠지만, 마음 한구석에서는 홀가분함이 느껴졌다. 앞으로의 삶과 새로운 기회에 대한 은밀한 기대감이 그의 가슴속에서 꿈틀거리고 있었다. 반면에 진우를 보낸 장범은 입꼬리가 절로 올라갔다. 혜수 일로 껄끄럽던 진우가 예상치 못한 일로 한방에 정리된 것이다. 그야말로 앓던 이가 빠진 기분이었다. 그렇게 장범은 진우의 진짜 의도를 알지 못한 채 골칫거리가 스스로 사라졌다는 사실에 안도하고 있었다.

*　*　*

"맞아요. 내가 고소했어요."

진성희는 아직도 분이 풀리지 않은 듯, 채양석 이사를 향해 쏘아붙이듯 말했다. 양석은 장범의 명령으로 무슨 일이 있었던 것인지를 알고자 진성희를 달래는 중이었다. 그녀는 자신이 먼저 진우에게 술을 한잔 하자고 한 사실은 인정했다. 진우가 여자처럼 곱상한 외모에 나이도 어려 보여 한잔하고 싶었다. 그런데 진우는 술이 한 잔 들어가자 완전히 딴 사람으로 돌변했다. 진우는 진성희의 옆자리로 자리를 바꾸어 앉더니 술에 취한 척 슬며시 그녀의 허리를 감쌌다.

"이 인간이 술에 취하니까 완전 개진상처럼 구는 게. 평소 모습이랑 아주 딴판이었어요!"

진성희는 진우가 술에 취해 몸을 가누지 못하면서도 일부러 자신에게 넘어지듯 기대고, 손을 잡으며 껴안았다고 했다. 또 한 손으로는 자신의 엉덩이를 만졌다고도 했다. 여기서 끝이 아니라, 함께 모텔에 가자며 손을 잡아끌기까지 했다는 것이다.

"다음 날 나진우에게 찾아가서 사과하라고 했어요. 기분은 나빴지만 술에 취해 실수했다고 생각했으니까요."

"홍보실장이 뭐라던가요?"

자신을 찾아온 진성희에게 진우는 완전히 오리발을 내밀었다. 자기는 절대 그런 일이 없다며, 오히려 진성희를 꽃뱀 취급했다. 결국 진성희는 참지 못하고 진우를 강남경찰서에 고소했다. 양석은 이해가 되지 않는다는 표정으로 고개를 갸우뚱했다. 주변을 수소문해보니, 진성희는 진우가 사과만 하면 용서하겠다며 여기저기 떠벌리고 있었다. 그런데 진우는 무작정 오리발로 상황을 모면하려고만 했다. 상황이 상황이니만큼 일단 진성희의 사과 요구를 받아주는 척만 해도 될 상황에서, 왜 굳이 고소당할 상황을 자처한 것인지 도무지 이해가 되지 않았다. 다른 사람도 아니고, 누구보다 사리판단이 분명한 나진우 아닌가?

*** * * ***

혜수의 얼굴에 경악과 분노가 피어올랐다. 그녀는 지금 진우의 해임을 알리는 공고문을 읽는 중이었다. 몇 번이고 다시 읽어보았지만, 끔찍한 현실에는 변함이 없었다. 그녀는 자신의 눈을 의심했다.

'성폭력? 나진우가? 그것도 진성희를 상대로?'

혜수의 머릿속이 혼란스러웠다. 불과 며칠 전, 그녀와 진우는 온기를 나누었다. 그 진심 어린 순간이 아직도 생생한데…. 지금 그가 다른 여자를 성폭행했다는 이 황당한 이야기는 무엇인가? 혜수는 숨이 턱 막히는 것을 느끼며 진우의 사무실로 달려갔다. 복도를 지나는 사람들의 시선이 느껴졌지만 상관없었다. 그녀의 머릿속은 온통 진우로 가득했다.

혜수가 진우의 사무실 문을 거칠게 열자, 조용히 짐을 싸고 있는 진우가 보였다. 평소 단정하고 침착한 모습은 온데간데없고, 그저 지친 남자만이 남아 있었다.

"진우 씨, 뭔가 오해가 있지요? 전, 진우 씨 믿어요. 절대 진우 씨는 그럴 사람이 아니에요."

혜수의 목소리가 떨렸다. 진우가 고개를 들어 그녀를 바라보았다. 그 눈빛에 혜수의 심장이 무너져 내렸다.

"미안합니다. 입이 열 개라도 할 말이 없네요."

혜수의 마음속에서 분노가 치솟았다. 이게 대체 무슨 말인가? 왜 변명을 하지 않는 거지? 왜 자신의 무죄를 주장하지 않는 거지?

"말도 안 돼요! 당신이 그런 사람이라면 나는 뭐가 되는데요?"

혜수의 목소리가 높아졌다.

"나랑… 우리가 함께했던 그날은 뭐였어요? 당신이 진성희를 원했다면, 왜 나를…?"

혜수의 말은 목이 메어 끝을 맺지 못했다. 그녀는 진우가 변명하기를, 모든 것이 거짓말이라고 말해주기를 간절히 원했다. 하지만 진우는 그저 묵묵히 서 있을 뿐이었다. 혜수는 도무지 믿을 수 없었다. 미모에는 누구보다 자신 있는 그녀 아니던가? 남자라면 누구나 군침을 흘리는 그녀가 온갖 추파를 던졌음에도 망부석처럼 꼼짝 않던 진우가, 아무리 술에 취했다고 하더라도 겨우 진성희를?

"앞으로 어떻게 하려고요?"

혜수는 비통함과 분노가 뒤섞인 목소리로 물었다.

"혜수 씨, 승일 그룹에 너무 목매지 마세요. 명장범 회장이 회사를 말아먹고 있습니다."

혜수는 더욱 화가 났다. 이 무슨 뜬금없는 조언인가? 지금 회사 걱정을 할 때인가? 그녀와 진우 사이에 일어난 일은? 그것은 아무 의미도 없었단 말인가? 혜수는 방을 나서려는 진우의 허리를 감싸고 놓아주지 않았다. 억울함과 분노, 상실감이 뒤섞였다. 그녀는 어깨를 들썩이며 진우를 안고 울었다. 연기가 아닌, 진짜 감정의 폭발이었다.

"날 가지고 놀았어요? 그저 한 번의 실수였어요? 내게는 그렇게 말해놓고 진성희에게는…."

"내가 때가 되면 연락할게요."

진우가 혜수의 손을 풀며 냉담하게 답했다. 그렇게 그는 그녀를 뒤로하고 승일 빌딩을 떠났다. 혜수는 그 자리에 남겨졌다. 그녀의 눈에서는 분노의 눈물이 흘러내렸다. 배신감과 혼란, 그리고 이용당했다는 느낌이 그녀를 사로잡았다.

"나진우…."

텅 빈 사무실에 홀로 남은 혜수가 속삭였다.

* * *

8월 초순경

진우가 떠나고 어느새 2주가 지났다. 승일 그룹은 여전히 탄탄대로를 나아가고 있었다. 기자회견에서 혜수의 실수가 있었지만, 언론 보도의 효과 때문인지 투자자들은 더 몰려들었다. 표토르호 인양 비용을 위한 투자 유치도 무난했다. 이규철 장군이 떠난 자리에는 조왕진이 대표이사 사장이 되었고, 채양석 이사가 승진하여 부사장이 되었다. 왕진은 자신의 사람인 권봉만을 부사장으로 밀었지만 끝내 명장범의 측근인 양석이 승진해 부사장이 되었다. 진우가 떠난 홍보실장 자리에는 적임자를 구할 때까지 양석이 겸임하기로 결정되었다.

* * *

8월 중순경 강남 오리진 호텔 예식장

장마는 끝났지만, 하늘은 오락가락했다. 호랑이 장가간다는 속담처럼 푸른 하늘이 보였다가도 금세 먹구름이 몰려와서 비를 억수같이 퍼부었다. 궂은 날씨에도 불구하고 강남 청담동의 오리진 호텔은 결혼식 하객들로 발 디딜 틈이 없었다. 유명한 전직 여자 아나운서와 재벌가의 결혼식이 있기 때문이었다.

"뭔 하객이 이렇게 많아?"

"오늘 혼주가 대단하긴 하네그려!"

예식장을 가득 채운 하객들과 유명인들을 보며 사람들이 저마다 한마디씩 했다. 하객들 중에는 자신이 이런 결혼식에 초대받았다는 사실에 자부심을 느끼는 사람도 있을 정도였다. 식장 앞에 쭉 늘어선 수십 개의 화환 중 '대왕 그룹 회장 조준영'과 '승일 그룹 이사회 의장 허승도' 명의로 된 화환이 특히 눈에 띄었다. 주례는 신부 심지연의 선배이자 국회의원인 박동원이 하기로 했다. 신부 쪽 손님 중에는 유명 연예인과 TV에서 봤을 법한 동료 선후배 아나운서들이 많았다. 물론 신랑 쪽 하객도 이에 못지않게 유명 스포츠 스타와 연예인들로 가득했다.

"신랑이 참 잘생겼다. 뭐 하는 사람이래?"

"쉿, 너만 알고 있어. 대왕 그룹 사생아래. 조준영 회장 이복동생이라고."

키가 크고 잘생긴 신랑 못지않게 신부의 미모도 뒤지지 않았다.

"정말? 어쩐지 귀티가 줄줄 흐르더니만…. 아, 심지연은 좋겠다. 애 딸린 이혼녀 주제에 재벌가 총각이랑 결혼도 하고!"

신부 대기실로 흰색 예복을 멋지게 차려입은 왕진이 들어왔다. 키가 크고 잘생기기까지 한 신랑을 보는 신부 친구들의 눈에 부러움이 가득했다. 왕진이 신부 친구들을 쭉 둘러보더니 90도로 허리를 굽혀 인사를 건넸다. 완벽한 신사의 모습이었다.

"편… 아니, 대왕 그룹 조왕진입니다. 오늘 이렇게 와주셔서 정말

감사합니다."

왕진은 대왕 그룹이란 단어를 의도적으로 강조했다. 친구들 사이에서 작은 탄성이 흘러나왔다. 왕진은 의자에 앉아 있는 신부에게 다가가더니 허리를 굽혀 귓속말로 속삭였다. 신부 친구들은 그런 왕진의 행동을 부러움 가득한 눈으로 지켜보았다.

"지연 씨, 준영 형님은 오늘 기자들 보는 눈이 있어 못 온다고 방금 연락 왔어요. 정말 미안하다고 그러네요."

왕진의 눈에서 꿀이 떨어졌다.

"괜찮아요. 회장님이시니까 그럴 만도 하죠."

지연의 목소리에는 아쉬움이 묻어났지만, 그래도 이해한다는 듯 미소를 지었다. 왕진이 축하객을 맞이하러 신부 대기실을 나가자 지연의 친구들이 저마다 한마디씩 했다.

"너 정말 물건 제대로 건졌다. 어쩜 저렇게 완벽한 사람이 다 있지!"

"그러게! 대왕그룹 회장 동생이라니…. 너 앞으로 재벌 사모님 되는 거 아니야?"

지연의 얼굴이 늦가을 홍시처럼 붉게 물들었다. 친구들의 부러움 어린 시선이 그녀를 더욱 행복하게 만들었다. 그녀 스스로도 '대왕 그룹가' 사람과 결혼한다는 사실에 어깨가 으쓱해졌다.

"완벽하긴… 너희들이 몰라서 그래. 왕진 씨도 콤플렉스가 있다고!"

지연은 꿈에 그리던 백마 탄 왕자를 만나 새출발을 하게 되었다는 설렘으로 행복했다. 거울을 바라보던 그녀의 눈에 감정이 스쳐 지나갔다. '이혼녀'라는 딱지와 함께 받았던 차가운 시선들, 뒤에서의 수군

거림…, 모든 설움이 이제 '대왕 그룹 사모님'이라는 이름과 함께 사라질 것이란 안도감이 그녀의 가슴을 뜨겁게 채웠다.

10
여덟 명의 사진

9월 초순경 승일 빌딩 앞

선릉역 근처, 승일 빌딩 앞에 20~30명의 사람들이 모여 웅성거리고 있었다. 무슨 일인가 싶어 가던 길을 멈추고 구경하는 사람들도 있었다.

"아이고! 내 돈 어떻게 할 거야? 피 같은 내 돈!"

"이게 어떻게 모은 돈인데…. 이 돈은 우리 딸 시집보낼 돈이라고!"

승일 빌딩의 나이 많은 경비원은 인도에 주저앉은 할머니와 아주머니들을 안타까운 시선으로 쳐다보았다. 사정은 이랬다. 승일 빌딩 12층에 입주해 있던 승일 그룹이란 회사가, 며칠 전 모든 짐을 빼고 야반도주했다. 사무실에는 개미새끼 한 마리 남아 있지 않았다. 덩그러니 남은 것이라곤 값어치 없어 보이는 책상과 의자 몇 개가 전부였다.

"빌딩 주인 나오라고 그래!!"

"그래! 이 빌딩을 잡아 놓기라도 하면 우리 돈을 받을 수 있겠지!"

강남 최고 요지인 테헤란로 한복판, 선릉역 큰길가에 있는 20층짜리 빌딩이라면 최소 수백억은 될 것이다. 사람들은 그 돈이면 잃어버린 돈을 받아낼 수 있다고 생각했는지, 빌딩 관리인을 다그치기 시작했다.

"우리는 빌딩관리 회사라 이 빌딩 주인이 아니라니까요!"

경비원의 말에 화가 난 중년 남자가 양손으로 빌딩 관리인의 멱살을 움켜쥐었다. 중년 남자의 이름은 신진수였다. 진수는 사당역에 있는 5층짜리 건물 소유주로 임대업자였다. 그는 사당역에서 모텔을 하는 강미자의 권유로 오억 원을 러시아 보물선 인양사업에 투자했다. 그러나 오억 원 대신 담보조로 받은 승일 프리미엄 코인은 미국 코인 거래소에 상장된 사실도 없거니와, 거래도 되지 않는 깡통 코인이었다. 그랬다, 모든 것이 거짓말이었다.

"이 빌딩 이름이 승일 빌딩이라고 했지? 내 돈 투자 받아간 도둑놈들이 승일 그룹이라고! 승일 그룹이 이 빌딩 주인일 것 아니야? 빨리 빌딩 주인 안 나올래?"

진수는 목이 터져라 고래고래 소리를 질렀다. 한 시간쯤 지나자 빌딩 관리인의 연락을 받고 승일 빌딩 소유주인 주식회사 한성의 경영기획실장 오국성이 직원들과 부랴부랴 나타났다. 오 실장은 소동을 피우고 있는 사람들 앞에 섰다.

"사장님들, 도대체 무슨 일로 우리 승일 빌딩 앞에서 소란을 피우시는 겁니까?"

오 실장이 영문을 몰라 물었다. 그 태도가 마음에 안 들었는지, 진수는 들고 있던 우산을 집어 던지려다 경비원의 만류로 겨우 내려놓았다.

"뭐라고? 이 사기꾼 놈들아! 너희 회사가 우리 돈을 러시아 보물선에 투자한다고 받아가 놓고는 한밤중에 줄행랑치고 연락까지 끊었는데! 시치미를 떼?"

진수 옆에 있던 백발의 안현구도 언성을 높이며 거들었다.

"신 사장! 말로 할 필요가 없어요. 이런 놈들은 경찰서로 데리고 가서 콩밥을 먹입시다!"

오 실장과 직원들은 어이가 없었다.

"뭐라고요? 사장님들, 그러시지요. 지금 당장 경찰서로 함께 가시지요. 우리가 도대체 무얼 잘못했다고 사장님들한테 욕을 바가지로 들어야 하는지 모르겠습니다. 가서 시시비비를 따져 보시지요!"

오 실장은 러시아 보물선이 대체 무슨 말이냐고 반문했다.

"울릉도 앞바다에 묻혀 있는 보물선을 모른다고? 그럼 승일 프리미엄 코인도 모른다고 할 거야! 어디서 이 자식이 바람 잡고 있어!"

오 실장은 러시아 보물선 이야기는 금시초문이었다. 그는 재차 그것이 자신들의 회사와 무슨 관계냐고 따져 물었다. 불같은 성격의 진수가 참지 않고 호통을 쳤다.

"야! 여기 승일 빌딩 12층에서 너희 승일 그룹이 러시아 보물선에 투자하라고 사람을 모았는데 그걸 모른다고? 승일 빌딩 주인인 승일 그룹이 한 일을 네가 모른다는 게 말이 돼?"

"아니 사장님, 그게 뭔 소립니까? 승일 그룹이라니요? 여기 승일 빌딩 주인은 우리 주식회사 한성입니다, 한성! 저희는 배터리 회사라고요!"

오 실장은 소란을 피운 사람들에게 무언가 오해가 있었던 것 아니냐며, 차분하게 하나하나 설명하기 시작했다. 승일 빌딩은 배터리 회사인 주식회사 한성이 소유하는 여러 빌딩 중 하나였다. 한 달 전 한

성에서 관리사무소를 통해 보고받기를, 이 빌딩에 입주해 있던 한 회사가 임대차 기간이 만료되기도 전에 보증금 반환을 요구하면서 임대차 계약 해지를 주장했다. 한성에서는 남은 계약 기간 월 임대료를 제외하고 보증금을 돌려주었는데, 돌려준 그 보증금이 얼마 되지 않았다. 그러자 그 회사의 상덕배 이사라는 사람이 찾아와 한참 소란을 피웠다. 결국 경찰에 신고하자 더는 떼를 쓰지 않고 물러났다.

"아니, 그럼 승일 빌딩하고 승일 그룹은 전혀 관련 없단 말이야?"

오 실장은 오히려 자신들도 승일 그룹이라는 회사 때문에 손해를 본 피해자라고 주장했다. 빌딩 관리인인 경승수도 나서 한마디를 던졌다.

"아무래도 사장님들이 헛다리 짚으신 것 같은데요."

승수는 올해 초 12층에 입주한 회사 이름이 승일 그룹이라고 했다. 빌딩 관리인인 승수는 '우리 빌딩 이름도 승일인데, 이런 우연이 있나?' 하고 신기해서 물어봤다. 그랬더니 채… 뭐라는 이사가 말하길 '회사 이름을 뭐로 할까 고민하다가 승일 빌딩에 입주하고 있으니 승일 그룹이라고 지었다'고 했다.

승수의 말에 진수를 비롯한 피해자들의 얼굴이 창백해졌다. 자신들이 엉뚱한 사람들을 붙잡은 채 떼를 쓰고 있다는 사실을 인지한 것이다. 승일 빌딩과 승일 그룹은 아무런 관련이 없었다. 모두가… 모두가 속았다.

* * *

9월 9일 새벽 2시 강남 구산 오피스텔

양손이 수갑에 묶인 채 얼굴과 온몸이 피투성이인 남자가 오피스텔 바닥에 널브러져 있었다. 그의 입에는 비명이 새어나가지 않도록 피로 물든 수건이 꽉 동여매져 있었다. 앞머리가 고속도로처럼 훤히 뚫린 대머리가 얼굴을 덮은 핏자국 사이로 희미하게 보였다. 그의 코뼈는 이미 부서졌고, 오른쪽 눈은 퉁퉁 부어 거의 열리지 않았다. 열 개의 손가락은 방망이에 맞아 모두 끔찍하게 일그러져 있었다. 남자는 벌써 세 시간째 이 지옥 같은 공간에 갇혀 있었다.

"감히 네가 나를 배신해?"

청바지에 멋진 가죽 재킷을 입은 남자가 대머리 남자의 얼마 남지 않은 뒷머리를 움켜쥐며 소리쳤다. 그의 눈은 광기로 번들거렸다.

"도망가면 내가 못 찾을 줄 알았지? 날 호구로 봤구나? 내가 그래도 이쪽 바닥에서 이름깨나 날리던 놈이야!"

분을 이기지 못한 남자는 대머리의 옆구리를 향해 두 발을 번갈아 널뛰기하듯 찼다. 남자가 발길질을 할 때마다 대머리의 갈비뼈가 으스러지는 둔탁한 소리가 들렸다. 대머리가 물고 있는 수건 너머로 희미한 신음소리만이 새어 나왔다. 대머리 남자의 왼쪽 다리는 이미 비정상적인 각도로 꺾여 있었다. 청바지를 입은 남자가 도망치지 못하도록 일부러 부러뜨려 놓은 것이다. 청바지 남자는 대머리 남자의 입에서 수건을 잠시 풀어주었다. 대머리의 입에서, 부서진 이가 섞인 피와 함께 줄줄 흘러내렸다.

"으으윽… 제발 살려만 주세요…."

"마! 그 돈 어디다 숨겨 놨어? 그냥 돈이라도 내놔!"

청바지 남자의 눈이 사납게 빛났다.

"이게 답니다. 나도 그 새끼들한테… 와… 완전히 당했습니다."

청바지 남자의 눈에 살기가 서렸다. 그는 벽에 기대어 있던 방망이를 집어 들었다. 작지만 매우 단단해 보이는 방망이였다. 대머리 남자가 울음을 터트리며 젖 먹던 힘을 짜낸 말이 끝나기 무섭게 몽둥이찜질이 시작되었다.

"이게 내 대답이다."

청바지 남자는 쓰러진 남자의 관자놀이에 방망이를 내리쳤다. 끔찍한 소리와 함께 대머리 남자의 머리에서 분수처럼 피가 솟구쳤다. 청바지 남자는 다시 대머리의 입에 수건을 물렸다. 방망이가 대머리의 몸 곳곳을 내리쳤다. 무릎, 팔꿈치, 어깨…. 청바지를 입은 남자는 죽음에 이르지 않을 부위만 골라 내리쳤다. 핏방울이 오피스텔 벽면에 튀어 올랐고, 그의 가죽 재킷과 얼굴에도 붉은 점들이 튀었다.

"네가 내 공을 몰라? 그 돈을 네가 다 처먹어?"

방망이가 쉴 새 없이 대머리의 온몸에 내려앉았다. 잠시 후, 바닥에 쓰러진 대머리의 몸이 인형처럼 축 늘어졌다.

"돈이 없다고? 나보고 지금 그 말을 믿으라는 거야?"

청바지 남자는 방망이를 들어올렸다가 대머리의 다리를 내리쳤다. 끔찍한 소리가 오피스텔을 가득 채웠다. 방망이에서 떨어진 핏방울이 바닥으로 똑똑 떨어졌다. 청바지 남자는 거친 숨을 내쉬며 냉장고로 향했다. 그러고는 캔맥주를 꺼내 한 번에 들이켰다.

"씨발, 팔 좆나게 아프네!"

청바지 남자가 움직임이 없는 대머리 남자를 바라보았다. 어느새 그의 눈에는 공허함만이 남아 있었다. 청바지 남자가 중얼거렸다.
"네가 날 배신하지만 않았어도…. 형제처럼 지낼 수 있었을 텐데…."

청바지 남자는 맥주 캔 하나를 새로 따며 낡은 소파에 털썩 주저앉았다. 오피스텔에는 죽음의 침묵만이 흐르고 있었다.

* * *

승일 그룹이 하루아침에 신기루처럼 사라졌다. 사무실에서 일했던 사람들도 모두 사라졌다. 마치 하늘로 증발한 것처럼 아무것도 남아 있지 않았다. 승일 빌딩 앞에는 러시아 보물선 표토르호에 투자하여 일확천금을 꿈꿨던 사람부터 승일 프리미엄 코인에 투자해 코인 값이 폭등할 날만을 기다리던 사람들, 여기에 승일 그룹 계열사인 제일금속 비상장주식에 전 재산을 몽땅 털어 넣은 사람들까지 갖가지 사연을 가진 사람들의 아우성과 통곡 소리로 넘쳐났다. 강미자나 조영숙처럼 다른 사람에게 투자를 권유했던 사람들은 먹살이 잡혀 길바닥에 내동댕이쳐지기도 했다.

승일 빌딩 관리사무소에서는 빌딩 앞에서 벌어지는 투자자들 간의 싸움과 욕설을 견디지 못하고 강남경찰서에 신고를 했다. 처음에는 강남경찰서 지구대에서 출동했지만, 승일 빌딩 앞에 모이는 사람들이 점점 더 늘어나자 형사과 강력팀에서 상황관리를 위해 출동했다.

"도대체 이게 다 뭔 일이야? 다 큰 어른들이 왜 이렇게들 울고 있어?"

180cm가 넘는 큰 키에 어깨가 떡 벌어진, 한눈에 보기에도 힘께

나 쓸 것처럼 보이는 한 형사가 빌딩 관리인에게 물었다. 형사의 이름은 권수찬. 강남경찰서 형사과 강력 3팀 소속 반장이었다. 수찬은 42세로, 강남경찰서에 오기 전 대부분을 서울경찰청 광역수사대 조직폭력팀에서 근무했다. 조폭팀 출신답게 수찬은 한 번도 누구에게 져본 적이 없을 정도로 싸움을 잘하는 형사였다. 수찬의 옆에는 완벽한 이목구비와 세련된 패션 센스를 가진, 형사라기보다는 영화배우처럼 보이는 젊은 형사가 서 있었다. 그의 이름은 박동금. 얼마 전, 뉴욕총영사관에서 3년 임기의 경찰주재관을 마치고 귀국한 형사였다. 두 사람은 몇 년 전 광역수사대 같은 팀에서 근무한 선후배 사이로 4년 만에 강남경찰서에서 재회했다.

동금이 사람들 속을 헤치고 들어가 단정한 머리카락에 깔끔하게 양복을 차려입은 남자에게 경찰 신분증을 보여주었다. 동금의 손에 이끌려 승일 빌딩 옆 건물 커피숍으로 들어온 남자는 58세의 배경환이었다. 음료수 주문을 마친 동금에게 경환이 힘겹게 입을 열었다. 넋이 나간 표정이었다.

"나는 대령으로 예편한 사람입니다."

경환은 자신을 육사 출신이라 소개했다.

"군에서 정보를 다루었던 내가 사기꾼들에게 완전히 눈 뜨고 당했어요."

1년 전쯤 배경환은 전직 국회의원에게서 사업가를 한 명 소개받았다. 그 사업가는 자신이 라오스에서 관상어 농장을 크게 한다고 했다. 사업가는 박학다식할 뿐만 아니라 성격까지 좋아 둘은 금세 형 동생하는 관계로 발전했다. 사업가는 자신의 부친이 육사를 나온 정치인이라고 했다. 사업가는 6개월 전, 경환에게 울릉도 앞바다에서 침몰한 러시아 보물선 표토르호에 대해서 말했다. 경환은 육사를 다닐 때 러일전쟁을 좀 배워 알고 있었다. 배 이름까지는 몰랐지만, 울릉도에서 러시아 군함이 침몰했다는 역사 정도는 알고 있었다. 사업가는 자신이 회장으로 있는 회사가 조만간 그 러시아 군함을 인양할 예정이라고 했다. 그러면서 그 배 안에는 러일전쟁 당시 러시아군의 군자금으로 사용할 예정이었던 막대한 양의 금괴가 실려 있다고 했다. 사업가는 경환을 자신이 회장으로 있는 회사의 본부장으로 들어오도록 제안했다. 그렇게 경환은 퇴직금과 비상자금으로 모아두었던 6억 원을 몽땅 털어 러시아 군함 인양자금으로 투자했다. 투자한 돈은 올가을 러시아 보물선을 인양하면 그 안에 들어 있는 금괴를 처분해 몇 배의 수익으로 돌려받기로 했다. 문제는 본부장으로 있으면서 자신의 지인들에게까지 투자를 권유해 수십 명이 피해를 보았다는 점이다. 경환이 원망 섞인 목소리로 말했다.

"사기꾼 이름은 명장범이고, 회사 이름은 승일 그룹입니다."

동금과 대화를 나누는 동안에도 경환의 핸드폰은 끊임없이 울려댔다. 이미 초점을 잃은 경환의 눈동자는 진동이 울리는 자신의 핸드폰을 무심히 바라만 보았다.

"내 소개로 투자한 사람들입니다. 내게 어떡할 거냐며 따지는데 나도 방법이 없어 죽고 싶은 심정입니다."

경환은 할 말을 잃은 듯 어깨를 축 늘어뜨렸다.

"어떡하든 일부라도 돌려 드려야 하는데…."

동금과 헤어진 뒤, 경환은 결국 집에서 목을 매 자살했다. 자신의 힘으로는 감당할 수 없는 상황에, 죽음으로 피해자들에게 용서를 구했다. 죽어서도 사죄한다는 유서를 남기고….

* * *

　동부이촌동에 있는 어머니의 집에 가야 했던 진우가 혜수를 남겨두고 먼저 호텔을 나섰다. 혜수는 호텔 문을 나서며 심장이 빠르게 뛰는 것을 느꼈다. 택시를 기다리는 동안 그녀의 목덜미에 누군가의 시선이 꽂히는 느낌이 들었다. 그녀는 뒤를 돌아볼 용기도 없이, 그저 택시가 빨리 오기만을 간절히 바랐다.
　'그 사람… 또 나를 지켜보고 있을까?'
　혜수의 마음속에 공포가 물결처럼 밀려왔다. 그녀는 떨리는 손으로 핸드백을 움켜쥐었다. 진우에게도 말하지 못한 비밀, 그녀를 따라다니는 그 남자의 존재가 다시 그림자처럼 그녀를 덮쳤다.
　혜수는 택시에 오른 뒤에도 계속 뒤를 살폈다. 백미러로 보니 주황색 택시가 따라오고 있었다. 혜수의 얼굴이 하얗게 질렸다.
　"아저씨 뒤에 주황색 택시가 따라오는데 못 따라오게 좀 빨리 가주실래요?"
　혜수의 목소리가 떨리고 있었다. 손바닥에는 식은땀이 맺혔고, 무릎은 작게 떨렸다. 그녀는 진우와의 만남을 그 남자에게 들킨 게 후회스러웠다. 이제는 어디에도 안전한 곳이 없다는 생각에 숨이 막혔다.
　혜수는 기사의 도움으로 미행을 따돌렸단 생각에 잠시 안도했다. 그러나 사당동 오피스텔 앞에 도착하자, 사각 턱에 통나무 같은 몸매를 가진 남자가 혜수의 앞에 나타났다. 남자를 마주한 순간, 혜수의 몸이 얼어붙었다. 도망칠 틈이란 없었다.
　"여기가 새로 이사 온 곳인가 봐?"
　남자의 목소리에서 느껴지는 기이한 흥분감이 혜수의 전신에 전

율을 일으켰다. 그의 손이 그녀의 뺨을 올려치자 공포는 극에 달했다. 바닥에 내팽개쳐지며, 그녀의 머릿속에는 단 하나의 생각만이 맴돌았다.

'오늘 여기서 죽는 건가…?'

사각 턱의 남자는 오전부터 혜수의 행적을 쫓고 있었다. 카페에서 진우를 만나는 혜수를 본 순간, 그의 이성은 날아갔다. 두 사람이 호텔로 들어가는 모습을 지켜보며, 그의 분노는 폭발하듯 끓어올랐다. 남자는 손톱이 살을 파고들 정도로 주먹을 쥔 채 호텔 앞에서 몇 시간이고 기다렸다. 머릿속에는 진우와 혜수의 모습이 영화처럼 반복 재생되었다. 그녀가 그를 피해 숨었다는 사실이 더욱 남자를 분노하게 만들었다.

"씨발, 내가 널 얼마나 사랑하는데, 나진우 그 새끼를 만나?!"

혜수의 겁에 질린 눈빛이 그의 마음에 더 큰 격분을 불러일으켰다. 그녀가 그를 두려워한다는 사실이, 그의 '사랑'을 거부한다는 사실이 견딜 수 없었다. 바닥에 쓰러진 혜수는 떨리는 손으로 핸드폰을 찾으려 했다. 진우가 준 새 핸드폰만이 유일한 희망이었다. 얼굴에서 흐르는 따뜻한 액체가 눈물인지 피인지 구분이 되지 않았다. 그녀의 공포는 이제 현실이 되었다.

* * *

9월 17일 강남경찰서 형사과 강력 3팀 사무실

"보물선이라니? 어린애도 아니고 그런 뻔한 거짓말에 속는 사람이 있다니. 나… 참!"

권수찬 반장이 한심하다는 얼굴로 혀를 찼다.

"권 반장, 수사만 삼십 년을 한 우리 선배님들 중에도 퇴직하자마자 사기꾼에게 속아 퇴직금 몽땅 날리고 거리에 나앉은 사람이 여럿 있어야!"

강력 3팀 부기원 팀장이 구수한 전라도 사투리로 경험담을 얘기했다. 전라도가 고향인 51세의 기원은 전에 근무하던 광수대에서 에이스 반장으로 통하던 수사통이었다.

"설마요! 수사를 삼십 년 한 사람이 그래도 범죄자를 상대했는데 그렇게 쉽게 속겠어요?"

최근에 형사과로 전입한, 경찰대 출신의 신출내기 신수석 경위가 기원의 말에 토를 달았다.

"신 청장! 사기당하는 건 경험이 아니라 욕심 때문이야. 퇴직금 들고 보물선 찾아 헤매는 거 봐봐. 형사 배지 내려놓는 순간 판단력도 같이 반납하는 거야! 삼십 년 경력이 돈 앞에서는 삼십 초도 못 버티는 거라고!"

동금이 막내를 흘겨보며 유머러스하게 말하자 모두가 함박웃음을 지었다. '신 청장'은 막내 수석의 별명이었다. 강력 3팀 선배들은 경찰대를 나온 막내 신수석 경위에게 장래에 경찰청장이 되라며 '신 청장'이란 별명을 지어주었다.

"박 형사가 이 사건 담당하는 건 어때? 빨리 다시 수사 감을 잡아야 하지 않겠어!"

기원은 동금을 러시아 보물선 사기 사건의 담당 형사로 지정했다. 동금을 누구보다 아끼는 기원의 배려에서 나오는 명령이었다. 동금은 미국 뉴욕총영사관 경찰주재관 임기를 마치고 귀국한 지 얼마 되지 않았기에, 아직은 수사업무에 적응이 필요했다.

"팀장님! 천부적인 눈썰미와 타고난 수사 촉을 가진 박 형사인데 뭘 걱정하세요?"

강력 3팀의 홍일점인 김정선 형사가 뭐가 그리 좋은지 동금의 얼굴을 보며 기원을 타박했다. 여자 경찰인 정선은 동금과 같은 나이로, 동금보다 4년 선배였다. 4년 전, 광수대 3팀에서 '기원' '수찬' '동금' '정선'은 한 팀이었다. 당시 동금은 막내 형사였다. 그리고 현재 네 사람은 강남경찰서 강력 3팀에서 다시 뭉쳤다.

"조직도가 분명히 있을 텐데… 그게 있어야 사기꾼들 윤곽을 찾을 수 있을 텐데…."

기원이 턱을 긁적이며 말했다. 보통 회사 조직도를 보면 등장인물과 그 역할을 알 수 있었다. 그런데 승일 빌딩 현장에서는 조직도가 보이지 않았다. 수찬이 언성을 높이며 입을 열었다.

"이게 말이 되냐고. 하다못해 명함 한 장도 없잖아? 깨끗하게 싹 다 치웠어, 씨발."

동금은 모니터 앞에서 미간을 찌푸린 채 승일 그룹의 흔적을 뒤지고 있었다.

"이런 대규모 사기는 보통 자기들끼리 역할 분담이 명확한 것 아닌가요? 누군가는 사람을 끌어모으고, 또 바람잡이도 하고, 투자설명회도 하고, 아이템을 짜기도 하고요."

기원이 깊은 한숨을 내쉬었다.

"이놈들, 아주 철저하게 준비했어. 회사 조직도가 없으면 범인들 윤곽을 잡을 수가 없는데… 어디부터 시작하지."

"사무실에는 CCTV도 없어요. 이런 큰 사무실에 감시 카메라 하나 없다는 게 말이 돼요?"

정선이 고개를 저으며 말했다. 그렇지만 조직도가 없다고 마냥 손 놓고 있을 수는 없었다.

"팀장님, 신 청장 데리고 승일 빌딩에 다녀오겠습니다."

"승일 빌딩에는 책상 몇 개만 달랑 있던데요? 뭘 또 가보려고 그러세요?"

"신 청장! 이가 없으면 잇몸이라는 말 몰라? 조직도가 없으면 다른 거라도 찾아봐야지!"

동금이 의자에서 벌떡 일어나 수석의 어깨를 두드렸다. 외근을 나가자는 신호였다. 수석이 투덜거리며 동금의 뒤를 쪼르르 따라 나갔다.

* * *

승일 빌딩에 도착한 동금은 지하 1층에 있는 승일 빌딩 관리사무실을 찾아갔다. 관리사무실 벽에는 '(주)동성'이라는 큼지막한 명패가 붙어 있었다. 112 신고를 받고 출동한 동금의 얼굴을 몇 번 본 적 있는 빌딩 관리인 경승수가 동금을 보고 아는 체를 했다.

"이젠 뒤늦게 소식을 듣고 찾아온 피해자들만 가끔 보입니다. 그나마 승일 빌딩이 사기꾼들하고는 무관하다는 것이 밝혀져서 다행이죠."

승수는 지난 열흘간 흥분한 피해자들에게 '승일 빌딩이 승일 그룹과는 아무 상관도 없다'는 것을 설명하느라 진이 다 빠진 듯했다.

"혹시 사기꾼들이 야반도주하며 남겨 놓고 간 물건 없나요?"

동금의 질문에 승수는 주저 없이 관리사무실 문을 나섰다. 그는 지하 2층 창고로 동금을 안내했다. 창고 문을 열자, 먼지가 쌓인 잡동사니들 사이로 큰 박스 하나가 눈에 띄었다.

"혹시 몰라 승일 그룹 사무실에 있던 물건 중 버리면 안 될 것 같은 물건들만 여기에 담아 놓았습니다. 한번 보시지요!"

승수는 동금의 도움을 받아 낑낑거리며 무거운 박스를 복도 밖으로 옮겨 놓았다. 동금은 손으로 박스 안을 뒤져 살펴보던 중, 수년은 지난 것처럼 먼지가 수북이 앉은 직사각형 액자 하나를 집어 들었다. 액자의 아랫부분에는 '승일 그룹 2022. 4. 23. 청담동 오리진 호텔 투자설명회'란 글씨가 뚜렷이 새겨져 있었다. 남자 6명에 여자 2명, 총 8명이 나란히 일렬로 서서 촬영한 사진이었다. 사진 속 인물들은 모두 양복과 정장으로 한껏 잘 차려입고 있었다. 동금이 회심의 미소를 지었다.

"박 형사님, 도대체 빌딩 관리실에 사기꾼들 물건이 보관된다는 사실은 어떻게 아셨어요?"

수석은 동금에게 경찰서로 복귀하는 형기차[6] 안에서 감탄하는 눈빛으로 물었다.

"아무리 임차인이 야반도주했어도, 건물주 입장에서는 임차인의 물건을 함부로 버릴 수 없어. 혹여나 그 후에 임차인들이 자신의 물건을 건물주가 허락도 없이 함부로 버렸다며 적반하장으로 나오는 경우가 있거든."

동금은 심지어 절도죄로 형사고소를 당하는 예도 있다며, 그런 일

---

6 도색된 경찰 승합차이다. 주로 노출되어도 좋은 형사업무에 사용하는 차량이다.

이 비일비재함을 설명해 주었다. 동금의 말처럼 이런 경우 때문에 빌딩관리 회사들은 미리미리 대비를 한다. 조금이라도 문제 있어 보이는 물건들은 한동안 보관해 둠으로써 분쟁 소지를 미리 방지한다.
"아까 관리사무실 앞에 회사 명패 부착된 거 봤지?"
"동… 동… 뭐였는데? 동진인가?"
수석이 기억을 더듬었다.
"주식회사 동성."
수석이 운전하는 동금의 얼굴을 보며 다시 한 번 놀랍다는 표정을 지었다. 볼 때마다 놀라운 동금의 눈썰미와 기억력이었다.
"주식회사 동성이, 내가 말한 전문 빌딩관리 회사인 거야."
동금은 승일 그룹의 조직도를 발견하진 못했지만, 어쩌면 그보다 더 중요한 수사 단서가 될지도 모를 사진을 이렇게 손에 넣었다.

11
싱가폴

9월 20일 강남경찰서 강력 3팀 사무실

"어야, 우째 이런 일이 다 있어! 내가 낼모레면 형사 생활만 25년이지만 이렇게 크게 한탕 한 사기꾼들이 한낮 한시에 모두 증발한 사건은 처음이네… 그려."

기원은 갑갑한 듯 고개를 절레절레 흔들었다. 그는 흥분할 때면 어김없이 전라도 사투리가 튀어나왔다. 강력 3팀에서 사기 피해자들을 광범위하게 조사했지만, 사기꾼들이 누군지 전혀 알 수 없었다. 사기꾼들이 말한 이름은 모두 가짜였다. 사기를 친 돈도 이미 세탁되어 모두 빠져나간 뒤였다. 러시아 보물선 사기범들은 자신들의 신분을 피해자들에게 철저히 감추었다. 기자회견장에 얼굴까지 드러내 놓고 신분을 속였다는 것이 대담한 건지… 무모한 건지… 그것도 아니라면 어리숙한 건지… 사기꾼들의 의도를 짐작조차 할 수가 없었다. 그나마 동금이 찾아낸 사진 한 장이 사기꾼들을 밝혀낼 유일한 수사단서였다. 일주일간 수사팀 전원이 밤낮으로 뛰어다녔지만, 승일 그룹이라는 유령회사의 실체를 파악할 만한 증거는 이 사진밖에 없었다.

동금이 책상 위에 사진을 올려놓고 양손에 턱을 괸 채, 무엇인가를 골똘히 생각하고 있을 때 기원이 형사들을 원탁 테이블에 모이도록 했다. 기원은 담당인 동금에게 대략적인 사건 내용을 설명하도록 지시했다.

"예상대로 승일 그룹은 유령회사입니다."

동금의 말에 형사들이 귀를 기울였다. 동금이 서류 한 장을 테이블 위에 펼쳤다.

"승일 빌딩 임대차계약서를 확인한 결과…. 뜻밖에도 임차인은 명장범이 아닌… 탐사대장이었던 최상칠로 되어 있었습니다."

권수찬 반장이 고개를 쭉 내밀어 서류를 들여다봤다.

"아니, 그게 말이 돼? 최상칠은 그저 탐사대장으로 고용된 사람 아니었어?"

수찬이 황당하다는 표정을 지어 보였다. 기원이 마른세수를 하며 한숨을 내쉬었다.

"그러니까… 우리는 지금까지 명장범이라는 사람이 사기단 수장인 줄 알았는데…. 최상칠이란 사람이 실제론 회사 대표였다는 거죠?"

수석이 동금을 보며 말했다.

"최상칠이 공범인지 아니면 또 다른 피해자인지 판단하기엔 증거가 부족해. 박 형사, 최상칠 신상정보 좀 더 깊이 파봐."

기원이 동금에게 지시했다.

"근데 왜 명장범이 아닌 최상칠을 대표로 등재했을까요?"

정선이 고개를 갸웃거렸다.

"아직은 오리무중입니다. 초기 임대료는 명장범이 관상어 사기를 친 돈으로 지급된 것으로 추정되고요. 그리고…."

동금이 창고에서 찾은 사진을 테이블 중앙에 펼쳤다.

"승일 빌딩 창고에서 찾아낸 이 사진이 현재로선 우리가 가진 유일한 단서입니다. 피해자들에게 확인한 결과, 명장범, 조왕진, 최상칠, 채양석, 심지연, 한혜수 이름이 줄줄이 나왔습니다."

수찬이 사진을 집어 들었다.

"이 한 장의 사진이 모든 것을 풀 열쇠가 될 수도 있겠군."

"맞습니다. 다른 모든 증거는 사기꾼들이 완벽하게 인멸했어요. 계좌추적도 막히고, CCTV도 확보할 수 없었습니다. 오직 이 사진만이 현재로선 유일한 단서입니다."

동금의 목소리에는 절박함이 묻어났다. 그런 동금을 향해 정선이 물었다.

"이 사진 속 인물들이 모두 공범인 건가?"

"아직은 알 수 없습니다. 다만 심지연과 최상칠을 제외하고 나머지는 모두 가명을 사용한 것으로 확인됐습니다."

고개를 저으며 말하는 동금을 보며 기원이 자리에서 일어났다.

"이놈들 머리 쓰는 꼬라지가 보통이 아니지야. 명장범이 모든 일을 지휘하면서 만약의 경우에 대비해 최상칠을 방패막이로 내세웠을 가능성이 높아. 김 형사, 다른 피해자들 진술도 다시 한번 훑어봐."

"박 형사, 그 사진은 언제 어디서 찍힌 거야?"

수찬이 동금에게 물었다.

"지난 4월 23일 청담동 오리진 호텔에서 열렸던 러시아 보물선 표토르호 투자설명회 당시 촬영된 사진입니다."

형사들은 각자 할 일을 분담 받고 자리에서 일어났다. 동금은 창고에서 발견한 사진을 다시 유심히 들여다보았다. 사진 속 인물들 표정,

그들의 배치, 주변 환경까지 모든 것에서 단서를 찾으려는 듯했다. 팀장인 기원 또한 창밖을 보며 생각에 잠겼다. 25년 형사 생활 동안, 이렇게 복잡한 사기 사건은 처음이었다. 수많은 피해자들과 수백억의 사기 금액…. 그럼에도 형사들이 가진 단서는 고작 사진 한 장이 전부라니…. 기원은 이를 까득 갈더니 입을 열었다.

"쥐새끼 같은 놈들…. 다들 정신 바짝 차려. 피해자만 천 명이 넘어! 절대로 놓치면 안 되야!"

* * *

| 남자 | 조왕진 | 심지연 | 최상칠 | 명장범 | 남자 | 채양석 | 한혜수 |[7]

승일 그룹은 명장범 회장, 조왕진 부사장, 최상칠 보물선 탐사대장 겸 승일 그룹 대표이사, 채양석 영업이사, 한혜수 법무팀장으로 이루어져 있었다. 이번 보물선 사건에서 사기꾼들이 처음부터 가명을 사용했다는 사실은, 본인들이 이를 범죄라 인정하고 들어가는 것이었다. 가짜 이름을 사용하는 자체가 거짓말이기 때문이다. 수사는 작은 단서부터 하나씩 파 들어가야 한다. 정선이 사진 한 곳을 가리켰다.

"강남 오리진 호텔 투자설명회에서 사회를 봤던 여자가 전직 유명 아나운서인 심지연이었어."

동금이 사진 속 여성과 정선을 번갈아 쳐다보았다.

"맞아요. 심지연은 가명이 아니라 본명이었고…. 이 사진만 봐서는

---

7 사진 배열

그녀가 얼마나 연루되었는지 판단하기 어려워요."

"박 형사, 그럼 심지연 아나운서를 만나보면 뭔가 실마리가 나오지 않겠어?"

형사는 혼자 다니지 않는다. 2인 1조로 구성되며, 조장과 조원으로 이루어진다. 동금은 막내 수석의 조장이다. 동금이 외근을 나가면 당연히 조원인 수석이 함께해야 한다. 하지만 오늘은 수찬의 조원인 정선이 동금과 함께 가기로 했다. 동금이 만나러 가는 사람이 심지연 아나운서였기 때문이다. 수사대상자가 여자일 때는 여자 경찰과 함께 가는 것이 여러모로 유용했다.

"박 형사, 심지연 아나운서 인터뷰는 내가 주도할게. 여자 대 여자로 접근하는 게 더 효과적일 수 있거든."

"네, 김 형사님. 그게 좋을 것 같습니다."

동금이 재킷을 집어 들며 대답했다. 정선은 앞서 걸으며 살짝 미소를 지었다. 동금과 정선은 31세로 나이가 같았지만, 경찰을 4년 먼저 들어온 정선에게 동금은 항상 '김 형사님'이라 부르며 깍듯이 선배 대접을 했다. 정선은 그런 동금에게 친구처럼 편하게 지내자고 했지만 동금은 몇 년이 지난 지금까지 받아들이지 않고 있었다.

* * *

정선은 용산 한남동 에이원으로 가는 형기차 안에서 운전하는 동금을 살짝 쳐다보았다. 동금은 골프선수 출신답게 운동으로 다져진 건강미 넘치는 몸과 잘생긴 얼굴, 옷 잘 입는 남다른 패션 감각까지… 경찰관들 사이에서 유달리 눈에 띄는 형사였다. 황지혜와 결혼하기 전까지 여경들 사이에서 화제의 인물이었을 만큼 정선은 동금이 뉴욕총영사관 경찰주재관으로 떠나기 전 서울경찰청 광수대에서 동금과 같은 팀 형사로 근무했다. 미혼인 정선은 그 당시 동금을 짝사랑했지만, 고백 한번 하지 못했다. 그렇게 정선은 동금이 쌍둥이 수표 사건의 주범인 왕도술의 딸인 황지혜와 우여곡절 끝에 결혼하는 과정을 속수무책 지켜보았다. 그때 정선의 속마음이 얼마나 타들어 갔는지…. 그랬던 동금이 뉴욕에 황지혜를 남겨두고 3년 만에 귀국했다.

"박 형사, 지혜 씨는 언제 귀국해? 서로 죽고 못 사는 관계인데 이렇게 떨어져 지내도 괜찮아?"

동금은 정선의 말에 미소만 지었다.

"김 형사님, 지난 8월 중순 심지연의 인스타그램에 올라온 결혼식 사진 있잖아요?"

"심지연과 조왕진의 결혼식 사진 말하는 거지?"

동금은 인터넷 블로그에 '심지연이 재벌가의 숨겨진 아들과 결혼했다'는 글이 돌았던 사실을 이야기했다. 정선이 노란색 서류봉투를 보며 말했다.

"그래서 내가 이렇게 심지연 아나운서를 위해, 친절하게 가족관계 등록부까지 발급받아 서류봉투에 담아 가잖아?"

"그 재벌가가 어딘지 알면 더 놀라실 걸요?"

동금이 잠시 뜸을 들이자 정선이 답답한 듯 재촉했다. 지연은 왕진이 대왕 그룹 조준영 회장의 이복동생이라고 철석같이 믿고 있었다. 대왕 그룹은 동금과 정선이 4년 전 광수대에서 한 팀으로 수사했던, 쌍둥이 수표 사건 때 연루된 최정림 회장과 관련이 있는 재벌이었다. 전 영화배우였던 최정림의 전 남편이 대왕 그룹 조준영 회장이었다.

그리고 그녀는 동금의 아내 지혜의 아버지인 왕도술과 공범이었던, 만석파 행동대장 주왕재의 물주였다. 강력 3팀 형사들은 주왕재라면 지금도 이를 갈았다[8].

얼마 지나지 않아 두 사람은 한남동 에이원에 도착했다. 서울 도심에서 가장 값비싼 주거지 중 하나로 불리는 이 고급 아파트형 빌라는, 마치 성벽으로 둘러싸인 요새처럼 보였다. 깔끔한 유니폼을 입은 경비원 세 명이 문 앞에서 팔짱을 끼고 서 있었다. 박동금 형사가 경찰 신분증을 꺼내 보이자, 경비원들은 마치 준비된 듯한 목소리로 말했다.

"입주자와 사전 약속 없이는 출입이 불가합니다. 경찰이라도 예외는 없습니다."

경비원 중 리더로 보이는 남자는 코끝으로 말하듯 고압적인 어조로 덧붙였다.

"그리고 저 경찰차요. 저기 안 보이는 곳에 주차해요. 입주민들이 보면 불안해하니까."

그의 말투에는 '돈 많은 사람들 신경 쓰게 하지 마라'는 뉘앙스가 묻어 있었다. 정선이 미간을 찌푸렸지만, 동금의 얼굴에는 미소가 번졌다.

"경찰을 아주 물로 보네!"

동금이 웃으며 말했다. 그 웃음 속에는 위험한 기운이 감돌았다.

"겨우 이 정도도 협조를 못 하겠다? 좋아, 누가 이기는지 한번 해봅시다!"

---

8 쌍둥이 수표 사건은 《강남 형사》 시리즈 1편 '쌍둥이 수표'를 읽어보시기 바랍니다.

경비원들이 의아한 표정을 짓는 순간, 동금은 정선의 팔을 잡아당겼다.

"김 형사님, 목마르지 않으세요? 저기 마트에서 음료수나 사 마시고 올까요?"

"지금?"

정선이 어리둥절한 표정을 지었다. 두 형사가 마트로 출발하기 전, 동금은 형기차 문을 열고 무언가를 손가락으로 조작했다. 그러자 삐용- 삐용- 요란한 경찰 사이렌 소리가 한남동의 고요한 공기를 찢었다. 경비원들이 당황해 경찰차로 달려갔지만, 차 안에는 아무도 없었다. 차량 앞 유리에는 동금의 명함만이 놓여 있었다. 사이렌 소리는 멈추지 않았고, 경비실 전화기가 울리기 시작했다.

"여보세요? 네, 에이원 경비실입니다… 아니요. 화재는 아닙니다. 네, 알겠습니다. 죄송합니다."

한 통화가 끝나기도 전에 또 다른 전화벨이 울렸다. 경비원들의 얼굴이 점점 창백해졌다.

"빨리 형사한테 전화해봐!"

젊은 경비원이 동금의 명함에 있는 번호로 전화를 걸었다. 신호음만 길게 이어질 뿐, 아무도 받지 않았다. 한 경비원이 휴대폰을 내려놓았다.

"302호에서 전화 왔어. 한신 그룹 김 회장님이시래. 막 화를 내시는데… 어쩌지?"

나이 든 경비원의 이마에 땀방울이 맺혔다.

"이런 젠장…."

그때, 경비실 앞에 두 형사가 느긋하게 나타났다. 동금의 손에는 아이스커피가, 정선의 손에는 생수병이 들려 있었다. 둘을 발견한 경비원들이 허둥지둥 달려왔다.

"형사님! 제발 사이렌 좀 꺼주세요! 주민들이 난리가 났습니다!!"

동금은 커피를 한 모금 마신 후 능청스럽게 대답했다.

"아, 이곳에서 범죄 예방 근무를 해야 해서요."

동금이 다시 형기차 안에서 무언가를 조작하자, 사이렌 소리와 함께 경찰차의 빨간 경광등이 요란하게 돌아가기 시작했다.

"화려하죠? 이런 불빛은 밤이 되면 더 아름답습니다. 몇 시간이고 계속 돌릴 수 있어요."

나이 든 경비원의 얼굴이 일그러졌다. 그의 귀에는 이미 내일 경비회사에 불려가 질책 받는 소리가 벌써부터 들리는 듯했다.

"알겠습니다, 형사님. 어서 들어가시죠."

경비원이 동금의 등을 떠밀며 사정했다. 두꺼운 철제 미닫이문이 소리 없이 열렸다. 동금은 손가락 하나로 경광등을 끄고, 정선과 함께 자신들을 노려보는 경비원들 사이를 당당하게 걸어 지나갔다. 정선이 동금에게 속삭였다.

"진짜 통쾌하네. 그런데 이렇게 해도 되는 건가?"

동금은 빙그레 웃었다.

"이런 곳 경비원들은 자기들이 법보다 위에 있다고 착각하거든요. 가끔은 현실을 알려줄 필요가 있어요."

경비원들은 두 형사의 뒷모습을 원망스럽게 바라보며 중얼거렸다.

"깡패야, 형사야? 둘 다 외모는 곱상한 게…!"

동금과 정선은 102동 101호로 향했다. 지연은 다행히 집에 있었다. 경비실에서 미리 연락해서 그런지, 형사들을 맞이하는 지연은 비교적 침착한 모습이었다. 하지만 그와 별개로 근심 걱정이 있는 듯 얼굴은 푸석푸석해 보였다. 지연의 안내로 동금과 정선은 소파에 앉았다. 70평이나 되는 넓은 집이었지만, 고급 빌라와 어울리지 않게 곳곳이 싸구려 가구와 소파로 이루어져 있었다. 보통 이 정도 되는 집에 사는 사람들은 집안을 명품 가구로 채워 놓는다. 그러나 지금 이 집은 전혀 달랐다. 동금이 슬쩍 고개를 돌려 TV를 보니 중국제였다. 청담동에서 부유하게 자란 동금은 명품을 구별할 수 있는 눈을 가졌다. 이 상황에는 분명 이유가 있을 터였다.

동금과 정선은 지연에게 명함을 건네주었다. 지연은 지금까지 보아왔던 형사들과는 완전히 다른 동금을 호기심 어린 시선으로 쳐다보며 건네준 명함을 살펴보았다.

[강남경찰서 형사과 강력 3팀 박동금 경위 010-3899-18××]

"혹시 저희가 심지연 씨를 왜 찾아왔는지 알고 계신가요?"

동금이 먼저 가볍게 잽을 날렸다. 지연이 러시아 보물선 사기단의 일원일 가능성을 완전히 배제하기는 일렀기 때문이다.

"아뇨. 전혀 모르겠는데요."

경계심 가득한 답변을 하는 지연에게 동금이 품속에서 사진 한 장을 꺼내 테이블 위에 올려놓았다. 동금이 승일 빌딩에서 발견한 러시아 보물선 투자설명회 사진이었다. 지연은 그 사진을 집어 한번 훑어보더니 테이블 위에 다시 내려놓았다.

"이 사진에 뭐가 문제가 있나요?"

"사람들이 문제가 있습니다. 사기꾼들이니까요."

정선이 대놓고 사기꾼이라는 표현을 쓰자, 지연이 순간 멈칫했다.

"심지연 씨 남편분도 이 사진 속에 있지요? 안 그런가요?"

정선이 질문하자 지연이 떨리는 목소리로 대답했다.

"혹… 혹시. 이… 이 사람 소식을 알고 있나요?"

지연은 이번 달 초 왕진이 부랴부랴 여권을 챙겨 집을 떠난 일을 떠올렸다.

* * *

지난 9월 초순경

처음에는 모든 것이 완벽했다. 터키의 에메랄드빛 바다와 그리스의 하얀 건물들 사이에서 보낸 신혼여행은 꿈같았다. 하지만 돌아온 후, 왕진은 회사 일이 바쁘다며 점점 늦게 들어오더니 외박까지 시작했다. 지연은 불안했지만, 간간이 건네는 "사랑해."라는 말을 위안 삼았다. 그런데 그날 오후…. 왕진이 불안한 얼굴로 현관문을 열고 들어왔다.

"무슨 일이에요?"

"싱가폴에서 의장님한테 급하게 연락이 왔어. 지금 바로 넘어가야 해."

왕진은 안방으로 성큼성큼 걸어가 서랍장을 열었다.

"내 여권 어디 있지?"

여권이 보이지 않자 그의 목소리가 신경질적으로 변했다.

"여권 어디 뒀어?"

"모르겠어요. 신혼여행 다녀온 후에 제가 정리한 적이 없는데…."

왕진의 얼굴에 처음 보는 분노가 스쳤다.

"당신이 정리 안 했으면 누가 했어? 내가 했겠어?"

잠시 후 그는 책상 밑에서 여권을 발견하고 작은 가방에 넣었다. 거실의 캐리어를 본 지연은, 이것이 단순한 출장이 아님을 직감했다.

"언제 들어올 거예요?"

지연이 그의 팔을 붙잡자 왕진이 거칠게 뿌리쳤다.

"아, 씨발! 바빠 죽겠는데 지랄하고 난리야! 이거 안 놔?!"

'설마… 이게 내가 결혼한 남자의 진짜 모습인가?'

왕진은 얼음처럼 굳어버린 지연을 둔 채 캐리어를 끌고 사라졌다.

* * *

동금과 정선은 답하지 않고 지연의 대답을 기다렸다. 그들은 이미 지연이 왕진에게 사기 결혼 당한 사실을 짐작하고 있었다.

"남편분과는 언제 만났습니까?"

지연은 전직 아나운서답게 왕진과의 일을 차분하게 설명했다. 지연과 왕진은 사진 속 4월 23일 청담동 오리진 호텔에서 있었던 승일그룹의 러시아 보물선 투자설명회에서 처음 만났다. 왕진의 귀공자풍 외모와 세련된 말솜씨에 호감을 느낀 지연은 투자설명회 이후 매일같이 적극적인 구애를 하는 왕진과 자주 어울렸다. 그렇게 만난 지 한 달 만에 결혼을 결심했다. 왕진도 무슨 이유인지 결혼을 서둘렀다. 그렇게 두 사람은 만난 지 4달 만인 8월 15일에 결혼식을 올렸다.

"남편 본명이 어떻게 되죠? 남편은 어떤 사람입니까?"

"조왕진이 내 남편인데요…?"

지연은 정선의 질문이 이해되지 않는다는 표정이었다.

"아니, 그럼 남편 실제 이름도 모르고 결혼했다는 말입니까?"

"뭐… 뭐라고요? 조왕진이 본명이 아니라고요? 뭔가 잘못 알고 계신 것 같은데요."

"조왕진에 대해 아는 것이 있습니까? 가족관계라든가… 또… 고향이라던가요?"

"…그게."

지연은 한참을 아무 말도 하지 않았다. 정확히 말하자면, 말할 수 없었다. 지연 자신도 왕진이 대왕 그룹 사생아란 정보 이외에는 구체적으로는 아는 것이 없었기 때문이다. 지연은 왕진이 대왕 그룹의 숨겨진 아들이란 말에 혹해 그가 주도한 결혼식에 응했다. 잘생긴 재벌가의 숨겨진 아들이라는 포인트에 단단히 '콩깍지'가 씌였다고밖에는 달리 설명할 수 없는 일이었다. 동금은 그런 지연에게 쐐기를 박았다. 사기를 당한 피해자들에게는 일종의 충격 요법이 필요하다는 것을 동금은 잘 알고 있다.

"조왕진이 대왕 그룹의 숨겨진 아들이라고 거짓말하는 것도 그대로 믿으셨습니까?"

이번에는 지연도 놀라 눈을 크게 떴다. 가슴이 턱 막힌 듯 제대로 말을 잇지 못했다.

"뭐… 뭐라고요? 남편이 거짓말을 했다고요? 그럴 리가 없어요. 뭔가 잘못 알고 오신 것 같은데요."

지연은 유명 아나운서인 자신이 사기 결혼 당했다는 사실을 믿고 싶지 않았다. 동금은 지연에게 '이 자리에 오기 전, 이미 대왕 그룹 회장 비서실을 통해 조왕진이 대왕 그룹과는 아무런 관계가 없음을 확인받았다'는 사실을 알려주었다. 대왕 그룹은 조왕진이라는 사람을 전혀 알지 못했고, 조왕진이 대왕 그룹 선대 회장의 사생아란 사실도 극구 부인했다. 오히려 선대 회장의 명예를 훼손한 사실에 대해 법적 조치를 운운할 정도로 크게 화를 냈다. 죽은 대왕 그룹 조준영 회장의 부친은 현재 살아 있다면 나이가 100세가 넘었다. 38세로 알려진 조왕진의 아버지가 되기에는 물리적으로 나이가 너무 많았다.

대왕 그룹 비서실에서 이미 확인한 사실이라는 동금의 설명에도 지연은 믿고 싶지 않은지 귀를 닫았다. 남편인 왕진이 이복형인 대왕 그룹 조준영 회장과 문자를 주고받거나 직접 통화하는 것을 자신의 두 눈과 두 귀로 똑똑히 지켜봤다고 주장했다. 그러면서 '조준영 회장이 자기 동생인 조왕진을 눈엣가시로 여겨 지금까지 가족으로 인정을 안 했다는 것을 알고 있다'고 했다. 왕진의 어머니가 싱가폴에서 홀로 쓸쓸하게 죽음을 맞이한 것도 그 이유 때문이라고 했다. 정선이 싱가폴이란 말에 관심을 보였다.

"싱가폴이라고요? 내가 싱가폴을 좋아해서 가끔 가는 곳인데요. 싱가폴에 관해 뭐라 얘기하던가요? 예를 들어 싱가폴 어디 학교를 졸업했다든가?"

"싱가폴… 그… 그것이…."

지연의 목소리가 흔들렸다. 그녀의 머릿속에 갑자기 불편한 기억이 떠올랐다. 그녀는 그것을 애써 밀어내려 했다. 싱가폴이 영어권 국가라는 사실과 신혼여행에서 왕진이 영어를 전혀 구사하지 못했던 모습이 마음 한구석을 찔렀다. 그러나 지연은 그 의심의 순간을 곧바로 억눌렀다.

'그럴 리 없어. 분명 설명할 수 있는 이유가 있을 거야.'

왕진의 이야기에는 앞뒤가 맞지 않는 부분들이 너무 많았다. 하지만 그녀의 자존심은 그 사실을 받아들이지 못했다.

"남편이 대왕 그룹 조준영 회장 가족에 대해서 소상히 알고 있었어요. 정말 가까운 가족이 아니라면 알 수 없는 민감한 내용도 있었고요."

지연은 목소리에 확신을 실으려 애썼지만, 그녀의 손은 미세하게 떨리고 있었다. 자신이 믿었던 모든 것들이 모래성처럼 무너져 내리는 것을 느끼면서도, 그녀는 그 성벽을 필사적으로 지키려 했다.

"남편은 형수가 불쌍하다고… 이복형인 조 회장이 매정한 사람이라고 했어요."

왕진은 지연에게 자신의 형수인 유명 영화배우 출신 최정림이 이복형인 조준영 회장으로부터 불륜을 의심받고 위자료 몇 푼 받고 쫓겨났다고 했다. 동금과 정선이 서로 얼굴을 쳐다보았다. 4년 전, 서울경찰청 광수대에서 그들은 최정림 회장을 참고인으로 수사했다. 최 회장은 조준영 회장과 세기의 이혼소송을 벌였다. 최정림은 절대적으로 불리했던 이혼소송을 만석파 행동대장 주왕재의 활약으로 뒤집었다. 결국 최정림은 남편 조준영 회장으로부터 수천억 원의 재산분할과 위자료를 받아내는 데에 성공했다. 그런데 지금 지연은 최정림이 조준영 회장만큼 부자인 것을 전혀 모르고 있다. 조준영과 최정림이 이혼 당시, 재산분할에 대해 공개하지 않기로 합의했기 때문이다. 조왕진이 이런 사실을 알 리 없었다.

"지금 이 집은 누가 얻은 건가요?"

지연은 얼빠진 표정으로 한참을 멍하니 있다가 겨우 입을 열었다.

"남편이 계약금을 치르고, 내가 중도금과 잔금을 내서 이 집을 샀습니다."

동금은 이제야 최고급 빌라인 이 집의 가구가 모두 싸구려인 이유를 짐작할 수 있었다. 왕진으로서는 굳이 집안을 명품 가구로 도배해 자신의 몫을 줄일 이유가 없었을 것이다.

"집주인에게 확인은 해보셨습니까?"

동금이 핸드폰을 꺼내 101호의 임대차계약서를 보여주었다. 이 집은 보증금 1억에 월세가 이천만 원이었다. 지연은 임대차계약서를 보고도 믿지 않았다.

"저희가 이미 이 집주인에게 확인한 사실입니다. 조왕진… 물론 가짜 이름입니다만…. 실제 이름이 무엇인지 확인하려고 집주인에게 물어봤더니 조왕진이 두 달 치 월세를 미리 주었다고 합니다. 부동산 매매가 아니라 월세라 조왕진에 대한 그 이상의 정보를 집주인도 요구할 이유가 없었답니다. 이번 달부터 월세 이천만 원을 곧 내셔야 합니다."

정선의 말에도 지연은 끝내 형사들의 말을 믿으려 하지 않았다.

"또 사기당하신 것은 없습니까?"

"사기당한 것은 없고…. 또… 러시아 보물선에 투자하라고 해서 지인들이 많게는 몇 억, 적게는 몇 천씩 투자했는데 그 돈이 10억 정도 되는 것 같아요."

"그 돈은 어떤 방법으로 투자했습니까?"

"남편이 자기한테 계좌로 주면 알아서 코인으로 준다고 했습니다."

지연은 자신의 돈 30억에 지인들의 돈 10억까지 총 40억을 왕진에게 사기당했다.

"혼인 신고는 했습니까?"

"남편이 자기가 한다고 해서…."

정선이 지연의 가족관계등록부를 서류봉투에서 꺼내어 지연에게 내어주었다.

"여기 보시지요. 심지연 씨는 아직 미혼입니다."

지연이 믿기지 않는 얼굴로 가족관계등록부를 보려고도 하지 않고 소리쳤다.

"그럴 리가 없습니다. 남편은 싱가폴 출장에서 곧 돌아올 겁니다. 이만 나가주세요!"

지연은 안개 속에서 점점 윤곽이 드러나는 진실을 애써 외면하려는 듯했다. 그녀의 이성은 이미 무언가 크게 잘못되었다는 것을 알고 있었지만, 자존심은 그 사실을 인정하는 것을 거부했다. 그것은 단순한 사기가 아니라 그녀의 판단력과 지성, 그리고 아나운서로서 쌓아온 모든 명성에 대한 부정이었기 때문이다.

왕진은 이렇게 전직 유명 아나운서였던 지연을 두 달 만에 완전히 벗겨 먹었다. 이제 지연에게는 어린 딸과 함께 거리로 나앉을 시간만이 점점 다가오고 있었다. 형사들이 나간 후, 지연은 정선이 남겨 놓고 간 가족관계등록부를 뚫어지게 쳐다보았다. 여전히 믿기지 않는다는 표정으로….

12
관상어

9월 21일 강남경찰서 강력 3팀 사무실

본격적인 피해자 조사가 시작되자 강남경찰서 강력 3팀 사무실은 울음소리와 울분에 찬 고함으로 가득 찼다.

"권 반장님, 이놈들 좀 꼭 잡아주십시오!"

순명 교회 장로이자 전직 교사 부부인 김지한 부부가 자포자기 심정으로 울음을 터트렸다. 김지한 부부 옆에는 유명 음식점인 산청관의 김석순 사장과 부인인 강금례가 말다툼 중이었다.

"이 팔불출아! 그러니까 내가 뭐랬어? 사기 같다고 했지. 아이고! 이걸 어째…."

금례의 눈에는 분노와 절망이 뒤섞여 있었다.

"내가 이 돈 10억을 어떻게 벌었는데…."

금례의 손은 남편의 옷을 잡아 뜯으며 떨리고 있었다. 그녀의 숨소리는 거칠었고, 동그란 눈에서는 눈물이 걷잡을 수 없이 흘러내렸다. 석순은 아내의 분노 앞에 한마디도 반박하지 않았다. 그저 고개를 푹 숙인 채 모든 비난을 받아들였다. 그의 어깨는 축 처져 있었고, 눈빛에는 깊은 자책과 체념이 서려 있었다. 누가 보아도 이미 스스로를 포기한 사람의 모습이었다.
"미안해… 내가 죽일 놈이야!"
석순이 힘없이 중얼거렸지만, 그의 목소리는 금례의 울부짖음에 묻혀 들리지 않았다. 금례는 더욱더 격렬하게 남편의 가슴팍을 두드렸다.
"내가 처음부터 의심스럽다고 했지! 그런데 당신은 뭐라고 했어? 믿을 만한 사람이라며? 이제 우리 가게는 어쩌고? 친정 조카들 돈은 어쩌고!"
석순은 아내의 공격에 말없이 몸을 움츠리며 모든 것을 받아들였다. 그의 눈에는 이미 패배자의 공허함만이 맴돌고 있었다. 하는 수 없이 수석이 금례를 데리고 밖으로 나갔다.
"저 사람이 저리 화를 낼 만도 합니다."
금례의 말을 듣고 금례의 친정에서는 조카들까지 전세금을 모조리 빼내 제일금속 주식과 러시아 보물선에 투자했다. 제일금속이 유령회사라는 사실을 몰랐느냐는 정선의 말에 석순과 김 장로가 놀란 얼굴로 눈을 치떴다. 그들은 정선에게 제일금속이 몽골에서 희토류 광산을 개발한다는 말도 거짓말인지 되물었다. 러시아 보물선 투자 피해자를 조사하던 동금이 광산개발이라는 말에 고개를 옆으로 돌렸다. 곁에 있던 수찬이 석순과 김 장로를 향해 물었다.
"희토류라니? 그게 무슨 말입니까?"
석순과 김장로는 수찬에게 '이규철 장군이 분명 제일금속이 몽골에서 희토류를 독점 개발한다고 했다. 내년쯤 제일금속 주식이 상장되면 대박 터트릴 거니 빨리 비상장주식을 사 놓으라고 권유했다'고

답했다. 동금이 하던 조사를 막 마치고 수찬의 조사를 지켜보았다.

"이규철 장군이라니요? 이 사진 좀 보세요. 여기서 이규철 장군이란 사람이 있습니까?"

수찬이 8명이 찍힌 투자설명회 사진을 김 장로와 석순에게 차례로 보여주었다. 두 사람은 사진을 이리저리 유심히 살펴보더니 고개를 가로저었다. 김 장로는 '이규철 장군은 순명 교회 신도로, 별 두 개인 소장으로 전역한 예비역 장군'이라고 했다. 몇 달 전 규철은 제일금속 사장으로 취임했고, 순명 교회 신도들은 규철의 소개로 제일금속 비상장주식에 너도나도 투자했다. 그러나 규철은 지난 5월 하순 무렵부터 순명 교회에 발길을 끊었다. 풍문에 의하면 회사에서 나이가 많다는 이유로 버림을 당했다고 한다. 교회 사람들은 '규철은 자존심이 센 사람이었으니 하루아침에 대표에서 잘린 것이 부끄러워 교회에도 발길을 끊은 것'이라 생각했다고 한다. 그때 강력 3팀 사무실로 40대 중반쯤 되는 남자가 어깨를 축 늘어트린 채 들어왔다. 남자를 본 김 장로가 소리쳤다.

"권 반장님, 저 사람이 이규철 장군 부관 출신입니다. 저 사람이라면 이규철 장군에 대해 뭔가 알 수 있을 겁니다."

남자의 이름은 고명석으로 순명 교회 신도였다.

"나도 1억을 사기당했습니다."

고명석은 백마부대 출신으로 자부심이 높았다. 순명 교회에서 백마부대 사단장이라는 규철의 말을 믿고 자신이 마치 규철의 부관이라도 되는 양 행동했다. 그렇게 사람들에게 자신이 백마부대 출신이라는 점을 은연중 자랑하고 싶었다. 규철도 그렇게 부관 행세를 하는 고명석을 묵인했다. 실제로 두 사람은 같은 부대에서 근무한 사실이 없었다.

* * *

강력 3팀 형사들은 일주일 내내 피해자들을 조사하는 데 시간을 보냈다. 모든 범죄 수사의 시작은 피해자 조사부터이다. 이번 사기단은 특이했다. 전혀 다른 아이템 두 가지를 가지고 사기를 쳤다. 시간상으로는 몽골 희토류 광산을 독점 개발한다며 제일금속 비상장주식에 투자하도록 유도한 것이 먼저였다. 그 다음은 러시아 보물선 표토르호 인양으로, 침몰된 배에 실려 있는 금괴 100조에 투자하도록 유도했다. 피해자들이 속는 과정은 그야말로 정교하게 짜인 한 편의 드라마 같았다. 승일 프리미엄 코인은 러시아 보물선 투자 담보조인 눈속임용으로 제공되었다. 승일 프리미엄 코인은 코인 발행에 필수적인 '백서'조차 허접한 수준이라 도저히 코인으로 취급할 수도 없는 수준이었다. 수사 결과, 첫 번째 아이템인 제일금속 비상장주식 사건은 피해 금액 300억에 피해자 수는 430명이었다. 주로 순명 교회 신도들이 많았는데 300억 중에 200억이 순명 교회 신도들 몫이었다.

"이규철 장군이란 작자가 순명 교회를 다니면서 신도들을 제일금속에 소개한 것으로 보입니다. 이규철은 제일금속 대표로 있다가 주식 판매가 마무리된 시점에 팽 당해서 대표이사에서 물러났다고 합니다."

동금은 이규철에 대해 국방부에 문의한 결과, 그가 실제 소장 출신이라는 것을 확인했다. 다만 규철이 어디 사는지는 확인치 못했다.

"어쩌면 이규철도 당한 것 같은데…. 사기꾼들이 얼굴마담으로 순진한 장군 출신인 이규철을 제일금속 대표로 앉혀 놓았다가 비상장주식을 다 판매한 시점에 버렸다고 보는 것이 자연스러운데… 안 그래, 박 형사?"

정선의 말에도 일리가 있었다.

"나도 김 형사 생각과 같아…. 이규철은 투자설명회 사진에도 없잖아. 핵심 멤버는 아니라고 보는 게 맞을 것 같은데."

수찬도 정선의 의견에 동의했다. 그러나 동금은 자신의 부관 행세를 한 고명석을 묶인한 이규철이라면 마냥 순진한 얼굴마담은 아닐 수 있다는 생각을 어렴풋이 가졌다. 두 번째 아이템인 러시아 보물선 표토르호 인양 및 승일 프리미엄 사건은 피해 금액 460억에 피해자 수는 930명이었다. 수석이 피해 목록표를 보며 보고했다.

"이번 승일 그룹 사기단은 피해 금액이 총 760억에 피해자 수는 1,360명입니다. 다만 아직 접수 안 된 피해자가 있을 수 있어 피해 금액과 피해자 수는 더 늘 가능성이 매우 큽니다."

물론 이 피해 금액에 심지연 아나운서가 조왕진에게 개인적으로 사기를 당한 40억은 제외된 금액이었다.

* * *

10월 1일 강남경찰서 강력 3팀 사무실

피해자 조사가 거의 마무리될 시점에 강력 3팀 사무실로 나이 든 남녀 8명이 전직 국회의원이란 사람의 멱살을 잡고 들어왔다. 사람들에게 멱살을 잡힌 채 질질 끌려온 사람은, 전직 국회의원인 74세 선종진이었다.

"우리가 영감 말을 믿고 명장범에게 투자했다가 이젠 완전히 쪽박 차게 생겼어! 당신 어떻게 책임질 거야? 응?! 국회의원까지 지낸 작자가 말이야! 자… 말 좀 해보시지!"

전직 은행장인 최진한이 선종진의 멱살을 틀어쥐고 흥분해서 고래고래 소리를 질렀다. 비쩍 마른 선종진은 캑캑거리며 도움을 청하듯 양손을 허공에 휘저었다.

"아니, 시방 지금 경찰서에서 뭣들 하는 거여! 지금 형사들 수사하는 거 안 보여요? 여기가 당신들 놀이터야!"

기원이 빽- 하고 소리를 지르자 그제야 소란이 다소 진정됐다.

"여기서 러시아 보물선 수사한다고 해서 찾아왔습니다. 팀장님 맞으시죠?"

68세인 최진한이 선종진의 멱살을 풀며 기원에게 하소연하기 시작했다. 사연은 이랬다. 1년 전, 선종진으로부터 소개받은 장범에게 사람들은 라오스에 있는 관상어 농장에 투자하도록 권유받았다. 장범은 라오스에 있는 농장에서 관상어를 길러 수출하면 큰돈을 벌 수 있다고 유혹했다. 전직 국회의원인 선종진에 대한 믿음과 장범의 뛰어난 언변에 속은 사람들은 관상어 농장에 투자했다. 그러나 처음 2~3개월 동안은 들어오던 수익금이 곧 끊겼다. 이에 투자자들이 장범에게 항의하자, 장범은 다시 러시아 보물선에 금괴가 실려 있다며 투자를 권유했다. 사람들은 설마설마했지만, 이번에도 선종진이 앞장서 바람을 잡는 바람에 관상어 농장에 투자한 돈을 그대로 러시아 보물선에 다시 투자했다. 일부 사람들은 추가로 돈을 투자하기도 했다. 그 이후 이자는커녕 원금조차 받지 못하고, 장범은 소식이 끊겨 감감무소식이었다.

"영감님은 언제부터 명장범을 아셨습니까? 명장범이 가짜 이름을 쓰는 사기꾼인 것 모르셨어요?"

기원이 '명장범'이 가짜 이름이라는 사실을 밝히자 이를 알 리 없었던 투자자들은 말로만 듣던 투자 사기를 당했음이 확실해졌음을 깨닫고 고래고래 소리를 질러댔다.

"테헤란로의 아버지라고 하더니만. 이름까지 속였구먼! 아이고 완전히 속았어!"

"야, 인마! 국회의원까지 했다는 놈이 명장범이 이름도 몰랐단 말이야?"

전직 교수인 지성권이 화를 참지 못하고 선종진의 뺨을 후려갈겼다. 동금이 나서 흥분한 투자자들과 선종진을 겨우 분리했다. 기원이 동금에게 눈짓하자, 동금이 선종진을 데리고 밖으로 나갔다. 피해자들과 함께 있어서는 제대로 된 조사를 할 수 없다고 판단한 것이다. 동금은 선종진을 데리고 가벼운 문답을 위해 조사실로 들어갔다. 그러고는 물 한잔을 건네주었다. 뺨까지 맞은 그는 충격에서 헤어나지 못한 표정이었다.

반쯤 정신이 나간 종진은 이야기를 시작했다. 그는 2년 전, 유명 산악인의 소개로 장범을 알게 되었다. 에베레스트까지 다녀온 유명 산악인은 장범이 테헤란로에서 유명한 재테크 강사라고 했다. 이 사람 때문에 부자가 된 사람이 자기 주변에 꽤 많다고 소개했다. 그리고 장범이 자신에게 관상어 투자를 권유하여 2억을 투자했는데 원금은커녕 이자조차 받지 못했다고 했다. 오늘 함께 온 투자자들도 자신이 권유해 관상어 농장에 투자했다.

"아까 투자자들 얘기를 들어보니 의원님이 바람 좀 잡으신 것 같은데 그 이유를 들어볼까요?"

눈치 빠른 동금이 종진을 추궁했다.

"그… 그것이…."

종진은 무언가 켕기는 것이 있는지 제대로 된 답변을 하지 못했다. 말 못 할 사정이 있다고 느낀 동금은 단도직입으로 물었다.

"의원님은 최종적으로 얼마를 손해 보셨습니까?"

동금은 어떤 명목으로든 장범에게 준 돈과 받은 돈의 차액을 물어보았다. 선종진이 말장난으로 빠져나가지 못하도록 확인했다. 이런 부류의 인간들은 말잔치를 통해 교묘히 상대방 속이는 법을 잘 알고 있다. 동금은 '제대로 답변을 하지 못한다면 명장범과 사기죄의 공범이 될 수 있다'며 종진을 몰아세웠다. 마침내 종진이 천근만근 무거웠던 입을 열었다. 종진도 처음에는 장범에게 2억을 투자했다. 그러나 이자만 두 번 정도 받고, 투자한 돈을 떼일 위험에 처했다. 정치인인 종진은 눈치가 빨랐다. 종진은 인맥을 이용해 평소 알고 지내는 능력 있는 변호사와 이 일을 상의했다. 변호사는 이런 사기 사건에서는 먼저 고소한 사람이 피해 변제를 받을 가능성이 크다며 신속히 장범을 고소하도록 권유했다. 보통 사기꾼들은 돌려막기를 하는데, 먼저 고소할 경우 사기꾼 처지에서는 합의해서라도 사기 범행이 늦게 발각되는 것을 선택할 가능성이 높다. 변호사의 조언은 이를 정확히 꿰뚫은 조언이었다. 그렇게 종진은 장범을 수서경찰서에 사기죄로 고소했다. 동금이 눈을 번득였다.

"수사관이 뭐라고 하던가요?"

"명장범이란 이름이 없다고 했습니다. 그래서 내가 가지고 있는 명장범의 핸드폰 번호를 수사관님께 알려주었습니다."

그 이후 종진은 장범으로부터 투자 받은 돈 2억 원을 변제받았다. 변호사의 조언이 빛을 발하는 순간이었다. 종진이 장범에 대한 고소를 취하했음은 당연했다. 장범에게 우선적으로 변제를 받은 종진은 그에게 호의적이었다. 장범이 종진에게 갚은 돈은, 어쩌면 다른 관상어 투자자들의 주머니에서 나온 돈일 수도 있었다. 종진이 투자자들에게 바람을 잡았던 이유가 여기에 있었던 것이다. 조사가 끝날 무렵, 종진이 갑자기 의자를 뒤로 젖히더니 동금을 내려보았다. 마치 동네 어르신이 바둑판 앞에서 한 수 두고 득의양양해 하는 모양새였다.

"자네, 이름이 박동금 형사라고 했지?"

종진이 갑자기 반말로 물었다. 동금은 잠시 눈을 깜빡였다.

"예…?"

동금의 머릿속엔 방금까지 '네, 맞습니다' 하던 사람이 맞나, 하는 의문이 스쳤다. 종진은 좀 전까지 고개 숙이던 태도는 온데간데없이, 마치 용꼬리라도 잡은 것처럼 의기양양하게 굴고 있었다.

"내가 국회의원 시절에 경찰 많이 승진시켜 줬지."

종진이 손가락으로 책상을 툭툭 치며 말했다.

"지금 국회 행안위원회 위원장? 내 후배야. 내 말이라면 발 벗고 나서는 사람이지."

동금은 고개를 살짝 기울이고 관심 있는 척 표정을 지었다.

"그래, 자네 필요한 게 뭔가? 승진인가?"

종진의 목소리에는 '내가 도와줄게' 하는 은근한 제안이 묻어났다.

"왜요? 승진 좀 시켜주시게요?"

동금이 눈을 동그랗게 뜨며 물었다. 종진의 얼굴에 오만한 웃음이 번졌다. 마치 '이제야 말이 통하는구만' 하는 표정이었다. 동금은 잠시 고개를 끄덕이더니 갑자기 자세를 바로 했다. 그리고 경찰수첩을 똑똑 두드리며 미소를 지었다. 동금이 친근하게 말을 걸었다.

"영감님. 꽤 세상을 잘 아시는 분 같은데…."

선종진의 얼굴에 만족감이 번졌다.

"언제 적 세상을 살고 있어요? 이제는 경찰에서 승진하고 싶으면 형사 안 해요! 사기꾼들하고만 어울리지 말고 형사 영화도 좀 보고 그러세요!"

종진의 표정이 크게 흔들렸다. 동금은 그런 종진을 한심하다는 얼굴로 쳐다보며 친절하게 덧붙였다.

"아, 다음에 경찰서 오실 때는 옷 단단히 입고 오시고요. 여기 유치장은 가을에도 추울 수 있거든요."

종진의 얼굴에서 방금까지의 웃음기가 수도꼭지를 잠근 것처럼 싹 사라졌다. 그의 인상은 언 김치처럼 쪼그라들었다. 이후, 종진은 투자할 사람을 유치하면서 장범으로부터 수수료를 받아 챙긴 사실이 추가로 드러나 구속되었다. 동금은 그가 구속되어 유치장으로 들어오자 말했다.

"영감님, 말씀드렸죠? 여기 정말 춥거든요. 인맥으로는 따뜻해질 수 없다니까요!"

* * *

동금은 수서경찰서에서 방현일 수사관을 만났다. 방 수사관은 40대 중반으로 흰색 와이셔츠에 넥타이를 맨 단정한 차림이었다.

"박 형사님 이야기 많이 들었어요. 순경 출신 최초로 뉴욕총영사관

경찰주재관으로 파견 나가셨다고요?"

경찰대나 고시 출신이 아닌 순경 출신이 경찰주재관으로 선발되는 것은 무척 드문 일이었다. 특히 미국 같은 선진국은 더욱 가능성이 떨어졌다. 그래서 동금은 순경 출신 경찰관들에게 있어 자부심의 대상이었다.

"올 초, 선종진이라고 전직 국회의원이 사기죄로 고소를 했다가 취하한 사건을 방 수사관님이 맡으셨다고 들었습니다."

방 수사관은 기억이 잘 나지 않는 듯 머리를 짜내 한참을 생각했다.

"전직 국회의원이라면 혹시 무슨 물고기를 외국 농장에서 키운다는 그 사건 말인가요?"

동금의 얼굴이 밝아졌다.

"맞습니다. 라오스에서 관상어를 키워 수출한 돈으로 수익을 내주겠다는 사건이었습니다."

방 수사관은 킥스[9]에 들어가 이런저런 사건을 검색하기 시작했다. 잠시 후, 그는 장범의 본명을 찾아냈다.

"여기 있다!"

[민태구 1977년 10월 21일생 본적지 서울 동대문구]

당시 방 수사관은 종진이 고소한 명장범의 이름이 검색되지 않자 종진에게 받은 장범의 핸드폰으로 전화를 했다. 장범은 고소를 당했기 때문에 경찰에게 자신의 본명을 말하지 않을 수 없었다. 그렇게 장범의 본명, 민태구가 밝혀지게 되었다. 태구는 사기 전과 12범의 전과자로, 3년 전에 징역 5년의 실형을 마치고 안양교도소에서 출소한 사

---

9 경찰에서 사용하는 수사프로그램이다. 사건이 접수되면 이 프로그램에 등록하여 관리한다.

실이 확인되었다.

"민태구에게 '당신, 선종진에게 사기죄로 고소당했다'고 하자 깜짝 놀라는 눈치였어요. 그러더니 며칠 안 되어 선종진으로부터 고소 취하서가 들어오더라고요. 제대로 조사도 들어가기 전에 말이에요."

방 수사관은 종진이 태구에게 전액 변제를 받았다며, 함박웃음을 지으며 고소취하장을 들고 경찰서에 왔던 사실을 기억했다. 라오스 관상어 농장은 실체가 없는 거짓말 같았지만, 전직 의원이란 노인이 고소 취하서를 들고 와 '오해했다'며 끝내 피해자 진술을 하지 않아 조사를 할 수 없었다. 방 수사관은 결국 수사를 진행하지 못했던 것이 안타깝다며 혀를 찼다.

* * *

"이런 놈이 '테헤란로의 아버지'라 불렸다고? 신 청장아! 앞으로 나도 '광수대 조폭팀의 아버지'라고 불러라! 어때? 멋있지?"

수찬이 태구의 전과를 보면서 농담을 던졌다. 사이버특채 출신 수사관인 정선은 태구에 관한 모든 정보를 수집하기 시작했다. 태구가 물꼬를 트자 이어서 태구보다 두 살 적은 채양석의 실제 본명도 특정됐다. 채양석의 본명은 우도식으로, 1979년생이었다. 그는 태구와 안양교도소 동기였다. 도식은 DBS 방송국 PD를 사칭해 연예인 지망생 부모들에게 돈을 뜯어낸 범죄로 징역 3년을 복역했다. 8명의 인물들 중 또 한 사람, 상덕배 역시 본명이 드러났다. 그의 이름은 상덕수로, 1975년생이었다. 정선은 태구가 실제 자기 명의로 사용한 핸드폰 통화내역을 집중 분석하여 상덕수를 특정할 수 있었다. 덕수는 사기 전과는 없었지만 성범죄와 폭력 전과 몇 개가 있었다.

권봉만	조왕진	심지연 (심지연)	최상칠 (최상칠)	명장범 (민태구)	상덕배 (상덕수)	채양석 (우도식)	한혜수	10

사진 속 남녀들의 실제 본명이 특정되기 시작했다. 총 8명의 남녀 중 5명이 특정되었다. 왕진에게 사기 결혼을 당한 지연으로부터 왕진의 측근이었던 권봉만을 확인했지만, 권봉만이란 이름 역시 가짜였다.

---

10 괄호 안은 본명이다.

13
닭 잡는 칼

10월 5일 울릉도

동금과 수석은 울릉도로 출장을 왔다. 울릉도에서 러시아 보물선의 실체와 탐사대장 최상칠에 대해 더 많은 정보를 파악하기 위해서였다. 동금과 수석은 우선 울릉경찰서를 방문하여 주영호 수사관을 찾았다. 선주와 잠수사들이 못 받은 배 임대료와 임금을 이유로, 상칠을 사기죄로 고소한 상황이었다.

"서울은 일이 많지요? 여기도 관광객들이 몰리고 나서 일이 많이 늘었습니다."

영호는 새치가 많은 머리카락에 경상도 사투리를 사용했다. 원래는 경북 구미경찰서에 근무했지만, 몇 년 전 건강이 안 좋아져 공기 좋고 물 좋은 울릉도로 지원해 근무하게 되었다.

"주 주임님, 최상칠은 만나 보셨나요? 어떤 사람입니까?"

주 수사관은 아직 상칠을 직접 대면 조사한 건 아니었다. 상칠이 울릉도를 떠나 아직 조사 일정을 못 잡은 것이다. 그렇지만 상칠은 주 수사관의 전화는 잘 받고 있었다. 주 수사관은 수사기록을 보며 상칠이 1967년생으로 55세라는 사실을 알려줬다. 동금은 주 수사관에게 러시아 보물선 표토르호 이야기가 사실인지 물었다.

"보물선 이야기는 헛소문입니다. 소문만 무성했지 근거가 전혀 없어요."

주 수사관에 의하면, 표토르호가 울릉도 앞바다에 침몰한 것은 역사적 사실이었다. 그런데 표토르호 안에 금괴 100조가 실려 있다는 보물선 이야기가 언제부터인지 울릉도 주민들 사이에 들불처럼 번지기 시작했다고 한다.

"누가 그런 유언비어를 퍼트렸는지 알 수도 없어요."

"승일 그룹에서 실제 표토르호를 탐사하고 인양할 계획은 있었습니까?"

잠수사들에 의하면, 서울에서 관광객들이 오면 잠수사 두세 명이 잠수 시범을 하며 물속에 한 번 다녀왔다는 것이 전부였다. 잠수사들은 자신들이 영화 속 엑스트라 같은 역할을 했다고 진술했다. 더욱이 그 정도의 잠수 실력과 장비로는 표토르호가 침몰했을 거라고 추정되는 바닷속 500m까지 들어간다는 것 자체가 어불성설이었다. 동금은 서울에서 온 관광객이라 불린 사람들이 러시아 보물선 포토르 호에 투자했던 피해자들이라고 부연 설명을 했다. 그러자 주 수사관은 그럴 줄 알았다며 고개를 끄덕였다.

"피해자들은 침몰 지점에서 발견한 청동 주전자를 봤다고 하던데요?"

"그러잖아도 물어봤어요. 잠수사들 얘기로는 청동 주전자도 표토르호에서 발견된 건지 알 수 없다는 겁니다. 최상칠이 유물이랍시고 관광객들에게 보여준 모양인데…. 골동품가게에서 흔히 구할 수 있는 주전자라고 합니다."

동금은 본격적으로 상칠에 대해 묻기 시작했다. 상칠은 실제 해군 UDT에서 근무한 중령 출신 장교였다. 상칠과 함께 군에서 근무한 사람들 얘기로는, 상칠은 굉장한 애국심과 군에 대한 자부심이 넘치는 사람이었다. 주 수사관은 상칠과 전화로 문답한 내용을 들려주었다. 상칠은 승일 그룹 명장범 회장이 이 사기 사건의 주범이라고 확신했다. 만약 자신의 잘못이 있다면 처벌을 받겠다고 말했다. 상칠도 사기죄 공범으로 처벌될 가능성이 있지만, 영호의 말에 의하면 상칠도 장범 일당에게 속은 것으로 보였다. 동금과 수석은 주 수사관과의 면담을 마치고 자리를 털고 일어났다.

"우리 울릉경찰서 뒤로 돌아가면 대나무 숲이 있어요. 저도 가끔 맨발로 그곳을 걷는데, 참 좋습니다. 수사 다 마무리하면 언제 한번 다시 오세요! 그땐 내가 우리 박 형사님을 직접 안내하지요."

* * *

10월 8일 오전경 여의도 KBS 별관 근처

울릉도에서의 1박 2일 출장을 마친 동금은 기원의 지시로 수찬, 수석과 함께 승일 그룹 영업이사였던 채양석(우도식)을 잡기 위해 사무실을 나섰다. 도식이 가입한 게임사이트를 확인하여 그가 실제 사용하는 핸드폰을 특정했다. 그리고 이 핸드폰에 대해 위치추적을 한 결과, 여의도 KBS 별관 근처에서 위치가 확인되었다.

"신 청장아! 우도식이 PD 사칭하면서 사기나 치는 놈이라고 그랬지?"

수찬이 손가락 마디를 잡고 뚝뚝 소리를 내며 물었다. 수찬은 무술 단수만 14단으로, 전에 있던 광수대에서도 싸움 실력이라면 손에 꼽힐 정도였다. 그는 범인을 검거하러 나갈 때가 가장 행복하다고 말하는 형사였다. 그 이유는 검거 현장에서 유일하게 주먹을 사용할 수 있기 때문이었다. 그러나 오늘은 깡패도 아닌 사기범을 검거한다는 것이 성에 차지 않는 듯 심드렁한 표정이었다. 수찬은 동금에게 채양석에 대한 검거는 수석에게 맡기고 지켜보자는 의견을 냈다. 수석도 명색이 형사인데, 한번 자기 손으로 범인을 잡아봐야 하지 않겠냐는 것이다. 물론 그 속에는 '겨우 사기꾼 정도 잡는데 광수대에서도 가장 싸움 잘하는 자신이 나서기에는 자존심이 상한다'는 뜻이 숨겨져 있었다. 수석이 그런 수찬을 보며 자존심 상한다는 투로 입을 열었다.

"반장님! 소 잡는 칼로 굳이 닭 잡을 필요 없다는 말씀이죠? 반장님은 소 잡는 큰 칼이고 나는 닭이나 잡는 작은 칼이라는 말로 들리는데요. 이번에 태권도 3단 실력 제대로 발휘할 테니 지켜만 보십시오!"

동금은 도식이 눈치 채지 못하도록 여의도 KBS 별관 근처에서 멀찍이 차를 주차해 놓았다. 동금과 수찬, 수석은 각자 해장국 집 건물을 돌아 우도식의 핸드폰 위치가 뜨는 건물 주변을 배회했다. 가장 먼저 동금의 눈에 도식의 모습이 들어왔다. 동금의 눈짓을 받은 수찬과 수석이, 커피숍에 앉아 부부인 듯한 중년 남녀에게 무언가 열심히 설명하고 있는 도식을 향해 천천히 움직였다. 동금과 수찬은 각자 출입문을 하나씩 맡고 수석은 도식을 향해 다가갔다. 동금과 수찬은 마치 넷플릭스 형사 드라마의 첫 회를 보는 듯한 표정으로, 수석의 첫 체포 작전을 지켜보았다. 27세 초짜 형사인 수석은 자신감 넘치는 걸음으로 카페 안에 들어섰다. 그의 표정은 마치 '오늘의 주인공은 나야' 하는 듯했다.

수석이 도식이 앉아 있는 테이블로 다가가자, 맞은편에 앉은 부부가 수석을 힐끔거렸다. 사기꾼 경력 10년 차인 도식은 그 미묘한 공기의 변화를 놓치지 않았다. 부부의 시선이 자신의 등 뒤로 향하자, 그의 머릿속에서 삑- 하고 경보음을 울렸다. 도식은 재빨리 맞은편 중년 여성의 커피잔을 슬쩍 자기 앞으로 당겼다. '무기 확보 완료.' 수석은 가슴을 활짝 펴고 도식 앞에 섰다. 그러고는 경찰학교에서 배운 대로 또박또박 말했다.

"채양석… 아니 우도식 씨? 강남경찰서 형사과 신수석 경위입니다. 사기 피의자로 체포영장 집행하겠습니다. 우도식 씨는 변호인을 선임…."

경찰학교에서 배운 대로 완벽하게 읊고 있던 수석의 말이 끝나기도 전에, 도식은 커피잔을 들어 수석의 얼굴에 '스플래시' 세례를 선사했다.

"으악!!"

수석의 얼굴이 검은 반점처럼 물들었다. 순간 도식이 우당탕 자리를 박차고 일어났다. 하지만 수석도 만만치 않았다. 얼굴에 커피를 뒤집어썼음에도 강단 있게 도식의 뒷목을 낚아챈 것이다!

"이 꼬맹이가!"

도식이 몸을 돌려 주먹을 날렸다. 수석의 얼굴이 옆으로 돌아갔다. 그러나 놀랍게도 그의 손은 여전히 도식의 목을 붙잡고 있었다. 멀리서 지켜보던 수찬이 감탄했다.

"와~! 우리 신 청장, 의외로 깡다구 있네!"

수석과 도식의 어설픈 레슬링 경기가 시작됐다. 도식은 키가 작았지만, 사기꾼 생활로 단련된 몸으로 몸통박치기를 시전했다. 수석은 도식을 붙잡으려 했지만 결국 테이블 옆 바닥에 넘어지고 말았다. 도식은 승리의 미소를 지으며 수석을 내려다보았다. 그의 표정은 마치 '이게 바로 현실과 이론의 차이란다, 꼬맹아!' 하는 듯했다.

"엄마 젖이나 더 빨고 와라! 비린내 나는 형사 나리! 아이고, 체포 영장이라고요?"

도식은 영화 속 빌런처럼 바닥에 넘어진 수석을 비웃으며 후문으로 달아났다. 그런데 갑자기 그의 눈앞에 또 다른 사람이 나타났다. 동금이었다.

"어디 가세요? 아직 링 밖으로 나가시면 안 되죠."

동금이 미소 지으며 말하자 도식의 얼굴에서 웃음기가 사라졌다.

"뭐…? 넌 뭐야, 새꺄?"

동금은 도식의 어깨를 잡아 앞으로 밀친 뒤, 마치 오랜 친구를 반기듯 복부에 주먹 인사를 건넸다. 도식은 동금의 주먹 한 방에 바닥으로 나뒹굴었다.

"으, 으아악!"

동금이 신발로 도식의 손목을 정성스레 밟자 비명이 터져 나왔다. 동금은 도식의 비명을 들으며, 그의 손목을 마치 압정이 종이를 누르듯 부드럽게 짓뭉갰다. 동금은 꼼짝달싹 못하는 도식에게로 몸을 숙였다. 그의 눈이 장난스럽게 반짝였다.

"아까 우리 막내한테 비린내 난다고 그런 것 같은데? 내가 잘못 들은 건 아니지? 너는 썩은 시궁창 냄새 난다, 씨발놈아!"

수찬이 뒤에서 다가오며 손뼉을 쳤다.

"오~ 역시 박 형사! 이게 바로 제대로 된 형사지!"

* * *

　8명의 사진 속 인물 중 채양석 부사장이 마침내 검거되었다. 채양석, 그러니까 도식의 조사는 담당 형사인 동금이 맡았다. 도식은 1979년생으로, 43세였다. 그는 주로 방송국 PD를 사칭해 어느 프로그램에 출연시켜 주겠다는 식으로 돈을 뜯어내고, 막상 출연이 안 되면 이런저런 핑계를 대고 돈을 돌려주지 않는 수법의 사기 전과가 여러 개 있었다. 도식과 장범은 4년 전 안양교도소에서 감방 동기로 만났다. 도식은 먼저 출소해 가끔 장범을 면회했고, 둘은 금세 친분을 쌓았다. 도식은 장범이 출소하면서 자신에게 좋은 아이템이 있다며 승일 그룹 입사를 권유했다고 했다.

　칙칙한 조명이 드리운 강남경찰서 조사실. 우도식은 뻔뻔한 표정으로 의자에 비스듬히 앉아 있었다. 박동금 형사가 서류 더미를 책상 위에 소리 없이 올려놓았다.

　"채양석 부사장, 아니 우도식. 사칭 사기… 전과 8범이라, 꽤 화려한 경력이네."

　도식은 어깨를 으쓱이며 미소를 지었다.

　"과거는 과거죠, 형사님. 지금은 열심히 세금 내고 있습니다."

　동금은 웃음기 없이 바로 치고 들어갔다.

　"러시아 보물선 인양사업이라는 허무맹랑한 아이템, 이건 누구 아이디어야?"

　도식은 잠시 천장을 바라보더니 진지한 표정으로 말했다.

　"그건 나도 잘 몰라요. 정말입니다. 나는 틀림없이 표토르호에 금괴가 실려 있다고 믿고 있습니다. 태구 형님은 절대 거짓말이나 할 분이 아닙니다."

동금은 느긋하게 의자에 기대며 우도식을 관찰했다.

"내가 울릉도까지 가서 현지 조사를 마쳤어. 그런데도 오리발을 내밀고 있어?"

"오리발이라뇨?"

우도식이 마치 억울한 듯 눈썹을 치켜올렸다.

"러일전쟁 당시에 표토르호가 침몰하고 그 배에 러시아 해군의 군자금으로 쓸 금괴가 실려 있다는 것은 역사적 사실입니다. 이게 어떻게 사기가 될 수 있는지 저는 이해가 안 갑니다."

동금은 컴퓨터 자판기에서 손을 떼고 도식을 향해 미소 지었다. 그 미소에는 날이 서 있었다.

"역사적 사실? 아, 그럼 우도식 씨는 지금 역사학자신가요? 아니면 해양고고학 전문가? 내가 분명히 말했지? 헛소리 집어치우라고."

도식은 천연덕스럽게 두 손을 펼쳤다.

"박 형사님, 러시아 보물선 표토르호를 건졌는데 만약 그 배 안에 금괴가 없다면 내가 사기 쳤다고 깨끗이 인정하겠습니다."

"인정하지 마! 인정할 필요 없어!"

동금이 냉소적으로 웃었다.

"인정 안 해도 이미 내가 너를 구속하기로 마음먹었으니까."

"박 형사님, 너무 하십니다. 나 정말 억울하다고요~!"

도식이 억울한 표정을 지으며 목소리를 높였다. 동금은 손가락으로 서류를 천천히 넘기며 질문을 바꿨다.

"표토르호에 금괴 100조가 실려 있다는 근거를 단 한 가지라도 대봐. 울릉도 주민들이 말했다는 구전소설 같은 풍문이나 골동품 가게에서 구했다는 청동 주전자 얘기 말고."

"그것이…."

도식이 입을 열었다가 다물었다. 동금이 눈을 빛내며 말했다.

"말해봐, 근거가 뭐야? 나도 한번 듣고 싶네. 이런 엄청난 '역사적 사실'을 어떻게 알게 되었는지."

도식은 침묵했다. 그의 눈이 재빠르게 좌우로 움직였다. 무언가 대답을 찾는 듯했지만, 결국 아무 말도 나오지 않았다.

"하룻밤 새에 야반도주한 이유 좀 들어보자."

동금이 웃음을 참으며 다시 물었다. 도식은 갑자기 표정을 바꾸며 자신감 있게 대답했다.

"야반도주라니요? 그런 사실 없습니다. 아침에 출근해 보니 사무실이 텅 비어 있어서 그 후 저도 어떤 영문인지 몰라 태구 형님을 찾으러 다녔습니다."

동금은 고개를 천천히 끄덕이며 다른 질문을 던졌다.

"그래, 물론이지. 그래서 민태구하고는 그 이후에 만난 사실이 있습니까?"

"만난 적 없습니다. 전화기도 꺼져 있어 전혀 연락할 방법이 없었습니다."

도식이 단호하게 대답했다. 동금은 천천히 품속에서 사진 한 장을 꺼내 책상 위에 올려놓았다. 승일 빌딩 창고에서 발견한 8명의 사진이었다.

"자, 이 사진을 보고 왼쪽부터 한 명씩 진짜 이름하고 승일 그룹에서 어떤 일을 했는지 지껄여봐."

도식은 사진을 천천히 바라봤다. 지난 4월 초, 청담동 오리진 호텔에서 투자설명회를 마치고 찍은 사진이었다. 그의 눈에 미세한 당혹감이 스쳤지만, 곧 놀란 표정으로 바뀌었다.

"다들… 가짜 이름이었나요?"

그는 진짜 놀란 것처럼 행동했다.

"저는 민태구 말고는 다른 사람들의 본명은 몰랐습니다."

동금은 마치 오래된 친구를 만난 듯 미소를 지었다.

"우도식 씨, 당신만큼 연기를 잘하는 사람은 처음 보네. 자, 이제 내 귀가 아파지려고 하니까 귀신 씨나락 까먹는 소리는 그만하고. 당신이나 민태구가 채양석과 명장범이라고 가짜 이름을 사용한 이유를 들어봅시다!"

도식은 잠시 생각하는 척하다가 아무렇지 않게 대답했다.

"민태구가 앞으로 교도소 다녀온 일은 잊고 새출발 하자며 가명을 사용하자고 했습니다. 프로야구 선수들도 야구가 안 되면 개명을 하지 않습니까?"

동금은 허탈하게 웃었다.

"씨발, 그런데 왜 성까지 바꾸는데? 롯데자이언츠 손광민이 손아섭으로 바꿨지, 당신들처럼 부모님이 물려주신 성까지 바꿨냐고? 설명 좀 해보시지!"

"그… 게….'

도식이 말을 더듬었다. 동금은 다른 서류를 펼쳤다.

"어디 보자! 우리가 확인한 피해 금액만 총 760억에 피해자 수는 1,360명이네. 야! 이분들 흘린 눈물만 모아도 양동이 수십 개는 채우고도 남겠다."

도식이 침묵하자 동금은 핵심 질문을 던졌다.

"이 돈, 누가 관리했어?"

도식은 잠시 책상을 내려다보다 고개를 들었다.

"난 몰라요. 나 같은 조무래기한테 돈 관리를 맡기겠어요?"

동금은 도식의 눈을 똑바로 응시했다. 그 눈빛에는 '거짓말하지 마'라는 강한 경고가 담겨 있었다. 도식은 그 시선을 피하지 않으며 말을 이었다.

"저는 영업이사라는 감투만 쓰고 있었지 돈은 구경도 못 했습니다. 7개월 동안 한 달에 오백만 원 월급 받은 것이 전부입니다. 제 통장에 찍힌 오천만 원은 승일 그룹에서 일하다가 중상을 입은 대가로 받은 병원비와 위로금입니다."

"당신들이 760억을 사기 쳤는데 주요 경영진인 당신이 월급 조로 월 오백만 원만 받았다는 것을 믿어달라고?"

동금이 부드럽게 웃으며 말했다.

"당신이 그렇게 헐값에 일했다면 난 부처님보다 자비롭겠네."

도식은 어깨를 으쓱이며 미소 지었다.

"박 형사님, 그것이 사실인데 어떡하겠습니까?"

"그럼 760억은 다 어디로 흘러 들어갔지?"

"내가 그걸 어떻게 알아요. 전 시다바리인데… 자세한 건 모릅니다."

도식이 머리를 긁적이며 입을 오물거렸다.

"민태구와 조왕진 정도만 알겠죠. 그리고…."

동금이 관심 있는 듯 몸을 앞으로 기울이자 도식은 시선을 피하며 말했다.

"승일 그룹 이사회 허승도 의장이 중요 의사결정을 하는 것으로 압니다."

"허승도라고?"

동금의 눈이 번쩍였다.

"허승도가 누구야? 허승도가 승일 그룹 주인이란 말이지?"

"허승도는 승일 그룹 최고 경영자로 싱가폴에 거주한다고만 들었습니다."

도식이 진지한 표정으로 대답했다.

"태구 형님도 허승도 의장님이 영입했다고 알고 있고요."

다음 날, 도식은 760억에 대한 사기죄로 구속되었다. 도식이 받은 돈은 매달 받은 오백만 원의 월급과 위로금 오천만 원이 전부였지만, 법은 도식이 가담한 전체 피해 액수인 760억을 도식 일당의 공범 사기 범행으로 보았다. 그의 말장난과 교묘한 책임 회피는 결국 아무런 소용이 없었다. 몇 달 후, 도식은 징역 8년을 선고받았다.

* * *

"팀장님, 대왕 그룹 비서실이라는데요!"

전화를 받은 정선이 기원을 찾았다. 기원은 갑작스러운 연락에 눈썹을 치켜올렸다. 대왕 그룹이라면 국내 손꼽히는 굴지의 재벌 아닌가? 대체 무슨 일로?

기원은 호기심에 서둘러 전화를 받았다. 통화가 길어지면서 그의 표정이 점점 밝아졌다. 마침내 전화를 끊은 그가 의자에서 벌떡 일어나 주먹을 불끈 쥐었다.

"다 모여! 지금 당장!"

기원의 목소리에는 평소에 없던 흥분이 묻어났다. 동금을 비롯한 형사들이 회의실에 모이자, 기원은 마치 제비뽑기에 당첨된 아이처럼 들뜬 표정으로 서 있었다. 동금은 팀장의 얼굴에서 빛나는 기쁨을 보고 뭔가 큰 진전이 있을 거라고 직감했다. 기원이 손뼉을 쳤다.

"우리와 대왕 그룹이 악연인 줄로만 알았더니 도움도 되는구먼!"

기원은 배시시 웃으며 자리에 앉았다. 그의 눈빛에는 수사가 잘 풀릴 기대감이 가득했다.

"대왕 그룹에서 연락이 왔어. 조왕진, 심지연 아나운서와 사기 결혼한 그 사기꾼 말이야."

기원은 형사들을 둘러보며 이야기를 계속했다.

"그들 말로는 몇 년 전에도 비슷한 케이스가 있었대. 대왕 그룹 선대 회장의 숨겨진 아들 행세를 한 사기꾼이 있었는데, 영화배우까지 꼬셨다더라. 대왕 그룹에서는 그때 조용히 무마했지. 스캔들 되는 게 싫어서."

기원은 커피를 한 모금 마시며 뿌듯한 표정을 지었다.

"근데 이번에는 달라. 대왕 그룹에서 그 사기꾼의 정보를 우리에게 넘겨주기로 했어! 아마 같은 놈일 가능성이 높대. 이름은 편달구. 이거 진짜 대박이야!"

동금이 눈을 크게 뜨며 물었다.

"그럼 조왕진의 진짜 신원을 확인할 수 있는 겁니까?"

"그렇지! 이제 우리 수사가 한층 탄력받을 거야. 대왕 그룹에서 보관 중인 자료까지 다 넘겨주기로 했어!"

기원이 자기만족에 빠진 듯 껄껄 웃었다.

"자, 이제 편달구라는 사기꾼을 잡아내서 760억짜리 사기 사건을 깔끔하게 마무리하자고. 이건 우리 부서 실적에 대박이야. 혹시 특진 같은 것도… 아, 너무 앞서 나갔나?"

형사들 사이에서 웃음이 터졌다. 기원의 행복한 망상에 모두가 즐거워했다.

"이번에 잘되면 술은 팀장님이 쏘시는 거죠?"

기원은 너무나 기뻐서 손사래도 치지 않았다.

"그럼! 사건 해결되면 한 턱 쏜다!"

평소 냉철한 팀장이 아닌, 어린아이처럼 들뜬 기원의 모습에 형사들은 미소 지었다. 심지연을 속인 사기꾼의 이름이 마침내 드러난 것이다.

[편달구, 1984년생, 충청남도 금산 출신]

14
지문 없는 죽음

10월 10일 오후경 강남경찰서 강력 3팀 사무실

빗소리가 요란했다. 오늘 밤과 내일 새벽 사이에 태풍이 제주도를 지나 수도권을 통과한다는 일기예보가 속보로 계속 뜨고 있었다. 그렇지만 태풍에 개의치 않은 듯 지금 강력 3팀 사무실에서는 형사들이 보물선 사기 사건에 관해 열띤 회의를 이어가고 있었다.

"이젠 국제변호사라는 가짜 변호사와 전직 가짜 경찰인 권봉만만 찾으면 되는 건가?"

수찬이 지난 20여 일간의 밤낮 없는 야근에 지친 얼굴로 하품을 하며 말했다.

"이름도 가짜, 직업도 가짜, 다음은 또 뭐가 가짜일까요?"

"조왕진과 심지연의 사랑도 가짜~!"

기원의 아재 개그에 정선이 눈을 흘겼다. 혜수와 봉만이 사냥개라면, 장범과 왕진은 사냥개를 움직이는 사냥꾼이었다. 기원은 사냥꾼부터 검거하자는 의견을 내었다.

"명장범과 조왕진, 그 자식들 꼬리가 어딘가에 삐죽이 나와 있을 텐데요…. 신 청장, 뭐 쌈빡한 아이디어 좀 없어?"

정선이 놀리듯 수석을 바라보며 말했다. 수석은 3일 내내 시무룩 상태였다. 여의도 커피숍 검거과정에서, 도주하는 도식에게 맞아 생긴 검은 멍 자국이 얼굴 한쪽에 그대로 남아 있었기 때문이다. 초짜 형사 수석은 자신보다 나이도 많고 체격도 작은 도식을 우습게 여겼다가 호되게 당한 탓에 자존심이 상한 상태였다.

"팀장님, 주변 인물 수사 들어가는 것이 어떨까요?"

동금은 장범과 왕진은 자신들이 수사 선상에 오른 것을 알기에 극도로 노출되는 것을 꺼릴 거라는 의견을 냈다. 그러니 평소 자주 만나거나 함께 지내는 사람, 특히 여자가 있다면 그 주변 수사를 통해 검거하자는 전략이었다. 주변 인물을 수사하다 보면 의외로 괜찮은 수사 단서가 나올 수 있었다. 기원이 비바람이 부는 창문 밖을 보며 고개를 끄덕였다.

"그나저나 오늘은 일찍 들어가자! 태풍도 온다는디…. 뭔 시월에 태풍이냐?"

* * *

10월 11일 오전 9시경 경기 의왕경찰서 강력 1팀 사무실

"어때? 어제 비 피해는 없었지?"

의왕경찰서 형사과 강력 1팀장 이천구는 밤새 지나간 태풍 피해가 없었는지 출근한 형사들에게 물었다. 최근에는 온난화 영향 때문인지 10월에도 심심찮게 태풍이 발생했다. 밤새 세차게 내리던 비와 강한 바람은 온데간데없이, 맑고 맑은 파란 하늘이 보였다.

"팀장님, 어제 당직한 5팀은 아침에 보니 완전히 파김치가 됐던데요!"

반장인 한의열 형사가 어제 당직이 안 걸려 다행이라는 듯 한마디했다. 강력 1팀은 오늘 당직이다. 어제처럼 세찬 비바람이 부는 날 출동이라도 떨어지면 형사들은 온갖 고생을 다 할 수밖에 없다. 그래서 형사들은 어제 같은 궂은 날에 당직이 걸리기라도 하면 제발 특별한 일 없이 지나가기를 속으로 바랐다. 그런 이유로 오늘 당직인 강력 1팀 형사들은 운이 좋다고 생각해서인지 표정이 무척이나 밝아 보였다. 하지만 형사들의 안도감은 얼마 지나지 않아 긴장감으로 변했다. 아침 댓바람부터 경기남부경찰청 상황실에서 흘러나온 무전 내용이 예사롭지 않았기 때문이다. 또박또박 전달하는 상황실의 무전 내용을 듣던 형사들의 안색이 무척 어두워졌다.

"의왕 미인 집, 형사 사실[11] 효행공원 주차장 파장동 코스 방면 광교산 입구에 땅에 반쯤 파묻힌 불상자[12] 사체 신고, 주급[13] 출동."

강력 1팀 형사들은 누가 뭐랄 것도 없이 무전기를 챙겨 주차장으로 향했다. 무전기에서 흘러나오는 내용으로 보아, 광교산 자락 입구에서 발견된 사체가 스스로 목숨을 끊은 자살자가 아닐 가능성이 매우 컸다. 자살자라면 등산로 근처 나무에 목을 매는 것이 보통인데 지금 무전 내용은 '땅에 반쯤 파묻힌'이라고 반복적으로 나오고 있었다. 죽은 사람이 스스로 땅을 파고 묻힐 가능성은 없었다. 이것은 사람을 죽인 누군가가 사체를 땅에 파묻는 방법으로 유기했음을 짐작하게 하

---

11 '의왕경찰서 형사과는'이라는 의미로 경찰 무전 용어이다.
12 이름을 알 수 없는
13 신속히

는 신고였다. 어제처럼 비바람이 세찬 날에는 사체를 깊이 묻지 않으면 흙이 물에 쓸려 간혹 사체가 발견되는 예가 있다. 살인 사건이 발생했음을 직감한 형사들의 표정이 어두울 수밖에 없는 이유다.

'쓰벌… 당분간은 집에 들어가 두 발 뻗고 편히 쉴 수 없겠군.'

고참인 한 반장의 생각을 아는지 형사들은 아무 말 없이 상황실 경찰관의 목소리에만 집중했다. 강력 1팀 형사들이 형기차를 타고 광교산으로 향한 지 약 20분쯤 지나 광교산 입구에 도착했다. 여기부터는 도보로 이동해야 했다. 다행히 입구에서 사체가 발견된 터라 산을 오래 탈 필요는 없었다. 먼저 도착한 관할 지구대장은 의왕경찰서 무전망으로 정보를 시시각각 전했다. 지구대장 말로는, 오늘 아침 일찍 산에 오르던 등산객이 광교산 입구 계곡 옆을 지나다 움푹 팬 땅에 불쑥 솟아 오른 비닐 덮인 사람 형체를 본 모양이었다. 그 등산객이 가까이 다가가 보니 비바람으로 인해 땅에서 반쯤 드러난 사체였다고 한다. 강력 1팀 형사들이 현장에 도착하자 이미 지구대 경찰관들과 과학수사대 감식팀이 현장 주변을 통제하고 있었다.

이천구 강력 1팀장이 형사들과 함께 소나무 사이로 쳐진 폴리스라인을 걷어 올리며 현장으로 들어섰다. 풍경은 평화로웠지만, 공기 중에 퍼진 냄새는 그들이 곧 마주할 일이 평범하지 않음을 예고했다.

"이 팀장 왔나? 난 태어나서 이런 사체는 처음 본다."

지구대장이 한 손으로 코를 막으며 이천구 팀장에게 말했다. 그 모습이 마치 공포영화에 억지로 끌려온 관객 같았다.

"형님, 곧 순사 된 지 40년쯤 되죠? 형님이 처음 보는 게 어디 있수? 우리 형님 허풍은 아직도 발딱발딱하는구먼?"

사체로 다가간 이천구의 얼굴에서 웃음기가 사라졌다. 특유의 부패 냄새가 그의 콧속으로 파고들었다. 그는 흰 장갑을 끼고 사체를 살펴보기 시작했다. 얼핏 보기엔 평범한 변사체처럼 보였다. 그러나….

"야! 한 반장, 이게… 이 양반 손가락 다 어디 갔냐?"

이천구의 눈이 커졌다. 사체의 열 손가락 첫 번째 마디가 모두 사라져 있었다. 깔끔하게, 마치 외과의사의 메스처럼 정확히 잘려나간 흔적만 남아 있었다.

"뭐야, 이거 진짜…. '세상에 이런 일이' 특집이냐?"

젊은 형사 하나가 변사자를 보며 말했다.

"팀장님! 십지 지문으로 신원 확인 못 하게 하려는 건 알겠는데 왜 힘들게 열 손가락을 정성 들여 잘랐는지… 이해가 안 되는데요!"

현장의 다른 형사들도 이런 특이한 사체를 보는 것이 처음이라는 표정들이었다.

"팀장님, 미스터리 영화 아직 다 안 끝났습니다. 여기 좀 보세요! 귀 옆에 청테이프가 붙어 있는데요!"

한의열 반장이 사체의 얼굴을 옆으로 돌리며 말했다. 그의 목소리에는 '이건 뭐지?' 하는 의문이 가득했다. 이천구가 고개를 숙여 사체의 귀 옆을 살펴보았다.

'청테이프? 왜 시체에 청테이프를?'

한 반장이 조심스럽게 테이프를 떼어내자, 믿을 수 없는 광경이 펼쳐졌다. 가발이 벗겨지면서 대머리 두피가 드러난 것이다. 양 귀와 뒷머리에만 머리카락이 남아 있는, 전형적인 남성형 탈모 패턴이었다.

"씨발, 황당하네! 왜 시체에 가발을 씌워 놓고 청테이프로 고정한 거지?"

이천구가 떨어진 청테이프를 들여다보며 말했다. 그의 경찰 경력

20년 동안, 지문을 없애고 가발을 씌운 시체는 처음이었다.

"우리가 영화 촬영장에 온 건가?"

한 반장이 농담처럼 던졌다.

"참 희한한 일이네요. 도대체 범인이 무슨 생각으로 이렇게 피해자에게 장난질했을까요? 지문 없애는 건 이해해도, 가발은 왜…?"

이천구는 한숨을 내쉬었다.

"이 바닥에 20년 있었지만, 이런 건 교과서에도 없다. 내가 10년 전에 사람 죽여 놓고 시체에 오줌 눈 범인은 봤어도 청테이프로 가발 씌워주는 범인은 처음이다."

이천구는 주변을 둘러보았다. 평화로운 숲과 달리, 그들 앞에 놓인 사건은 점점 더 기괴해지고 있었다. 사체가 발견된 장소 주변을 경찰관들이 수색했지만, 잘린 손가락은 당연히 발견하지 못했다.

"이 사람, 손가락은 어디다 남겨두고 온 거야? 어떻게 신원 확인을 하지?"

이천구가 난감한 얼굴로 한 반장을 보며 말했다. 강력팀 형사들도 안 풀리는 수수께끼를 마주한 것처럼 고개를 절레절레 흔들었다. 베테랑 형사들도 이런 신체가 절단된 사건을 마주하는 것은 쉽게 접할 수 없는 사건이었다. 또한, 같은 살인 사건이라도 피해자의 신원을 알 수 없다면 수사하는 데 더 큰 어려움이 따를 수밖에 없었다.

* * *

10월 13일 오전 10시경 경기 의왕경찰서 대회의실

경기 의왕경찰서 형사과는 강력 1팀을 전담팀으로 '광교산 열 손가락 잘린 살인 사건' 수사본부를 차렸다. 살인 사건 그것도 신체 일부가 절단된 사건은 범행의 잔혹함으로 살인 사건 중에서도 중요한 사건으로 취급받는다. 의왕경찰서는 상급 기관인 경기남부경찰청으로부터 기동대까지 지원받아 광교산 주변을 샅샅이 수색했지만, 현장에서 발견된 신체 외에 나머지 절단된 손가락과 의류 등은 발견하지 못했다. 피부와 사체 형태로 보아 성인 남자 시체라는 것만 추정이 가능할 뿐 나머지는 추정할 근거조차 부족했다. 사체 치아 위아래에 금이빨이 네 개인 것을 확인했지만, 이런 단서 정도로 신원을 확인하기는 불가능했다.

의왕경찰서 대회의실에서는 경기남부경찰청 형사과장이 직접 경찰서를 방문해 수사본부 회의를 진행 중이었다. 그만큼 이 사건은 지방청에서 직접 챙겨야 하는 중요사건이었다. 의왕경찰서 형사과장이 수사본부 구성에 대해 보고한 뒤, 전담팀장인 이천구의 사건 내용 및 수사계획에 대한 보고가 이어졌다.

"사체는 성인 남자로 보이지만 이미 상당히 부패가 진행되어 나이대는 가늠할 수 없습니다. 현재로는 신원을 확인할 수 있는 단서가 없는 상황입니다."

이천구는 기본적인 사항 이외에 시체 유기 장소와 관련해 보고를 이어갔다.

"대한민국 국민 중에 대머리인 성인 남자가 어디 한둘이냐고?"

경기남부청 오광문 형사과장이 기막히단 듯 말했다. 사체가 발견된 장소는 광교산 자락이라 CCTV가 없어 이동 동선 수사도 쉽지 않았다.

"범인은 왜 휴게소에서 얼마 떨어지지 않은 입구, 더구나 등산로와 가까운 곳에 사체를 유기했을까?"

오광문 형사과장이 형사들을 보면서 질문을 던졌다. 경험과 상식으로 보자면 범인은 발견하기 힘든 등산로에서 먼, 정상에 가까운 곳에 유기해야 함에도 등산로와 얼마 떨어지지 않은 입구에 사체를 유기했다. 또한 사체 주인이 누구인지 알 수 없길 바랐다면 손목만 절단하면 될 일을 굳이 힘들게 열 손가락 첫째 마디를 하나하나 잘라냈다. 그야말로 의문투성이었다.

"피해자와 범인 모두 조폭이라고 생각합니다. 일본에서 야쿠자들도 실수했을 때 손가락 마디를 자르는 경우가 있습니다. 그걸 욘주빙이라고 합니다."

경기남부청 조폭팀에 몸담았던 심승갑 형사가 의견을 내었다.

"범인이 피해자를 모욕하려고 했던 것 아닐까요? 피해자가 큰 잘못을 저질러서 처벌 목적으로 손가락을 절단하지 않았나 생각합니다."

"피해자가 보험 사기에 연관된 사람일 수도 있습니다."

형사들은 저마다 각자의 의견을 내었다. 그러나 어느 하나 확실한 것은 없었다. 게다가 이상한 점은 또 있었다. 범인은 변사자에게 가발을 씌우고 조잡하게 청색 테이프로 고정을 해 놓았다. 이 역시 범인이 무슨 의도로 했는지 오리무중이었다.

* * *

의왕경찰서는 시간이 갈수록 곤혹스러웠다. 사체의 주인이 누구인지 전혀 알 수가 없었다. 그나마 기대를 걸었던 사체의 DNA 정보는 국과수가 보관하는 데이터베이스에 없었다. 이 말은 사체의 주인이 강도나 성폭력 같은 전과자는 아니라는 의미이다. 살인범이나 강도, 성폭력으로 구속된 중범죄자는 DNA를 채취하여 국과수에 보관한다.

"팀장님, 변사자 늑골과 양팔에도 다수의 골절 소견이 있답니다."

한 반장의 보고에 이천구 팀장이 짜증 섞인 목소리로 물었다.

"늑골이라면 갈비뼈를 말하는 거지?"

한 반장은 부검 당시 변사자가 단단한 물건으로 맞아 이런 유형의 골절상을 당한 것으로 보인다는 부검의의 말을 기억해냈다. 의왕경찰서는 전국 지방경찰청으로 사체 사진과 발견 장소를 기재한 자료를 공유했다. 하지만 사체의 주인이라고 볼 만한 제보는 없었다. 이렇게 광교산에서 발견된 사체에 대한 살인 사건은 점점 미궁 속으로 빠져들었다. 피해자가 누구인지도 알 수 없는 살인 사건이다 보니 수사 단서라는 것이 나올 수가 없었다.

* * *

햇빛이 저물어가는 늦은 오후, 혜수의 마음은 이미 어둠에 잠겨 있었다. 택시 안에서 그녀는 진우의 말을 되새겼다. 보물선 사기 사건에서 자신의 역할이 크지 않다는 위로, 자수하면 징역 1~2년, 운이 좋으면 집행유예도 가능하다는 말이 머릿속을 맴돌았다.

"법무팀장이었다는 게 문제가 될 수는 있지만, 혜수 씨는 직접적인 사기 가담자는 아니잖아요. 자수하는 게 최선일 수 있어요."

진우의 말은 논리적이었고, 그의 따뜻한 목소리는 혜수에게 작은 위안이 되었다. 승일 그룹에 있을 때도 진우는 항상 모범생이었다. 원칙을 중요시하고 정도를 벗어나는 법이 없었다. 그래서 그가 자수를 권유하는 것도 자연스럽게 받아들여졌다. 그녀에게는, '진우라면 옳은 일을 할 것'이라는 믿음이 있었다.

혜수가 핸드폰을 꺼내 인터넷을 접속하자 울릉도 앞바다의 러시아 보물선 표토르호 사건에 관한 뉴스가 여러 건 올라와 있었다. 이미 민태구와 편달구의 이름이 주범으로 거론되었고, 채양석 이사라 불리던 우도식은 경찰에 검거된 상태였다. 그러나 더 큰 공포는 따로 있었다. 상덕배. 그의 존재만으로도 혜수의 가슴은 조여들었다. 마지막 만남에서 그를 달래긴 했지만, 감정 기복이 심한 그가 언제 돌변할지 알 수 없었다. 덕배는 갓난아기처럼 시시각각 마음이 변했고, 그 불안정함이 혜수를 극도의 공포로 몰아넣었다.

"기사님, 여기서 내릴게요."

사당동 오피스텔 앞에 도착한 혜수는 걱정스러운 마음으로 엘리베이터를 탔다. 3층에 도착해 304호 앞에 선 그녀는 무언가 불길한 예감에 잠시 망설였다. 문을 열자 어둠이 내려앉은 방 안이 보였다. 혜수는 떨리는 손으로 전등 스위치를 찾았다. 불이 켜지는 순간 펼쳐진 광경이 그녀의 영혼을 찢어놓았다.

"꺄아아악-!!"

혜수의 목에서 비명이 터져 나왔다. 그녀의 목소리는 공포로 찢어졌고, 그 소리는 곧 숨이 막힌 흐느낌으로 변했다. 방 한쪽 벽면에 그녀의 소중한 반려견 '똘이'가 피를 흘리며 붙어 있었다. 똘이의 작은 몸은 약 20cm 길이의 송곳에 꿰뚫려 벽에 고정되어 있었다. 그 잔인한 광경에, 혜수는 비명을 지르며 그대로 바닥에 주저앉았다. 그녀의 온몸이 얼어붙었다. 도무지 숨을 쉴 수가 없었다. 눈에서는 눈물이 폭포처럼 쏟아졌다.

"상덕배… 이 미친 새끼…."

혜수는 떨리는 손으로 핸드폰을 집어 들었다. 가장 먼저 생각난 사람은 진우였다.

"진우 씨… 사당동으로 와 줄 수 있어? 부탁해…."

전화를 끊은 혜수는 현관문 옆에 몸을 웅크리고 앉았다. 도저히 똘이를 제대로 볼 용기가 없었다. 그녀는 고개를 파묻고 몸을 떨며 진우를 기다렸다. 30분이 마치 30시간처럼 느껴졌다. 혜수의 머릿속은 혼란스러웠다. 식은땀이 등을 타고 흘러내렸다. 심장은 터질 듯이 뛰었다. 마지막으로 만났을 때 덕배를 잘 달래 보냈다고 생각했다. 그런데 굳이 이런 잔인한 짓을 하다니…. 덕배는 불안정하긴 했지만, 혜수가 잘 대해주면 얌전했다. 게다가… 혜수는 덕배 때문에 일주일 전 오피스텔 비밀번호를 바꿨다. 그가 대체 어떻게 들어왔을까? 문에는 별다른 흔적이 없었다. 누군가 강제로 침입한 흔적도 없었다. 마치 열쇠를 가진 사람이 들어온 것처럼 깔끔했다. 이것이 혜수를 더욱 혼란스럽게 했다. …불현듯 그녀의 목덜미가 서늘해졌다.

15
투신한 이유

"팀장님, 조왕진 전 애인이 승일 그룹에서 영업팀장으로 근무했던 진성희라고 하는데요. 다행히 진성희는 본명 그대로예요!"

정선이 유레카를 외치듯 기원에게 밝은 얼굴로 보고했다. 정선은 승일 그룹에 근무했던 사람들을 조사하는 과정에서, 왕진의 전 애인이 진성희라는 사실을 밝혀냈다. 정선으로부터 진성희의 사진을 받아 본 수찬이 감탄사를 쏟아냈다.

"이야, 진짜 미인이네. 뭔가 막 보호해 주고 싶은 그런 여자야! 다시 태어나면 이런 여자랑 결혼하고 싶은데…?"

실제로 진성희는 예쁜 얼굴에 뭔가 부족한 듯한 백치미를 지닌 여자였다. 40세의 심지연 아나운서가 지적이고 세련된 미모라면, 27세의 진성희는 같은 미인이라도 풋풋한 분위기를 풍겼다.

"반장님, 김 형사님 앞에서 그런 말을 하면 성희롱으로 징계 먹습니다. 요즘은 짝사랑도 상대방이 싫어하면 성희롱이 되는 세상이거든요?"

"요즘은 뭐 농담도 다 성희롱이야! 안 그래? 김 형사님?"

수석의 말에 수찬이 장난기가 싹 빠진 얼굴을 하며 반응했다. 기원이 얼른 수찬을 향해 일갈을 날렸다.
"권 반장, 쓸데없는 농담 그만하고 진성희가 조왕진과 만나는지 확인하고 와라! 빨리!"

* * *

진성희는 강남 도곡동에 있는 최고급 주상복합 아파트에 거주했다. 수찬은 정선과 함께 개인 승용차를 이용해 진성희가 사는 아파트에 도착했다. 수찬이 한숨을 내쉬며 자동차 시트를 뒤로 젖혔다.
"차라리 영창 삼일이 낫겠다. 잠복은 진짜 사람 잡는 일이야."
정선이 옆자리에서 미소 지었다.
"박 형사가 하겠다는 걸 반장님이 직접 지원하셨잖아요!"
수찬은 눈썹을 찡그렸다. 그가 동금 대신 자신이 잠복하겠다고 바득바득 우긴 데는 이유가 있었다. 부인 미영과 사이가 좋지 않아 집에 들어가기 싫었던 것이다. 미영의 끝없는 잔소리도 피하고 싶었고, 새벽마다 우는 젖먹이 막내를 안아주는 고된 일도 잠시 벗어나고 싶었다.
진성희의 집은 21층에 있었다. 이런 고급 주상복합 아파트는 압수수색영장이 없으면 아파트 건물 내로 들어가는 출입 자체를 관리사무소에서 허락하지 않았다.
"아직 스물일곱 살밖에 안 된 진성희가 이런 최고급 주상복합에 산다…?"
수찬이 고개를 갸웃했다.

"월세가 천만 원씩이나 되는데… 뭔가 냄새가 막 나지? 안 그래?"

정선이 수긍한다는 표정으로 고개를 끄덕였다. 수찬은 몇 년 전, 광수대 시절 잠복을 하다 큰 실수를 저질렀다. 그 실수는 다름 아닌 '쌍둥이 수표 사건' 수사 중 벌어진 것으로, 무려 사건의 주범을 눈 뜨고 놓친 수준의 일이었다. 그 이후, 수찬은 잠복할 때마다 신중에 신중을 더해 임하고 있었다.

수찬과 정선은 아파트 주차장 출입구가 보이는 곳에서 멀찌감치 차를 주차해 놓고(혹시 진성희가 차를 끌고 나올 수도 있기에) 잠복을 시작했다. 두 시간… 세 시간…. 형사들은 차 안에서 커피를 마시며 시간을 때웠다. 그때, 수찬의 휴대폰이 울렸다. 휴대폰 액정에는 '마나님'이라는 세 글자가 적혀 있었다.

"아, 진짜…!"

수찬이 눈을 질끈 감으며 휴대폰을 바라봤다. 정선이 웃음을 참으며 고개를 돌리자, 수찬이 마지못해 전화를 받았다.

"여보, 나 잠복 중이라니까? 아니, 여자 만나러 간 거 아니라고…. 업무야, 업무! 애들은? 아 참, 내일… 뭐? 어린이집 놀이공원? 아니, 내가 어떻게 가…. 알았어, 알았다고!"

수찬은 한숨을 쉬며 전화를 끊었다.

"김 형사는 결혼하지 말고 쭉~ 혼자 살아…. 알겠지?"

광수대 호랑이라 불리는 수찬이 울상으로 하소연하는 모습에 정선은 웃음을 참느라 입술을 깨물어야 했다. 그렇게 시간이 흘러 저녁 7시가 거의 다 될 즈음…. 드디어 야시시한 옷차림에 핸드백을 손에 쥔 젊은 여자가 모습을 드러냈다. 진성희였다. 정선이 손가락으로 그녀를 가리켰다.

"저기요, 저기!"

진성희는 아파트 출입문을 나와 상가 건물 앞 도로를 가로질러 건넜다. 형사들의 눈이 매처럼 진성희의 모습을 따라갔다. 오늘 진성희가 누구를 만나는지 꼭 확인할 참이었다. 수찬과 정선은 차에서 내려 진성희를 미행하기 시작했다. 그 순간, 뒤쪽에서 카랑카랑한 누군가의 외침이 들렸다.

"야~! 권수찬 형사! 권 반장!"

수찬이 어딘지 익숙한 목소리에 뒤를 돌아보았다. 동시에 앞에서 걷던 진성희도 무슨 일인가 싶어 자신의 뒤에서 들리는 낯선 여자의 목소리에 고개를 돌렸다. 목소리가 들린 곳에는 수찬의 부인 권미영이 있었다. 그녀는 대여섯 살쯤 되어 보이는 남자아이 손을 잡고, 등에는 젖먹이 아기를 업은 채 수찬을 노려보고 있었다.

"아빠~!"

꼬마 아이가 환하게 웃으며 수찬을 향해 달려왔다. 정선은 상황 파악을 하자마자 입을 틀어막았다. 잠복 현장에 반장 가족이 총출동한 것이다! 수찬은 놀라고 당황스러운 얼굴로 미영을 향해 허둥지둥 다가가 낮은 목소리로 말했다.

"아니, 당신 왜 이곳까지 따라왔어? 나 잠복하고 있는 것 몰라?"

수찬의 물음에 미영이 수찬을 째려보며 말했다.

"네가 맨날 잠복한다고 집에도 안 들어와서 내가 믿을 수가 있어야지! 그래서 바람피우는지 내 두 눈으로 직접 확인하러 왔다! 왜?"

미영은 단단히 삐진 듯 수찬을 향해 큰소리를 쳤다. 정선은 또다시 웃음을 참느라 입을 틀어막았다. 광수대에서 싸움을 가장 잘한다는 소리를 듣는 수찬이, 미영 앞에서 물에 빠진 생쥐처럼 쩔쩔매고 있었기 때문이다.

"여보, 진짜 잠복이라니까…! 저기 우리가 따라가려던 용의자 보이지? 저 여자…."

수찬이 진성희를 가리키는 순간, 그녀가 경계하는 눈빛으로 형사들을 바라보았다.

"저 언니가 용의자야?"

미영이 진성희를 위아래로 훑어보았다.

"와, 예쁘네. 당신 취향이 저런 거였어?"

"아니, 그게 아니라…!"

"솔직히 말해. 오늘도 집에 안 들어올 작정이었지?"

미영은 아기띠를 고쳐 매며 무시무시한 눈빛을 쏘아 보냈다. 결국 정선이 상황을 진정시키기 위해 나섰다.

"아니에요, 언니. 저희 진짜 잠복 중이었어요. 되도록 빨리 반장님 보내드릴게요."

"오늘도 안 들어오면 앞으로 집에는 한 발자국도 못 들어올 줄 알아!"

미영은 수찬에게 마치 어린아이 다루듯 엄포를 놓고, 등에 업은 아기를 토닥이며 자리를 떠났다. 가족들을 보낸 뒤, 수찬은 한숨을 깊게 내쉬었다. 곁에서 그 모습을 지켜보던 정선이 참았던 웃음을 터트리려는 순간, 수찬이 손을 들어 막았다. 진성희가 이미 형사들이라는 것을 눈치채고 경계하는 상황이었다. 수찬은 어쩔 수 없이 계획을 바꿨다.

"진성희 바로 따자!"

두 형사는 진성희에게 다가갔다. 수찬은 여전히 아내의 갑작스러운 등장으로 화가 나 있었다.

"진성희 씨죠? 강남경찰서 권수찬 형삽니다. 당신도 러시아 보물선 사기단과 한패 아닙니까? 지금 당장 구속할 수도 있어요."

진성희의 얼굴이 창백해졌다. 수찬의 강압적 태도에 잔뜩 겁을 먹은 그녀는 왕진과의 관계를 순순히 털어놓기 시작했다. 왕진은 진성희와 동거 중이었다. 이 집은 왕진이 8월 초순에 얻었다. 그런데 지난 9월 초순 무렵부터 왕진의 연락이 끊기더니 집에도 들어오지 않았다. 핸드폰까지도 꺼져 있었다. 그 이후로 왕진은 쭉 감감무소식이 되었고, 월세를 감당할 수 없었던 진성희는 이 집을 내놓았다. 그랬다. 왕진은 지연과 결혼하고도 진성희와 이중 살림을 했던 것이다.

"오빠가 심지연과는 어쩔 수 없이 결혼했다고, 곧 정리한다고 했어요."

진성희는 눈물을 글썽이며 말했다. 그녀는 왕진의 측근인 전직 경찰 권봉만에 대해서도 뜻밖의 정보를 풀어놨다. 2년 전, 왕진이 강남경찰서에서 조사를 받을 때 형사로 있던 봉만을 우연히 만나 연을 맺었다는 것이다.

"반장님, 오늘 빨리 퇴근하시는 게 좋을 것 같은데요. 보고서는 제가 작성할게요."

수찬은 힘없이 고개를 끄덕였다. 수사는 진전을 보였지만, 오늘 저녁도 아내와의 전쟁이 기다리고 있다는 생각에 그의 마음은 천근만근이었다.

"가정의 평화를 위해 오늘은 술 마시지 말고 들어가세요!"

정선이 축 처진 수찬의 등 뒤에 소리쳤다.

* * *

"지난번에 무섭게 생긴 형사님께 조사 다 받았는데요?"

저녁 무렵, 진성희의 핸드폰이 울렸다. 경찰서에서 또 조사할 게 있다는 이야기였다. 형사와는 경찰서 대신 집 근처 카페에서 만나기로 했다.

'보물선에 관해서는 지난번에 물어볼 거 다 물어봤는데. 뭘 더 알고 싶다는 거지?'

성희의 눈이 넓은 카페를 스캔했다. 형사 같은 사람은 보이지 않았다. 대신 창가 쪽 테이블에 작은 수첩을 펼쳐놓고 홀로 앉아 있는 남자가 눈에 들어왔다. 남다른 외모를 가진 남자는 손님들 사이에서 유달리 눈에 띄었다.

'저 사람, 혹시… 아니겠지?'

그때, 남자가 성희를 향해 걸어오기 시작했다. 그녀의 심장이 쿵쾅거렸다.

"진성희 씨 맞으시죠?"

남자의 낮고 부드러운 목소리에 성희는 고개를 끄덕였다.

"제가 전화 드린 강남경찰서 박동금 형사입니다."

성희는 동금을 따라 그가 앉아 있던 테이블로 향했다. 잠시 후, 두 사람은 음료를 시키고 마주 앉았다.

"몇 달 전, 강남경찰서에 강제추행으로 고소한 일이 있던데요?"

"네…? 아, 네. 그게… 무슨 일 때문에 그러시죠?"

성희가 긴장한 표정으로 동금의 눈을 피했다. 눈썰미 좋은 동금이 이를 놓칠 리 없었다.

"성추행으로 고소한 남자 이름이 나진우라고요?"

"예, 그런데요?"

"그리고 3일 만에 고소를 취하했네요. 가해자와 합의 하셨나 봐요?"

"그 사람이 자기가 잘못한 거를 인정해서 용서해 줬어요. 뭐가 잘못 되었나요?"

"그럴 리가요. 혹시 합의금도 받으셨나요?"

"아뇨. 안 받았는데요."

성희의 목소리가 떨리고 있었다. 동금이 화제를 돌렸다.

"진성희 씨 사는 아파트 보증금이 1억인데 현금으로 보증금을 치르셨네요."

"그건 왜 물으세요? 내가 이리저리 모아 놓은 돈으로 보증금을 낸 건데 문제가 되나요?"

성희가 높아진 목소리로 답했다. 거짓말을 숨기려니 자연스레 목소리가 높아진 탓이었다.

"계좌이체도 아니고 현금으로 보증금을 주었다고 해서 물어봤습니다."

동금이 형사 수첩을 뒤적이더니 한마디를 더 질문했다.

"승일 그룹 팀장으로 입사하기 전에는 무슨 일을 했지요?"

"카페에서 알바했는데요…."

마침내 조사가 끝났다. 동금은 의자에서 일어나면서 안주머니에 형사 수첩을 넣었다. 그런 동금의 모습을 지켜본 성희가 얼굴에 홍조를 띠면서 겨우 입을 열었다.

"형사 오빠! 혹시 술 한잔하지 않으실래요? 내가 술 한잔 들어가면 형사 오빠가 궁금한 것들이 기억이 날 것도 같은데요."

얼토당토않은 변명이었지만, 정말로 성희는 동금과 더 시간을 보내고 싶었다. 동금이 멈춰 서더니 시계를 확인했다. 그러고는 성희의 얼굴을 빤히 쳐다보았다.

"난 술은 즐거울 때만 마십니다."

그 소리에 성희의 마음이 철렁 내려앉았다. 용기까지 내었는데 거절당하다니.

"오늘 즐겁게 해준다면야… 한잔해야죠!"

성희의 심장이 다시 뛰기 시작했다. 이 잘생긴 형사도 내게 끌리는 걸까? 아니면 정말 사건에 대해 더 알고 싶어서 응한 걸까?

* * *

10월 18일 오전경 강남경찰서

강남경찰서 곳곳에 권봉만의 사진이 붙었다. 왕진이 강남경찰서 수사과에서 조사받은 2년 전, 경찰서에서 권봉만이라는 가명을 사용하는 중년 남자를 만난 경찰을 찾는다는 전단이었다. 하루에도 외부인 수백 명이 들락날락하는 강남경찰서에서 권봉만이라는 가짜 이름을 쓰는 사기꾼이 2년 전 조사받은 것을 확인할 방법은 마땅치 않았다. 동금은 어쩔 수 없이 강남경찰서 각 사무실과 엘리베이터에 권봉만의 사진을 수배 전단처럼 붙여 놓았다. 이 사진 속 주인공을 아는 사람은 강력 3팀으로 연락을 달라는 말과 함께…. 그때, 전화벨이 울렸다.

"박 형사님, 울릉경찰서 주영호 수사관님이신데요?"

전화 담당인 수석이 동금에게 전화를 돌렸다. 어젯밤, 진성희와 찐하게 한잔한 동금이 의자에서 등을 떼며 전화를 당겨 받았다. 그런데 전화를 받는 동금의 표정이 점점 어두워져 갔다. 주영호 수사관이라면 지난번 동금과 수석이 러시아 보물선 탐사대장인 최상칠의 사기 사건에 대한 정보를 얻으러 울릉도 출장을 갔을 때 물심양면으로 도움을 주었던 경찰관이었다. 전화를 끊은 동금이 기원에게 심각한 표정으로 무언가를 보고했다. 기원도 매우 놀라 믿을 수 없다는 얼굴이 되었다. 동금이 사무실에서 주섬주섬 옷을 챙겨 입더니 바로 사무실을 나갔다. 무슨 일인지 묻는 수석에게 동금은 '지금 울릉도에 가는데 내일쯤 돌아오겠다'는 말을 끝으로 서둘러 사무실을 떠났다.

동금이 급하게 나간 후 사무실로 들어온 수찬과 정선도 기원의 애기를 듣고 무척 표정이 어두워졌다. 수석으로서는 지난 1년간 선배 형사들이 이런 정도로 심각한 표정을 한 것을 본 적이 없었다. 수석이 담배를 태우러 나가는 수찬과 정선의 뒤를 쭈뼛쭈뼛 따라갔다. 수찬이 담배를 깊게 빨았다가 내뱉으며, 복잡한 심정이 가득 담긴 목소리로 입을 열었다.

"어떻게 이런 일이 있을 수 있지?"

"반장님, 우리도 지금이라도 울릉도로 출발해야 하는 것 아닌가요? 아, 미치겠네! 정말!"

정선은 안절부절못하면서 살짝 눈물까지 비쳤다. 수석은 뭔진 몰라도 최악에 가까운 일이 터졌다는 사실을 직감적으로 알 수 있었다.

* * *

다음 날 오전 경

꿈은 장소만 달리할 뿐 언제나 같은 방식으로 시작되었다.

지혜가 그곳에 서 있다. 여객선 선미, 바다와 하늘 사이 경계선에 홀로 서 있는 그녀. 바람에 흩날리는 검은 머리카락이 마치 살아있는 것처럼 춤을 춘다. 그녀의 얼굴은 동금이 을지 한우에서 처음 만났을 때와 똑같다. 그때 택시를 타면서 나를 힐끗 뒤돌아보았던 그녀의 얼굴을 아직도 기억한다. 마치 어제 일처럼.

심장이 미친 듯이 뛴다. 두려움과 기쁨이 뒤섞인 감정. 그녀를 다시 볼 수 있다는 기쁨, 그녀가 저 자리에 위험하게 서 있다는 두려움.

지혜는 동금에게 단순한 아내가 아니었다. 그녀는 영혼의 단짝이었다. 사랑이란 단어조차 그녀에 대한 감정을 설명하기에는 너무 작았다. 지혜가 뒤돌아본다. 4년 전, 처음 만났을 때와 똑같은 미소. 모든 것이 시작되었던 그 순간의 미소.

"지혜야…."

동금의 입에서 그녀의 이름이 흘러나온다. 마치 오랫동안 목이 마른 사람이 물을 찾듯이. 그녀를 향해 달린다. 발이 움직이는지도 모르겠다. 그저 그녀에게 다가가고 있다는 것만 안다. 미국에서의 그 불의의 사고 이후로, 매일 밤 꿈에서 그녀를 쫓았다. 하지만 한 번도 잡을 수 없었다. 오늘은 달랐다. 오늘은 그녀에게 닿을 수 있을 것 같았다.

'지혜야…!'

손을 뻗는다. 거의 닿을 듯하다. 그녀의 손가락이 동금의 손가락에 닿기 직전. 지혜가 한번 힐끔 본다. 그 눈빛에 무언가 달라진 것이 있다. 사랑이 아닌, 공포. 동금이 아닌 다른 무언가를 본 것 같은 눈빛. 그리고 그녀는 떨어진다. 풍덩- 소리와 함께, 차가운 바다로. 마지막 순간 그녀의 얼굴은 공포로 가득했다.

"안 돼!!"

동금이 눈을 떴다. 식은땀이 온 얼굴을 뒤덮고 있다. 꿈이었다. 항상 그렇듯이. 하지만 꿈속에서의 그 감정, 그 아픔은 현실보다 더 진실했다. 지혜가 없는 이 세상은 꿈같고, 꿈속의 그녀가 더 현실 같았다.

멀리 울릉도가 모습을 드러내고 있었다. 동금은 자살을 시도했다가 기적적으로 살아난 윤명규 과장을 데리러 가는 길이었다. 대부님이 왜 그런 선택을 했는지 이해할 수 있을 것 같았다. 때로는 살아있는 것보다 죽는 게 더 쉬울 때가 있으니까.

하지만 동금은 살기로 했다. 지혜가 원했을 테니까. 그래서 그는 매일 아침 눈을 뜬다. 그녀 없는 세상에서. 하지만 밤이 되면, 꿈속에서라도 그녀를 만나기 위해.

오늘도 그녀를 잡지 못했다. 하지만 괜찮다. 내일 밤에 다시 시도할 테니까.

* * *

같은 날 오후경 여객선 안

울릉도를 출발해 강원도 묵호항으로 가는 여객선 안에서, 나이 든 남자와 젊은 남자가 배 선미에 아무 말도 않고 나란히 서 있었다. 나이 든 남자의 이름은 윤명규. 이틀 전, 울릉도로 향하는 여객선에서 권총으로 자살을 시도했던 61세의 전직 형사였다. 그 곁에는 동금이 수심 가득한 얼굴로 서 있었다. 동금은 하루 전, 안면이 있는 울릉경찰서 주 수사관으로부터 연락을 받아 울릉도로 왔다.

"아무래도 박 형사님과 울릉도는 인연이 있나 봅니다. 한번 오셔야겠습니다."

주 수사관은 '포항에서 울릉도로 오는 여객선 안에서 권총으로 자살을 시도한 남자가 있는데 경찰에 어떤 진술도 하지 않고 묵묵부답하고 있다'고 전해주었다.

* * *

이틀 전, 오후 12시 40분경 울릉도 앞바다 여객선

"선… 선장님, 겨우 구했습니다. 파도가 높지 않아 살았습니다."

흥분한 갑판장의 목소리가 무전기를 타고 흘러내렸다.

다행스럽게도 남자는 선장인 구천의 재빠른 지시를 받은 선원들에 의해 바다에서 겨우 구조될 수 있었다. 나이 든 남자는 하늘이 도왔는지, 총알이 머리통을 가까스로 빗나가 목숨을 건질 수 있었다. 보통 사람이라면 평생 한 번 있을까 말까한 운이 남자에겐 하루에 두 번이나 따라온 것이다. 선원들에 의해 바다에서 건져진 남자는 응급조치를 받은 후 구급실로 옮겨졌다. 갑판장이 걱정스러운 얼굴로 침대에 누운 남자의 안색을 살피며 물었다.

"사장님, 도대체 왜 죽으려고 한 거요?"

남자는 아무런 말도 하지 않았다. 그의 눈에서는 뜨거운 눈물만이 끝없이 흘러내리고 있었다.

"우리 선장님의 눈과 오늘 궂은 날씨가 아저씨를 살린 겁니다. 바다를 잘 모르시나 본데… 이런 날씨에 배 난간에 서 있으면 바람 때문에 뱃사람들도 중심 잡기가 힘들어요. 그래서 총알이 빗나간 겁니다. 그나저나 총은 어디서 구했어요?"

 울릉경찰서에서는 바다에 빠져 찾을 수는 없었지만, 권총을 어디서 구했는지도 수사해야 했다. 또 남자가 목숨을 끊을 가능성도 있어 보호자에 인계 없이 그냥 돌려보낼 수도 없었다. 남자에게 연락받을 가족에 대해 묻자, 그는 가족이 아닌 강남경찰서에서 형사로 근무하는 박동금을 찾았다. 그렇게 동금은 울릉경찰서로부터 남자를 인계받아 서울로 상경 중이었다. 한참 만에 동금이 침울한 목소리로 입을 열었다.
 "제게 아무리 힘들어도, 부모님 생각해서라도 참고 힘내라고 하셨잖아요."
 명규는 동금이 뉴욕총영사관 경찰주재관으로 떠나기 전, 서울경찰청 광수대에서 팀장과 형사로 함께 근무한 사이였다. 동금의 아버지인 을지한우 사장 부경과 명규는 30년간 형 동생 하는 관계로, 그런 명규를 동금은 친삼촌처럼 따랐다. 동금은 대학생 시절까지 골프선수였다. 동금은 당시 여자친구이자 유명 골프선수였던 이설희 프로를 따라다니는 극성팬을 두들겨 팬 탓에 골프협회의 중징계를 먹었다. 그렇게 자의 반 타의 반으로 골프를 그만두게 된 뒤, 클럽이나 다니며 방황을 했다. 그때, 동금이 경찰관이 되도록 부경이 상의했던 사람이 윤명규였다. 경찰이 된 동금을 자신이 팀장으로 있는 서울청 광수대 형사로 끌어준 것도 명규였다. 그곳 광수대에서 동금은 자신이 담당 형사로 수사했던 쌍둥이 수표 사건의 범인인 왕도술의 딸 황지혜를 만나 결혼까지 했다. 명규와의 인연이 아니고는 오늘의 동금은 없었다. 그런 명규가 권총으로 울릉도 가는 배 안에서 스스로 목숨을 끊으려 하다니…. 동금은 억장이 무너졌다.

"동금아! 쪽팔려서 내가 어떻게 너에게 고개를 들 수 있겠나?"

명규는 동금에게 짧은 한마디를 하고 입을 닫았다. 그의 두 눈에서는 후회의 눈물만이 흘러내렸다. 그런 명규를 보는 동금의 눈에서도 눈물이 고였다. 도대체 대부님에게 무슨 일이 있었던 걸까? 대부님이 왜 자살을 시도했던 걸까? 도대체 왜…?

* * *

다음 날 동금은 사무실로 복귀했다. 동금의 주변으로 3팀 형사들이 모여 앉았다. 무거운 침묵을 깨고 동금이 입을 열었다.

"대부님이 퇴직금을 러시아 보물선에 몽땅 날리셨답니다."

동금의 청천벽력과 같은 말에 모두 할 말을 잊었다. 자신들이 진행하는 수사의 피해자 중 한 명이 윤명규 과장이었던 것이다. 그러고 보니 보물선 사기단이 퇴직한 군경 간부들을 주요 표적으로 삼아 사기를 쳤었다. 군경 퇴직자들에게 '러시아 보물선을 인양해 그 돈으로 국가재정을 튼튼히 하고 어려운 환경의 군경 자녀들에게 장학사업을 하겠다'는 감언이설로 애국심에 불을 지피는 방식이었다. 전직 군경 공무원들이 승일 그룹에 투자했다는 사실은 다른 일반인 사기 피해자를 끌어들이는 데에 아주 좋은 미끼가 되었다. 사람들은 군인과 경찰이라는 직업을 신뢰했다. 그렇게 접근한 사기꾼들을 만나 설명회에 참석하다 보니 어느 순간 자신도 모르는 사이에 이것이 가능한 이야기라고 믿었다.

지난번 자살한, 육사를 나온 예비역 대령이 한탄하는 소리를 들은 기억이 났다. 그러나 진실을 안 순간에는 이미 자신의 돈은 모두 주머니를 빠져나간 뒤였다. 윤명규는 차마 자신이 이끌었던 수사팀에 본인이 사기를 당한 사실을 털어놓을 수 없었다. 너무나 부끄러운 일이었다. 더욱이 이런 사건에서 피해를 복구하는 것이 불가능하다는 것을 누구보다 잘 알고 있었다.

"하아~! 우리 윤 선배님이 그렇다고 어찌 이런 극단적인 선택을 하신 거야…?"

기원의 안타까운 목소리에 정선도 길게 한숨을 쉬며 말했다.

"윤 팀장님은 이천에 부모님이 물려준 땅도 꽤 되잖아요. 농사라도 지으셨으면 될 텐데…. 왜 그러셨을까요?"

누구보다 윤명규 과장을 경찰 대부로 모셨던 동금의 분노가 가장 컸다. 그렇지만 동금은 오히려 내색하지 않고 다시 자기 자리에 앉아 수사기록을 펼쳐놓았다. 반드시 자기 손으로 사기꾼들을 모조리 잡겠다는 다짐과 함께…. 사실 명규의 자존심을 고려해서 동금이 다른 사람들에게 알리지 않은 사실이 하나 더 있었다. 그것은 명규가 승일 그룹 본부장으로 활동했다는 사실이다. 다행히 명규가 다른 투자자들의 돈을 유치한 사실은 없었다. 민태구(명장범)는 우도식(채양석)으로부터 투자자 중 한 명이 전직 종로경찰서 수사과장이란 사실을 보고받았다. 그리고 허승도 의장의 명을 받아 명규를 설득해 본부장 직함을 주었다. 이후, 명규는 자신의 경찰 경력이 사기를 치는 데 이용된 사실을 알고 오열했다. 삼십 년간 최일선에서 범죄자와 싸웠던 자신이, 범죄자의 도구가 되었다는 사실을 견딜 수가 없었다. 잃어버린 돈이 문제가 아니었다. 이것이 자신을 구렁텅이로 빠트린, 러시아 보물선이 침몰해 있다는 울릉도에서 자살을 결심한 가장 큰 이유였다.

* * *

10월 22일 중랑구 중화동

"엄마가 룸살롱 마담 하면서 고생고생 키웠는데, 지는 러시아 보물선으로 수백억 사기 쳐놓고 엄마는 이런 집에 살게 해요? 배은망덕한 놈!"

수석이 중화역에서 나와 골목길로 걸어가면서 속사포처럼 민태구의 욕을 해댔다. 태구의 모친이 산다는 집은 3층짜리 빌라 반지하로, 중화동 대로변에서도 골목길을 여러 번 돌고 나서야 겨우 도착할 수 있었다. 동금이 문을 두드리자 허리가 굽은 백발의 여자 노인이 경계하는 눈빛으로 나타났다. 쭈글쭈글한 얼굴에 주름이 많은 노인은, 주민등록상 68세였지만 고생을 해서 그런지 팔십은 되어 보였다.

"댁들은 누구요?"

"저희는 태구 형님 친한 동생들이에요. 태구 형이 요즘 사업이 잘돼서 외국에 자주 다니거든요. 그런데 최근에 연락이 안 돼서 혹시 어머님이 아시나 해서 찾아왔습니다."

동금은 어쩔 수 없이 경찰 신분을 속일 수밖에 없었다. 동금의 말을 듣고서야 노인의 태도가 한결 부드러워졌다. 노인에 의하면, 지난 여름 한참 무더위가 끝날 때쯤 아들로부터 마지막으로 전화를 받았는데 그 이후에는 소식이 없어 무척 걱정했다고 한다. 동금은 품 안에서 사진 한 장을 꺼내 노인에게 건네주었다. 승일 빌딩 창고에서 가져온

8명의 사진이었다.

"태구 형님 사업이 이렇게 크게 성공했습니다!"

완전히 경계심을 푼 노인은 동금과 수석을 방으로 안내했다. 서너 평 남짓한 작은 방에서, 동금은 태구의 어머니와 마주 앉아 이야기를 나누었다. 방 안 곳곳에는 민태구의 상장과 커다란 달력에 표시된 빨간 동그라미, 그리고 어렸을 적 사진이 걸려 있었다.

"우리 태구가 얼마나 웅변을 잘하는지 대회에 나가서 상도 많이 받았어…."

동금이 태구가 중학교 때 받은 웅변대회 상장에 관심을 보이자 노인이 자랑스레 설명해 주었다. 태구는 명장범이라는 이름으로, 테헤란로에서 괜히 명강사로 명성이 자자한 것이 아니었다. 동금은 그 다음으로 낡은 가구에 놓여 있는 앨범에 관심을 보였다. 그러자 노인이 앨범을 꺼내 동금에게 보여주었다. 동금은 손때가 묻은 낡은 앨범을 하나하나 넘기면서 사진 속 태구의 얘기로 노인과 이야기꽃을 피웠다.

"어머니, 태구 형님이 어려서도 머리숱이 별로 없었네요?"

동금이 어린 시절 민태구의 사진을 가리키며 물었다. 노인은 갑자기 목소리를 낮추고 주변을 살피더니 한숨을 쉬었다.

"아이고, 그 얘기는 제발 하지 말아요. 우리 태구가 제일 싫어하는 얘기니까. 고등학교 때부터 머리가 빠지기 시작했는데…. 그때부터 얼마나 속상해했는지 몰라요. 대학 들어갈 때는 이미 많이 빠져서…."

노인은 손으로 자신의 앞머리를 쓸어내리는 시늉을 했다.

"비싼 약도 사 먹고 병원도 다녀봤지만 소용없었어요. 그래서 항상 모자를 쓰고 다녔죠."

동금과 수석은 배웅하는 노인을 뒤로하고 왔던 길을 따라 되돌아갔다.

"신 청장, 민태구 모친이 강남 룸살롱 대마담 출신이고 부친이 육사를 나온 정치인이라고 떠들었던 것은 모두 거짓말이야. 사진첩 배경이 청량리역 근처였어."

"사진만 가지고 단정할 수는 없잖아요?"

"내가 민태구 출생 신고한 동사무소에서 미리 확인해 봤는데…. 청량리역 근처였어."

수석은 동금의 눈썰미에 다시 한번 놀랄 수밖에 없었다.

"아까 핸드폰을 보니 민태구가 지난 9월 7일, 저녁 6시 45분에 마지막으로 전화를 했더라고. 우리가 알고 있는 그 대포폰으로. 그런데 특이한 건, 그 이후에는 한 통의 전화도 없었어. 민태구 어머니가 전화했는데… 발신만 갔지 통화 연결이 안 됐더라고. 민태구가 9월 중순부터는 생활반응이 전혀 없었던 거 기억하지?"

"혹시 사기 친 돈을 가지고 외국으로 토낀 건 아닐까요?"

동금이 고개를 저었다.

"민태구의 핸드폰이 마지막으로 꺼진 건 옥수동 자신의 집 근처였어. 해외로 밀항이라도 하려면, 도와줄 누군가와는 연락해야 돼. 그러니 서울에서부터 핸드폰을 꺼둘 일은 없을 거야."

"박 형사님, 그럼 어떤 가능성이 있단 말입니까?"

"네가 한번 연구해 봐. 어쨌든 9월 중순 이후로 민태구는 투명인간이 되어 있단 말이지…."

16
공익신고자

10월 24일 강남경찰서 강력 3팀 사무실

오전 11시 무렵, 강력 3팀에 경찰 근무복을 입은 지구대 경찰관이 문을 열고 들어왔다. 논현지구대에 근무하는 오준원 경감이었다. 안경을 쓴 오 경감은 수찬과 아는 사이인지 반갑게 인사를 나누었다.

"오 경감, 이 잘생긴 형사가 그 유명한 박 형사야!"

오 경감에게 동금을 소개한 수찬은 마찬가지로 동금에게 오 경감을 소개했다.

"박 형사, 오 경감이 지난번 박 형사가 경찰서에 붙인 수배 전단지를 보고 찾아왔다는데…."

오 경감은 논현지구대 2팀장이다. 작년까지 강남경찰서 여성청소년과 생활질서계에서 경위로 근무하다 올 초에 경감으로 승진해 논현지구대로 옮겼다.

"권봉만의 실제 이름은 양상현입니다."

오 경감은 양상현이 10년 전부터 서울과 경기도 주변의 안마시술

소나 키스방과 같은 풍속업소[14]에 다니며 업주들을 상대로 불법 영업 신고를 일삼았다고 했다. 상현은 자신의 신고를 공익신고라고 주장했다. 경찰이 자신이 신고한 사건을 제때 처리하지 않으면 담당 경찰까지도 업주들과 유착되었다고 경찰청 감찰계에 허위 제보하여 경찰관들을 괴롭혔다. 상현은 지난 10년간 퇴폐업소를 찾아다니며 신고하는 일이 어느새 직업이 되었다. 그러다 보니 퇴폐업소의 불법을 몰래 동영상으로 촬영해 그 증거를 경찰에 제출하는 능력이 수사하는 경찰관 못지않았다. 또한 공익신고자로 경찰서를 들락날락하다 보니 경찰관들의 말투와 태도, 수사방법까지 꿰뚫을 정도가 되었다.

"2년 전 강남경찰서에 양상현이 방문한 이유는 뭔가요?"

상현은 강남경찰서 그늘집에서 조사를 받고 나온 왕진을 우연히 만나 형 동생 사이로 발전했다. 오 경감은 박 형사가 붙인 전단지에 있던 그날, 무슨 사건을 처리했는지 찾아보았다고 한다. 그 무렵, 상현의 무차별적인 신고에 진절머리가 난 업주들이 맞대응을 시작했다. 상현은 신고하기 전에 항상 업주들에게 경찰에 신고할 예정이라는 사실을 알려 겁을 주었다. 상현은 업주들이 겁을 먹고 자신 앞에서 벌벌 떠는 모습과 수사경찰관들에게 호통치는 스스로에게 카타르시스를 느꼈다. 업주 중에는 상현의 신고로 경찰에 수사 받고 벌금을 내며 몇 달간 영업정지를 당하느니, 차라리 상현에게 돈을 몇 푼 쥐여주고 무마하려는 사람들도 생겼다. 이러한 사실을 알게 된 다른 업주들이 상현을 공갈죄로 고발했다. 그렇게 상현은 2년 전 그날, 고발 사건 피의자로 오 경감의 수사를 받은 것이었다.

---

14 유흥주점, 노래방, 성과 관련된 업소를 말한다.

"돈을 준 업주들은 상현의 후환을 두려워해서인지 피해 진술을 하지 않았어요. 결국 양상현은 처벌받지 않았고요."

오 경감은 상현이 시간이 지날수록 배짱이 두둑해져 경찰관 흉내까지 내는 것을 짐작했다. 그런데 웬일인지 그 이후로 상현이 퇴폐업소를 신고하는 일이 싹 없어졌다. 동금이 보기에는 그 기간이 왕진의 제의를 받아 승일 그룹에 영업이사로 영입되어 활동한 시기였다. 오 경감은 사무실을 나가면서 동금의 귀를 활짝 열게 할, 깜짝 놀랄 만한 정보를 선물했다.

"양상현이 얼마 전까지 경기도 수원 쪽을 한바탕 훑었다고 해요. 다시 퇴폐업소에 다니면서 돈을 뜯어낸다는 풍문이 돌고 있어요. 과거와는 다르게 경찰에 신고하지 않고 현장에서 불법 장면을 촬영해 바로 돈을 뜯어낸다고 합니다. 업주들도 울며 겨자 먹기로 참고는 있는데 그 지역 업주들 사이에서 양상현에 대한 주의보가 이미 내려졌더라고요."

오 경감은 중요한 한마디를 덧붙이는 것을 잊지 않았다.

"수원 쪽은 이미 초토화돼서 양상현이 먹을 게 없다고 합니다. 업주들에게 듣자 하니 아마도 분당 쪽에 새로 빨대를 꽂을 것 같다더군요."

* * *

한편 수찬과 정선은 여의도에 있는 박앤김 법무법인을 방문했다. 한혜수가 박앤김 법무법인 출신이라 속였으므로 무엇인가 연결 고리가 있을 거라 생각했다. 박앤김 법무법인 인사팀에게 혜수의 사진을 보여주었지만, 그녀를 아는 사람은 없었다. 경비원들에게도 사진을 보여주었지만 별 소득은 없었다.

"김 형사, 동두천에 가보자…."

수찬은 혜수가 주변 사람들에게 자신의 고향이 동두천이라 했다는 말에 기대를 걸었다.

"반장님, 그런데 동두천 어디로 가서 누구를 붙잡고 한혜수를 물어보지요?"

"아오~ 나도 몰라. 일단 가면서 생각해 보자."

수찬도 뚜렷한 방법이 있는 것은 아니었다. 그저 강력반 형사답게, 일단 부딪혀 보겠다는 심산이었다.

"한혜수가 국제변호사라고 사람들을 감쪽같이 속였다는 것은 그래도 이쪽 업종을 잘 안다는 뜻 아닐까요?"

정선의 말에 수찬이 고개를 끄덕였다. 서당 개 삼 년이면 풍월을 읊는다 했듯 한혜수가 변호사 업계를 모른다면 아무리 국제변호사 흉내를 냈어도 사람들을 속이기는 불가능했을 것이다.

"김 형사 말은 동두천에 있는 변호사 사무실을 탐문하자는 말이지?"

정선의 말처럼 동두천에 몇 안 되는 변호사 사무실을 탐문하는 것은 충분히 가능한 일이었다. 수찬과 정선은 동두천에서 의정부까지 범위를 넓혀 변호사 사무실 주변을 탐문했다. 하지만 역시나 별다른 소득은 없었다. 어디에서도 혜수의 흔적은 발견되지 않았다. 빈손이 된 정선과 수찬이 실망스러운 표정으로 형기차에 올랐다. 그렇게 서울로 복귀하고자 차를 출발시킨 순간, 정선의 눈에 한 건물 외벽에 붙어 있는 널찍한 간판이 들어왔다.

"반장님, 잠시만요!"

조수석에 앉은 정선의 눈이 '합동 법무사'라는 간판에 꽂혀 있었다.

"김 형사, 왜 그래?"

"법무사들도 변호사와 비슷한 업무를 하잖아요. 법무사 사무실을 아직 돌아보지 않았는데요?"

"아무리 그래도 미국 뉴욕에 있는 컬럼비아 대학교 로스쿨을 나왔다는 국제변호사 한혜수 님께서, 법무사 사무실을 다니면서 변호사 업무를 어깨너머로 배웠을까?"

수찬이 설마 하는 얼굴로 물었지만, 정선은 부득불 우겼다. 수찬은 잠시 고민하더니 빈손으로 사무실로 돌아갈 수는 없다 생각했는지 정선의 말을 따르기로 했다. 그렇게 두 형사는 근처 법무사 사무실을 탐문하기 시작했다. 지성이면 감천이라던가? 뜻밖의 소득이 있었다. 한 법무사 사무실 남자 직원이, 혜수의 사진을 보더니 '3년 전까지 자신이 아는 법무사 사무실에 근무했던 여직원의 얼굴과 많이 닮았다'고 하는 것 아닌가? 남자 직원은 '등기 서류를 가져다주러 의정부에 있는 법무사 사무실을 여러 번 방문했는데, 그곳에서 근무했던 여직원이 사진 속 한혜수와 비슷하다'고 했다. 그 여직원의 이름이 '이양'이라는 것까지만 기억하는데 워낙 외모가 특출나게 예쁘고 싹싹해 또렷이 기억한다는 것이다.

수찬과 정선은 쾌재를 부르며 남자 직원이 알려준 의정부에 있는 법무사 사무실로 향했다. 마침내 한혜수의 본명이 밝혀졌다. 그녀의 진짜 이름은 이금영이었다. 동두천이 고향인 금영은 고등학교를 졸업하고 의정부에 있는 법무사 사무실 두세 곳에서 10년 이상을 근무했다. 그러다가 3년 전쯤, 갑자기 로스쿨에 가게 되었다며 법무사 사무실을 그만두었다. 물론 금영이 사무실을 그만둔 이유는 따로 있었다. 그녀는 우리나라 법체계를 잘 모르는 외국인들에게 자신을 변호사라 속이면서 상담을 해주고 돈을 받던 것이 발각되어 사무실을 그만둔 것이었다. 그녀가 근무하는 사무실은 의정부에 자리한 덕에 외국인들이 이런저런 잡다한 법률문제로 많이 찾아왔다. 금영은 뛰어난 미모 덕분에 따라다니는 남자가 주변에 많았다. 성격도 활달하고 좋았지만, 욕심이 많고 가끔 거짓말을 크게 하는 것이 문제가 되곤 했다. 한번은 고소장 작성을 의뢰한 사람에게 '의정부 경찰서장이 자신의 친삼촌'이라고 거짓말하고 뒷돈을 받은 적도 있었다.

금영의 본명을 알게 된 수찬과 정선은 즉시 그길로 동두천에 있는 금영의 본가를 찾아갔다. 20평짜리 작은 아파트에 그녀의 부모가 살고 있었다. 다리에 장애가 있는 남편을 돌보느라 금영의 어머니가 파출부를 하며 생계를 유지했다. 딱 봐도 찢어지게 가난한 집이었다. 집 안에는 변변한 세간살이도 없었다. 정선은 딸인 금영이 미국에서 공부했는지 물었다.

"금영이는 여고를 졸업하고 바로 의정부에 있는 법무사 사무실에 취업했어요. 미국에는 가본 적도 없어요."

금영은 3년 전, 서울에 있는 큰 변호사 사무실로 직장을 옮긴다며 집을 나갔다. 그 변호사 사무실에서 로스쿨인가 무언가를 보내줘서 자기도 곧 정식변호사가 된다고 했다.

"혹시 따님에게 승일 그룹이나 러시아 보물선 이야기를 들어본 적 있으신가요?"

정선의 물음에 금영의 어머니가 경계심 가득한 눈빛을 보냈다.

"자기 회사에서 무슨 보물선을 발견했다면서… 이젠 엄마아빠 고생 안 해도 된다고 한 적이 있습니다만…. 무슨 일 때문에 그러세요?"

수찬은 따님이 다니던 회사가 하루아침에 폐업해서 피해자들이 많이 생겼다며 얼버무렸다. 아무것도 모르는 금영의 부모에게 상처를 주고 싶지 않았다. 최근에 딸과 연락했는지 묻는 수찬의 질문에, 금영의 부모는 곤혹스러운 듯 대답하지 못했다. 혹시나 딸에게 피해가 갈까 봐 노심초사하는 모습이었다.

"당분간은 집에 들르지 못한다고 했어요. 그 이유는 말하지 않았고요."

드디어 수사를 시작한 지 두 달 만에, 승일 빌딩에서 동금이 발견한 사진 속 주인공들의 실제 이름이 모두 확인되었다.

* * *

10월 29일 경기도 분당 정자동 골목

논현지구대 오 경감의 정보로 강력 3팀 형사들은 정자동 유흥가에서 잠복 중이었다. 권봉만, 아니 양상현이 얼마 전까지 수원에 있는 풍속업소를 자주 들렀다는 사실은 업주들을 통해 확인했다. 상현은 지난 10년간 한 곳을 털면 근처 다른 지역으로 이동하는 특징을 보였다. 강력 3팀에서는 제공받은 정보대로 상현의 다음 목적지를 분당 정자동 유흥가로 예상했다. 상현이 최근 무기를 들고 움직인다는 첩보가 있어 3팀 전원이 잠복을 하기로 했다.

형사들은 차를 두 대로 나누어 잠복하고 있었다. 상현이 어느 업소로 올지 알 수 없었기 때문이다. 다행히 유흥가는 사람이 많아 은신하기에 용이했다. 밤 11시 30분이 막 지나갈 무렵 동금은 취객들 사이로 걸어오는 한 남자에게 시선을 고정했다. 멋들어진 검은색 코트를 걸친 남자는 잠시 길에 멈춰 서더니 담배를 피우며 어딘가로 전화를 했다. 동금은 그 모습을 보며 무전기로 기원에게 보고했다.

"팀장님, 짝퉁 형사 떴습니다. 에이스로 갈 것 같습니다."

기원은 수찬, 정선과 함께 천천히 차에서 내려 움직였다. 동시에 동금의 눈짓을 받은 수석이 8층짜리 큰 상가 건물의 6층에 있는 에이스 안마로 들어갔다.

"쳇, 내가 경찰대까지 나와서 사기꾼에게 던져주는 먹잇감 역할이라니…."

형사들은 사전에 계획한 대로 움직이기 시작했다. 수석은 손님으로 가장해 상현을 기다리기로 했고, 수찬과 정선은 익숙하게 연인으로 위장하여 팔짱을 꼈다. 기원은 그런 수찬과 정선의 뒤를 따랐다. 잠시 후, 상현이 담배를 비벼 끄더니 예상대로 상가 건물 1층으로 들어갔다. 동금은 예리하게 상현의 몸 구석구석을 살폈다. 상현의 바지 뒷주머니에는 수갑으로 보이는 것이, 외투 속에는 그가 들고 다닌다는 경찰 방망이가 숨겨져 있는 듯했다.

"사기꾼 주제에 체격이 다부지다. 싸움깨나 하겠는데…."

기원의 말에 광수대 호랑이란 별명을 가진 수찬이 빙그레 웃었다. 수찬은 이제껏 범인들과 싸움에서 져본 적이 없었다. 그만큼 싸움에 있어선 누구보다 자신 있었다. 기원의 지시로 정선은 기원과 함께 1층에 남아 출입문을 지키고, 동금이 수찬에게 합류해 6층으로 올라갔다. 잠시 후, 엘리베이터에서 내린 수찬과 동금이 에이스 안마 안으로 들어갔다. 혹여나 경찰관 신분을 밝히면 업소 종업원들이 단속 나온 경찰관으로 알고 소동을 피울지 몰랐기에 행동을 조심했다. 수찬이 손짓을 보내 조용히 매니저를 찾았다. 영문을 모르는 젊은 남자 종업원에게 수찬은 상황을 설명하며, 조용히 하라는 신호를 주었다. 그때 복도 끝에서 상현이 나타났다. 그의 걸음걸이에는 권위가 묻어났고, 손에는 수갑과 경찰봉이 쥐어져 있었다. 그 뒤로 겁에 질린 젊은 여종업원이 따라오고 있었다. 상현의 눈빛은 사냥감을 발견한 늑대처럼 의기양양했다. 상현을 단속 나온 경찰로 알았는지 남녀 종업원들의 얼굴이 크게 일그러져 똥 씹은 표정이 되었다. 상현의 입꼬리가 살짝 올라갔다. 두려움에 떠는 사람들을 보는 것이, 그에게 쾌감을 주는 것이리라.

수찬과 동금은 그 순간에도 친구 사이로 가장해 카운터 남자 종업원과 대화하는 척 연기를 했다. 문제는 남자 직원이었다. 그의 얼굴은 잔뜩 굳어 있었고, 카운터에 올려놓은 양손은 덜덜 떨고 있었다. 순간, 상현의 눈이 번뜩였다. 그는 두려움을 감지하는 데에 능했다. 수년간 가짜 경찰로 살아오며, 그는 사람들의 취약점 찾는 법을 터득했던 것이다.

"아오!"

갑자기 상현이 소리를 지르며 자신의 앞에 다가오는 남자 종업원의 허리에 발길질을 날렸다. 생각보다 강한 발차기에 종업원이 공중으로 떠올랐다가 바닥에 나뒹굴었다. 사정없는 일격이었다. 상현은 곧바로 여자 종업원의 목을 움켜쥐었다. 그의 손가락이 종업원의 부드러운 목을 파고들었다. 종업원의 얼굴이 순식간에 창백해졌다. 상현은 다른 손에 쥐어진 경찰봉을 공기를 가르며 휘둘렀다.

"이 씨발놈들! 어디 경찰한테 덤벼? 니들이 아주 뵈는 게 없구나?!"

상현의 목소리는 분노로 떨렸지만, 눈은 흥분으로 빛나고 있었다.

그는 이런 순간을 즐겼다. 자신이 누군가에게 공포를 주입할 때 살아있음을 느꼈다. 그 권력을 느꼈다. 상현은 여자 종업원의 목을 더 세게 조르며 눈에 보이는 모든 것을 파괴하기 시작했다. 경찰봉이 우아한 꽃병을 강타하자 유리 파편이 사방으로 튀었다. 화분을 향해 내리친 봉은 흙과 식물을 바닥에 흩뿌렸다. 그의 폭력은 맹목적이었다. 두려움에 떠는 사람들을 보는 것만으로는 충분하지 않았다. 그는 파괴를 원했다.

"씨발새끼들! 무릎 꿇고 손 안 들을래?!"

상현의 얼굴이 붉게 달아올랐다. 흥분으로, 광기로, 또 권력의 쾌감으로.

"내가 콩집으로 처넣어 줄 테니까 기다려라! 내가 혼자 단속 나왔다고 호구로 보이냐? 양아치 같은 새끼들!"

상현의 손아귀에 잡힌 여종업원의 얼굴이 점점 푸르게 변했다. 그는 자신이 얼마나 강하게 그녀의 목을 조르고 있는지도 인식하지 못했다. 그에게 그녀는 그저 인질 인형에 불과했다. 동금은 상현의 시선을 앞으로 고정시키기 위해 나섰다가 물러서기를 반복했다. 상현의 눈이 동금에게 꽂혔다. 그의 경찰봉이 더 격렬하게 휘둘러졌다. 허공을 가르는 소리가 위협적이었다.

"씨발새끼들, 내가 너희들 다 구속한다!"

상현의 눈에는 광기가 서려 있었다. 그의 팔에 있는 핏줄이 튀어나왔다. 경찰봉이 더 세게, 더 빠르게 휘둘러졌다. 그는 자신이 만든 공포의 세계에 완전히 빠져들었다. 그때였다. 상현이 미처 인지하지 못한 뒤쪽에서 수석이 재빨리 다가와 그의 손목을 단단히 붙잡았다. 같은 순간, 덩치 큰 수찬의 주먹이 상현의 얼굴을 향해 날아들었다.

"구속 같은 소리 하고 있네! 네가 구속이다, 이 짝퉁 새꺄!"

수찬의 주먹이 상현의 얼굴에 정확히 꽂혔다. 상현의 눈에서 광기가 사라지고 공포가 자리 잡았다. 이제 사냥감이 된 것은 그였다. 그의 세계가 무너졌다. 바닥에 쓰러지는 그의 입에서는 신음 소리만 새어 나왔다. 그렇게 가짜 경찰 '권봉만'은 실제 경찰에게 검거되었다. 그가 오랫동안 휘둘러온 폭력의 그림자가 마침내 빛 속에 드러난 순간이었다.

* * *

수찬이 상현의 조사를 맡았다. 상현은 수찬의 주먹 한 방에 나가떨어져서 그런지 수찬에게 겁을 잔뜩 먹어 조사가 술술 풀렸다. 기세를 잃은 상현은 완전히 자포자기했다. 겁을 잔뜩 먹어 수찬의 눈도 제대로 마주치지 못했다. 그는 고개를 푹 숙이고 조사를 받았다. 상현의 얼굴 한쪽은 수찬에게 맞아 찐빵처럼 부풀어 올라 있었다.

"고개 들어! 대화는 서로의 눈을 보면서 하는 거 몰라? 내가 네 눈을 보지 못하면 사기꾼인 네가 거짓말하는지 내가 어떻게 알겠어?"

180cm가 넘는 큰 키에 어깨까지 떡 벌어진 수찬의 덩치는 범인들을 압도하기에 충분했다. 그의 큰 손은 앞에 놓인 컴퓨터 자판기를 마치 어린이용으로 보이게 할 정도였다. 정선은 쿡- 웃음을 참았다. 이런 수찬조차 부인 권미영 앞에서는 꼬리를 내릴 수밖에 없다는 사실이 떠오른 탓이었다.

"수갑하고 가짜 경찰봉은 어디서 구한 거야?"

"남대문시장에서 구했습니다."

"야, 고놈 참 야무지다! 나도 이런 방망이나 하나 들고 다닐까?"

수찬이 자신의 책상 위에 놓인 검은색 경찰봉을 보며 말했다. 손으로 쥐는 부분이 누렇게 변색 될 정도로, 상현과 함께한 세월의 흔적이 보이는 경찰봉이었다.

"조왕진이 대왕 그룹 숨겨진 아들이라고 심지연에게 사기 칠 때, 아닌 것 알고 있었지?"

상현은 처음에는 부인하다가 눈을 부릅뜬 수찬의 기세에 눌려 결국은 눈치 챘다고 자백했다. 상현은 왕진의 부탁으로, 보물선 투자설명회 당시 지연에게 '왕진이 대왕 그룹 사생아'라고 바람잡이 했던 사실을 실토했다.

"조왕진 그 녀석 어디 있어? 모른다고 했다가는 경을 칠 줄 알아!"

상현은 왕진이 신혼여행을 다녀오고 나서 갑자기 여권을 챙겨 외국으로 출국했다고 알고 있었다. 자신이 아는 것은 그게 다라고 주장했다. 상현과 지연의 말은 일치했다. 문제는, 왕진의 해외 출국기록이 없다는 것이다.

"조왕진이 밀항한다는 얘기는 못 들어봤어?"

수찬의 물음에 상현이 정색하며 눈을 반짝였다. 예전부터 왕진이 어떻게 동남아로 밀항할 수 있는지 궁금해 했다며 신이 나서 떠들어 댔다. 그런 상현을 동금이 물끄러미 바라보았다. 수찬은 상현에게 왕진을 마지막으로 본 날이 언제인지 물었다.

"조왕진이 신혼여행 다녀오고 나서니까 8월 말 무렵일 겁니다. 정확한 날짜는 잘 기억이 안 납니다."

상현은 자신도 왕진의 소식이 궁금했다며, 왕진이 누구와 연락하고 지내는지는 전혀 알지 못한다고 주장했다. 수찬이 민태구를 비롯해 다른 승일 그룹 임원들에 대해서 차례로 물었지만, 이미 검거된 우도식이 알던 정보 이상으로는 알지 못했다. 다만, 민태구와 이금영이 연인관계이고, 상덕수(상덕배)가 이금영을 짝사랑하는 사실은 짐작하고 있었다.

"허승도는 대체 뭐 하는 인간이야?"

상현 역시 허승도를 직접 본 사실은 없었다. 그저 승일 그룹에 돈을 대는 물주 정도로 알고 있었다.

"이규철 장군은 또 누구야?"

눈치 빠른 상현은 자신의 상사인 왕진이 책임질 일이라고 생각했는지 사실대로 털어놓기 시작했다. 왕진이 순명 교회 신도이면서 장군 출신인 규철을, 승일 그룹 계열사인 제일금속 대표로 영입해 얼굴마담으로 앉히고 사기를 쳤다고 자백했다. 제일금속 비상장주식을 곧 상장 예정이라고 거짓말하여, 300억을 유치하는 데에 왕진이 규철의 신용과 인맥을 이용했다고 했다. 그런데 목표치를 달성하자 허승도 의장이 규철을 토사구팽했다. 상현은 그런 허 의장의 잔인한 처사에 왕진과 달리 자신은 비분강개했다고 주장했다.

"후에 이규철 장군을 조사하게 되면 이 권봉만이는 조왕진을 말렸다고 꼭 좀 전해 주세요!"

상현은 한술 더 떠 왕진이 제일금속 비상장주식 사기판매가 경찰 수사를 받게 되면 규철을 주범으로 몰자고 자신에게 교육했다고 자백했다. 수찬은 조사를 마치고 의미심장한 얼굴로 상현에게 담배 한 대를 주었다. 그러고는 그가 담배를 필 수 있도록 수갑을 풀어주었다. 상현은 흡족한 듯 담배를 물고 깊게 연기를 빨아들이며 만족스러운 표정을 지었다. 상현이 그 짧은 여유의 순간을 마쳤을 때, 수찬이 얼굴에 미소를 머금고 동금과 눈을 마주쳤다. 동금은 상현의 양손을 등 뒤로 오게 만들어 뒷수갑을 채우고, 또 다른 수갑 하나를 추가하여 의자에 걸어 놓았다. 상현이 움직이지 못하도록 해 놓은 것이다. 상현은 앞수갑[15]이 아닌 뒷수갑을 채우자 영문을 몰라 동금을 힐끔 쳐다보았다.

"형사님…?"

얼마나 지났을까? 강력 3팀 사무실 문이 열리자 김정선 형사 뒤로 검은색 투피스를 입은 여자가 따라 들어왔다. 여자의 얼굴을 본 상현이 얼른 고개를 돌렸다.

"여기 권봉만이 잘 아시죠? 남편분 형님… 실제 이름은 양상현입니다. 가짜 경찰 흉내 내면서 퇴폐업소를 다니며 돈이나 뜯어내던 사기꾼이죠!"

동금은 상현이 투자설명회 때 왕진의 부탁을 받고 거짓말로 바람잡이 했다는 사실을 시원하게 자백했다고 알려주었다. 지연의 손이 덜덜 떨리고 있었다. 그녀는 이미 강남경찰서 1층 카페에서 정선을 만나 조왕진의 실체에 대해 들은 참이었다.

왕진의 본명은 '편달구'로, 충청도 금산이 고향이었다. 달구는 고등학교에서 사고를 치는 바람에 2학년을 중퇴하고 서울로 상경했다. 나이트클럽 보조 웨이터부터 시작해 특급호텔 웨이터로 성장했고, 오랜 웨이터 생활로 세련된 매너를 익혔다. 달구의 홀어머니는 지금도 금산에서 농사일을 하고 있었다. 달구는 특급호텔에서 웨이터를 그만둔 후, 잘생긴 외모를 무기로 재벌가 출생을 운운하면서 돈 많은

---

15 수갑을 채운 양손을 앞에 두는 방법으로 움직이기 편하다. 이에 비해 뒷수갑은 양손을 등 뒤로 채워 움직이기 힘들다. 인권을 우선시하는 앞수갑이 원칙이다.

여성들에게 결혼을 미끼로 접근해 사기를 쳤다. 이런저런 전과를 합쳐 보니 무려 전과 8범이었다. 진실을 인정하게 된 지연은 망부석처럼 서서 비 오듯 눈물을 흘렸다. 이미 자신의 돈 30억과 주변 사람들의 돈 10억은 오간 데 없고, 남은 건 자신의 몸과 여섯 살짜리 딸 하나였다.

상현에게 뒷수갑을 채우고 의자에도 수갑을 걸어 놓은 이유가 밝혀졌다. 지연이 분풀이라도 할 수 있도록 동금과 정선이 미리 짠 것이다. 그녀의 눈앞에는 권봉만이 있었다. 그녀의 결혼, 그녀의 꿈, 그녀의 미래를 박살낸 사기극의 조연이자 바람잡이였다. 그 모든 거짓말이 한 순간에 지연의 머릿속을 스쳐 지나갔다. 고급 레스토랑에서의 만남. 왕진의 달콤한 고백들. 화려한 선물들. 그리고 결혼. 모든 게 계획된 사기였다. 그녀의 가슴속에서 뜨거운 것이 끓어올랐다. 분노였다. 순수한, 날것의 분노가….

"야! 이 사기꾼 새끼야!"

지연의 쇳소리 같은 목소리가 강력 3팀 사무실 안을 가득 채웠다. 그녀는 더 이상 방송국의 단정한 아나운서가 아니었다. 그녀는 지금, 그저 사기결혼을 당한 한 여자일 뿐이었다.

"내가 이런 놈한테 속을 수는 없어!"

지연의 목소리는 악에 받쳐 있었다. 그녀의 목소리에는 분노만큼이나 자신에 대한 실망과 수치심이 담겨 있었다. 아나운서로서 매일 뉴스와 사건을 다루던 그녀가, 사람의 진실과 거짓을 파악해야 했던 그녀가, 어떻게 이런 뻔한 사기에 넘어갈 수 있었을까?

"가짜 재벌 새끼 어딨어?!"

지연이 상현에게 달려들었다. 그녀의 손이 상현의 머리카락을 움켜줘었다.

"내 손으로 그 사기꾼 새끼 죽여 버릴 거야!"

지연의 눈에서 눈물이 쏟아졌다. 지금 그녀의 손에 남은 것은 가짜 재벌의 조수뿐이었다. 지연의 날카로운 손톱이 상현의 얼굴을 할퀴었다. 그녀는 마치 그가 왕진인 것처럼, 모든 분노를 그에게 쏟아부었다. 하지만 그 분노의 절반은 자신을 향한 것이었다. 어떻게 몰랐을까? 그 모든 수상한 신호들을. 갑작스러운 프로포즈, 서두른 결혼, 신혼여행 후 바뀐 태도, 늦은 귀가와 외박, 그리고⋯ 마지막 도주. 그녀는 방송국의 스타 아나운서였다. 명문대 출신으로, 사람들이 부러워하는 인생을 살았다. 하지만 지금 그녀는 사기꾼에게 속은 바보였다. 모두가 알게 될 것이다. 동료들, 시청자들, 가족들. 모두가 그녀의 수치를 알게 될 것이다.

"야⋯! 이 속 빈 강정 같은 년이, 왜 나한테 지랄이야!!"

상현은 두 손이 수갑으로 묶인 탓에 속수무책이었다. 그저 몸부림칠 뿐, 지연의 분노를 피할 도리가 없었다. 상현의 외침에도 지연은 멈출 수 없었다. 그녀의 손톱이 상현의 얼굴 곳곳에 더 깊이 파고들었다. 눈물이 그녀의 시야를 가렸다. 몸은 분노로 떨렸지만, 마음은 이미 허탈함으로 무너져 내렸다. 그녀가 할 수 있는 것은 오직 이 순간의 분노를 표출하는 것뿐이었다.

"박 형사님! 나 좀 살려줘요!! 아이구⋯!!"

동금은 만족스러운 듯 빙그레 웃음을 지어 보였고, 수찬은 모르는 척 책상에서 딴짓을 하며 은근슬쩍 상황을 지켜보고 있었다. 그때, 분노로 이성을 잃은 지연의 눈이 수석의 책상 연필통으로 향했다. 그러고는 갑자기 몸을 돌리더니, 연필통에 있던 15cm가량의 날카로운 송곳을 집어 들었다.

"어, 어… 엇?!!"

정선이 깜짝 놀라 자리에서 벌떡 일어섰지만, 지연을 제지하기에는 너무 늦었다. 지연이 송곳을 어깨 위로 들어올려 상현의 얼굴을 향해 내리쳤다. 날카로운 송곳 끝이 공기를 갈랐다. 순간, 지연의 눈을 보고 있던 동금이 책상으로 뛰어올라 그녀의 손목을 낚아챘다. 동금과 지연은 동시에 사무실 바닥으로 넘어졌다.

"으악-!"

상현의 비명이 사무실을 가득 채웠다. 의자와 한 몸이 되어 쓰러진 상현의 셔츠가 순식간에 붉게 물들었다. 다행히 송곳은 그의 얼굴이 아닌 오른쪽 어깨에 깊숙이 박혔다. 동금이 지연의 손목을 낚아채면서 송곳의 방향이 틀어진 덕이었다. 그의 날렵한 반사 신경이 아니었다면, 그 결과는 참혹했을 것이다. 119로 응급 후송된 상현은 다행히 열다섯 바늘을 꿰매고 3시간 후에 다시 유치장에 돌아올 수 있었다.

형사들에게는 절대 해서는 안 될 불문율이 있다. 송곳이나 가위처럼 사람에게 흉기로 쓰일 수 있는 물건은 눈에 보이는 곳(특히 책상 위)에 두면 안 된다. 조사받는 피의자가 자해하거나, 오늘처럼 흥분한 피해자가 가해자에게 사용할 수 있기 때문이다. 막내 형사 수석은 두꺼운 수사기록을 묶기 위해 송곳을 사용했다가 그만 깜빡 잊고 연필통에 넣어두었다. 초짜 형사들이 흔히 저지르는 실수였다.

*　*　*

강남경찰서장실

동금은 청문감사관실에서 자신에 대한 징계와 파출소 전출을 경찰서장에게 건의했다는 사실을 알게 되었다. 지금 동금은 양호승 경찰서장실 문 앞에서 잠시 숨을 고르며 서 있었다. 마음속으로 할 말을 정리했지만, 이상하게 가슴이 두근거렸다. 경찰 생활을 하면서 이렇게 긴장한 적은 없었다. 준비를 마친 동금이 문을 노크하자 "들어오게."라는 낮은 목소리가 들렸다.

"박동금 형사입니다."

동금이 문을 열고 경례를 했다. 양호승 서장은 책상 위에 놓인 감찰 조사 서류를 검토하다가 고개를 들었다.

"아무리 양상현이 범인이라지만 상해를 입힌 것에 관해 누군가는 책임을 져야겠지?"

양 서장이 감찰 서류를 내려놓으며 말했다. 동금은 침착하게 대답했다.

"서장님, 잘 알고 있습니다. 제가 책임지지 않겠다는 것이 아닙니다."

"압구정 파출소 전출은 최소한의 징계 조치라는 것 잘 알지? 청문에서 3개월 감봉에 파출소 전출로 건의가 올라왔네. 하지만 주변에서 자네가 워낙 열심히 하는 친구라고 칭찬을 하더군. 그래서 내가 앞에 감봉만큼은 눈 감아 줬네!"

동금은 서장의 배려에 고개를 숙였다. 그러나 그의 마음속에는 다른 무언가가 꿈틀거리고 있었다.

"서장님께서 배려하신 것 잘 알고 있습니다. 그런데, 한 가지 건의 드려도 되겠습니까?"

양 서장이 고개를 끄덕이자, 동금은 깊은 숨을 들이마셨다. 지금부터 하는 말이 그의 경찰 인생을 바꿀 수도 있다는 것을 스스로 잘 알고 있었다.

"서장님, 저를 경찰로 이끌어주신 전 종로경찰서 윤명규 수사과장님이 제 경찰 대부입니다."

"윤 과장님 명성은 익히 들었네. 지난번 울릉도에서 안 좋은 일이 있었다는 것도 알고 있네."

경찰서장이라면 전국에서 벌어지는 사건에 관한 정보보고를 받을 수 있다. 아마 명규의 자살 시도 사건 또한 울릉경찰서가 소속된 경북지방청에서 경찰청으로 보고된 듯했다. 동금은 양 서장에게 자신의 과거를 털어놓기 시작했다. '청담동 돌아이'로 불리며 방황했던 시절, 그리고 명규가 그에게 새로운 길을 보여준 순간들에 대해…. 그의 목소리는 차분했지만, 그 안에 담긴 감정은 깊었다.

"서장님이 알고 계신 윤 과장님의 안 좋은 일이…. 바로 제가 담당하는 러시아 보물선 사기 사건 때문이었습니다."

양 서장이 깜짝 놀라며 동금과 눈을 마주쳤다.

"뭐라고? 윤 과장님의 자살 시도가 지금 이 사건 때문이었다고?"

동금의 마음속에는 감정의 파도가 일렁였다. 그에게 이 사건은 단순한 수사가 아니었다. 그것은 자신에게 삶의 방향을 제시해 준 스승에 대한 의리이자, 경찰로서 자신의 존재 이유를 증명하는 것이었다. 동금이 살짝 떨리는 목소리로 다시 입을 열었다.

"서장님, 제가 이 사건을 꼭 마무리 짓고 싶습니다. 제게 감봉 징계를 내려주십시오. 더 큰 징계라도 감수하겠습니다. 범인들을 제 손으로 모두 검거하고, 피해자들에게 사기당한 돈을 찾아 준 후에 파출소로 나갈 수 있도록 해주십시오."

동금의 눈에는 결연한 의지가 번쩍였다. 파출소로 가는 것은 그에게 문제가 아니었다. 문제는 '타이밍'이었다. 그는 자신이 시작한 일을 끝내고 싶었다. 아니, 끝내야만 했다. 동금의 목소리에는 간절함이 묻어났다.

"윤 과장님은 제게 단순한 상관이 아닙니다. 그분은 제 인생을 바꿔주신 분입니다. 제가 이 사건을 끝내지 못하면… 평생 마음에 구멍이 생길 것 같습니다."

양 서장은 잠시 생각에 잠겼다. 그의 앞에 앉아 있는 젊은 형사는 파출소 전출이라는, 가벼운 징계성 발령 대신 감봉이라는 무거운 징계를 요구하고 있었다. 보통 경찰이라면, 최대한 가벼운 징계를 받기 위해 노력할 것이다. 그런데 이 형사는 수사하기 위해 오히려 더 무거운 징계를 자처하고 있었다.

"이것 참…. 자네처럼 더 크게 벌을 내려달라는 경우는 처음이네. 이 사건 수사를 그렇게 하고 싶은 건가?"

동금은 결단이 서린 눈으로 의자에서 일어나 무릎을 꿇었다. 그리고 자신의 경위 계급장을 원탁 테이블에 올려놓았다.

"서장님, 저를 한 계급 강등시켜도 좋습니다. 형사과에 남아 수사만 할 수 있게 해주십시오."

양 서장의 얼굴에 놀라움이 번졌다. 그는 많은 경찰을 만나봤지만, 이렇게까지 하는 경우는 처음이었다. 강등은 해임 바로 아래의 중징계였다. 범인이 다친 정도로 강등을 받는 경우는 거의 없었다.

"박 형사….."

양 서장의 머릿속에서 여러 생각이 교차했다. 규정과 절차는 조직을 지키는 기둥이다. 하지만 앞에 무릎 꿇은 형사의 눈에서 '진정한 형사 정신'을 보았다. 양 서장의 마음속에서 묘한 감정이 일었다. 요즘 같은 시대에 이런 형사가 있다는 것이 놀라웠다. 규정을 어기고 범인을 다치게 한 것은 분명 잘못이었다. 하지만 그 뒤에 숨은 동금의 의지가, 어쩐지 그의 마음을 따뜻하게 만들었다.

"일단 파출소 징계는 유보하겠네. 청문감사관과 상의해서 곧 답을 주지."

동금이 고개를 들고 감사의 눈빛을 보냈다.

"감사합니다, 서장님!"

동금이 서장실을 나간 후, 양 서장은 창밖을 바라보며 중얼거렸다.

"청담동 돌아이라고…? 형사라면 저 정도 곤조는 있어야지."

양 서장의 입가에 미소가 번졌다. 실로 오랜만에 느껴보는 감정이었다. 그는 자신이 지휘하는 경찰서에 이런 형사가 있다는 것이 자랑스러웠다. 요즘 같은 시대에, 자신의 계급을 내려놓고라도 수사를 하겠다니. 양 서장은 자신의 경찰 생활을 돌이켜보았다. 그도 한때는 동금처럼 열정 넘치는 형사였다. 그러나 시간이 흐르면서 그 열정은 사그라지고, 규정과 절차가 그를 지배하게 되었다. 오늘, 그는 동금을 통해 자신이 잊고 있던 무언가를 다시 떠올리게 되었다.

며칠 후, 동금은 파출소로 전출하는 대신 감봉 징계를 받고 그대로 형사과에 남게 되었다. 서장의 가슴 한편에는 동금의 당찬 눈빛이 남아 있었다. 그리고 그는 이 결정을 후회하지 않을 것이라고 믿었다.

* * *

서울 서부역 대합실

나진우의 눈이 전광판을 응시했다. 그는 15:45분 도착 예정인 KTX 열차 시간표를 뚫어지게 쳐다보고 있었다. 잠시 후, 진우가 기다리던 남자가 군복 차림으로 서서히 걸어 나왔다. 진우가 반갑게 손을 흔들었다.

"대장님!"

군복을 입은 최상칠 대장이 진우를 보고 한달음에 달려왔다. 둘은 한동안 양손을 맞잡은 채 눈길을 교환하다가 커피숍으로 들어갔다.

"내일 조사 받으신다고요?"

상칠이 굳은 얼굴로 고개를 끄덕였다.

"채양석 이사와 권봉만 이사가 구속되었다고 하던데요?"

"나도 뉴스 봤네. 아무래도 러시아 보물선은 사기였던 것 같아! 자네 말이 맞았어!"

상칠이 후회의 한숨을 쉬었다. 진우는 상칠이 명장범 일당에게 속았다는 것을 알고 있었다. 또한 상칠 역시 내일 경찰서에서 조사를 받으면, 나오지 못할 가능성이 있다는 사실도 알고 있었다. 진우는 자신이 알고 있는 정보로 상칠이 대응할 방법을 얘기해 주었다. 상칠도 진우의 조언에 고개를 끄덕였다.

"그나저나 허승도 의장은 어떻게 되는 거야? 명장범에게 당한 것 같은데…."

진우도 더는 아는 정보가 없다며 고개를 저었다. 진우가 어두운 표정으로 다시 입을 열었다.

"대장님, 워낙 피해가 큰 사건이다 보니 아무래도 경찰이 보물선 사건에 연루된 사람은 모조리 구속하려는 것 같습니다."

"뭐라고…? 그게 정말인가?"

상칠의 얼굴 또한 크게 어두워졌다. 언론사에 근무하는 진우의 말이니, 근거가 없지 않을 것이다.

"자네도 말인가? 자네는 러시아 보물선이 거짓일 수 있다고 앞장서 문제를 제기했던 사람 아닌가?"

진우는 잠시 침묵했다가 조심스럽게 말을 꺼냈다.

"사실… 저도 이 사건에서 이제 완전히 빠지고 싶습니다. 회사에서 해임된 것도 억울한데, 이제는 이 사건 때문에 제 미래까지 망치고 싶지 않아요."

"자네가 왜? 오히려 자네는 무고한 피해자 아닌가?"

"대장님, 경찰은 그런 걸 세세히 살피지 않습니다. 승일 그룹 직원이었던 것만으로도 의심받기 충분해요. 지금 작은 언론사에 취직해서 겨우 새출발을 하고 있는데…. 이 사건에 연루되면 또다시 모든 것을 잃게 될까 두렵습니다."

"그래…. 그럴 수도 있겠군."

"혹시 경찰이 저에 대해 물어보면, 모른다고 해주세요. 제가 보물선에 반대했다는 것까지만 말해주시고요."

진우가 상칠에게 애원하듯 말했다.

"알겠네. 자네 인생도 중요하니까."

상칠이 이해한다는 듯 고개를 끄덕였다.

"그나저나 자네, 한혜수 법무팀장 소식은 아나? 한 팀장이 자네를 꽤 마음에 들어 했잖아?"

진우의 표정이 순간 바뀌었다.

"예…?"

"내 주변에 상덕배를 잘 아는 사람이 있는데… 글쎄 상덕배가 한혜수와 동거한다고 말했다는 거야!"

"설마요?"

진우의 목소리에 놀람이 묻어났다.

"아닐 수도 있지만…. 그 상덕배가 요즘 한혜수 씨 주변에 자주 나타난다더군. 뭐랄까? 마치 그림자처럼 따라다닌다고 할까? 여자를 물건 다루듯 하는 성격이라 한 팀장이 걱정이 돼."

진우는 새로운 정보를 접한 듯 놀란 표정을 지으며 생각에 잠겼다.

"모르고 있었네요. 한혜수 씨가 그런 상황이라니…."

"자네, 아직 그 친구에게 마음이 있는 게 아닌가?"

상칠이 진우의 반응을 살피며 물었다. 진우는 손사래를 치며 미소를 지었다.

"아닙니다, 그냥 동료였을 뿐이에요. 그래도 걱정은 되네요."

진우의 얼굴이 다시 심각한 표정으로 돌아왔다.

"대장님, 내일 조사 잘 받으시고…. 저에 대해서는 정말 최소한으로만 언급해 주세요. 이제 보물선 사건과는 완전히 거리를 두고 싶습니다."

"걱정 말게. 자네 얘기는 최대한 안 할 테니."

* * *

경찰서 조사실에 앉은 상칠은 믿을 수 없다는 표정으로 두 손을 덜

덜 떨었다.

"내가… 승일 그룹 대표이사였다고요?"

상칠의 얼굴이 창백해졌다. 그는 경찰의 질문에 황당함을 넘어 분노를 느끼고 있었다. 자신의 이름이 승일 그룹 등기부에 대표이사로 올라가 있다는 사실을 이제야 알게 된 것이다. 그는 주먹을 불끈 쥐었다 펴기를 반복하며 멍한 눈으로 책상을 내려다보았다.

"명장범이 이 개새끼…. 어떻게 이런 일이…."

장범의 얼굴이 떠올랐다. 7월 기자설명회가 끝나고 덕배에게 맞아 바닥에 쓰러져 있을 때, 장범이 비웃으며 했던 말이 드디어 이해됐다.

"최상칠 이름 석 자가 우리 승일 그룹의 우뚝 선 리더로서 세상에 알려지도록 해드리지요!"

그 말이 단순한 농담이 아니라, 자신을 법적 책임자로 등록해 이용하겠다는 계략이었다니…. 상칠은 잠시 눈을 감았다. 자신의 해군 경력과 평생 바다를 누빈 경험이 이렇게 끝날 줄은 몰랐다. 그가 러시아 보물선 표토르호 인양사업에 뛰어든 것은 순수한 열정 때문이었다. 평생 묻혀 살았던 자신의 이름이, 역사적인 업적과 함께 기억되길 바랐다.

"내가… 내가 어리석었습니다."

상칠이 자신의 손을 내려다보며 중얼거렸다. 손바닥에 파인 깊은 주름은 그의 고된 인생을 보여주는 지도 같았다. 이제 그 손에는 사기꾼들에게 속은 자신의 모습만 선명하게 새겨져 있었다.

"내가 바다는 알면서 사람 마음은 읽지 못했구나…."

공명심에 눈이 멀어 사람을 제대로 보지 못했다는 후회가 그를 짓눌렀다. 해군에서의 경험, 바다에서의 수많은 도전, 그 모든 것이 이제 웃음거리가 되어버릴 것이라는 두려움이 엄습했다. 상칠은 저도 모르게 눈물을 글썽였다. 그것은 분노의 눈물이자, 후회의 눈물이었다.

"명장범… 그놈은… 내 꿈을 이용한 거야."

그가 꿈꿨던 러시아 보물선 인양의 영광은 이제 사기극의 한 장면으로 변해버렸다. 바다의 보물이 아닌, 자신의 명예와 자존심을 바다 깊숙이 가라앉힌 꼴이 되었다. 동금은 그에게 4월 23일, 오리진 호텔에서 촬영한 사진을 보여주었다. 상칠의 눈이 미세하게 떨렸다.

"이 사진에 없는 허승도, 이규철, 나진우는 어떤 사람들입니까?"

"이규철 장군과 나진우는 보물선 탐사 초반에 승일 그룹에서 잠시 근무했던 사람들로 알고 있습니다. 그마저도 나진우는 명장범 회장과 사이가 안 좋아서 별다른 역할을 맡지 못하다가 해임 당한 것으로 알고 있습니다."

상칠은 허승도 의장과도 직접 만난 적 없이 몇 번의 통화만 했을 뿐이며, 영입 제의는 장범을 통해 받았다고 설명했다. 그는 '보물선 인양사업의 수익금으로 국가재정을 튼튼히 하고 실향민들과 울릉도 주민 자녀들을 위한 장학사업에 기부하겠다'는 허승도의 계획에 감동 받았다고 했다. 상칠은 7월 초, 언론 간담회 때 처음으로 사기 가능성을 의심했다. 울릉도에서 서울까지 허승도를 만나러 왔지만, 의장은 입국하지 않았고 장범도 계속 만남을 회피했기 때문이다. 상칠은 동금에게 '명장범이 허승도를 속이는 것으로 알았다'고 고백했다.

17
파란색 요술 방망이

11월 1일 강남경찰서 강력 3팀 사무실

"그 많은 돈이 다 어디로 갔을까요? 돈에 발이 달린 것도 아니고."

러시아 보물선 사기 사건의 피해 금액은 760억 원. 여러 경비와 일부 반환액을 제외해도 700억이 넘는 돈의 행방이 묘연했다. 피해자들이 승일 그룹과 제일금속 법인계좌에 입금한 돈은 복잡한 돈세탁 과정을 거쳤고, 외국 소재 페이퍼 컴퍼니가 중간에 이용된 것으로 밝혀졌다. 수찬이 의견을 제시했다.

"민태구와 편달구가 나누어 갖지 않았을까?"

"승일 그룹 이사회 의장이라는 허승도를 파봐야 하지 않을까요? 외국 법인계좌가 이용된 점도 특이하고요. 허승도의 주 무대가 싱가폴이란 점도 뭔가 석연치 않아요."

동금이 자신의 의견을 밝히자 기원도 동의했다.

"허승도라는 인간, 어떤 작자야? 이놈도 한 패거리인 건 틀림없어 보이는데 말이야!"

승일 그룹의 주인인 허승도는 동남아에서 원양어선 선원으로 시작해 성공한 자수성가 사업가라는 것 외에 정보가 거의 없었다. 다행히 뉴욕총영사관 주재관 출신인 동금은 경찰청 외사국에 인맥이 있었고, 싱가폴 경찰주재관을 통해 허승도에 대해 알아볼 수 있었다.

* * *

11월 2일 강남경찰서 강력 3팀 사무실

정선은 경찰 내부망[16]에 들어가 이런저런 글을 보고 있었다. 사이버특채 출신인 그녀는 내부망에 들어가 다른 경찰관들이 작성한 수사 정보나 글을 읽는 것이 일상화된 형사였다. 전국 수사경찰관들이 사용하는 수사 게시판은, 이런저런 글들이 올라오는 소통 게시판과 같았다.

"신 청장아! 너도 김 형사 저리 열심히 공부하는 거 좀 많이 배우거라!"

"팀장님, 저는 제 조장인 박 형사님 따라가는 것도 벅차다고요. 보면 볼수록 괴물이에요. 괴물!"

수석이 동금을 괴물로 표현하자 기원은 4년 전 광수대 일을 떠올렸다. 그때 동금은 광수대 3팀의 막내 형사로, 수사대상인 범인의 딸과 사랑에 빠져 부단히 선배 형사들의 애를 태웠다. 당시 동금은 모종의 사건으로 광수대를 나가겠다며 어린아이처럼 훌쩍거렸다. 그랬던 동금이 이제는 완전히 에이스 형사로 종횡무진 활약하고 있었다.

"한의열 반장님이 무척이나 뻥이 치고 계시네."

---

16 인터넷과는 달리 경찰관들만 사용할 수 있는 별도 회선이다.

정선이 말한 경찰관은 경기남부경찰청 의왕경찰서 형사과에 근무하는 한의열 경위였다. 정선은 올 초, 경찰수사 연수원에서 2주짜리 일정으로 '수사경찰 심화과정 교육'을 한의열 경위와 한 반에서 받았다. 옆에 있던 수찬이 호기심을 보였다.

"김 형사, 뭔데 그래? 누가 골 아픈 사건을 담당하나 보지?"

"광교산에서 변사자를 발견했는데…. 글쎄 열 손가락 첫째 마디가 모조리 잘려 십지 지문을 뜰 수 없어 신원을 모르겠다네요!"

"이야~! 어떤 놈이 범인인진 몰라도 아주 증거 인멸하는 데 혼을 담아냈구나. 손목만 자르면 두 번에 끝낼 일을 열 번이나 손가락을 자르는 것으로 해결하다니…. 예술이다, 예술!"

의왕경찰서 강력팀 한 반장이 작성자로 되어 있는 글은, 얼마 전 광교산에서 발견된 변사자의 신원을 찾는다는 내용이었다. 초짜 형사인 수석도 '손가락 마디가 잘린 사체'란 말에 흥미를 느꼈는지 자신의 컴퓨터로 정선이 말한 게시글을 검색해 보았다.

"광교산이 수원에 있는 산으로 알았는데 의왕 쪽에서도 올라갈 수 있네요!"

순간, 잠자코 듣고만 있던 동금이 '의왕'이란 말에 캐비닛을 열어 두꺼운 수사기록을 꺼내 펼쳤다. 동금은 수사기록 중간쯤에 큰 자를 끼워 넣고 손으로 페이지를 소리 나게 넘기기 시작했다. 동금이 멈춘 수사기록은 양상현(권봉만)에 관한 수사기록이었다. 상현은 정자동 유흥가에서 검거되기 전, 수원 유흥가에서 경찰을 사칭했다. 광교산은 분당과 수원 사이에 있었다. 상현의 고향은 의왕이었다. 상현이 주로 거주한 지역도 수원 주변이었다. 즉 상현은 광교산을 주변으로 연고가 있었다. 동금은 정선의 책상 옆으로 다가가 의왕경찰서 변사 사건에 관한 글을 읽었다.

10월 11일 아침 9시 10분경. 등산객이 신고. 광교산 입구에서 반쯤 땅에 뒤덮인 상태로 발견. 열 손가락 마디가 절단되어 신원 확인 불가. 보통 키 이상의 성인 남자로 추정됨. 늑골과 손목 위 양팔이 모두 골절. 위아래 금이빨 4개, 앞머리가 없는 대머리일 가능성 매우 큼. 국과수 보관 중인 DNA는 없음. 사체 부패 정도로 보아 한 달 이상 전에 살해되어 유기된 것으로 보임.

동금은 혹시나 상현과 변사자 간에 연관이 있을 가능성을 주목했다. 물론, 아직은 자신만의 작은 수사 단서에 불과했다. 그러나 상현은 지금까지 광교산 주변인 '수원' '분당' '의왕'에서 흔적들을 남겼다. 상현은 민태구(명장범)와 앙숙 관계인 편달구(조왕진)의 측근이었고, 태구는 앞머리가 없는 대머리였다. 태구의 생활반응이 멈춘 시점이 변사자의 사망 추정 시기인 9월 중순인 것과도 일치했다.

동금은 수석을 데리고 지난번 다녀왔던 중화동 골목길로 향했다. 동금은 이번만은 태구의 모친에게 자신이 경찰임을 고백하지 않을 수 없었다. 태구 모친의 유전자 정보가 필요했기 때문이다. 한참을 설득한 끝에 태구 모친의 머리카락과 입안 체액을 확보할 수 있었다. 3일 후, 국과수에서 서면 통보 전 구두 통보를 보내왔다.

[변사자와 양선자는 모자 관계가 아님]

양선자는 민태구의 모친 이름이었다. 다행히 상현은 아직 강남경찰서 유치장에 있었다. 사흘 후에 검찰로 송치될 예정이었다. 경찰이 양상현을 구속할 수 있는 기간은 체포된 시간부터 최대 10일이었다.

* * *

11월 6일 저녁 8시 강남경찰서 강력 3팀 사무실

어둠이 내려앉은 강력 3팀 사무실. 검은 그림자처럼 두 남자가 마주 앉아 있었다. 창문을 때리는 가을 빗방울 소리만이 팽팽한 침묵을 깨트렸다. 수석은 자기 자리에 앉아 물끄러미 두 남자를 보고 있었다.

"박 형사님, 내일이 구치소 가는 날인데 더 조사할 게 있어요? 내가 권 반장님께 이미 다 시원하게 자백해 드렸는데요."

상현이 오른손 팔걸이를 불편하게 매만지며 말했다. 지연에게 송곳으로 찔린 상처가 아직도 그를 괴롭히는 듯했다. 10년간 경찰 주변을 맴돌며 형사들의 말투와 행동을 그대로 복사한 그는, 지금도 진짜 경찰인 양 말투를 내뱉었다. 반면에 동금은 말을 아꼈다. 냄새를 피우면 안 되는 순간이었다. 눈앞에 앉은 범인은 '살을 내주고 뼈를 취한다'라는 속담처럼 형사들을 완벽히 속였다고 자신하는 눈치였다. 동금은 천천히 손을 뻗어 의왕경찰서에서 받은 사진들을 한 장씩 늘어놓았다. 광교산 입구에서 발견된 변사자의 사진이었다. 시체가 묻혀 있던 주변을 넓게 찍은 사진들을 본 상현의 눈동자가 미세하게 떨리기 시작했다.

"어때? 이제 좀 기억이 날까?"

동금의 목소리는 부드러웠지만, 그 안에 숨은 칼날은 예리했다.

"예? 무슨 말입니까?"

상현은 태연함을 가장했으나, 눈초리에서 일어나는 미세한 떨림은 동금의 예리한 눈썰미를 피할 수 없었다.

"당신이 모른다고 해도 이 요술 방망이는 그날 자신이 한 일을 알 것 같은데?"

 동금의 눈짓에 수석이 자리에서 일어나 캐비닛을 열고 투명 비닐 주머니를 꺼냈다. 상현의 검은색 경찰봉이 들어 있는 주머니였다. 50cm 크기의 이 방망이는 이름만 경찰봉일 뿐, 실제 경찰은 사용하지 않는 인터넷에서 호신용으로 팔리는 물건이었다. 상현은 순간적으로 표정이 굳었지만, 이내 영문을 모르겠다는 표정으로 시치미를 뗐다. 하지만 동금은 그런 상현의 눈빛 변화를 놓치지 않았다.

 "형사 흉내 내면서 10년을 보낸 네가 조왕진을, 그러니까 편달구를 못 찾았다고?"

 동금이 의자에 깊숙이 등을 기대며 말했다. 상현은 묵묵부답이었다. 동금이 부검 감정서 사본을 들어 읽어 내려갔다.

 "이게 부검 결과야. 변사자의 늑골과 양팔이 심하게 골절되어 있더군. '단단한 물체'로 가한 강한 충격이라는데."

 동금의 손가락이 비닐에 싸인 경찰봉을 가리켰다.

 "사람 주먹으로는 그런 골절이 나오기 힘들거든."

 상현의 이마에 땀방울이 맺히기 시작했다.

 "그때 생각났어. 정자동 유흥가에서 네가 자랑스럽게 휘두르던 이 경찰봉!"

 동금의 눈이 빛났다. 눈앞의 사냥감을 코너로 모는 순간이었다.

 "처음에는 변사자가 민태구라고 생각했어. 네가 그 주변 연고지가 있으니까. 근데 편달구도 같은 시기에 생활반응이 끊겼더라고. 이상하지 않아? 너와 형님, 동생 한다던 편달구를 설마 네가 죽였을 거라곤 생각도 못 했지."

 상현의 호흡이 불규칙해지기 시작했다.

"왜 그랬어? 밀항 이야기 때문이야? 편달구가 너에게 도망치겠다고 했던 거야?"

수석이 방 안의 조명을 갑자기 어둡게 했다. 경찰봉에서 파란색 불빛이 빛났다. 동금의 얼굴에는 승리의 미소가 번졌다.

"내가 이 경찰봉을 감식팀에 가져다주었더니 루미놀을 뿌리더라고…. 전등을 끄고 봤더니 요술 방망이처럼 푸른색으로 변하더군. 그 말은, 이 경찰봉에 누군가의 혈흔이 묻어 있었다는 말이지!"

동금의 목소리에 짙은 쾌감이 묻어났다. 오랜 추적 끝에 진실을 밝힌 사냥꾼의 환희가 그의 목소리를 채웠다. 상현의 얼굴이 새파랗게 변했다.

"그… 그것이….'"

상현의 입에서는 더듬거리는 소리만 새어 나왔다. 동금은 그런 상현에게 마지막 일격을 날렸다.

"네가 편달구가 여권을 챙겨 외국으로 간다고 했다는 말을 권 반장님께 했다지? 그런데 편달구가 여권을 찾아 에이원에서 나갔다는 걸 네가 어떻게 알지? 그날 이후 아무도 편달구를 못 봤는데?"

"그가 나한테 말해줬… 습니다."

상현의 목소리가 떨렸다.

"도망 다니는 편달구가 너한테 '나 해외로 튀겠다'고 말했다고? 그건 '나 죽여 주소' 하는 거나 다름없잖아. 아니면 네가 편달구의 여권을 직접 봤기 때문에 무심코 그런 얘기를 한 거 아니야?"

상현의 얼굴에서 피가 완전히 빠져나갔다. 그는 자신이 쳐놓은 거미줄에 스스로 걸려든 거미처럼 꼼짝없이 갇혔다.

"경찰봉에 묻은 혈흔이 편달구의 것으로 확인되면, 경찰봉의 주인인 당신은 빼도 박도 못하는 상황이 되는 거야!"

동금의 말이 사무실에 울려 퍼졌다. 창밖으로 번개가 번쩍이며 상현의 패배한 얼굴을 비추었다. 당황한 상현의 등에서 식은땀이 흘러내렸다. 그의 눈동자는 탈출구를 찾아 미친 듯이 방 안을 맴돌았다. 동금은 그런 상현을 가만히 노려보았다. 거짓말의 실이 한 올씩 풀려가는 소리가 들리는 듯했다.

"박… 박 형사님, 잠… 잠시만요."

상현은 목구멍까지 숨이 차오르는 듯, 푸우- 깊게 한숨을 내쉬었다. 동금은 상현에게 담배 한 대를 건네주었다. 상현은 떨리는 손으로 담배를 받아 입에 물었다. 동금이 라이터를 켜자 상현이 몸을 숙여 불을 붙였다. 그렇게 상현은 한참을 멍한 표정으로 앞만 바라보았다. 담배 연기가 사무실 안을 천천히 맴돌았다. 마침내 상현의 입이 서서히 열렸다.

"왕진이… 그러니까 달구와는 지난 2년간 친형제처럼 지냈습니다. 그만큼 배신감이 컸습니다."

상현은 어느 날 갑자기 조왕진의 휴대폰이 꺼지고, 승일 빌딩에서 승일 그룹 사무실이 사라진 것을 알게 되자 분노가 치밀었다. 수백억의 투자를 받았음에도, 자신에게 떨어진 몫은 한 달에 월급 조로 받는 몇백만 원이 전부였다. 봉만으로서는 자신을 '형님' '형님' 불렀던, 더욱이 자신을 승일 그룹에 스카웃했던 달구에게 큰 배신감을 느꼈다. 뭣보다 달구는 지연에게 수십억 사기를 치면서, 거기에 바람잡이 역할로 크게 일조했던 상현에게 한 푼도 나누어 주지 않았다.

"최소한 심지연에게 사기 친 돈은 일부라도 내게 뿜빠이 할 줄 알았습니다."

달구는 상현의 기대를 무참히 짓밟았다. 그 후, 상현은 달구를 찾기 위해 눈에 불을 켜고 다녔다. 잘생긴 외모로 재벌집의 숨겨진 아들이란 아이템을 들고 여자들을 후리던 달구는, 아이러니하게도 여자 때문에 꼬리가 밟혀 죽음을 맞이하게 되었다. 상현은 달구의 여자들인 진성희와 심지연 주변을 수소문했고, 결국 진성희가 사는 최고급 주상복합 아파트에 들어가는 달구를 발견했다. 그다음 날, 달구가 나오는 것을 발견한 상현은 그를 유인해 납치했다. 달구를 자신의 오피스텔로 끌고 간 상현은 자신을 배신한 달구를 먼지 나게 폭행했다. 그렇게 달구로부터 지연에게 사기 친 돈의 일부는 빼앗았지만, 러시아 보물선이나 제일금속 비상장주식을 판 돈에 대해서는 하나도 받아내지 못했다. 달구는 자신도 배당받은 돈이 없다며 끝까지 부인했던 것이다. 화를 참지 못한 상현에게 경찰봉으로 심하게 폭행당한 달구는 결국 실신했고, 다시 의식을 찾지 못했다. 죽은 달구의 사체를 두고 상현이 무척 당황했음은 당연했다. 상현은 하루 동안 고민한 끝에, 경찰이 달구의 신원을 알 수 없도록 양 손가락 첫째 마디를 자르기로 했다.

"왜 손목을 안 자르고 굳이 어렵게 열 손가락 마디를 잘랐느냐고요?"

동금의 물음에 상현은 그게 왜 궁금하냐며 고개를 갸우뚱했다. 상현은 경찰서를 자주 들락날락하면서, 경찰서로 조사받으러 오는 사람들이 조사가 끝난 후 어떤 기계장치에 지문을 가져가 신원을 확인하는 것을 여러 번 보았다고 했다.

"특별한 이유는 없었습니다. 그냥 손가락 마디를 잘라야 한다고 생각했다니까요."

동금이 허탈한 웃음을 지었다. 이처럼 때로는 범인의 행동에 큰 의미를 두어서 수사가 자칫 삼천포로 빠질 수 있었다. 상현은 달구의 손가락 마디를 자르기 위해 철물점에서 작은 톱을 구입했다. 달구가 죽은 이틀 후, 상현은 지리를 잘 아는 광교산에 달구의 시신을 버렸다. 잘린 마디는 쓰레기봉투에 넣어 따로 버렸다. 등산객이 없는 새벽 시간을 이용했는데, 키가 큰 달구가 생각보다 무거워 하는 수 없이 등산로에서 얼마 떨어지지 않은 곳에 시신을 버렸다. 처음 당해본 일이라 땅을 깊게 파지도 못했다.

"죽은 편달구에게 가발에 청테이프를 붙여 씌워준 이유는 뭐지?"

"그놈은 대머리인 것이 가장 큰 콤플렉스였습니다. 그래서 저승 갈 때 노잣돈 대신 가장 애지중지했던 가발이라도 가져가라고 머리에 씌워 묻어 주었습니다. 형으로서 마지막 배려였고요."

상현은 청테이프로 가발을 고정한 것은 '가발을 어떻게 머리에 고정하는지 알 수 없었기 때문'이라고 했다. 그것이 철물점에서 사 온 청테이프로 가발을 고정한 이유였다.

그 후, 상현은 편달구에 대한 상해치사죄와 사체유기죄로 추가 송치되었다. 국과수 감식결과, 상현의 경찰봉에서 발견된 혈흔은 달구의 혈액으로 확인되었다. 대왕 그룹의 숨겨진 아들을 자처했던 조왕진… 아니, 편달구는 이렇게 허무하게 인생을 마감했다. 달구가 가지고 있던 돈은 상현의 생각과 달리 심지연으로부터 사기를 친 돈이 전부였다.

18
한(恨)

11월 9일 용산 한강로

 날씨가 꽤 쌀쌀했다. 최병도 사장은 요즘 가게를 접을지 말지 고민이 깊었다. 그는 용산 한강로에서 군(軍)과 관련된 용품을 파는 군장점을 운영 중이다. 과거와 달리 군인의 수도 줄었을 뿐만 아니라, 최근에는 인터넷으로 군용품을 판매하는 가게들 때문에 오프라인 매장을 유지하는 것이 점점 더 힘들어졌다. 오늘도 손님의 발길이 드문 가게를 지키느라 한숨 소리만 늘어가고 있을 때 "실례합니다."란 인사와 함께 사복을 입은 두 남자가 나란히 가게 안으로 들어왔다. 먼저 앞장서 들어온 남자는 40대 중반쯤 되어 보였고, 다른 한 사람은 20대 초반의 안경을 낀 앳된 얼굴이었다. 군장 용품을 사러 온 사람으로는 보이지 않았다.
 "어떻게 오셨소?"
 최 사장의 물음에 40대 중반의 남자가 자신은 헌병대 소속의 현성준 상사이고, 옆에 있는 20대 초반의 젊은 남자는 자신의 부하인 현역 군인이라고 소개했다. 자신들은 헌병이지만 군인이 아닌 민간인을 대상으로 하는 업무라 머리카락을 기르고 있다고 설명했다. 그들은 사람을 찾는 중이라고 했다.

"최근 서울 시내 군장점에 장군 복장을 한 60대 남자가 돌아다닌다는 얘기를 들었습니다."

최 사장은 '군복을 입은 나이 든 남자라면 매주 광화문 집회 현장에만 나가봐도 쉽게 찾을 수 있지 않냐'며 농을 건넸다.

"그런 게 아니라…."

현 상사가 자초지종을 설명했다. 장군 복장을 한 남자는 육사를 나온 퇴역 군인이 아니었다는 것이다.

"그게 뭐 문제가 있소?"

"장군을 사칭한 남자가 실제 퇴역한 장군님들 이름을 팔고 다닌다고 합니다. 가끔 군장점에 외상도 하고 그러는데, 그렇게 이름이 팔린 장군님 몇 분이 우리 헌병대에 제보하셨습니다."

최 사장이 곰곰이 기억을 되살렸다. 한 달 전쯤, 자신을 육사 출신 장군으로 소개한 남자가 있었던 것이다. 그는 겨우 오천 원짜리 백마부대 실리콘 패치 한 개를 사 가면서 한참 동안 군대 얘기를 하다가 돌아갔다. 최 사장은 처음 보는 나이 든 장군의 비위를 맞추어주며 '장군님, 장군님' 했던 기억이 새록새록 떠올랐다. 그때 그 장군은 자신을 백마부대 사단장 출신이라고 소개했다.

"혹시 외모나 인상착의를 기억하십니까?"

"이 대 팔로 가르마를 정확히 탔고 장군복도 아주 깨끗하게 다림질까지 되어 있는 것이 절도 있는 모습이었소. 그래서 나는 진짜 백마부대 사단장 출신 장군이라고 생각했지 뭐요."

"이름이 뭐라 하던가요?"

"음… 아, 그것까지는… 뭐라더라? 이… 뭐라고 하던데."

"혹시 권태규 장군 아닙니까?"

최 사장이 고개를 가로저었다. 현 상사는 '그 가짜 장군이 다시 가게에 들르면 바로 연락해 달라'고 사정하며 자신의 명함을 건네주고 사라졌다.

* * *

"씨발, 이젠 조심 좀 하지! 그러다 좆 된다고. 아비란 새끼가 가족 뒷다리만 잡지 말고 이젠 내 얘기도 좀 듣는 게 어때?"

전화기 너머 젊은 남자의 목소리는 칼날처럼 날이 바짝 서 있었다. 하지만 그의 아버지라 불린 사내는 아랑곳하지 않고 쇳소리처럼 기운 찬 목소리를 내었다.

"너무 걱정할 필요 없다. 내가 늘그막에 이런 재미도 없으면 무슨 재미로 사누? 45년 전에 가난 때문에 육사를 못 간 것이 한이 된 사람인데…."

나이 든 남자는 고등학교를 졸업하고 육사를 가고 싶었다. 그렇지만 가정형편과 공부 실력이 모자란 탓에 어릴 적 목표인 장교의 꿈을 포기할 수밖에 없었다. 결국 남자는 결혼을 하고 몇 년이 지나 가출을 했다. 그러고는 군복을 입고 다니면서 장군의 꿈을 키웠다.

"재미? 지금 재미라고 했어? 오늘은 또 어디 경찰서에서 전화 올까? 별 두 개 달고 사람들한테 과시하니까 뿌듯해?"

아버지란 사람이 웃음을 터트렸다.

"그 정도야 대수롭지 않지. 내가 늘 말하잖냐? 인생은 연극이라고.

난 그저…."

"하! 그래도 별 두 개 가지고 성이 차나 보네. 한번 대장까지 가보지 그랬어? 아니, 그러다가 대통령까지 되는 것 아닌지 몰라?"

아버지는 아들이 여덟 살일 때 가족들을 남겨 놓고 가출했다. 얼마나 무책임한 아버지였던가? 가족은 아버지의 소식을 경찰로부터 가끔 전해 들었다.

* * *

5년 전

거실 한가운데, 커다란 전신 거울 앞에 나이 든 남자가 서 있다. 그는 엄숙한 표정으로 자신의 모습을 응시했다. 옷장에서 꺼내온 잘 다림질된 새 군복은 몸에 완벽하게 맞았다. 벽에 걸려 있는 삼정검이 거울에 반사되어 그의 뒷모습을 지키고 있는 듯했다. 남자는 목을 가다듬고 거울 속 자신에게 큰 소리로 선포했다.

"장군 권태규, 소장에 임함. 백마부대 사단장에 보함."

그의 목소리가 텅 빈 거실에 메아리쳤다. 그는 손에 쥐고 있던 별 두 개를 천천히 어깨에 달았다. 손은 약간 떨렸지만, 그 표정은 비장했다. 별을 하나씩 달 때마다 그의 눈에는 감격의 빛이 어렸다. 무려 20년 동안 꿈꿔온 순간이었다. 마지막 별을 완벽하게 고정시킨 후, 그는 거울 속 자신에게 경례했다. 그렇게 남자는 소장이 된 지 3년 만에 군을 떠났고, 그 후로 현재까지 예비역 소장으로서의 삶을 살고 있었다.

***

11월 13일 오후 3시경 서울 강남경찰서 형사과

40대 중반의 남자와 20대 초반의 남자가 60대의 나이 든 남자를 사이에 두고 형사과 문을 열고 들어왔다. 오늘 당직인 형사 2팀 한정훈 반장이 특이한 조합의 세 남자를 쳐다보았다.

'도대체 무슨 관계지?'

'할아버지' '아들' '손자'로 보기에는 세 남자의 외모나 옷차림, 그리고 분위기가 너무 달랐다. 40대 중반 남자는 헌병대 소속의 현성준 상사였다. 현 상사가 한정훈 반장에게 인사를 건넸다.

"장군을 사칭하는 사기꾼을 데려왔습니다."

옆에 있던 20대 초반 남자가 노란색 서류봉투에서 세 장짜리 수사 서류를 꺼내 한 반장에게 건넸다.

[죄명 : 사기죄, 이름 : 이장원, 1957년생, 65세]

현 상사는 이장원이라는 사람이 장군을 흉내 내면서 서울 시내에 있는 군장점을 돌아다니며 사기를 쳤다고 했다. 군 헌병대에서는 누군가 장군을 사칭한다는 첩보를 입수했고, 한 달여의 잠복근무와 탐문 끝에 오늘 범인을 검거했다. 용산 한강로에 있는 군장점의 최병도 사장이 전화를 해주어 이장원을 검거할 수 있었다. 다만, 범인이 군인이 아닌 민간인이어서 군 헌병대에는 수사 권한이 없었다. 군 헌병대에서는 이장원을 검거해 수사 권한이 있는 경찰에 인계하고자 이장원을 임의 동행하여 데려왔다.

굳은 표정으로 숨소리조차 내지 않는 이장원을 한 반장이 쳐다보았다. 그는 이 대 팔로 잘 타진 가르마에 소장을 뜻하는 별 두 개인 장군 복장을 하고 있었고, 군복에는 백마 마크가 그려져 있었다. 군모에도 별 두 개가 멋지게 달려 있었다. 군복 이름표에는 '권태규'라는 이름 석자가 새겨져 있었다. 한 반장이 세 장짜리 사건 인계서를 보며 현 상사에게 물었다.

"피해자 수와 총 사기 액수가 어떻게 되지요?"

"피해자 수는 4명이고, 총액은 13만 원입니다."

한 반장이 투덜거리며 현 상사를 쳐다보았다. 이 정도면 현장에서 피해를 변상하고 훈방할 사안이었다.

"출근길에 과로사하는 경찰 이야기도 못 들어보셨어요? 매일 술 취한 사람들 상대하느라 진이 다 빠집니다. 같은 군경끼리 이거 너무 한 거 아닙니까? 우리가 이런 것까지 뒤치다꺼리를 해야겠습니까?"

"반장님, 금액이 문제가 아닙니다. 이 사람이 글쎄 우리 군의 퇴역한 장군님들을 사칭해 벼룩 간만 한 사기를 치는 바람에 '군 장성 정도 되는 사람이 찌질하게 겨우 몇천 원, 몇만 원을 떼어먹냐'며 항의가 빗발치는 상황이었습니다."

군 장성들이 좀도둑 취급을 받게 되어 장군들의 명예와 군의 이미지가 실추되었다는 설명에 그제야 한 반장도 이해되었다는 듯 고개를 끄덕였다.

"이 정도로 구속할 사안은 아닌데…. 당신, 지금이라도 변상하고 반성문이라도 한 장 쓰면 없던 일로 해주겠소!"

한 반장은 우선 진술서부터 작성하라고 이장원에게 자리를 하나 내어주었다. 하지만 현 상사는 거듭 이장원을 엄하게 벌해 달라며 부탁했다. 절대 훈방 조치하면 안 된다며 고집을 피웠다. 한 반장은 현 상사의 입장을 고려해 진술서를 작성하고 있는 이장원에게 호통을 쳤다.

"당신 나이도 먹을 만큼 먹은 양반이 어디 할 짓이 없어서 초등생 장난 같은 사기나 치고 다녀? 앞으로 또 그럴 거야?"

이장원은 한 반장의 질책에도 고개를 빳빳이 들고 묵묵부답했다.

"도대체 왜 장군 사칭을 한 거요? 이 정도 액수로 보건대 사기 칠 의도는 아닌 것 같은데…."

이장원이 이제야 반성하는 듯 공손하게 머리를 숙이며 대답했다.

"육사에 못 간 한이 있었습니다. 장군 흉내를 내면 상대방이 장군 대우를 해주어서 거기에 희열을 느꼈습니다. 죄송합니다."

이장원은 진술서와 반성문을 작성한 뒤, 그 아들이 찾아와 13만 원을 피해자들에게 변상하겠다는 약속을 한 뒤에야 경찰서를 나갈 수 있었다.

"씨발, 내가 당신이 뭐가 좋다고 여기 경찰서까지 오겠어? 엄마가 불쌍하다 불쌍해. 이런 인간을 아직도 남편이라고 언제 돌아오나 하고 기다리고 있으니!"

아들이 운전하는 차를 타고 이장원이 경찰서를 나가던 그때, 마침 수석을 데리고 외근을 나갔던 동금이 경찰서 주차장에 차를 주차하고 있었다. 동금은 주차를 하려다 급히 차 문을 열고 주차장을 빠져나가는 SUV 차량을 향해 달려갔다. 이장원이 조수석에 타고 있는 그 차였다. 찰나의 차이로 차를 잡지 못한 동금이 서둘러 형사과 형사팀 문을 열고 들어갔다.

"한 반장님, 혹시 방금 나간 군복 입은 사람, 반장님 사건인가요?"

"응, 무슨 일 있어? 별 시답지 않은 사건인데…. 왜 그래?"

19
엘사

11월 17일 저녁 7시경 강남경찰서

강남경찰서는 전국에서 사건이 많기로 유명하지만, 그나마 주말에는 한가한 편이다. 토요일인 오늘, 형사 1팀 조장진 반장은 배달음식으로 가볍게 저녁 식사를 때운 뒤 핸드폰을 검색하며 망중한을 즐기고 있었다. 그때, 누군가 형사과 초인종을 거칠게 눌러 고요한 정적을 깨뜨렸다. 조 반장이 고개 들어 입구를 바라보니 한 여자가 헐레벌떡 안으로 들어왔다. 그녀는 한쪽 발을 절뚝거리며 비틀거렸다. 자세히 보니 그녀가 신은 굽 높은 하이힐의 한쪽 굽이 부러져 있었다. 부러진 굽은 겨우 매달려 대롱거렸다.

검은색 선글라스에 화려한 꽃무늬 실크 스카프를 목에 두른 그녀는 키가 큰 뛰어난 미인이었다. 하지만 그녀의 흐트러진 옷매무새와 어지럽게 헝클어진 머리카락이, 그녀가 평소의 우아함을 유지할 여유가 없는 상황임을 대변해 주고 있었다. 그녀의 눈은 두려움으로 가득했고, 손은 미세하게 떨리고 있었다. 조 반장이 놀라 자리에서 일어서며 물었다.

"무슨 일입니까? 어떤 피해를 당하셨죠?"

여자는 가쁜 숨을 내쉬며 잠시 망설였다. 그러고는 결심한 듯 입을 열었다.

"자수하러 왔는데요. 제가 범죄를 저질렀습니다."

그녀의 목소리는 꽤 떨렸지만, 그 안에는 이상한 결연함이 담겨 있었다.

"자수라고요? 피해 신고가 아니고요?"

조 반장은 고개를 갸우뚱하며 그녀를 유심히 살펴보았다. 그녀의 상태는 자수하러 온 사람이라기보다 급박한 위험에서 도망쳐 온 사람처럼 보였다. 여자가 천천히 선글라스를 벗었다. 깊고 또렷한 눈매와 뚜렷한 이목구비가 드러났다. 그녀의 얼굴은 TV에서나 볼 법한 뛰어난 미모였지만, 그 아름다움을 가리는 검푸른 멍자국이 오른쪽 눈 주변과 광대뼈를 따라 퍼져 있었다. 노련한 경찰인 조 반장도 순간 숨을 들이켰다.

"얼굴에 그 멍은…?"

조 반장이 물었지만 여자는 묵묵부답했다. 그는 여자에게 몇 가지 질문을 던졌다.

"성함이 어떻게 되시죠?"

"이금영이에요. 승일 그룹 법무팀장이었고요. 러시아 보물선 사기 사건이라면 아실 겁니다."

여자가 손가방을 꽉 움켜쥐며 대답했다.

"러시아 보물선 사기 사건이요?"

이금영은 고개를 끄덕였다.

"그 울릉도 앞바다에 뭐 보물선이 있다는 그 사건이라면 강력 3팀 박동금 형사가 담당하는 사건인데….”

조 반장은 여자를 힐끔 보면서 벽에 붙은 형사과 직제표를 찾아 동금에게 전화를 돌렸다.

"어이, 박 형사. 빨리 좀 사무실로 와야겠는데. 자기가 울릉도… 그 뭐야…. 보물선 있잖아? 응, 자기가 범인이라고 자수하겠다는 여자가 와 있어. 이름이 이금영이라는데….”

조 반장이 동금과 전화하는 동안, 금영은 멍하니 서 있었다. 도망자의 지친 표정과 함께 그녀의 눈에는 깊은 공포가 스며 있었다. 법망을 피해 도망 다니는 것보다 더 견디기 힘든 어떤 위협이, 그녀를 이곳으로 몰아넣은 것 같았다.

한 시간 후, 동금이 경찰서에 도착했다. 형사과 사무실 문을 열고 들어온 동금은 조 반장이 앉아 있는 데스크로 다가가 이야기를 나누었다.

"난 피해자로 알았어. 구두도 한쪽이 부러져 있고…. 하여튼 좀 이상한 여자야!"

동금이 피의자 대기실을 보자 그토록 찾았던 이금영, 즉 한혜수가 나무 의자에 앉아 있었다. 그녀의 얼굴은 긴장과 두려움으로 창백했고, 한쪽 발의 부러진 굽 때문에 발을 제대로 딛지 못하고 있었다. 동금은 금영의 앞으로 천천히 걸어갔다. 동금을 발견한 금영의 눈이 반짝였다.

"이금영 씨, 본인 맞으시죠?"

고개를 끄덕이는 금영에게 동금이 체포영장을 보여주었다. 손목에 수갑이 채워지자, 금영은 마치 안심이라도 한 듯 어깨의 긴장이 약간 풀렸다. 동금은 그 미세한 변화를 놓치지 않았다. 동금은 금영에게 선글라스를 벗도록 요청했다. 주저하던 혜수가 마지못해 선글라스를 벗어내자 검은 멍 자국이 선명하게 보였다. 동금은 힐끔 금영의 얼굴을 살펴보며 물었다.

"멍 자국이 크네요. 누구한테 맞았어요?"

금영은 흠칫 놀라는 표정을 짓더니 '유리문이 열린 줄 알고 들어가다가 부딪쳐서 난 상처'라고 둘러댔다. 그녀의 목소리에는 확신이 없었고, 말할 때마다 문 쪽을 힐끔거렸다.

"왼쪽 구두는요? 구두는 왜 부러졌습니까?"

금영은 발목을 삐끗하면서 구두가 부러진 것 같다고 얼버무렸다. 그녀의 대답은 준비되지 않은 것처럼 들렸다.

"자수한 이유는 무엇인가요?"

"너무 억울했어요. 그리고… 또…."

동금은 인내심을 갖고 금영의 답변을 기다렸다. 그러나 그녀는 억울하다는 말을 끝으로 다시 입을 다물었다. 동금은 금영의 상태를 유심히 살폈다. 그녀는 지금까지 만난 자수자들과는 달랐다. 보통 자수하러 오는 범인들은 답변 준비를 철저히 해오기 마련이다. 하지만 금영의 자수는 준비된 것이 아니라, 무언가에 쫓기듯 급하게 이루어진 것 같았다.

"이금영 씨는 투자설명회에서 법무팀장으로 참석해 투자를 해도 법률적으로 원금을 보장받을 수 있는 완벽한 상품인 것처럼 거짓말을 했습니다. 변호사가 아님에도 불구하고 피해자들에게는 마치 변호사인 것처럼 행동했고요. 인정하시죠?"

동금이 가볍게 질문을 던졌지만, 금영의 정신은 다른 곳에 팔려 있는 듯했다. 그녀는 답변보다 주변을 경계하는 데에 더 신경을 쓰고 있었다.

"잘못했습니다."

"뭐, 변명 같은 것 없습니까?"

"어… 없습니다."

보물선 사기 사건에서 금영처럼 잘못을 인정한 인물은 단 한 명도 없었다. 그들은 모두 '보물선에 100조가 넘는 금이 실려 있다고 철석같이 믿었다'고 했고, 민태구나 편달구의 거짓말에 속아 어쩔 수 없이 가담한 피해자라고 변명하기 급급했다. 금영의 부자연스러운 태도에 동금은 짧은 조사만 진행하기로 마음먹었다. 그는 몇 가지 사항만 더 확인한 후 갑자기 조사를 마무리했다.

"오늘 조사는 여기까지입니다. 이금영 씨도 '명장범'에게 속은 부분이 있는 것 같네요."

조사실을 나오면서 동금은 정선에게 속삭였다.

"김 형사님, 뭔가 이상해요. 준비 없이 갑자기 자수한 것 같은데요. 저 여자, 누군가를 피해 온 것 같아요."

* * *

11월 18일 오후 5시경 강남경찰서 유치장

형광등 불빛이 차갑게 유치장 안을 비추었다. 갑자기 열린 유치장 입구로 동금이 걸어 들어왔다. 그의 손에는 서류 한 장이 들려 있었다. 유치장을 지키던 하이배 경위가 눈을 깜빡이며 물었다.

"박 형사? 이거 맞아?"

동금은 고개를 끄덕였다. 하 경위는 서류와 동금을 번갈아 쳐다보더니 어안이 벙벙한 표정을 지었다. 그러고는 영문을 모르겠다는 표정으로 여자 유치실을 향해 움직였다.

"이금영 씨, 석방입니다. 나오세요."

유치실 안, 구석에 웅크리고 있던 금영은 그 말을 듣고도 반응이 없었다. 그녀는 멍한 눈으로 하 경위를 바라보다가, 마치 다른 사람을 부르는 줄 알고 주변을 둘러보았다.

"저요…?"

금영의 목소리는 믿기지 않는다는 듯 작게 떨렸다. 하 경위도 마찬가지로 의아한 표정을 지었다. 보통 석방 소식에 환호하는 사람들과는 다른 반응이었기 때문이다. 금영이 천천히 일어났다. 그녀의 다리가 후들거렸다. 표정은 비현실적인 상황에 놓인 사람처럼 멍했다. 눈가에는 감정을 읽을 수 없는 무표정한 기운이 감돌았다. 이 순간, 금영의 머릿속은 새하얬다. 어제 조사에서 그녀는 자신의 범행을 인정했고, 모르는 부분은 민태구의 탓으로 돌렸다. 그런데 석방이라니? 금영의 입술이 바짝 말랐고, 심장은 미친 듯이 뛰었다.

"이금영 씨, 운이 좋네요. 러시아 보물선 사기 사건으로 체포된 사람 중에 구속이 안 된 사람은 처음 봅니다."

하 경위의 말에 그제야 금영은 현실을 깨달았다. 자신이 정말 석방된다는 사실을. 억지스러운 미소가 그녀의 굳은 얼굴에 번졌다. 강남경찰서 본관 밖으로 나온 금영의 얼굴을 찬 공기가 때려댔다. 매서운 자유의 공기였다. 그녀의 눈에는 여전히 안도감이 아닌 경계심이 서려 있었다. 금영은 건물 모퉁이를 돌 때마다 어깨를 움츠리고 고개를 빠르게 돌리며 주변을 살폈다. 그녀의 시선은 끊임없이 주차된 차량들과 골목 입구를 훑었고, 지나가는 행인의 얼굴에도 날카롭게 꽂혔다. 발걸음 또한 일정하지 않았다. 때로는 서두르다가도 갑자기 멈춰 뒤를 확인하곤 했다. 횡단보도를 건너 골목길로 들어선 그녀는 스타벅스 카페로 향했다. 잠시 후, 금영은 창가에 앉아 커피를 마시며 상황을 곱씹었다. 그녀의 손가락은 컵을 꽉 쥐었다 놓기를 반복했고, 출입구로 들어오는 모든 사람을 경계하듯 바라보았다. 마침내 그녀는 결심한 듯 자리에서 벌떡 일어났다. 금영은 카페를 나서자마자 뛰기 시작했다. 그런 금영을 멀리서 지켜보는 두 쌍의 눈이 있었다. 수찬과 정선이었다. 두 형사는 강남경찰서 정문 밖, 골목길에 주차해 놓은 차 안에서 그녀의 모든 행동을 지켜보고 있었다.

"우리가 다시 구속할 줄 알고 저러나?"

수찬의 웃음소리가 차 안에 울려 퍼졌다. 금영이 석방된 진짜 이유를 아는, 그들만의 비밀스러운 웃음이었다.

* * *

같은 날 오후 2~3시경 강력 3팀 사무실

강력 3팀 사무실은 서로 다른 의견이 충돌하며 팽팽한 긴장감으로 가득 차 있었다.

"박 형사, 너무 리스크가 크지 않아?"

정선이 팔짱을 낀 채 벽에 기대어 서서 말했다.

"제 발로 찾아온 도둑년을 다시 보내 주자는 거잖아!"

수찬도 정선의 의견에 동의했다.

"지금 우리가 이금영을 구속하면 아무것도 얻지 못합니다. 그저 사기꾼 한 명을 더 구속하는 것뿐이에요. 피해자들 돈을 찾으려면 민태구를 찾아야 합니다. 시간이 얼마 없습니다."

동금은 일부러 금영에게 행방이 묘연한 '민태구' '상덕수' 같은 주변 남자들에 대해 질문하지 않았다. 언급해야 할 상황에서도 이미 확보한 본명이 아닌 '명장범' '상덕배'라는 가명으로 언급했다. 마치 경찰이 아무것도 모르고 있는 것처럼 행동했던 것이다. 체스 게임에서 상대방이 모르게 말을 움직이는 전략가처럼 말이다.

"이금영이 갑자기 경찰에 자수할 이유는 아무것도 없습니다. 그녀는 분명, 우리가 모르는 무엇인가를 숨기려 하고 있어요."

"그래서? 그 여자를 풀어주면 뭐가 달라진단 말이야?"

정선이 차분하게 물었다. 그녀의 목소리에는 의구심이 묻어났지만, 감정적이지는 않았다.

"그녀는 미끼가 될 수 있습니다. 이금영과 민태구, 상덕수는 분명 연결되어 있어요. 이금영을 따라가면 그들에게 도달할 수 있을 겁니다."

수찬이 한숨을 내쉬며 고개를 저었다.

"박 형사, 이건 너무 위험한 도박이야. 만약 그녀가 도망가면? 피해자들은 또 어떻게 해?"

정선 역시 수찬을 거들었다.

"이미 자살한 사람이 두 명이나 나왔어. 오죽 답답했으면 윤명규 수사과장님도 울릉도로 가는 배 안에서 자살을 시도하셨겠어?"

동금은 지지 않고 자신의 주장을 강조했다.

"지금 이금영을 구속하는 건 그녀의 의도대로 경찰이 움직여주는 겁니다. 우리는 더 큰 그림을 봐야 해요. 피해자들에게 사기당한 돈을 찾아 돌려주기 위해서는 불가피한 선택입니다. 시간이 갈수록 돈은 더 찾기 어려워질 거예요."

기원은 사무실 창밖을 바라보며 오랫동안 침묵했다. 모두가 한 시간째 결론을 내리지 못하고 한 곳에서 빙빙 돌고 있었다. 마침내 기원이 창가에서 돌아서 팀원들의 얼굴을 천천히 훑어보았다.

"일단 껍데기를 깠으면 그 속 가장 깊숙이 숨어있는 알맹이까지 찾아야겠지야? 그 뭣이다냐? 까도 까도 나오는 러시아 인형처럼 말이여!"

기원의 말을 들은 수석이 손을 번쩍 들었다.

"마트료시카 인형 말씀이시죠?!"

기원은 '그렇지!' 하는 표정으로 수석에게 엄지를 날려주곤 다시 팀원들을 보며 입을 열었다.

"어때? 우리 박 형사를 한번 믿어 보는 것이! 박 형사 말대로 피해자들에게 돈을 돌려주는 것이야말로 이 사건의 진정한 해결이라고 볼 수 있지 않겠어야? 까짓 거, 죽기 아니면 까무러치기다!"

정선이 고개를 절레절레 흔들었다.

"팀장님까지 왜 그러세요? 아우~ 미치겠네, 정말!"

* * *

스타벅스에서 나온 이금영은 택시를 타고 떠났다. 그녀가 탄 택시는 올림픽대로를 지나 한남대교를 건넜다. 금영은 창밖을 주시하며 백미러를 통해 뒤따라오는 차량들을 살폈다. 그녀는 심호흡을 한 뒤, 택시기사에게 핸드폰을 빌려 전화를 걸었다.

"나 지금 택시 탔어. 근데 계속 누가 따라오는 것 같아…."

"걱정하지 마. 내가 있는데 누가 널 괴롭혀?"

핸드폰 너머 남자의 목소리는 보호하는 듯했지만, 그 속에는 소유욕이 느껴졌다.

"엘사는 괜찮아? 걱정돼서 어제부터 계속 생각했어!"

금영의 눈동자가 순간 확대됐다. 그녀의 손가락이 핸드폰을 더 꽉 움켜쥐었다.

"걱정 마! 엘사는 무사하니까."

통화를 마친 금영은 기사에게 핸드폰을 돌려주었다. 그녀의 손가락이 미세하게 떨렸다. 얼굴은 두려움으로 가득했고, 입술은 바짝 말라 있었다. 금영이 탄 택시는 남산 1호 터널을 지나 명동역을 따라 좁디좁은 명동 이면도로로 들어섰다. 택시가 더는 인파들 사이로 앞에 나아갈 수 없었는지 멈추어 섰다. 택시에서 내린 금영은 한 번 더 주변을 둘러보았다. 그녀의 눈빛에는 경계심과 동시에 계산된 무언가가 있었다. 금영은 힐끗 뒤를 돌아보더니 일요일 저녁 쇼핑과 먹거리를 즐기러 나온 인파 속으로 걸음을 재촉했다. 그녀는 의도적으로 사람들이 많은 곳으로 향했고, 때때로 갑자기 방향을 바꾸었다. 마치 자신을 따라오는 누군가를 확인하며 따돌리려는 듯했다. 곧 그녀는 명동의 복잡한 인파 속에 완전히 몸을 숨겼다. 금영이 탄 택시를 간신히 쫓던 수찬의 승용차가 인파 속에서 더는 옴짝달싹 못 하고 멈춰 섰다.

"씨발! 이금영이 미행 붙은 걸 눈치 챘어…!"

수찬은 핸들을 세게 내리쳤다. 정선이 수찬의 차에서 내려 부리나케 금영을 따라 인파 속으로 사라졌다. 마찬가지로 금영의 택시를 쫓던 동금도 차를 세우고 인파 속으로 뛰어들었다.

"팀장님, 저 먼저 가겠습니다. 신 청장, 팀장님 모시고 와라! 이따 전화하고!"

금영은 사람들을 헤치며 뛰기 시작했다. 그녀가 허겁지겁 도착한 곳은 명동성당 입구였다.

"수녀님, 이상한 남자가 따라와서 그러는데 잠시 건물 안에 들어갈 수 있을까요?"

50대의 나이 든 수녀는 이마에 땀이 흐르는 금영을 데리고 건물 안으로 들어갔다. 수녀는 이렇게 젊고 예쁜 아가씨가 무슨 일로 곤경에 처했는지 궁금했지만 물어보지 않았다. 그저 도움만 주고 싶었다. 그렇게 금영은 겨우 숨을 돌렸다.

"아가씨, 내가 경찰에 대신 신고해 드릴까요?"

금영은 경찰이란 말에 풀렸던 긴장이 녹았는지 빙그레 미소를 지으며 고개를 가로저었다. 금영은 그곳에서 한 시간을 더 머물렀다. 그녀가 명동성당을 나가려고 할 때, 수녀는 금영에게 자신의 전화번호가 적힌 쪽지를 건네주었다. 도움이 필요하면 언제든 연락하라는 말과 함께…. 수녀의 도움으로 금영은 들어왔던 반대쪽 출구로 나왔다. 그녀는 구름 인파를 뒤로하고 다시 큰길가로 향했다. 금영을 놓친 강력 3팀의 앞날을 알려주기라도 하듯, 하늘에서 빗방울이 한 방울씩 떨어지기 시작했다.

20
몰타 호텔 804호

11월 22일 오전 11시 신사역 H 호텔 커피숍

중절모를 쓴 민태구는 커피숍에 들어서자마자 구석에 앉아 있는 금영을 발견했다. 그는 주변을 살피며 그녀 앞으로 다가가 마주 앉았다. 그의 시선이 금영의 얼굴에 멈췄다.

"얼굴은 왜 그래?"

태구의 눈썹이 의아하게 치켜 올라갔다.

"그 자식 짓이냐? 겉으론 신사인 척하더니, 문 닫고는 이런 짓을 하고. 쯧쯧쯧. 요즘도 그 자식 만나냐? 술에 취해서 여자 엉덩이나 만지는 놈이 뭐가 그리 좋다고…."

금영은 손으로 얼굴의 멍을 가리며 입을 열었다.

"박 형사라고, 등빨 좋은 형사가 그러던데? 민태구는 잡히면 최소 20년이라고. 나보고 어디 있는지만 제보하면 탄원서를 써주겠다고 사정하더라고!"

금영의 가시 같은 소리에도 태구는 호방하게 웃어젖혔다. 태구는 금영이 자신을 경찰에 신고할 수 없다는 점을 잘 알고 있었다. 그녀의 몫을 아직 받지 못했으니까….

"그나저나 조왕진 그 자식이 그렇게 믿었던 권봉만에게 살해당했다니…. 넌 조왕진이 가짜 재벌인 거 알았냐? 그렇게 나를 못살게 굴더니만…! 하늘이 내 편이니 천벌을 받았지."

태구가 기분이 좋은지 활짝 웃었다. 금영은 그의 웃음소리에 어깨를 움츠렸다. 그녀의 눈빛은 불편함을 감추지 못했고, 가방을 꽉 움켜쥔 손가락은 하얗게 변했다. 그러나 금영은 억지로 미소를 지으며 자리에 남았다. 그녀에게는 이 남자에게서 받아야 할 것이 있었다.

"어때? 나랑 다시 시작 안 할래? 내가 허승도 그 새끼를 거의 다 잡았거든…. 내가 나진우가 가져온 그 설계표만 제대로 살펴봤어도…. 이렇게 수술 당하진 않았을 텐데. 씨발."

그러고는 태구가 금영에게 깜짝 놀랄 제안을 했다.

"나진우 좀 만나게 해줘라. 나진우가 허승도를 잘 알지 아마? 내가 일만 잘되면 50개는 네 몫으로 챙겨줄게."

금영은 머릿속에서 주판을 튕기기 시작했다. 그녀가 알기로 700억을 갖고 튄 것은 민태구였다. 한편으로는 태구가 또다시 구라를 친다고 생각하니 화가 났다. 하지만 어찌됐든 그녀는 태구로부터 자기 몫을 뜯어내야 했다. 그래야 교도소에 1~2년 정도 다녀온 뒤, 그 돈으로 편안하게 살 수 있으니까….

'그런데… 이 인간이 진우 씨는 왜 만나려고 하지?'

"내가 요즘 경찰 피해서 도망 다니느라 네 향수 냄새도 못 맡고 살았더니 목이 타네. 그 향수… 전보다 더 자극적인데? 내일 2시에 만나서 그 냄새 좀 실컷 맡게 해줘. 가까이서 말이야. 어차피 돈 받고 싶으면 내 기분 맞춰줘야 하잖아?"

금영이 지금까지 구역질나는 민태구를 경찰에 신고하지 않고 참아낸 이유는 그녀의 몫 50개를 받아내기 위함이었다. 금영은 지금까지 구질구질하게 살았던 인생을 반복하고 싶지 않았다. 태구가 경찰에 잡히면 희망이 사라진다. 용의주도한 태구는 아무도 믿지 않았다. 그래서 자신의 핸드폰 번호를 금영뿐만 아니라 누구에게도 알려주지 않았다. 그는 필요할 때면 금영에게 전화해 그녀를 불러내곤 했다. 금영은 태구와 헤어진 뒤, 한 시간이 지나 문자 한 통을 받았다. 발신인은 민태구였다.
  [내일 2시 몰타 호텔 804호]

* * *

11월 23일 오후 2시 논현동 몰타 호텔 804호

  돈 욕심이 많은 금영은 자기 몫을 준다는 말에 분명 호텔로 올 것이다. 태구는 금영이 가짜 국제변호사라는 것을 승일 그룹에 입사시키기 전부터 이미 눈치 챘다. 내로라하는 사기꾼들과 사업(?)을 했던 태구이니만큼 그것을 알면서도 금영에게 속아주는 척 연기했다. 태구는 오늘 금영을 품을 생각에 수배자 신분이라는 사실까지 잊은 듯 콧노래를 불렀다. 금영에게는 승일 그룹에 있을 당시 밀회를 나누었던 몰타 호텔로 나오라고 연락해 두었다.
  태구는 호텔 침대에 발가벗은 채로 누워 입술을 핥았다. 몰타호텔 804호. 그곳은 태구의 사냥터였다. 그는 한 시간 전부터 와서 모든 준비를 마쳤다. 침대 옆 스탠드에는 가발이 놓여 있었다. 한때, 그는 그 가발을 쓰고 '승일 그룹 회장'이란 가면을 썼다. 하지만 지금 그에게 필요한 가면은 없었다. 오직 욕망만이 있을 뿐…. 과거 '승일 그룹 회장과 승일 그룹 법무팀장'이라는 타이틀이 붙었던 것과는 달리, 이제 두 사람의 만남은 그저 '사기꾼과 조력자의 재회'일 뿐이었다. 때문에 그는 금영을 부르기 위해 '돈을 나눠주겠다'라는 거짓말로 미끼를 던졌다. 물론 그의 생각은 오직 한 가지였다. 바로 금영의 몸…. 세상 모든 것을 속여 온 그의 가장 진실된 욕망은, 그녀를 향한 육체적 갈망뿐이었다.

딩동- 울리는 벨소리에 태구의 눈이 번쩍 떠졌다. 그는 침대에서 벌떡 일어나 문으로 달려갔다. 문이 열리는 순간, 그는 금영을 향해 몸을 던졌다. 강제로 그녀를 껴안고 침대로 끌고 갔다.

"아 씨발, 재수 없어. 저리 안 비켜!"

금영의 차가운 목소리에 태구는 마지못해 몸을 뗐다. 그의 입꼬리가 올라갔다. '급할수록 돌아가야지' 태구는 생각했다. 게임처럼 이것도 전략이 필요했다. 금영은 냉정하게 옷을 벗기 시작했다. 그녀의 몸을 보는 순간, 태구의 욕망은 더욱 커졌다. 순간 태구는 금영의 배가 약간 나온 것을 발견했다. 지난 3개월, 그녀를 보지 못했던 동안 무슨 일이 있었던 걸까? 그러나 태구는 크게 신경쓰지 않았다. 오직 눈앞의 쾌락만이 중요했다. 샤워실에서 나온 금영이 가운을 입은 채 머리카락의 물기를 닦았다. 태구는 더 참지 못하고 그녀에게 달려들어 침대에 쓰러트렸다. 그의 손과 입이 금영의 몸을 더듬기 시작했다. 그녀가 태구를 밀어냈다.

"씨발, 먹기 전에 내 몫부터 어떻게 줄 건지 얘기하라고!"

금영의 눈은 돈에 대한 욕망으로 번뜩였다. 그때, 태구가 그녀의 얼굴을 손바닥으로 내리쳤다. 짜악-! 소리와 함께 금영의 뺨이 붉게 물들었다.

"양아치 새끼!!"

금영의 분노에 찬 외침에 태구는 히죽 웃으며 그녀의 목을 조르기 시작했다.

"가짜 인생으로 노는 년 주제에, 네 몸이 어딨어? 내가 그랬지? 넌 내가 부르면 무조건 달려와서 내 자지를 빨아야 한다고!"

태구의 웃음소리가 호텔 방에 울려 퍼졌다. 얼마나 오랫동안 이 순간을 기다려왔던가. 그녀를 다시 지배하는 이 순간을. 더 이상 거짓말을 할 필요도, 약속을 지킬 필요도 없었다. 그저 원하는 것을 취하면 그만이었다. 금영의 눈에서 불꽃이 튀었다. 그것은 배신감, 분노, 그리고 무엇보다 자신의 어리석음에 대한 후회였다.

"이 더러운 대머리 변태 새끼! 내 몸에서 당장 떨어져! 인간쓰레기 새끼야!"

금영은 그의 몸 아래에서 벗어나려고 울부짖으며 몸부림쳤다. 이 순간, 그녀의 머릿속에는 모든 기억이 스쳐 지나갔다. 승일 그룹 회장으로 행세하던 그와의 첫 만남부터 몰래 이어온 관계까지…. 금영은 자신이 얼마나 어리석었는지 새삼 깨달았다. 얼마나 쉽게 속아 넘어갔는지…. 그리고 지금 역시도, 돈을 준다는 말 한마디에 이 늪으로 다시 기어 들어왔다는 사실이 그녀의 마음에 비참함을 더했다. 금영의 눈에서 눈물이 흘러내렸다. 하지만 그것은 약함의 표시가 아니었다. 그녀의 눈에 흘러내리는 것은 분노의 눈물이자 복수의 눈물이었다.

"흐읍… 흐읍…. 하아… 하아…."

금영의 몸 위에서는 태구의 희열에 찬 신음소리가 방 안을 가득 휘

감았다. 태구는 자신의 욕망에 사로잡혀 그녀의 변화를 눈치 채지 못했다. 금영의 마음속에서는 이미 칼날이 벼려지고 있었다. 이 비열한 사기꾼에게 두 번 다시 속지 않을 것이라는 다짐과, 반드시 되갚아 줄 것이라는 결심이….

* * *

11월 23일 저녁 6시 40분 강남경찰서 형사과

당직인 강력 5팀 형사들이 구내식당에서 밥을 먹다가 우르르 형기차로 달려갔다. 이 모습을 본 수찬은 5팀 반장인 유현관 형사를 붙잡고 물었다. 무전기에서는 쉴 새 없이 상황실 경찰관의 다급한 목소리가 흘러나왔다.

"논현동 몰타 호텔에서 살인 사건이라는데요."

살인 사건이 발생하면 그날 당직팀이 담당팀이 되지만 다른 강력팀도 현장에 출동해야 한다. 살인 사건 현장을 보고 강력팀을 몇 개나 동원할지는 형사과장이 결정한다. 강력 3팀도 살인 사건에 동원될 수 있기에 현장을 나가봐야 했다. 현장을 보지 않고 수사할 수는 없다.

강력 3팀 형사들이 막 몰타 호텔에 도착했을 때, 마침 유현관 반장이 몰타 호텔 1층 프런트에서 매니저로 일하는 심준재의 진술을 청취하고 있었다.

"804호에 4시간 대실로 들어갔던 남자 손님이 시간이 돼도 내려오지 않았습니다. 인터폰을 해도 받지를 않았고요. 그래서 직원을 보냈더니 피를 흘리며 쓰러져 있다는 보고를 받았습니다."

매니저는 호텔에서 일어난 살인 사건이 믿기지 않은 듯, 얼어붙은 얼굴로 사시나무처럼 몸을 덜덜거리고 있었다. 피해자의 비명을 들은 사람이 있는지 묻는 유현관 반장의 질문에 매니저는 고개를 가로 지었다.

강력 3팀 형사들은 엘리베이터를 타고 살인 현장으로 올라갔다. 804호 안에는 이미 서울경찰청 과학수사대 감식팀이 침대에 쓰러져 있는 시신에 대한 감식을 진행 중이었다. 먼저 도착한 신상명 형사과장과 강력 5팀 문홍수 팀장이 심각한 얼굴로 살인 현장을 보며 얘기를 나누고 있었다. 수찬이 804호실 복도 앞에 근무복을 입고 서 있는 경찰관을 보고 반갑게 인사했다.

"오 경감 팀이 오늘 당직이었어? 오늘 고생 좀 했겠는데."

복도 앞 경찰관은 다름 아닌 논현지구대 3팀장, 오준원 경감이었다. 얼마 전, 오 경감의 정보 덕분에 3팀은 가짜 전직 경찰 권봉만을 검거할 수 있었다. 보통 살인 사건이 발생하면 관할 지구대에서 먼저 출동해 현장을 보존한 후, 형사과에 사건을 인계해 준다. 수찬과 반갑게 인사를 나눈 오 경감은, '피해자는 45세의 남자로 발가벗은 채 온몸이 칼에 난자를 당했다'고 알려주었다.

"그리고 괴상한 게… 꼬…. 그냥 권 반장이 직접 현장 가서 확인해 봐. 음… 말하기가 좀…."

오 경감은 손으로 무언가 자르는 듯한 동작을 하다가 여경인 정선의 시선과 마주치자 손을 내렸다. 수찬이 오 경감에게 다른 질문을 던졌다.

"피해자에 대해 뭐 좀 나온 건 없어?"

"마침 지갑에 신분증이 있더라고. 가만있어 보자!"

오 경감이 품에서 수첩을 꺼냈다.

"피해자 이름이 민태구, 1977년생인데…."

오 경감의 말에 기원을 비롯한 3팀 형사들 모두가 화들짝 놀랐다. 3팀이 애타게 찾던 러시아 보물선 사기 사건의 주범인 명장범, 아니 민태구가 오늘 몰타 호텔에서 온몸이 난자당해 살해된 채 발견된 것이다. 기원은 보고를 위해 허겁지겁 형사과장을 찾았다. 마침 오늘 당직인 강력 5팀 문홍수 팀장이 형사과장에게 보고하고 있었다.

"과장님, 살해 장소도 모텔이잖습니까? 치정 살인이 틀림없습니다. 그리고 여기 좀 보십시오."

문 팀장이 죽은 남자의 성기 부분을 가리켰다. 성기 부분이 칼에 찔려 집중적으로 훼손돼 있었다. 신상명 형사과장도 문 팀장의 의견에 공감하는지 고개를 끄덕였다. 그때, 형사과장이 막 도착한 기원을 보고 인사를 건넸다.

"부 팀장, 왔구먼."

기원은 인사를 받기 무섭게 새로이 알게 된 사실에 대해 보고를 올렸다. 기원의 긴급 보고를 받은 형사과장도 놀라기는 마찬가지였다. 형사과장은 피해자가 러시아 보물선 사기 사건의 주범임을 고려하여, 민태구 살인 사건은 강력 3팀이 주무팀이 되고 강력 5팀과 2팀이 수사본부에 참가해 돕도록 결정했다.

* * *

804호를 직접 비추는 CCTV는 없었다. 하지만 다행히도 1층 호텔 프런트와 엘리베이터 안, 그리고 8층 엘리베이터 앞에 각각 CCTV가 있었다. 그날, 8층 엘리베이터 앞 CCTV 상에는 오후 1시쯤 804호 방향으로 중절모를 쓴 태구가 느긋하게 걸어가는 모습이 촬영되었다. 뒤이어 1시 33분쯤, 선글라스를 쓰고 원피스를 입은 젊은 여자가 같은 방향으로 걸어가는 장면이 확인되었다. 이후, 3시 30분쯤 다시 젊은 여자가 잔뜩 겁에 질린 모습으로 허겁지겁 804호 방향에서 나와 엘리베이터를 타고 내려와 모텔 밖으로 뛰어나가는 모습이 확보되었다. 여자의 옷 이곳저곳에는 피해자의 것으로 보이는 혈흔이 잔뜩 묻어 있었다. 살인 현장에서 가장 중요한 증거인 흉기는 발견되지 않았다.

국과수 부검결과, 피해자인 민태구는 과도 정도의 크기를 가진 작은 칼에 46회 난자당한 것으로 확인되었다. 사인은 전신 다발성 자철상[17]이었다.

"어떡하냐? 804호에 민태구랑 있던 여자가 이금영이 틀림없는데…. 씨발, 재수 더럽게 없네…."

수찬의 얼굴이 창백하게 변했다. 호텔 CCTV 속 금영의 모습은, 며칠 전 강남경찰서로 자수하러 왔을 때와 완벽하게 일치했다. 금영이 유력한 용의자로 특정되는 순간이었다. 문제는 구속할 수 있었던 그녀를 동금의 건의로 석방했다는 것이다. 결과론이지만, 그때 구속만 했으면 살인 사건이 발생하지 않을 수도 있었다. 이에 기원을 비롯한 3팀 형사들 모두 전전긍긍했다. 잘못하면 금영을 구속하지 않은 것에 관하여 중징계를 먹을 수도 있었다. 더 난감한 사실은, 러시아 보물선 사기단의 주범인 민태구가 사망함으로써 피해자들의 돈이 어떻게 되었는지 진술할 사람이 사라졌다는 점이었다.

---

17 온몸이 흉기에 찔리면서 동시에 베인 것을 말한다.

* * *

강남 한복판에서 벌어진 러시아 보물선 사기 사건의 주범 민태구의 죽음이 하이에나 같은 언론의 관심을 비켜나갈 리 없었다. 살인 사건이 발생한 지 딱 3일째 되는 날, 어떻게 알았는지 언론의 취재가 봇물 터지듯 이어지기 시작했다. 신상명 형사과장과 주무팀인 강력 3팀 부기원 팀장은 수사보다 기자들의 취재에 응하느라 더 큰 곤욕을 치르고 있었다.

한편, 동금은 수석을 데리고 몰타 호텔 현장을 다시 둘러보고 있었다. 아무래도 석연치 않은 점이 보였기 때문이다. 그때, 동금의 핸드폰에 낯익은 이름이 나타났다. 인정사정없는 비난성 보도로 유명한 DBS 방송국의 주영아 기자였다. 동금의 안색이 어둡게 변했다.

"주영아 기자님 아니세요?"

주 기자는 4년 전, 서울경찰청 광수대를 향한 악의적 보도로 곤경에 빠뜨렸던 기자였다. 그때의 일로 동금과는 악연이 된 사이였다.

"뉴욕에서 귀국했다는 얘기는 진즉에 들었어요. 어때요? 황지혜 씨와는 아직도 달달하죠?"

동금은 주 기자의 질문에 답변하지 않고 용건을 물었다. 주 기자는 동금이 러시아 보물선 사기단에서 중요한 역할을 했던 이금영을 석방한 것을 두고 기자들 사이에서 취재가 들어갔다고 솔직히 알려주었다. 그녀는 '제대로 해명하지 못한다면 크게 다칠 수 있다'며 동금을 걱정해 주었다. 동금은 주영아 기자를 완전히 믿을 수는 없었지만, 그 조언을 듣는 것이 좋겠다고 생각했다. 어떻게 하면 좋겠냐는 동금의 물음에 주 기자가 다시 입을 열었다.

"이금영을 석방해서 민태구와 만날 때 둘 다 검거하려고 했다고 하세요. 그 방법 말고 박 형사님이 빠져나갈 구멍은 없어요."

전화를 끊은 주 기자는 4년 전, 동금을 처음 만났던 날을 기억했다. 동금은 강력반 형사라기보다는 클럽에서 만날 만한 사람이었다. 그 당시 동금에게 한눈에 반한 주 기자는 질투심에 눈이 멀어 그를 괴롭혔다. 주 기자가 잠시 당시의 추억에 잠긴 듯, 빙그레 미소를 지었다.

* * *

언론을 통해 '러시아 보물선 사기 사건의 주범인 민태구가 살해당했다'는 사실과 '유력 용의자가 승일 그룹 법무팀장이었던 이금영'이란 사실, 또 '이금영이 살인 사건 발생 며칠 전에 자수했다'는 사실과 '경찰이 이금영을 구속하지 않고 그대로 석방했다'는 사실이 연달아 보도되었다. 언론의 보도에 강남경찰서에는 한바탕 난리가 났다. 러시아 보물선 피해자들이 떼로 몰려와 경찰서장 면담을 요청했고, 이금영을 석방한 담당 팀장과 담당 형사를 징계하고 수사에서 배제하라며 시위를 벌였다.

강남경찰서장실에서는 양호승 서장을 중심으로 참모 회의가 진행 중이었다. 형사과장, 정보과장, 경비과장, 강력 3팀장 모두 얼굴이 굳어 있었다. 내일 예정된 러시아 보물선 사기 사건 피해자들의 집회 때문이었다. 양 서장은 잠시 창밖을 내다보며 생각에 잠겼다. 경찰서 입구에는 벌써부터 몇몇 피해자들이 피켓을 든 채 서성이고 있었다. 그의 시선이 경찰서 앞 인도를 오가는 사람들 사이 '사기꾼 검거하라' '내 돈 돌려달라'는 문구가 적힌 피켓으로 향했다.

"피해액이 얼마나 된다고?"

"현재까지 확인된 피해액은 약 760억입니다."

양 서장의 질문에 형사과장이 답했다. 양 서장은 깊은 한숨을 내쉬었다. 그의 머릿속에 20여 일 전 있었던 일이 떠올랐다. 동금이 서장실을 찾아와, 무릎 꿇고 '사건만 마무리할 수 있게 해달라' 부탁했던 그날이….

"사람들이 평생 모은 돈을 잃었습니다. 그들의 눈물을 제가 직접 봤습니다. 반드시 범인들을 모두 검거하고 싶습니다."

양 서장은 동금의 진심 어린 눈빛을 잊을 수 없었다. 동금은 피해자의 아픔에 공감할 줄 아는 형사였다. 그래서 이번 이금영 석방 건도 동금이 분명 나름의 이유가 있었을 것이라 믿었다. 그러나 지금은 그 이유가 무엇이든 수사팀과 경찰서가 난관에 봉착한 상황이었다.

"내일 기자들도 올 것 같습니다. 이미 인터넷에서는 '경찰 무능'이라는 비판이 쏟아지고 있고요."

정보과장이 휴대폰을 보여주며 말했다. 양 서장이 입을 열었다.

"박동금 형사가 이금영을 석방한 것은 수사 전략상 합당한 판단이었을 수도 있습니다."

양 서장의 말에 회의실이 조용해졌다.

"하지만 결과적으로 그녀가 민태구 살해의 용의자가 된 상황에서, 우리가 그녀를 놓친 책임은 면할 수 없습니다."

양 서장의 목소리에는 안타까움이 묻어났다. 좋은 형사를 잃게 될지도 모른다는 생각에 마음이 무거운 탓이리라.

"피해자들의 분노를 이해합니다. 그들은 자신들의 돈을 찾기 위해 경찰이 최선을 다하기를 바라고 있죠. 하지만 우리는 한 명의 형사를 희생양으로 삼아서는 안 됩니다."

양 서장은 자리에서 일어나 다시 창가로 걸어갔다.

"부기원 팀장, 내일 피해자들 앞에 설 때 박 형사의 책임을 과도하게 강조하지 말고 당시 상황에서는 최선의 판단이었다고 이야기해 주세요. 한 명의 형사가 희생양이 되는 상황은 원치 않습니다."

기원이 울컥하는 얼굴로 서장의 말에 고개를 끄덕였다.

"그리고…."

양 서장이 덧붙였다.

"박동금 형사를 내 방으로 불러주세요. 직접 이야기를 들어봐야겠습니다."

* * *

러시아 보물선 피해자들의 집회에 형사과장, 부기원 팀장, 그리고 박동금 형사가 나란히 섰다.

"경찰을 믿고 기다렸는데, 그 사기꾼 년을 풀어주다니 그게 말이 됩니까?"

유명 음식점 사장인 김석순이 흥분해서 고래고래 소리를 질러댔다. 형사과장이 민태구를 잡기 위한 어쩔 수 없는 선택이었다 말했지만, 성난 피해자들을 달래주기에는 역부족이었다. 동금이 피해자들 앞에 섰다.

"담당형사인 박동금입니다. 여러분의 분노는 당연합니다. 이금영을 풀어주자고 한 것은 전적으로 제 판단이었습니다. 여기 계신 과장 님과 팀장님은 모두 반대하셨습니다."

동금은 흔들림 없는 눈빛으로 피해자들을 정면으로 바라보았다. 그의 목소리는 또렷했고, 자신의 결정에 대한 책임을 회피하지 않으려는 당당함이 느껴졌다. 동금의 말에 이곳저곳에서 웅성거리는 소리가 들렸다. 물론 욕설과 폭언을 던지는 사람들도 여럿 있었다.

"새파랗게 젊은 놈에게 이런 큰 사건을 맡겼으니 수사가 제대로 될 리가 있나!"

동금은 잠시 숨을 고르고 계속했다.

"믿지 않으셔도 좋습니다. 방황하던 저를 바른길로 인도해 주신 제 대부님도 러시아 보물선 사기단에 여러분처럼 속아 퇴직금을 몽땅 날렸습니다."

동금의 목소리가 살짝 떨렸다. 그는 자신의 감정을 진정시키려 잠시 멈추었다.

"저는 스스로에게 약속했습니다. 제 손으로 사기꾼들을 모두 잡아들이겠다고요. 지금까지 12명을 구속했습니다. 민태구와 편달수는 살해당했지만, 저는 반드시 마지막까지 이번 사건의 실체를 확인하겠습니다."

동금은 잠시 피해자들의 눈을 하나하나 바라보았다.

"여러분, 제가 이 사건을 그저 하나의 업무로 보고 있지 않다는 사실을 알아주셨으면 합니다. 저에게는 개인적인 이유가 있습니다. 저는 제 대부님의 눈물을 봤고, 그분이 절망에 빠지는 모습을 직접 목격했습니다. 여러분의 아픔이 어떤 것인지 누구보다 잘 압니다."

동금은 한 걸음 앞으로 나섰다.

"저희 강력 3팀은 민태구와 그 일당들의 자산을 추적하고 있습니다. 해외로 빠져나간 자금도 찾고 있고, 숨겨둔 재산도 추적 중입니다. 하나하나 증거를 모으고 있습니다. 시간이 걸리더라도 절대 포기하지 않겠습니다."

김석순 사장이 울먹이며 동금을 향해 소리쳤다.

"박 형사! 우리 돈은 찾을 수 있는 거요? 우린 그게 가장 중요하니까!"

동금은 주저 없이 대답했다.

"여러분이 투자한 돈을 찾아 드릴 수 있도록 하겠습니다. 제 대부님의 돈을 찾는 것처럼, 여러분의 돈도 찾겠습니다. 이것은 단순한 업무가 아닌 제 사명입니다."

가정주부인 조영숙이 소리쳤다.

"약속해 주면 우린 물러나겠어요!"

동금은 잠시 숨을 고르고 진심을 담아 말했다.

"약속하겠습니다. 여러분들이 투자한 돈을 반드시 찾아 돌려드리겠습니다. 이 약속은 제가 대부님께 드린 약속이기도 합니다. 여러분의 믿음이 헛되지 않도록, 제 모든 것을 걸고 최선을 다하겠습니다."

동금의 눈에는 결의가 가득했다. 그의 진심 어린 말에 형사과장이 동금을 쳐다보았다. 다행히 동금이 나서 피해자들에게 설명한 것이 효과가 있었다. 일부 피해자들은 집회를 이어 가자고 주장했지만, 대부분은 경찰 수사팀을 한 번 더 믿어 보기로 했다.

21
미행당하는 자, 미행하는 자

11월 29일 강남경찰서 강력 3팀 사무실

"박 형사, 살인 사건은 11월 23일인데 왜 11월 18일 CCTV를 돌려 보고 있어?"

정선이 CCTV를 분석하고 있는 동금을 호기심 어린 눈으로 쳐다보았다. 며칠 전, 동금은 수석에게 '강남경찰서 주변'과 '이금영이 택시에서 내린 명동성당 앞' CCTV를 확보해달라 부탁했다. 금영을 석방했던 11월 18일, 그녀가 정문을 나간 시간 전후를 확인하기 위함이었다. 동금은 11월 18일과 11월 23일 모두 금영이 중심에 있었으므로 두 사건이 관련이 있다 확신했다. 동금이 보기에 금영이 보여준 행동과 행적은 자연스럽지 않았다. 무엇보다 살인 사건 현장에서 범행 도구인 흉기가 발견되지 않았다는 것이 가장 크게 걸렸다. 금영이 도주하는 장면이 찍힌 호텔 CCTV 상으로 그녀는 흉기 비슷한 물건도 들고 있지 않았다.

"박 형사는 주연배우가 더 있다고 보는 것 같은데? 어때, 내 말이 맞지?"

정선의 말에 동금이 고개를 끄덕였다.

"그런데 언제 그 많은 CCTV를 다 돌려 볼 작정이야? CCTV 확보하는 것만 해도 2주는 넘게 걸리겠다!"

정선의 말은 사실이었다. 아직 모든 CCTV를 다 확보하지 못했다. 급한 마음과 달리 극히 일부만 확보했을 뿐이었다. 11월 18일, 금영의 이동 동선은 삼성동 강남경찰서에서 한남대교를 지나 명동까지였다. 정선이 씩 미소를 지었다.

"나한테 등장인물을 찾을 수 있는 더 좋은 방법이 잘하면 있을 것 같긴 한데 말야…."

* * *

12월 3일 강남경찰서 강력 3팀 사무실

"박 형사, 어때? 술 한잔 사는 거다!"

동금의 눈이 휘둥그레졌다. 정선이 건넨 자료는, 11월 18일에 금영이 이동했던 장소를 쌍둥이처럼 따라 이동한 누군가의 핸드폰 번호였다. 정선은 '경찰 외에 금영의 뒤를 쫓은 누군가가 있다면, 그 누군가는 핸드폰을 사용했을 수 있다'는 가능성에 착안하여 기지국 수사를 했고, 그렇게 핸드폰 번호 하나를 확보했다(기지국은 핸드폰과 핸드폰이 통화되도록 연결해 주는 설비를 말한다).

[010-2372-23××]

휴대폰은 대포폰이었지만 엄청난 수확이라는 사실에는 변함이 없었다. 기원이 들뜬 표정으로 입을 열었다.

"이 핸드폰을 사용한 놈이 어떤 이유로든 이금영 뒤를 졸졸 따라다녔다는 얘기가 되는 거지? 따라가면서 가끔 핸드폰을 사용했고?"

기원의 말에 정선이 고개를 끄덕였다. 수찬 또한 기가 막히다는 표정을 지었다.

"그럼 어떻게 되는 거야? 이 핸드폰 주인이 이금영을 우리처럼 미행했다는 말이잖아? 혹시 이놈한테 우리가 미행당한 건 아니지?"

"김 형사님, 혹시 이 핸드폰과 통화한 사람은 확인이 될까요?"

동금의 질문에 정선이 서류 한 장을 내어주었다. 11월 18일에 금영을 따라다녔던 사람의 핸드폰과 그날 통화한 전화번호 상대를 확인한 서류였다.

"박 형사라면 그렇게 물어볼 줄 알고 준비했지."

정선이 건넨 자료에 의하면, 상대방은 모두 두 명이었다. 그리고 그 중에서도 한 명은 총 2번을 통화했다.

"박 형사, 이 대포폰과 관련한 더 놀랄 만한 사실을 알려줄까?"

동금이 설마 하는 표정으로 의미심장한 미소를 짓는 정선을 쳐다보았다.

"김 형사님, 혹시 제가 생각하는 그게 맞아요?"

정선이 말없이 웃자, 동금이 유레카를 외치듯 말했다.

"설마, 몰타 호텔?"

정선이 고개를 끄덕이자 기원이 흐뭇한 미소를 지었다. 수찬 역시 기쁨에 겨워 소리를 질렀다.

"대박! 씨발, 드디어 우리에게 볕이 드는구나~!"

오직 막내 수석만이 이들의 대화가 전혀 이해되지 않는 듯, 멀뚱멀뚱 팀원들을 번갈아 보았다.

"아, 뭔데요? 설명들을 좀 제대로 해주세요!"

※ 한혜수를 따라 이동했던 사람이 사용한 핸드폰과 통화한 상대방들
① 11월 18일 : 010-5478-352× 1회
② 11월 18일 : 010-8354-243× 2회
③ 11월 23일 : 몰타 호텔 기지국 사용 핸드폰 1회

기원에게 보고를 마친 동금은 자리에 앉아 있는 수석의 어깨를 탁- 쳤다. 외근을 나가자는 신호였다. 수석은 여전히 얼떨떨한 얼굴로 동금을 따라 사무실을 나섰다.

* * *

수찬과 정선은 강남경찰서 정문 주변 상가와 명동성당 앞 CCTV를 집중적으로 분석했다. 마침내 이금영을 졸졸 따라다녔던 누군가의 얼굴이 드러났다. 그 누군가는 바로 상덕수(상덕배)였다. 승일 그룹에서 이사 직함을 가지고, 울릉도 토박이를 자청했던 그 남자….

11월 18일 오후경, 덕수는 강남경찰서 정문 근처에서 오랫동안 머물렀다. CCTV로 보니, 아침과 점심도 근처 편의점에서 김밥과 빵을 사와 경찰서 정문을 보며 대충 때웠다. 덕수는 금영이 석방된 후, 그녀를 따라 택시를 잡아타고 그 뒤를 따라갔다.

덕수가 사는 곳을 확인하기 위한 '이동 동선 수사'가 시작되었다. 수사 결과, 덕수는 11월 18일 하루 전인 17일에 사당역에서 지하철을 타고 삼성역에 내린 사실이 확인되었다. 무슨 이유 때문인지는 몰라도 덕수는 무척이나 서두르는 모습을 보였다. 덕수는 일회용 교통카드를 구매해 지하철을 타고 삼성역에 도착했다. 역으로 거슬러 따

라가 보니, 덕수가 지하철을 탄 역은 서울대입구역이었다. 덕수는 그곳에서 마을버스를 타고 신림 9동에서 이동한 것이 확인되었다. 신림 9동은 예전에는 고시촌으로 유명했지만, 사법시험이 사라진 지금은 예전 고시생이 살던 고시원에 직장인과 일용직 근로자들이 주로 거주하고 지역으로 바뀌어 있었다.

※ 상덕수의 행적
① 11월 17일 : 대학동 → 서울대입구역 → 사당역 → 삼성역
② 11월 18일 : 강남경찰서 주변 → 명동

* * *

몰타 호텔로 다시 외근을 나간 동금과 수석은 호텔 주변 CCTV를 확인했다. 그리고 몰타 호텔 8층으로 올라가 층 전체를 다시 살펴보았다. 8층에는 엘리베이터 반대쪽 복도에 비상계단이 있었다. 이곳에는 CCTV가 없었다. 잠겨 있을 것만 같았던 비상구를 밀자 문이 열렸다. 동금과 수석은 그 비상계단을 타고 지하 1층 주차장까지 내려왔다. 8층까지 올라가는 정상적인 방법은 엘리베이터를 이용하는 것이지만, 반대 방향 비상구로도 가능하다는 것이 확인되는 순간이었다. 그제야 동금이 이해가 되었다는 표정을 지어 보였다.

* * *

강력 3팀 형사들은 상덕수를 검거하기 위해 아침 일찍 출발했다.

계절이 막 겨울로 들어선 탓인지 아침 7시가 되었음에도 어둑어둑했다. 형사들의 옷차림도 계절에 맞게 두툼한 옷차림으로 바뀌어 있었다. 형사들이 도착한 신림 9동은, 과거와 달리 대학동이란 새로운 이름을 얻어 고시원에서 원룸촌으로 바뀌어 있었다.

형사들은 큰길가에 차를 주차하고 덕수가 사는 곳으로 확인된 원룸으로 골목길을 따라 5분 넘게 이동했다. 덕수가 사는 원룸 건물은 5층짜리 작은 건물로 층마다 원룸이 3개씩 있었다. 기원이 손목시계로 시간을 확인했다. 아침 8시 32분이었다. 덕수는 개인 승용차가 없었다. 덕수의 집은 원룸이라 그런지 관리인도 보이지 않았다. 상덕배의 원룸은 그중 1층 102호였다. 형사들은 덕수를 밖으로 유인할 방법을 찾고자 고민을 시작했다.

"자, 박 형사하고 우리 정선이하고 시작하자!"

기원의 명령에 졸지에 길거리 연극배우가 된 동금과 정선이 얼굴에 홍조를 띠었다.

"김 형사님, 그럼 연기 좀 감상하겠습니다."

수석이 지난번 일을 복수하듯 정선을 놀리며 말했다. 동금과 정선은 덕수가 사는 원룸 앞에 연인처럼 위장해 섰다. 수찬은 덕수가 사는 102호 1층 계단에서 대기했고, 기원과 수석은 옆 건물에 몸을 숨기고 주변에서 이를 지켜보았다. 후- 정선이 숨을 한번 고르더니 돌변한 얼굴로 목소리를 높였다.

"야~! 어디 갔다가 지금 들어와!"

정선의 날카로운 목소리가 조용한 아침을 깨뜨렸다.

"밤새 술 처먹고 들어오니 기분 좋냐?!"

정선은 공연을 하듯 크게 손짓하며, 거의 비명에 가까운 소리로 고래고래 외쳤다. 몇몇 출근하던 사람들이 걸음을 멈추고 둘을 쳐다보았다. 동금은 정선의 연기에 놀라면서도 지지 않고 언성을 높여 나갔다. 그는 뒷머리를 긁적이며 짜증난 표정을 지었다.

"이런 미친년을 봤나~! 아침 댓바람부터 소리를 지르고 난리야!"

동금이 주변에 들리게 일부러 더 크게 소리쳤다. 그는 마치 실제로 화가 난 것처럼 턱 밑의 근육을 굳히고 주먹을 꽉 쥐었다가 폈다. 정선도 동금의 연기에 맞춰 더욱 격앙된 목소리로 연기를 이어갔다.

"네가 어젯밤에 누구랑 있었는지 다 알아! 내가 바보로 보여?"

구경 중에 싸움 구경만큼 재미난 건 없다. 출근하는 사람들도 무슨 일인가 싶어 가던 길을 멈추고 둘의 싸움을 지켜보았다. 눈에 띌 정도로 잘생긴 선남선녀가 아침부터 싸우는 모습은 주변 사람들의 이목을 끌기에 충분했다. 사람들이 모이는 것을 확인한 동금은 연기의 수위를 높였다.

"내 핸드폰을 몰래 뒤져? 그게 정상이야? 미쳤어!"

정선이 그런 동금에게 한 발짝 다가서며 손가락으로 그의 가슴을 찔렀다.

"네가 나한테 거짓말하니까 그렇지! 다른 여자 만나는 거 다 알아!"

어느새 십여 명이 모여 두 사람의 다툼을 지켜보고 있었다. 개중에는 출근 시간이 다 되었는지, 손목에 차고 있는 시계를 연신 보다가 아쉬워하며 발길을 돌리는 사람도 있었다. 그사이 정선의 연기가 클라이맥스로 넘어갔다. 그녀는 번쩍 손을 들더니 동금의 뺨을 갈겼다. 짜악-! 손바닥이 뺨을 때리는 소리가 원룸촌에 울려 퍼졌다. 동금은 예상했던 것보다 훨씬 강한 타격에 실제로 얼얼한 느낌이 들었지만, 이 기회를 놓치지 않고 연기를 이어갔다. 그는 뺨을 감싸 쥐며 충격

받은 표정을 지었다.

"와…!"

구경꾼 중 누군가가 놀라서 소리쳤다. 몇몇 사람들은 "남자가 맞고도 참네." "저렇게 예쁜 여자가 저런 성격이면 곤란하지." 같은 말을 주고받기도 했다. 원룸 뒤에 숨어 있던 기원은 고개를 내밀어 덕수의 방을 확인했다. 그러나 방에는 아무런 변화가 없었다.

"상덕수 이놈은 꿈쩍도 안 하네…. 저놈 때문에 우리가 이 추운 아침부터 고생을 하는데…."

동금과 정선의 싸움은 10여 분을 지나가고 있었다. 결국 소득 없이 마쳐야 하나 고민되던 그 순간, 102호 문이 삐죽 열렸다. 살짝 열린 문 사이로 중년 남자가 얼굴을 내밀었다. 수찬이 그 순간을 놓치지 않았다. 그는 계단에서 튀어나와 큼지막한 양손으로 문을 확 잡아당겼다. 속옷 바람의 중년 남자가 균형을 잃고 열린 문 앞으로 넘어졌다.

"지금이야!"

수찬의 신호에 수석이 102호로 달려들었다. 그러나 원룸 안으로 들어간 순간, 상황은 그들이 예상했던 것보다 훨씬 복잡함을 알 수 있었다. 상덕배는 그저 체격이 좋은 정도가 아니라, 오랜 세월 단련된 통나무 같았던 것이다.

"씨발놈아, 이거 안 놔!"

덕수가 포효하자 수찬이 그에게 달려들었다. 평소 같았으면 한 번의 태클로 제압할 수 있었을 것이다. 하지만 덕수는 마치 바닥에 뿌리를 내린 나무처럼 꿈쩍도 하지 않았다. 수찬이 이를 악물며 욕설을 내뱉었다.

"씨발!"

두 남자의 몸이 충돌했다. 덩치는 수찬이 조금 더 컸지만, 덕수의 힘은 정말이지 놀라웠다. 그는 한 팔로 수찬을 밀어내면서 다른 팔로 도어락을 붙잡았다. 수석이 뒤로 돌아 다리를 붙잡으려 했지만, 덕수는 마치 예상이라도 한 듯 발을 번쩍 들어올려 피했다. 그 바람에 수석은 균형을 잃고 바닥에 쓰러졌다. 수찬이 다시 덕수에게 달려들었지만, 그는 수찬을 벽으로 밀쳐냈다. 수찬이 벽에 등을 부딪치며 신음했다.

"이런 젠장…."

덕수는 자신의 힘에 자신감이 넘쳤다. 바로 그때, 수석이 바닥에서 벌떡 일어나 덕수의 다리를 낚아챘다. 갑작스런 기습에 덕수는 균형을 잃고 쓰러졌다.

"와, 이 자식! 황소 같네!"

수찬이 덕수의 가슴을 누르며 투덜거렸다. 수찬이 온몸의 무게로 덕수의 상체를 눌렀지만, 덕수의 팔은 여전히 자유롭게 움직였다. 이때, 동금이 빠른 움직임으로 덕수의 옆구리 급소를 가격했다. 외마디 비명과 함께 덕수의 몸이 순간적으로 굳었다. 동금은 그 찰나의 틈을 놓치지 않고 덕수의 한쪽 손목을 붙잡았다. 수갑의 한쪽 끝이 딸각 소리와 함께 채워졌다. 덕수가 팔을 휘두를 때는 일정한 패턴이 있었다. 동금은 그 패턴을 간파했다. 덕수가 세 번째로 팔을 휘두르는 순간, 동금은 덕수의 팔을 등 뒤로 확 꺾었다.

"아악!"

덕수는 고통스러운 비명을 질렀다. 동금은 그 순간을 놓치지 않고 다른 쪽 손목에도 수갑을 채웠다. 딸각 소리와 함께 수갑이 완전히 채워졌다. 세 형사 모두 거친 숨을 몰아쉬었다. 그들의 옷은 땀으로 흠

뻑 젖어 있었고, 얼굴은 붉게 상기되어 있었다. 동금이 숨을 고르며 덕수를 식탁 의자에 앉혔다. 수갑이 채워졌음에도 덕수의 눈에서는 여전히 불꽃이 타오르고 있었다.

숨을 몰아쉬는 남자들의 소리가 원룸 안을 가득 채웠다. 의자에 앉아 있는 덕수의 몸 곳곳에는 수찬과의 몸싸움 과정에서 생긴 긁힌 상처들이 가득했다. 동금은 덕수를 일으켜 세웠다. 그는 흰색 메리야스에 검은색 반바지를 입고 있었다. 동금은 옷을 걷어 올려 덕수의 몸 구석구석을 살펴보았다. 수갑을 찬 양손도 이리저리 둘러보았다. 덕수가 영문을 모르겠다는 표정으로 동금을 쳐다보았다.

"상덕수, 이젠 됐어! 앉아!"

원룸은 화장실 하나만 딸린 작은 방이 공간의 전부였다. 180cm가 넘는 수찬과 동금은 갑갑함을 느끼면서도 미리 준비한 비닐장갑을 끼고 원룸 곳곳을 수색했다.

"팀장님, 여기 흉기 찾았습니다."

동금이 덕수의 잠바 주머니에서 잘 닦여진 잭나이프를 발견하고 외쳤다. 수찬 역시 작은 옷장을 열며 외쳤다.

"그때 입었던 옷도 여기 있습니다."

몰타 호텔 살인 사건의 증거들이 속속 발견되었다.

"뭐야? 아기 옷은 뭔데? 이런 게 여기 왜 있어?"

수찬이 덕수를 노려보자 그는 고개를 돌렸다. 특이하게도 덕수의 옷장 속에는 뜯지도 않은 분홍색 아기 옷과 앙증맞은 리본이 달린 살구색 아기 신발이 발견되었다.

　　　　　　　　＊ ＊ ＊

　동금의 날카로운 시선이 조사실의 냉랭한 공기를 가르며 덕수에게 파고들었다. 덕수는 수갑을 찬 채 자포자기한 표정으로 의자에 앉아 있었다.
　"최측근이라는 사람이 민태구를 왜 죽였어?"
　동금의 질문에 순간적으로 덕수의 눈빛이 흔들렸다. 그러나 답은 하지 않았다. 동금은 천천히 서류철을 넘기며 민태구가 살해된 11월 23일 오후 행적에 관해서 물었다. 덕수는 기억이 없다며 얼버무렸다.
　"우리가 당신이 사는 대학동 원룸에 어떻게 찾아간 것 같아?"
　동금은 '형사들은 시간을 거꾸로 돌아가는 사람들'이라고 말했다. 그리고 증거 파일들을 하나씩 덕수의 앞에 펼쳐 보였다.
　"당신은 11월 23일, 오후 3시 31분에 학동역을 빠져나와 3시 38분에 몰타 호텔 지하 1층 계단을 통해 8층까지 올라갔어. 그리고 오후 4시 5분에 왔던 길로 다시 돌아갔지."
　동금이 CCTV를 캡처한 사진과 일회용 교통카드 사용 내역을 차례로 보여주었다. 그야말로 '빼박' 증거였다. 덕수의 외투에 들어 있던 잭나이프도 민태구의 시신에서 발견된 상처들과 일치해 보였다. 덕수는 모든 것을 체념한 표정으로 멍하니 벽을 응시했다.
　"이제 사실대로 갑시다! 이금영과 몰타 호텔에 같이 있던 거, 다 확인했어!"
　이금영의 이름이 나오자 덕수의 표정이 순식간에 변했다. 그리고는 무언가를 결심한 듯 자세를 고쳐 앉았다. 덕수는 이글거리는 눈빛으로, 놀라운 이야기들을 쏟아내기 시작했다.

"민태구가 나를 승일 그룹에 입사시키고는 어느 날 갑자기 사라졌습니다. 저는 제 몫을 전혀 못 받았어요. 그래서 그놈을 잡으려고 수소문하고 다녔죠."

덕수는 말의 속도를 높이기 시작했다.

"이금영에게 푹 빠져 있는 민태구가 어떡하든 다시 그녀를 만날 거라고 생각했습니다. 그렇게 이금영 주변을 맴돌았는데, 11월 23일 오후에 뜬금없이 모르는 번호로 전화가 왔습니다. 뜻밖에도 이금영이었어요."

동금은 덕수의 말을 들으며 팔짱을 꼈다. 그의 눈동자는 덕수의 표정 변화를 날카롭게 관찰하고 있었다.

"이금영은 민태구와 논현동 몰타 호텔 804호에 있다고 말하고는 전화를 끊었습니다."

덕수는 계속해서 자신이 어떻게 호텔에 도착했고, 어떻게 CCTV를 피해 비상계단으로 8층까지 올라갔는지 설명했다. 그의 목소리가 더욱 높아졌다.

"몇 년 전, 허름한 모텔에서 10만 원 주고 냄비[18]를 하나 부른 적이 있습니다."

덕수는 불필요하게 자신의 과거 범죄 행각을 늘어놓았다.

"그 당시 억울하게 강간으로 수사를 받은 적이 있었지요. 그때, 모텔에서 주로 CCTV가 있는 장소를 알게 되어 이번 범행에 참고했습니다."

덕수는 계속해서 말을 이어갔다.

---

18 성매매 여성을 비하하는 말이다. 여자란 의미로도 쓰인다.

"804호 문은 이금영이 열어주었습니다. 민태구는 벌거벗은 채 깊은 잠에 빠져 있었죠."

덕수의 눈빛이 흔들렸다. 마치 생생하게 그 장면을 떠올리는 듯했다. 덕수가 감정이 격해진 듯 큰 소리를 냈다.

"…씨발놈! 민태구 그 새끼는 죽어도 싼 놈입니다. 하도 열이 받아서 그놈을 죽인 후에 땅콩보다 작은 그 새끼 자지에 잭나이프로 장난질을 좀 했습니다."

동금은 표정 변화 없이 듣고 있었지만, 직감적으로 무언가를 감지하고 있었다.

"울릉도 사택에서 좌표 정보가 들어간 설계표를 훔친 것도 당신이지?"

덕수는 선선히 인정했다. 그는 이제 거침없이 모든 것을 자백하고 있었다. 너무나도 거침없이.

"피해자들에게 사기 친 돈은 누가 가지고 있지?"

덕수는 민태구가 사라진 날, 편달구도 사라졌다고 했다. 그리고 자신은 러시아 보물선 인양과 제일금속 비상장주식으로 사기 친 돈을 한 푼도 받지 못했다고 덧붙였다. 덕수는 모든 사실을 털어놓아 속이 시원하다는 얼굴로 담배 한 대를 청했다. 동금은 창문을 열고 그에게 담배 한 개비를 건네주었다.

"그게 다야?"

동금이 담배를 깊게 빠는 덕수의 얼굴을 보며 말했다. 덕수를 보는 동금의 눈빛은 여전히 의심스러웠다. 뭔가 빠진 것 같다는 직감이 들었기 때문이다. 그러나 덕수는 자신이 민태구 살해범임을 자백한 것을 끝으로 더는 입을 열지 않았다. 그의 자백은 그야말로 완벽한 이야기였다. 마치 미리 준비된 것처럼 증거에 딱 맞아떨어지는…. 동금은 담배 연기가 피어오르는 조사실에서 덕수를 응시했다. 눈에 보이지 않는 진실은 언제나 있기 마련이다. 하지만 지금으로서는 확실한 증거가 없었다.

이후, 덕수는 구속되었다. 하지만 동금의 마음 한구석에는 여전히 의문이 남아 있었다. 문제는 모든 것이 너무 깔끔하게 정리되었다는 것이다. 승일 그룹 보물선 사기 사건의 주요 범인들은 금영을 빼면 모두 검거되거나 죽었다. 문제는 피해자들의 돈이다. 돈의 행방은 여전히 묘연했다.

*　*　*

"박 형사, 상덕수 말이 맞는데…. 이것 봐, 11월 23일 오후 2시 48분에 민태구의 핸드폰으로 상덕수에게 전화가 갔잖아. 민태구가 상덕수에게 전화할 리는 없다고 보는데…."

정선이 동금에게 덕수의 통화 내역서를 보여주며 말했다. 그 시간에 민태구의 핸드폰이 학동역 근처에 있는 몰타 호텔에서 서울대입구역에 있는 상덕수에게 전화한 사실이 확인되었다. 11월 18일에 상덕수의 핸드폰과 통화한 사람도 찾았다. 강남경찰서 앞에 있는 스타벅스 손님으로 있던 남자가 '어떤 예쁜 여자가 자신의 핸드폰을 빌려 누군가에게 전화했다'고 진술했다. 이금영의 사진을 보여주니 그 여자가 맞다며 고개를 끄덕였다. 마지막으로 덕수의 핸드폰에 전화를 건 남자는 이금영을 태운 택시기사였다. 그 역시 강남경찰서에서 태운 예쁜 여자가 핸드폰을 빌려달라고 해서 빌려주었다고 했다.

"상덕수 말이 모순 없어 보이긴 해요. 이금영을 짝사랑한 상덕수가 민태구를 살해할 동기도 충분하고요…. 그런데 아무리 생각해도 나사가 하나 빠진 듯한 느낌이 들어요."

동금이 정선을 보며 말했다. 모든 증거가 덕수의 자백과 일치했지만, 무언가 이상했다. 왜 이금영은 민태구의 핸드폰을 사용해 덕수에게 전화를 걸었을까? 그리고 왜 경찰서에서 석방된 직후, 굳이 남의 핸드폰을 빌려 덕수에게 연락한 걸까?

동금은 펜으로 종이 위에 무언가를 적어 내려갔다.

'이금영이 경찰서를 나오자마자 덕수에게 전화했다는 건… 다급한 일이 있었다는 뜻이겠지. 그 다급한 일이 무엇일까?'

동금의 머릿속에 의문들이 하나둘 생겨났다. 그의 시선이 다시 통화 기록으로 향했다. 몰타 호텔에서 민태구의 핸드폰으로 걸린 전화…. 동금은 민태구와 이금영의 관계도를 머릿속으로 그려보았다.

'이금영이 상덕수를 이용하고 있는 건 아닐까? 아니면… 민태구를 피해 덕수에게 도움을 요청한 건가?'

동금의 눈이 갑자기 반짝였다. 그는 이금영의 얼굴 사진을 집어 들었다. 경찰서에서 찍은 사진 속, 그녀의 눈빛에는 단순한 범죄자의 뻔뻔함이 아닌 다른 무언가가 있었다.

"이금영을 잡아보면 그 이유를 알 것 같은데…."

정선은 덕수의 말이 거짓말은 아닌 것 같다고 했다. 덕수가 무언가를 꾸며대기에는, 어딘지 어리숙해 보인다며…. 동금은 고개를 끄덕였지만, 마음속으로는 확신했다.

'이건 단순한 살인 사건이 아니야. 이금영과 상덕수, 그리고 민태구 사이에 우리가 보지 못한 무언가가 있어.'

동금의 직감은, 이금영이 다른 사람의 핸드폰을 빌려 전화한 이유와 민태구의 핸드폰을 사용한 이유가 핵심일 거라 말하고 있었다.

* * *

12월 4일 강남경찰서 강력 3팀 사무실

"우린 같은 폴리스 아니오? 하하하."

동금은 싱가폴 주재관 장용한 총경의 마지막 말이 가슴에 깊이 남았다. 장 총경이 보내준 보고서에는, 허승도의 사업 이력부터 교민 사회에서의 평판과 일상적인 활동 패턴까지 모든 게 상세 기록되어 있었다. 이는 단순히 의무적인 업무 처리가 아닌, 동료 경찰을 돕기 위한 진정한 노력이었다.

"그런데… 2년 전에 허승도 회장이 자신을 한국에서 온 재벌가 아들이라고 소개한 남자를 만났는데 보물선 이야기를 하더라는 거야. 그러면서 허 회장의 살아온 인생에 관해 이것저것 관심을 보였다는 군."

허승도 회장의 언급에 의하면, 그 재벌가 아들은 세련된 말투와 예의 바른 태도를 지닌 호감형 젊은이였다고 한다. 누구든 경계심 없이 대화를 나눌 수 있을 만큼, 친근하고 매력적인 인상을 가진…. 장 총경의 마지막 말을 곱씹는 동금의 눈빛이 예리해졌다. 타이밍이 너무 맞아떨어졌다. 재벌가 아들이라고 자신을 소개한 인물이 허승도를 찾아온 시점이, 바로 보물선 사기 사건이 본격화되기 직전이었던 것이다. 그가 보물선 이야기를 꺼냈다는 점이나 허승도의 과거에 집요하게 관심을 보였다는 점 역시도….

동금은 볼펜으로 메모지 위에 원을 그리며 생각했다. '재벌가 아들'이라는 신분, 그것은 허승도에게 접근하기 위한 완벽한 미끼였을 것이다. 누구라도 그런 인물의 관심에 경계심을 늦출 수 있다. 그러나 그 인물이 허승도의 과거 이력에 관심을 보인 것은, 단순한 호기심이 아닐 가능성이 컸다.

"뭔가 있어….."

동금이 낮게 중얼거렸다. 두 사람의 만남은 분명 우연이 아니다. 그 '재벌가 아들'은 허승도에 관한 특별한 정보를 찾고 있었을 것이다. 아마도 허승도가 간직해온 비밀이나 약점, 혹은 보물선 사기에 활용할 수 있는 어떤 연결 고리를 노렸을 가능성이 높았다. 생각을 계속하던 동금의 눈이 빛났다. 그는 민태구나 편달구보다 더 큰 그림자가 이 사건에 드리워져 있음을 직감했다. 아마도 그 그림자는 허승도와 '재벌가 아들'의 만남에서 시작되었을 것이다.

"돈의 행방도 거기서 풀릴 수 있겠어….."

동금은 장 총경에게 '재벌가 아들'에 대한 추가 정보를 요청해야겠다고 마음먹었다. 이 인물의 정체가 밝혀진다면, 뫼비우스의 띠처럼 복잡하게 얽힌 사건의 실마리를 풀 수 있을지도 모른다.

22
채석포항

12월 8일 오전 9시 인천공항 출국장

30세 전후로 보이는, 여자처럼 흰 피부를 가진 남자가 태국 방콕으로 향하는 표를 게이트 직원에게 내주었다. 표를 확인한 여직원은 PC 모니터를 또렷이 응시했다. 그러더니 옆에 있는 나이가 좀 더 많은 여직원에게 무언가 귓속말을 했다. 남자의 심장이 한 박자 빨라졌다.

'뭐지?'

남자는 아무렇지 않은 척 태연하게 서 있었지만, 머릿속에서는 경고음이 울리고 있었다. 그의 손가락이 가방 손잡이를 더 꽉 쥐었다. 지금은 기다릴 뿐이었다. 잠시 후, 연락을 받은 남자 직원 하나가 그에게 다가왔다. 남자 직원이 여직원으로부터 항공권을 건네받았다.

"이도영 씨 맞으시죠?"

젊은 남자가 고개를 끄덕였다.

"선생님은 긴급출국 금지가 된 상태입니다. 출국 금지가 해제되기 전에는 외국으로 출국할 수 없습니다."

순간 이도영의 뇌리에 번개가 쳤다. 온몸의 피가 한순간에 식어가는 것 같았다.

'어떻게 이럴 수가…'

도영의 계획에 이런 변수는 없었다. 모든 것을 완벽하게 계산했다고 생각했기 때문이다. 목구멍이 갈라지며, 숨이 제대로 들어가지 않았다. 공포가 파도처럼 밀려왔다. 하지만 겉으로는 당황한 일반인의 모습만을 연기했다.

"도… 도대체…. 무… 무슨 일인가요?"

도영의 목소리는 그가 의도한 것보다 더 심하게 떨렸다.

"그건 저희도 알 수 없습니다. 법무부에 연락해 보시지요."

도영의 눈동자가 재빠르게 움직였다. 그는 재빨리 주위를 살폈다. 경찰은 보이지 않았다. 공항 보안요원들도 평소와 같은 자세로 근무 중이었다. 아직은 단순히 출국만 막는 수준이었다. 하지만 시간이 얼마 없을 수도 있었다.

'침착하게, 생각해. 다른 출구가 있을 거야.'

도영은 표를 받아들고 공항을 빠져나가기로 했다. 지금은 도주가 최선이었다. 그는 작은 캐리어를 들고 서둘러 공항을 빠져나갔다. 12번 게이트를 빠져나온 그는 부랴부랴 정차되어 있던 택시를 탔다.

"손님, 어디로 모실까요?"

도영의 머릿속은 이미 계산기처럼 돌아가고 있었다. 집으로 가면 경찰이 기다리고 있을 가능성이 컸다. 지금 당장, 어디든 안전한 곳이 필요했다.

"우선 빨리 좀 출발해줘요."

"예? 어디로…?"

도영은 택시 안에서 숨을 깊이 들이쉬며 침착함을 되찾으려 했다.

공황상태가 되면 안 된다. 그는 꾸준히 이런 상황에 대비해 왔지 않은가. 도영은 핸드폰을 꺼내 '긴급출국 금지'를 검색했다. 몇 년 전, 사회적으로 큰 물의를 일으켜 수사 받던 전직 고위 검사가 긴급출국 금지를 당한 사실이 뉴스에 있었다.

'그렇다면 나도 수사대상이 되었다는 뜻이군.'

도영의 머릿속에서 퍼즐 조각이 맞춰지기 시작했다. 보물선 사기 사건이 결국 그에게까지 닿은 것이다. 하지만 얼마나 알고 있는지, 누가 수사를 하고 있는지는 알 수 없었다. 그는 즉시 핸드폰을 껐다. 위치추적을 당할 수 있었다. 도영의 눈이 차가운 결의로 빛났다. 다행히 그에게는 외국으로 빼돌린 돈 외에도 혹시 모를 상황에 대비해 현금화시켜 놓은 돈이 충분했다.

'아직 게임은 끝나지 않았어.'

이내 도영의 차분한 목소리가 택시 안을 채웠다.

"기사님, 강남 삼성동에 있는 I호텔로 갑시다."

* * *

같은 시각 신도림동 A 아파트

오른쪽 어깨 아래, 태극기가 그려진 수방사 장군 군복을 입은 노년의 남자는 한껏 무게를 잡으며 아파트를 나왔다. 군복 상의 깃에는 검은색 별 두 개가 또렷이 박혀 있었다. 1층 경비실에서 나이 든 경비원이 나와 노년의 남자를 배웅했다.

"장군님, 외출하시나 봅니다."

고개를 뻣뻣이 세운 노년의 남자가 고개를 끄덕였다.

'오늘은 어디로 갈까?'

지난번에는 멀리 계룡대까지 가서 예비역 장군으로 온갖 폼을 잡으며 주변 사람들의 시선을 한몸에 받았다.

'오늘은 시간도 벌써 점심이 다 되었으니…. 오랜만에 여의도나 가 봐야겠군. 여의도에도 꽤 사람들이 많으니까.'

예비역 장군인 노년의 남자는 지하철을 타기 위해 신도림역 방향으로 몸을 틀었다. 그때, 아침부터 장군을 기다리던 형사들이 길을 막아섰다.

"당신들 누구요?"

"가짜 장군님, 이젠 사기 그만 치시고 경찰서로 가시지요."

사기란 말에 장군은 껄껄 웃었다.

"자네들, 내가 군장점에 다니면서 그깟 외상 좀 했다고 그러나 본데 우리 아들이 벌써 다 갚았다네."

덩치가 무척 크고 험상궂게 생긴 형사가 외투 주머니에서 수갑을 꺼냈다. 동시에 키가 크고 잘생긴 형사는 서류를 꺼내 노인에게 읽어 주었다.

"우린 장군님이 몽골에 가서 희토류 개발한다고 제일금속 비상장 주식을 사기 판매한 혐의로 체포하러 왔습니다."

체포란 말에도 남자는 아직 상황 파악이 안 되는지 기가 죽지 않았다. 자신이 장군복을 입고 다닌 사실이 무슨 큰 죄가 되냐며, 다른 사람들도 군복을 입고 다닌다고 항변했다.

"일단 체포영장 집행하겠습니다. 이장원 씨는 특정 경제 범죄 가중 처벌법 위반 사기죄로 체포됩니다. 여기 체포영장 보시죠. 이장원 씨는 변호인을 선임할 수 있고…."

동금이 체포영장을 집행하고 수찬이 이장원, 그러니까 가짜 장군 이규철의 손에 수갑을 채웠다.
"당신들 이게 뭐 하는 짓이야?! 내가 누군지 알고 이렇게 함부로 대하는 거야?"
"잘 알지요. 가짜 장군이면서 사기꾼 아닙니까? 아, 아마 군대도 안 갔다 오신 걸로 아는데요!"

* * *

형사들의 예상대로, 이장원은 자신이 이규철 장군을 사칭하면서 순명 교회 신도들에게 사기를 친 사실을 인정하지 않았다. 그는 '나도 허승도 의장에게 속아 제일금속 대표로 잠시 일했을 뿐이다'라고 항변했다.
"박 형사님, 내가 석 달도 못 채우고 제일금속 대표에서 잘렸습니다. 물론 제일금속 비상장주식을 판매한 돈은 구경도 못 했습니다. 정말입니다. 믿어주세요!"
형사들도 처음에는 허승도와 민태구 일당이 이규철 장군을 얼굴마담으로 사용해 사기를 치고는 토사구팽한 줄 알았다. 그러나 이규철이 제일금속 대표에서 해임된 시점은 너무 오묘했다. 그때는 이미 제일금속 비상장주식이 거의 다 판매가 된 시점이었기 때문이다. 제일금속 비상장주식 300억 중 200억이 순명 교회 신자들에게 판매된 사실을 알고 있음에도 불구하고, 그가 성과금 한 푼 요구하지 않고 선선히 퇴사했다는 사실이 의문이었다. 그 직후 순명 교회와 승일 그룹 주변에서 완전히 자취를 감춘 것도 이상했다. 무언가 짜고 치는 고스

톱 같은 느낌이 강하게 드는 일이었다. 동금은 이에 의문을 가지고 이규철 장군에 대해서 틈틈이 수사했다. 진짜 이규철 장군은 군에서 은퇴한 뒤, 지금은 캐나다로 이민 가 있는 큰딸 집에서 부인과 함께 지내고 있었다. 한국을 떠난 지 올해로 3년째였다. 동금은 이러한 사실을 뉴욕총영사관에 근무할 당시 교류했던 캐나다 토론토 경찰주재관에게서 확인했다. 실제 토론토 주재관이 이규철 장군을 직접 만나 사진을 찍어 보내 주었고, 캐나다에서 그동안 쭉 지내온 사실도 확인해 주었다. 동금은 이뿐만 아니라, 군 헌병대에서 파악한 이장원의 장군 사칭 사건에 대한 정보도 이미 받아 놓았다. 이장원은 백마부대 사단장인 이규철 말고도 전직 수방사령관인 박태규 장군도 사칭하고 다녔다.

"그래 맞소! 내가 어렸을 때 꿈이 육사를 가는 거였는데 가정 형편상 입학을 못 했소. 그래서 장군 흉내를 내면서 자기만족 하며 살고 있소! 그게 죄가 된다고 해도 큰 죄가 아닌 것으로 알고 있소만."

이장원은 반성할 줄을 몰랐다. 자신의 행위로 순명 교회 신도를 비롯한 수백 명의 사람들이 피땀 흘려 번 돈을 한순간에 날렸다. 그중에는 전 재산을 날린 사람도 있었다.

"이런! 얼굴에 강철판을 두른 두꺼비 같은 사람을 보았나?!"

이장원의 뻔뻔스러움에 기원이 나서 소리를 빽 질렀다. 동금은 이장원에게 이도영이 지금 어디 있는지 물었다. 기세등등하게 자신의 죄를 방어하던 이장원이 그때부터 입을 다물었다. 이제는 묵비권을 행사 중이다. 동금은 일단 이장원을 유치장에 입감시킬 수밖에 없었다.

* * *

같은 날 밤 삼성동 I호텔

인천공항에서 출국을 거부당한 이도영은 I호텔 2502호 창가에 서 있었다. 강남의 화려한 야경이 그의 얼굴에 푸른빛 그림자를 드리웠다. 불과 몇 시간 전, 그는 자유를 향해 날아갈 예정이었다. 그러나 지금, 그는 갇힌 새가 되었다. 도영은 창문에 이마를 기댔다. 차가운 유리가 그의 뜨거운 머리를 식혀주었다. 테이블 위에는 '스택스 립 와인 셀러' 와인이 열려 있었다. 평소라면 그 풍미를 음미했을 와인이지만, 오늘은 그저 긴장을 풀기 위한 도구에 불과했다.

"출국이 금지되셨습니다."

공항 직원의 말이 귓가에 맴돌았다. 도영은 와인을 한 모금 더 마셨다. 입안에 퍼지는 탄닌의 쓴맛이 그의 현실과 묘하게 어울렸다.

'어디까지 알았을까…?'

도영의 머릿속에는 수많은 생각이 교차했다. 처음 이 일을 시작했을 때는 단순했다. 돈을 모으고 깨끗하게 빠져나가는 것. 그리고 태국에서 새 삶을 시작하는 것. 모든 것이 완벽하게 계획되어 있었다. 돈세탁도 성공적으로 마쳤다. 그런데 이제 와서 이런 장애물이라니. 도영은 주먹을 창문에 기대었다. 그의 눈에는 서울이 아니라 자신의 미래가 보였다. 사라져가는 미래가.

'경찰은 이미 내 뒤를 쫓고 있을 거야.'

도영은 자신의 상황을 냉정하게 분석했다. 대한민국에는 더 이상 발붙일 곳이 없었다. 출국이 금지된 이상, 공항을 통한 탈출은 불가능했다. 여권은 이제 쓸모없는 종잇조각에 불과했다.

'밀항….'

도영의 머릿속에 위험한 단어가 떠올랐다. 그는 한 번도 밀항을 진지하게 고려해본 적이 없었다. 그것은 영화에서나 볼 법한, 또는 절박한 사람들이나 선택하는 마지막 수단이었다. 하지만 지금의 그는 그 '절박한 사람'이 되어 있었다.

'어떻게 해야 하지? 배? 화물선? 아니면….'

도영은 머리를 쥐어뜯었다. 밀항 방법을 아는 것도 아니었고, 밀항을 도와줄 사람을 아는 것도 아니었다. 그에게 필요한 것은 도움이었다. 신뢰할 수 있는 사람의 도움. 그는 테이블 위의 꺼진 핸드폰을 집어 들었다. 전원을 켜는 순간, 경찰이 자신의 위치를 추적할 수도 있다는 것을 알고 있었다. 하지만 다른 선택지가 없었다.

'그 사람이라면…'

도영의 머릿속에 한 얼굴이 떠올랐다. 자신을 도울 수 있는 유일한 사람이…. 위험을 무릅쓰고라도 그에게 연락해야 했다. 도영은 깊게 숨을 들이마셨다. 시간은 그의 편이 아니었다. 경찰이 자신의 행방을 파악하기 전에, 최대한 빨리 움직여야 했다. 숨겨놓았던 돈은 이미 누나를 만나 찾아왔다. 혹시 모를 상황에 대비해 국내에 돈을 남겨둔 게 천만다행이었다. 도영은 와인 잔을 비운 뒤 결단을 내렸다. 그의 눈에는 절박함과 결의가 동시에 어려 있었다. 그는 외투를 챙기고 핸드폰을 손에 쥐었다. 다시 한번 깊게 숨을 들이마신 후, 그는 룸의 문을 열었다. 새로운 탈출 계획이 그의 머릿속에서 형태를 갖추기 시작했다.

* * *

12월 12일 태안 채석포항

정오가 다 된 시간, 태안 채석포항에 작은 미니쿠퍼 차량이 도착했다. 그때 근처 어느 한 건물 안에 숨어 채석포항 선착장에 누군가가 도착하기만을 오매불망 기다리는 사람이 있었다. 무슨 이유인지 그는 주변을 매서운 눈으로 주의 깊게 살피고 있었다. 겨울이라 그런지 오가는 사람들이 많지는 않았다. 주차장에 주차된 미니 쿠퍼에서 내린 남자 셋은 제각각 나이대가 다 달랐다. 셋은 한 남자의 안내에 따라 식당 안으로 들어갔다.

'짭새가 미행한다면 대장님보다 먼저 도착할 리는 없지…. 저렇게 작은 차에 형사가 셋이 타는 것도 이상하고….'

드디어 숨어 있던 남자의 눈이 반짝였다. SUV 차량이 미끄러지듯 들어오더니 곧 선착장 앞에 차를 주차해 놓았다. 차에서 내린 최상칠이 주변을 둘러보았다. 동시에 한 시간 전부터 채석포항에서 상칠을 기다리던 남자도 상칠의 주변에 누가 붙었는지 유심히 살펴보고 있었다. 잠시 후, 그랜저 승용차에서 부부인 듯한 남자와 여자가 차에서 내렸다. 남녀는 근처의 다른 횟집으로 들어갔다. 이제야 의심을 푼 젊은 남자가 건물 밖으로 나와 상칠이 서 있는 선착장으로 발걸음을 옮겼다. 선착장에는 매서운 칼바람이 몰아치고 있었다.

"대장님!"

상칠은 자신을 부르는 소리에 고개를 돌렸다. 그러고는 선착장으로 걸어오고 있는 젊은 남자를 향해 손을 흔들며 활짝 웃었다. 젊은 남자는 두꺼운 외투에 모자를 푹 눌러쓰고, 목에는 목도리까지 두르고 있었다. 손에는 운동선수들이나 들 법한 큼지막한 가방을 들고 있었다.

"나 실장! 그동안 잘 지냈어?"

진우와 상칠은 반가움에 한참을 두 손을 잡고 놓지 않았다. 상칠은 근심 가득한 얼굴로 진우에게 자초지종을 물었다. 3일 전, 진우는 상칠에게 전화해 밀항하려고 한다며 도움을 줄 수 있는지 물었다.

"언론에 난 얘기는 들으셨지요? 명장범 회장과 조왕진 부사장이 죽고, 권봉만, 채양석, 상덕배 이사까지 줄줄이 경찰에 구속되었습니다. 알고 보니 모든 것은 허승도 의장의 장난질이었습니다. 허승도가 명장범과 조왕진을 이용해 사기를 친 것이지요. 그 사람이 피해자들 돈을 모조리 회수해 갔습니다."

상칠은 진우의 말을 듣고 혼란스러워졌다.

"그런데 나 실장이 밀항은 왜?"

진우는 경찰이 승일 그룹에서 중요 직책을 맡았던 사람들을 모두 구속했다며, 자신도 홍보실장을 맡았기 때문에 어쩌면 이미 수배자일 수 있다고 했다.

"저도 허승도가 영입하지 않았습니까? 저는 허승도가 싱가폴 어디에 사는지 잘 알고 있습니다. 직접 싱가폴로 날아가서 허승도를 잡으려고요. 잡아서 억울한 피해자들 돈을 찾아 돌려줄 생각입니다. 그래야 제 억울한 누명도 풀 수 있고요."

진우의 눈빛이 잔뜩 화가 난 듯 이글거렸다. 그는 우선 중국으로 갔다가 기회를 봐서 태국을 거쳐 싱가폴로 갈 예정이라고 설명했다.

"대장님이 꼭 좀 도와주세요!"

진우는 가방을 열어 오만 원권 지폐가 수북이 들어 있는 것을 보여주었다. 상칠의 눈이 휘둥그레졌다. 가방에 든 돈은 오억이었다. 진우의 간절한 눈빛에 상칠이 흔들렸다. 울릉도에서도, 서울에서도 진우는 항상 예의 바르고 배려심 깊은 훌륭한 청년이었다. 그런데 그 순간, 상칠이 머뭇거리며 진우와 눈을 마주치지 못한 채 안절부절못했다. 무언가 낌새를 눈치 챈 진우가 음식점이 쭉 늘어선 건물들을 보며 상칠의 귀에 대고 속삭였다.

"대장님, 혹시 지금 형사들 떴나요? 그 형사들 절대 믿으시면 안 됩니다."

잠시나마 혼란 속에 주저하던 상칠이 입을 열었다.

"나 실장, 경찰에 자수하는 게 어때? 자네가 보물선 사기단과 무관하다는 사실은 누구보다 내가 가장 잘 알잖아. 내가 도와줄 테니…"

상칠의 말이 채 끝나기도 전에 진우가 주변을 예리하게 살폈다. 그의 눈동자가 불안하게 움직였다. 잠시 전까지만 해도 침착했던 얼굴에 이상한 그림자가 드리우기 시작했다.

"대장님, 지금 짭새들 와 있지요? 사실대로 말씀해 주면 자수하겠습니다."

상칠이 잠시 망설이다 천천히 고개를 끄덕였다. 그 순간, 진우의 얼굴이 완전히 다른 사람처럼 변했다. 부드럽던 눈빛은 사라지고, 동공이 확장되었다. 입가에는 경련이 일었다. 마치 가면을 벗은 것처럼. 그는 더 이상 나진우가 아닌, 이도영이었다.

도영의 손이 외투 옆 주머니로 향했다. 그곳에서 꺼낸 것은 날카로운 송곳이었다. 길이가 20cm에 달하는 흉기가 빛을 받아 서늘하게 반짝였다. 어린 시절, 도영은 그 송곳으로 동네 고양이들을 찔러 죽이며 즐거워했다. 당시 그의 얼굴에 떠올랐던 것과 똑같은 미소가 지금 그의 입가에 머물렀다.

"이 개자식! 반토막 같은 새끼를 탐사대장까지 시켜주었더니 감히 짭새들을 데리고 와?!"

상칠은 눈앞의 광경에 얼어붙었다. 항상 침착하고 예의 바르던 진우가 돌변한 것에 정신을 차릴 수가 없었다. 게다가 '자신이 탐사대장을 시켜주었다'라는 말 또한 이해할 수 없었다. 경찰의 경고가 귓가에 울렸다. 그들은 상칠에게 '나진우와 대면하지 말고 건물 쪽으로 뛰어오라'고 당부했다. 이제야 그 이유를 알게 된 상칠이었다.

"네가 내 등에 칼을 꽂아?! 배신자 새끼!"

도영의 눈에 증오가 가득 찼다. 그의 손이 송곳을 움켜쥐는 방식은 마치 수술용 메스를 다루는 의사처럼 정확했다. 어릴 적, 그는 동네에서 '미친놈'이라 불렸다. 도영은 작은 동물들을 송곳으로 찔러 죽이는 것이 취미였다. 지금 손에 쥐고 있는 송곳은 그 시절부터 그와 함께 해왔다. 도영의 송곳이 순식간에 상칠의 목을 스쳤다. 상처는 깊지 않았지만, 붉은 선이 선명하게 그려졌다.

"윽… 으윽!"

부기원 팀장의 신호에 형사들이 우르르 선착장으로 달려 나왔다. 미니쿠퍼에서 내려 먼저 식당으로 들어갔던 세 남자, '기원' '수찬' '수석'뿐만 아니라 젊은 부부인 척 횟집으로 들어갔던 '동금' '정선'까지 도영과 상칠을 향해 내달렸다. 도영의 눈이 크게 떠졌다. 그의 입가에는 웃음이 번졌다. 마치 이 상황을 즐기는 듯했다. 그는 상칠의 목을 한 손으로 감싸 쥐고, 다른 손에 든 송곳을 그의 목에 겨눴다.

"야… 짭새 새끼들아, 죽고 싶으면 들어와 봐! 내가 오늘 여기 이 반토막 새끼하고 너희 중에 한 새끼는 반드시 눈깔을 파내줄 테니까!"

 도영의 음성이 변했다. 그는 때로는 웃음을, 때로는 울음을 터뜨렸다. 그의 다중인격이 완전히 드러나는 순간이었다. 학창 시절, 그는 자신을 괴롭히는 같은 반 친구의 눈을 송곳으로 찔러 실명을 시킨 전력이 있었다. 그만큼 도영은 폭력적이고 충동적이었다.

 "이도영! 최상칠 대장은 네가 좋아했던 사람이잖아! 너 도와주려고 멀리 포항에서 아침부터 달려온 사람을 그렇게 대우해도 되겠어? 어서 그 송곳 내려놔!"

 기원의 차분한 말에 도영의 눈이 잠시 흔들렸다. 그러나 그 눈에는 다시 냉정함이 깃들었다.

 "나이 든 꼰대 새끼는 꺼져! 누린내 나는 새끼들은 꼴 보기도 싫으니까!"

 형사들은 발을 동동 굴렀다. 상칠이 인질로 잡혀 있어 함부로 행동할 수 없었다. 선착장의 구조상, 그들의 움직임이 도영에게 완전히 노출되었다. 도영의 뒤로는 겨울 바다밖에 없었다.

 상칠은 자신의 목을 조르는 도영의 손을 떼어내려 안간힘을 썼다. 순간, 그의 시선이 동금과 마주쳤다. 상칠이 눈을 깜빡이며 신호를 보냈다. 그는 도영의 손목을 치켜들 작정이었다. 찰나의 순간, 상칠이 송곳을 든 도영의 손목을 움켜쥐었다. 동금과 수찬이 그 순간을 놓치지 않고 달려들었다. 하지만 도영은 이미 송곳을 다른 손으로 옮겨 쥐고 있었다. 어릴 적부터 다뤄온 그의 송곳 솜씨는 남달랐다. 도영은 그 솜씨로 상칠의 눈을 향해 송곳을 휘둘렀다.

 "으아악!"

 상칠의 비명이 선착장에 울려 퍼졌다. 그는 한쪽 눈을 손으로 가리고 고통스러워했다. 송곳이 눈을 관통한 것이다. 도영은 마치 사춘기 시절처럼 미친 듯이 송곳을 휘둘렀다. 당시 그는 학교 폭력으로 여러 번 징계를 받았다. 그의 손에서 송곳이 번뜩이며, 달려들던 수석의 옆구리를 찔렀다. 붉은 피가 수석의 옷을 적셨다.

"이런 인간 말종 새끼가!"

수찬이 분노했지만, 동금이 그를 말렸다.

"반장님, 잠시만요!"

동금은 냉정하게 상황을 파악했다. 그는 외투를 벗어 방패로 삼았다. 도영이 송곳을 휘두르는 순간, 동금은 외투로 그의 시야를 가리는 동시에 발로 그의 손목을 찼다. 드디어 송곳이 도영의 손에서 떨어져 나갔다.

"아, 씨발! 세상 더럽게 좆같네! 으아악!!"

도영은 마지막으로 이 말을 내뱉고는 5억이 든 가방과 함께 겨울 바다로 뛰어들었다. 그의 얼굴에는 다시 한 번 변화가 일어났다. 미소가 사라지고 절망이 깃들었다. 동금이 주저 없이 바다로 뛰어들었다. 도영이 살아야 피해자들의 돈을 찾을 수 있었다. 수찬은 상칠을 부축하며 한숨을 내쉬었다.

"어쩐지 어젯밤 마누라 잔소리가 심하더라니…. 오늘 일진 좆나게 사납네!"

수찬은 상칠을 정선에게 넘기고 동금을 따라 겨울 바다로 뛰어들었다. 얼음장 같은 바다가 그들을 기다리고 있었다.

23
결착

12월 14일 오전 10시 30분경 강남 S병원 1인실

이도영이 천천히 눈을 떴다. 그의 오른팔에는 링겔이 꽂혀 있었다. 눈을 떠 주변을 살펴보니 작은 병실에 자신이 혼자 누워 있었다. 문 앞에는 태안 앞바다 선착장에서 보았던, 키가 크고 잘생긴 젊은 형사가 자신을 바라보며 서 있었다. 자기와 비슷한 또래였다. 자신을 수사했던 담당 형사가 이렇게 젊을 줄은 상상하지 못했다. 도영은 침대에서 일어서려 했지만, 몸이 생각대로 움직이지 않아 옴짝달싹할 수 없었다. 그제야 그는 자신의 양손과 양발이 굵은 실 끈으로 침대 모서리에 묶여 있는 것을 확인할 수 있었다.

"이도영, 너는 이틀 동안 병원에 있었어. 우리가 바다에서 익사 직전인 당신을 겨우 구했지." 도영은 태안에서 상칠을 통해 밀항을 시켜줄 사람을 만나기로 했다. 큰 가방에 들었던 5억 원은 밀항을 위한 착수금과 브로커를 연결해 줄 상칠의 몫이었다. 실제 밀항은 연말로 D-day를 잡은 것으로 드러났다.

"네가 묵었던 삼성동 I호텔 방에서 해외 유령회사 계좌로 빼돌린

650억의 출처와 관련된 정보들을 발견해 FIU[19]와 합동으로 조사 중이야. 시간은 걸리겠지만, 다행히 피해자들에게 사기당한 돈은 돌려줄 수 있을 것 같아."

동금의 말을 듣는 도영의 얼굴에는 일체의 동요도 없었다. 오히려 모든 것을 체념한 듯 지나칠 정도로 평온해 보였다.

"나머지 돈 70억에 대해서도 이미 조사가 들어갔어. 당신의 어머니와 누나에게 50억이 흘러 들어갔더군. 그것도 곧 회수할 예정이야."

어머니와 누나란 말에 지금껏 고요하던 도영의 눈에 눈물이 주르륵 흘러내렸다.

"너희 가족만 소중해? 너 때문에 전 재산을 사기당해 가장이 자살해서 온 가족이 길바닥에 나앉기도 했고, 가정불화로 가정이 파탄 난 사람들도 수십 명이야! 그리고 내 경찰 대부님도…."

동금은 감정을 추스르고 이런 사기 아이템을 어떻게 계획해 실행에 옮겼는지 물었다. 그러나 도영은 묵묵부답했다.

도영의 아버지는 가짜 장군 이장원이었다. 이장원은 현실 도피성으로 부인과 어린 자식들을 두고 집을 나가, 25년을 떠돌며 군복을 입고 장군 흉내를 내며 자기만족에 사는 사람이었다. 도영은 그런 아버지를 원망하면서도 이번 사기 범행에 그를 끌어들였다. 그 이유는 단순했다. 혼자 일인 다역을 하는 것이 한계가 있었기 때문이다. 아이러니하게도, 도영에게 아버지 이장원은 가장 원망스러운 존재인 동시에 가장 믿을 수 있는 사람이었다. 심지어 아버지는 이미 25년간 가짜 장군으로 행세하며 실전 연기를 연습한 상태였다. 도영은 이장원

---

19 금융정보분석원으로 범죄자금 세탁과 외화 불법 유출 방지 업무를 담당하는 정부기관이다.

에게 범행 대가로 5억 원을 주었다. 어머니와 누나에게 준 돈인 50억의 1/10 수준이었다. 도영이 얼마나 아버지를 원망하고 미워했는지 알 수 있는 부분이었다. 마침내 도영이 입을 열었다.

"박 형사님, 어떻게 이장원과 나를 의심했습니까?"

동금은 사기 범행이 거의 마무리될 즈음, 승일 그룹에서 이규철 장군과 나진우가 우연의 일치처럼 동시에 없어진 사실에 주목했다. 동금의 이 추리는 정확했다. 도영이 이장원과 함께 승일 그룹 사기단 수사에서 빠지기 위한 계획의 일부였던 것이다. 이장원은 토사구팽 당한 피해자처럼 연기함으로써 민태구와 편달구를 보기 좋게 속였다.

"그리고… 당신들이 떳떳하다면 왜 가명을 사용했겠어? 아마 진짜 이름을 사용했다면 오히려 의심을 피할 수 있었을지도 모르지."

도영이 지그시 입술을 깨물었다. 완전 범죄를 꿈꾸다가 오히려 이 형사의 의심을 산 것이다. 도영은 진성희에게 고소당해 물의를 일으켰다는 이유로 회사에 사표를 던졌다. 동금은 이 역시 의심하여 '진성희가 나진우에게 1억 원이라는 거액을 받고 바로 고소를 취하했다'는 사실을 확인했다.

"엉덩이 좀 만졌다고 누가 현금 1억을 합의금으로 주겠어? 당신이 무슨 재벌이야? 고소당한 지 3일 만에 부랴부랴 합의한 사실도 내 경험상 충분히 의심해 볼 만한 상황이었지."

"박 형사님, 설마… 내가 정말 진성희를 성추행했다고 보세요?"

도영이 피식 헛웃음을 지으며 물었다. 실제로 도영이 진성희에게 술에 취한 척 일부러 연기를 한 건 사실이었다. 그러나 진성희는 도영의 계획과 달리 그의 스킨십을 모두 받아주었다. 심지어 모텔에 가자는 도영의 제안에 응해 함께 모텔에 가기도 했다. 예상치 못한 진성희의 반응에 오히려 당황한 건 도영이었다.

"그 꽃뱀 년이 내 위에 올라타서 얼마나 발광을 하던지…. 내가 한 시간을 시달렸다니까요."

도영은 다음 날부터 진성희의 연락을 모두 무시했다. 당연히 고소를 유도하기 위해서였다. 실제로 진성희가 도영을 고소한 이유는 성추행 때문이 아니었다. 진우가 자신을 완전히 무시하는 것에 화가 나 허위고소를 했던 것이다. 어쨌든 도영의 고소 전략은 성공했다. 하지만 회사에서 나오는 것과 별개로, 진성희가 경찰에 피해자 진술을 하기 전에 입막음을 해야 할 필요성이 있었다. 고소는 당하되, 경찰 수사는 피해야 했기 때문이다. 그렇게 진우는 1억 원의 합의금을 진성희에게 주었다. 진성희가 동금에게 반해 술 한잔하며 이 모든 것을 떠벌릴 줄은 꿈에도 모른 채….

동금은 동금대로 운이 좋았다. 가짜 장군 이장원이 헌병대에 잡혀 왔던 날, 그를 데려가던 아들 이도영의 모습을 본 것이 신의 한 수였다. 동금은 비록 주차장을 빠져나가는 SUV를 잡진 못했지만, CCTV를 통해 운전석의 도영을 확인할 수 있었다. 그리고 진성희를 통해, 이도영이 나진우라는 사실을 알게 되었다. 그녀가 도영의 얼굴을 확인해줌으로써 동금은 나진우와 이규철이라는, 전혀 관련 없는 듯 관련 있던 고리의 핵심을 파악할 수 있었다.

"설계표를 도둑맞고 협박범들에게 그렇게 끌려 다닌 이유는 뭐야? 설계표에 들어 있다는 좌표 정보는 있거나 말거나 한 정보였을 텐데."

"역시… 대단하네요. 좌표 정보는 눈속임용이라는 것을 눈치 챘다니요. 좌표 정보라는 것은 처음부터 가짜였습니다. 설사 진짜라고 하면 뭐 합니까? 아무 쓸모도 없는데…. 러시아 보물선에 금괴 100조가 실려 있다는 것 자체가 새빨간 거짓말인데….”

 실제 금괴 100조라면 그 당시 전 세계 금의 20~30%는 표토르호에 실려 있을 양이었다. 한마디로 수치나 통계로도 불가능한 얘기였던 것이다. 표토르호가 침몰한 역사적 사실이, 보물선 이야기로 둔갑한 것일 뿐이었다. 그러나 도영에게 있어 민태구가 잃어버린 설계표를 반드시 찾아할 이유는 분명했다. 설계표에는, 이 거대한 사기극을 위해 포섭할 인물들과 각자의 역할에 대한 메모가 적혀 있었다. 즉 설계표는, 승일 그룹의 조직도였다. 도영은 허승도라는 가상의 인물을 이용해 민태구에게 이 설계표를 주어 일을 진행하게 했다.

 “설계표에는 나진우와 이규철의 이름도 조직도와 함께 들어 있었습니다. 민태구의 의심을 사지 않기 위해서는 나와 이규철의 이름도 버젓이 들어가 있어야 했으니까요. 그런데 만에 하나 이게 경찰 손에라도 들어간다면, 저와 아버지도 사기단의 중요 인물임이 밝혀져 주요 수사대상이 될 수밖에 없죠.”

 실제로 도영과 이장원은 수사를 피하기 위해 투자설명회나 기자단 설명회 같은 공식 석상에 절대 모습을 드러내지 않았다. 투자설명회 당시 촬영한 8인의 사진에, 도영과 이장원이 들어가지 않은 이유였다. 또한 도영이 직접 3억이 든 돈 가방을 들고 나간 것도 계획적이었다.

 협박범과 만나기 전, 도영은 민태구가 잃어버린 설계표와 거의 비슷한 내용으로 설계표 한 장을 미리 작성했다. 그러고는 승일 빌딩에 들어올 때, 여자가 준 노란색 서류봉투에 들어 있는 진짜 설계표와 바꿔치기했다. 당연히 새로 작성한 설계표에는 나진우와 이규철의 이름이 빠져 있었다.

"이금영이 민태구에게서 설계표를 훔치고, 이후에 상덕수를 끌어들여 3억을 뜯어낸 거 맞지?" 도영이 고개를 끄덕이며 동금의 추리에 감탄했다.

"이금영은 민태구랑 상덕수 사이에서 줄타기나 하던 년 아닙니까? 두 놈 다 이금영에게 푹 빠져 당한 놈들이죠. 특히 상덕수, 그놈이 질투심에 눈이 멀어 민태구를 죽인 거 아닙니까? 한심한 놈들!"

동금은 4년 전, 서울경찰청 광수대에서 부기원 팀장이 자신에게 했던 말이 기억났다.

"박 형사, 이 세상에 알 수 없는 것이 두 가지가 있다. 하나는 손바닥 위에 있는 개구리가 어디로 뛸까이고…. 다른 하나는 바로 남녀 관계야!"

"아버지는 어떻게 됐습니까? 구속됐나요? 씨발놈!"

동금은 고개를 끄덕였다. 아들 도영으로부터 받은 5억 원도 모두 회수되었다. 이장원은 처음부터 러시아 보물선 사기 사건에는 관심이 없었다는 점이 후에 밝혀졌다. 그는 그저 장군복을 입고 실제 장군처럼 대우받길 바랄 뿐인, 조잡한 인간에 불과했다. 그래서일까? 그는 도영으로부터 받은 5억 원을 그대로 보관하고 있었다. 그가 몽골에 희토류 채굴을 위해 몽골 정부와 MOU를 맺었다는 것도 모두 거짓이었다. 그가 몽골에서 촬영했다는 MOU 사진은 국내에서 몽골인 대역 배우를 써서 연출한 것이었다.

"당신이 2년 전 싱가폴에서 허승도를 만났지? 대왕 그룹 숨겨진 아들인 조왕진을 사칭해서 말이야. 그때부터 너는 보물선 사기를 준비하면서 속아줄 대역 배우들을 물색했고?"

도영이 고개를 끄덕였다. 그에게는 성공한 교포 재력가이자 교민들에게 평도 좋으면서 한국에는 코빼기도 내비치지 않을, 실재하면서도 실재하지 않는 상상 속 인물이 필요했다. 허승도는 그 조건에 딱 맞는 사람이었다. 그렇게 도영은 허승도라는 인물의 이름과 배경을 사기 범행에 사용할 결심을 했다. 도영이 이런 사기를 친 배경에는, 이름도 없는 조그만 인터넷 신문 기자 생활이 결정적이었다. 도영이 다녔다는 인터넷 신문사는 주변의 가십거리를 찾아 유튜브에 게재하는 하류 수준이었다. 그렇지만 도영이 사기를 창작하기에는 그만큼 좋은 보물창고가 없었다.

도영은 편달구가 대왕 그룹 사생아를 사칭하면서 인기 영화배우와 결혼까지 하려는 정보를 듣고 이를 취재했다. 달구는 도영이 자신을 취재하는 것을 몰랐지만, 도영은 이미 이때부터 달구를 써먹기 좋은 물건이라고 생각했다. 그래서 후에 달구를 역으로 속여 러시아 보물선 사기 사건에 끌어들인 것이다. 민태구 역시 마찬가지였다. 도영은 테헤란로에서 명강의로 돈을 유치해 사기를 치는 민태구의 존재도 알게 되었다. 그래서 자신이 직접 인터넷 여러 곳에 뿌려 '테헤란로의 아버지 명장범'이란 별명을 지어주었다. 그렇게 명장범을 띄워줌으로써 꼭두각시로 내세우기 위해 치밀한 준비를 했다. 물론 민태구와 편달구는 도영의 존재를 꿈에도 알지 못했다. 하지만 나름대로 강남 바닥에서 최고 수준의 사기꾼이던 두 사람을 도영이 계속해서 속이기란 불가능했다. 민태구와 편달구는 어느 순간 러시아 보물선 인양사업이 사기라는 사실을 알았고, 적당한 시기가 오면 빠질 계획을 갖고 있었다. 그러나 이 모든 것이 나진우, 그러니까 이도영의 설계라는 사실은 꿈에도 몰랐다. 결국 그들은 도영이 모든 돈을 갖고 튄 뒤에야 자신들이 이용당했음을 깨달았다.
"민태구나 편달구도 이 바닥에서는 나름 내로라하는 사기꾼들인데…. 나이까지 속인 32세의 새파란 놈에게 수술 당하고 비명횡사했다니 저승에서 얼마나 억울해할까?"

도영은 이장원과 함께 번갈아서 허승도 의장 역할을 했다. 울릉도 사택에서 민태구가 틀었던 허승도의 동영상은, 한국에 있는 불법체류자 몽골인을 섭외해 대역으로 촬영한 것이었다. 그렇게 이도영에게 완벽히 속은 민태구와 편달구는, 허승도를 실제 본 적이 없음에도 그가 실재한다고 믿었다. 도영은 동금에게 마지막 질문을 던졌다.

"내가 최상칠과 접촉할 거란 사실은 어떻게 안 거죠?"
"인천공항에서 당신 핸드폰이 꺼졌다는 사실을 알게 된 순간, 예상대로 해외 도피를 시도했다는 걸 알 수 있었지. 정상적인 방법으로 도피가 불가능하다는 생각을 하게 된 이상, 밀항 말고 다른 루트는 없잖아? 한국에 있는 한 경찰 추적을 피할 수 없다는 건 누구보다 잘 알고 있었을 테니까."

밀항에는 무조건 브로커가 필요하다. 동금은 정선의 도움으로 도영의 주변 인물들에 대한 긴급 분석에 들어갔고, 그러던 중 도영의 휴대폰이 잠시 켜진 것을 확인했다. 이는 도영이 상칠의 연락처를 확인코자 잠시 휴대폰을 킨 것이었다. 이때, 경찰은 휴대폰의 위치가 강남 코엑스 근처라는 사실을 알 수 있었다. 또한 고작 몇 십초 만에 할 수 있는 일을 추리한 끝에, 도영이 연락처를 확인코자 휴대폰을 켰을 것이라는 것 역시 추리할 수 있었다.

"완벽을 위해 발버둥 친 당신의 그 몇십 초가, 우리에겐 오히려 확신 아닌 확신을 심어준 셈이지."

동금은 이후, 도영의 주변 인물 중 바다를 가장 잘 아는 상칠에게 주목했다. 그리고 실제로, 그가 강남 코엑스 근처 공중전화로부터 한 통의 전화를 받았다는 사실을 확인했다. 동금을 비롯한 형사들은 그렇게 상칠의 뒤를 쫓았고, 도영을 만나고자 이동 중이던 상칠에게 접근해 나진우의 정체가 이도영임을 알려주며 협조를 요청했다. 물론, 예상치 못한 상칠의 행동으로 인해 크게 일이 어그러질 뻔하긴 했지만….

"성경에 이런 문구가 있지. 함정을 파는 자는 그것에 빠질 것이요. 돌을 굴리는 자는 도리어 그것에 치이리라…. 이도영, 당신이 남을 속이고자 판 함정들이, 그리고 당신의 욕망만을 위해 행했던 그 모든 악행들이… 결국 당신을 이렇게 만든 거야."

* * *

12월 31일 명동성당

함박눈이 펑펑 내린 12월 31일. 명동성당에 숨어 있던 이금영이 마지막으로 검거되었다. 그녀는 11월 18일, 자신에게 도움을 주었던 명동성당 수녀님을 찾아가 또다시 도움을 청했다. 수녀님은 당연히 금영이 사기꾼이라는 것을 알지 못했다. 수녀에게 있어 금영은, 그저 어떤 이유로 도망 다니는 가여운 꽃사슴일 뿐이었다. 더구나 그 꽃사슴은 '엘사'와 함께였다. 동금은 11월 18일 CCTV를 다시 돌려보며 금영의 행적에 관한 단서를 포착했다.

몰타 호텔에서 벌어진 살인 사건에 관한 금영의 진술은 덕수가 했던 말과 일치했다. 그녀는 돈을 나누어 주겠다는 민태구의 감언이설에 속아 원하지도 않는 섹스를 했다. 그런데 민태구는 '네 몫이 어디 있냐?'며 뻔뻔하게 오리발을 내밀었다. 그녀는 잠든 민태구의 핸드폰을 훔쳐 자신을 짝사랑하는 덕수에게 도움을 청했다. 804호에 들이닥친 덕수는 곤히 잠든 민태구의 온몸을 칼로 난사했다. 금영은 너무나 끔찍한 광경에 한동안 옴짝달싹할 수 없었다. 너무 놀라 숨조차 쉴 수가 없었다. 덕수가 민태구를 혼내줄 정도로만 생각했지 이렇게 죽일 거라고는 상상하지 못했다. 그 후 너무 무서워서 도망쳤고, 이를 신고할 엄두를 내지 못했다. 본인도 현장에 있었기 때문에 자칫하면 경찰에 오해를 받을 수 있다고 생각했다.

"그럼 살인 사건이 나기 전인 11월 18일에는 왜 그렇게 허겁지겁 도망간 거죠?"

동금의 질문에 금영은 잠시 눈을 내리깔았다.

"사기 피해자들이 내가 석방되었다는 소식이라도 들으면 해코지할 수 있다고 생각했어요."

금영은 또박또박 답했지만, 동금의 눈에는 그녀의 말과 행동 사이의 모순이 보였다.

'과연 그런 이유 때문일까…?'

동금은 서류를 뒤적이며 생각했다. 자수한 사람이 뜻밖에도 불구속으로 석방되자마자 경찰서를 도망치듯 빠져나간 이유가 정말 피해자들이 두려워서였을까?

"어디로 갈지 알 수 없어 강남경찰서 정문 앞 골목길에 있는 스타벅스에 들렀다고 했죠?"

금영이 고개를 끄덕였다.

"다른 사람 핸드폰을 빌려 덕수에게 전화한 이유를 들어봅시다!"

동금의 날카로운 질문에 금영의 눈빛이 순간 흔들렸다. 그녀는 우물쭈물하더니 입을 열었다.

"나를 짝사랑하는 상덕수에게 도움을 청하고 싶었어요…."

금영의 목소리는 작아졌고, 시선은 테이블 위를 맴돌았다.

'그날, 상덕수는 이금영을 만나지 못했어. 이 여자는 상덕수에게 도움을 청하고 싶었다면서 그를 만나지 않았어. 그 이유가 뭘까?'

동금은 뫼비우스 띠를 아직 풀지 못했다. 전체 그림을 완성하기에는 여전히 핵심 조각이 빠져 있었다. 이후, 금영도 구속이 결정되었다. 그녀는 허승도의 정체가 나진우였다는 말에 빙그레 미소 지을 뿐이었다.

그녀의 미소 뒤에 감춰진 진실이 무엇인지, 동금은 계속해서 의문을 품었다. 상덕수가 자백한 살인, 이금영의 이상한 행동, 민태구의 핸드폰으로 걸린 전화…. 이 모든 것들 사이에 숨겨진 진실이 대체 무엇일까?

24
거짓말

동금은 세상을 떠들썩하게 만들었던 러시아 보물선 사기 사건의 범인들을 모두 검거했다. 피해자들에게도 사기당한 대부분의 돈을 돌려줄 수 있었다(이도영은 30년의 중형을 선고받았고, 이장원은 징역 4년을 선고받았다). 하지만 동금에게는 풀어야 할 마지막 퍼즐이 남아 있었다. 이후, 범행 현장을 재구성하면서 동금은 '덕수의 진술이 물리적 증거와 일치하지 않는다'는 사실을 발견했다.

"기억이 날 것도 같아요. 그날 오후에 태운 승객 중 옷에 피가 묻은 사람은 없었습니다. 기억나는 건 사각 턱을 가진 남자가 몹시 안절부절못하는 모습이었다는 것뿐이에요."

2주라는 시간을 공들인 끝에 찾아낸 택시 기사로부터, 동금은 덕수의 몸이 살인자답지 않게 깨끗했다는 진술을 확보할 수 있었다. 여기 더해 결정적인 증거인 CCTV 영상 또한 확보했다. 덕수가 택시에서 내린 대학동 동사무소 앞 CCTV에, 그의 옷이 멀쩡한 모습으로 찍혀 있었던 것이다. 살인 현장에서 피를 묻히지 않고 나올 수는 없다. 심지어 민태구는 가슴과 배를 수십 차례 찔린 상태였다. 그런 잔혹한 살인을 저지른 사람의 옷에 단 한 방울의 피도 묻지 않는다는 건 불가능했다. 이뿐만 아니라, 덕수는 살인을 자백하면서도 흉기의 출처에 대해서는 명확한 답을 하지 못했다. 흉기에 대해 묻는 동금에게, 그는 '그… 그냥 오래전부터 가지고 있던 칼입니다.'라고 답했다. 살인을 자백한 마당에 흉기의 출처를 숨길 이유는 없었다. 또한 대부분의 살인자들은 증거를 없애려고 하지, 덕수처럼 살해 도구를 본인의 외투 주머니에 그대로 보관하지 않는다.

'상덕수는 민태구를 칼로 찌르지 않았어.'

덕수가 살인범이 아니라는 추리에 도달한 동금은 이금영의 행적을 찾기 시작했다. 그렇게 그는 금영이 인터넷으로 잭나이프를 구입한 기록을 발견했다. 퍼즐의 조각들이 제대로 맞춰지기 시작한 순간이었다. 칼은 금영이 미리 준비한 흉기였다. 금영을 의심하기 시작한 동금은 호텔 CCTV와 휴대폰 통화 기록을 재검토했다. 민태구가 사망한 추정시간과 상덕수가 호텔에 도착한 시간 사이에는 약 한 시간의 간격이 있었다. 마침내 동금은 그토록 바라던 퍼즐을 완성할 수 있었다.

동금은 범행 현장을 머릿속으로 다시 그렸다. 금영은 잭나이프를 준비해 호텔로 갔다. 그녀는 민태구를 죽였다. 그리고 자신을 짝사랑하던 덕수에게 전화를 걸어 도움을 요청했다. 덕수는 금영을 위해 자신이 범인인 것처럼 현장을 정리하고, 자백까지 했다. 덕수의 집에서 발견된 아기 옷과 신발 또한 누구를 위한 것이었는지 명확해지는 순간이었다.

'상덕수는 끝까지 이금영의 거짓말을 믿고… 그녀와 아이를 지키려 했던 거야.'

* * *

한 달 후 서울구치소 여자수용실 조사실

동금은 금영이 구속된 구치소로 향했다. 거짓말의 그물 속에서 진실을 끄집어내기 위해서였다. 그는 이미 알고 있었다. 금영의 모든 거짓말 뒤에 숨겨진 끔찍한 진실과, 그 거짓말에 희생된 덕수의 순애보와 스토킹 범죄를….

"이금영 씨, 내가 왜 다시 당신을 찾았는지 알고 계시죠?"

순간, 금영이 눈을 동그랗게 떴다가 힘을 뺐다.

"당신이 경찰에 자수하러 온 날, 그 얼굴에 있었던 '멍'은 상덕수의 짓이죠?"

덕수는 금영을 짝사랑했고, 금영은 그런 덕수를 이용했다. 그러나 덕수는 금영에게 일방적으로 이용당하기만 하는 사람이 아니었다. 그는 금영에게 집착하며 폭력적인 성향을 드러냈다. 덕수는 끊임없이 금영의 주변에서 맴돌았고, 스토킹을 서슴지 않았다. 금영이 강남경찰서에 자수한 이유도 덕수의 폭력과 스토킹을 피하기 위한 선택이었다. 그녀는 덕수의 스토킹을 피해 강남경찰서에 자수했고, 덕수는 금영이 석방되는 다음 날까지 강남경찰서 정문에서 그녀를 기다렸다.

동금은 금영이 자수한 날, 강남경찰서 주변 CCTV를 통해 덕수를 피해 달아나는 모습을 확인했다. 석방된 날, 금영은 덕수가 자신을 기다리는 사실을 눈치 챘고, 카페에 들어가 역으로 덕수와의 만남을 피하고자 다른 사람의 전화를 이용했다. 누군가 자신을 미행하고 있다는 거짓말로, 덕수와 만나지 않을 명분을 만든 것이다. 이후, 몰타 호텔에서 민태구를 죽인 금영은 덕수를 불러 이용하기로 마음먹었다.

자신을 스토킹할 정도로 푹 빠져 있는 덕수는, 그녀와 그녀 배 속의 '엘사'를 위해서라면 무엇이든 할 사람이었다.

금영은 그렇게 피해자인 척, 순수한 척, 도움을 청하는 척을 했다. 그리고 그 모든 가면 뒤에는 숨겨진, 계산적인 냉혹함이 있었다. 다른 사람들이 그녀의 아름다움에 현혹되어 진실을 보지 못할 때, 동금만은 그 아름다움 뒤에 숨겨진 가면을 직시했다. 거짓말을 하면서도 눈물을 흘릴 수 있는 것이 금영의 생존 전략이었다. 그녀는 어린 시절부터 자신의 아름다움이 무기가 될 수 있음을 깨달았고, 거짓말이 자신을 보호해 주는 방패라고 믿게 되었다. 민태구의 가슴과 배를 잭나이프로 찌르면서도, 그녀는 이미 다음 단계를 계산하고 있었다.

11월 23일, 금영은 자신의 몫을 챙겨준다는 민태구의 말에 몰타 호텔로 향했다. 그의 문자를 받는 순간, 그녀의 손끝은 떨렸다. 가지 않아야 한다는 이성과 가야만 한다는 본능 사이에서 결국 후자를 택했다. 호텔로 향하는 택시 안에서, 그녀의 손가락은 가방 속 잭나이프의 단단한 손잡이를 어루만졌다. 민태구가 믿을 수 없는 사기꾼이라는 사실은 누구보다 잘 알고 있었다. 그럼에도 자기 몫의 돈을 받아야 한다는 욕망이 그녀를 뻔히 보이는 덫으로 이끌었다.

호텔 문이 열리고 민태구의 모습이 보였을 때, 금영의 가슴속엔 익숙한 공포와 혐오가 뒤섞였다. 태구의 비웃음 같은 미소에 그녀는 본능적으로 몸을 움츠렸다. 방 안으로 들어서자마자, 민태구는 금영의 몸을 거칠게 더듬었다. 그녀는 참았다. 자신의 몫을 받기 위해서는 그가 원하는 대로 해야 했다.

민태구의 손이 금영의 목을 졸랐다. 숨이 막혀오는 공포 속에서, 그녀는 이것이 마지막이라는 직감이 들었다. 민태구의 손이 그녀의 뺨을 때렸다. 얼얼한 고통과 함께 입안에서 피 맛이 느껴졌다. 금영은 비명조차 지를 수 없었다. 그 뒤에 시작된 끔찍한 강간…. 그녀의 의지와 상관없이, 태구는 자신의 욕망을 채워나갔다.

모든 것이 끝나고, 민태구는 곧바로 잠에 빠져들었다. 거친 코골이 소리가 방 안을 채웠다. 금영은 '승일 그룹 법무팀장'이라는 그의 말에 속아 넘어간 자신이 바보처럼 느껴졌다. 실체 없는 회사, 허울뿐인 직함으로 자신을 유혹해 범죄의 길로 이끈 남자…. 그로 인해 자신은 이미 범죄자가 되어 처벌을 기다리고 있었다. 그 순간, 분노가 파도처럼 밀려왔다. 가방에서 잭나이프를 꺼내들 때, 그녀의 손은 더 이상 떨리지 않았다. 눈앞의 남자는 그녀의 인생을 파괴한 악마였다. 금영은 민태구의 가슴과 배를 향해 칼을 내리꽂았다.

첫 번째 찔림과 함께 뿜어져 나온 붉은 피. 그것은 혜수가 그동안 삼켜온 모든 굴욕과 고통의 상징처럼 느껴졌다. 두 번째, 세 번째… 칼이 내려갈 때마다 그녀의 내면에 쌓였던 분노가 함께 흘러나왔다. 태구가 비명을 지르려 하자, 금영은 재빨리 작은 수건을 그의 입에 물렸다. 그의 몸부림이 점점 약해질 때까지, 그녀의 칼질은 멈추지 않았다. 민태구가 평소 내뱉던 모욕적인 말들이 그녀의 귓가에 맴돌았다. 이제 그 말들은 더 이상 그녀를 지배할 수 없었다. 그녀는 분노로 이성을 잃고 계속해서 칼을 꽂아 넣었다. 그것은 단순한 살인이 아니라, 그녀를 옭아매던 모든 굴레를 파괴하는 하나의 의식과도 같았다. 금영은 민태구의 성기를 향해 칼을 찍었다. 그것은 그녀를 지배하고 굴복시키던 권력의 상징이었다. 그것을 파괴함으로써 그녀는 자신에 대한 그의 지배력을 완전히 끊어내고 싶었다.

피로 흥건해진 침대 위에서, 금영은 자신이 무엇을 했는지 비로소 깨달았다. 하지만 후회는 없었다. 오히려 오랜 시간 동안 느끼지 못했던 해방감이 그녀를 감쌌다. 그것은 마치 어둠 속에서 처음 만난 빛과도 같았다. 그 이후, 금영은 민태구의 전화로 덕수를 불러냈다.

"이금영 씨, 아기 갖고는 거짓말하지 맙시다."

동금의 마지막 질문에 금영은 자신의 불룩한 배에 양손을 얹으며 따뜻한 미소를 지었다.

"우리 엘사…."

동금은 그 미소 뒤에 숨겨진 차가운 계산을 꿰뚫어 보았다. 상덕수를 사랑의 노예로 만들고, 민태구를 죽이고…. 그 모든 것은 이금영이라는 하나의 거대한 거짓말 속에서 완벽하게 계산된 연출이었다. 그녀에게는 자신의 배 속에 있는 아이마저도 거짓말의 일부가 되어 있었다. 거짓말은 그녀의 정체성이 되었고, 진실은 그저 불편한 방해물일 뿐이었다. 아마도 그녀에게는 이제 거짓과 진실의 경계가 흐릿해져 버렸을지도 모른다고, 동금은 생각했다.

이후, 상덕수는 8년을 선고받았다. 그는 법정에서도 오열하며 끝까지 민태구를 죽인 것은 자신이라고 주장했다. 반면에 이금영은 12년을 선고받았다. 민태구의 강간과 상덕수의 스토킹 및 폭력을 감안한 형량이었다. 하지만 동금은 알고 있었다. 한혜수의 진짜 형벌은, 스스로가 만든 거짓말의 감옥 속에 영원히 갇혀 사는 것임을….

25
에필로그

5월 중순 서울구치소

교도관의 안내에 따라 한 무리의 수형자들이 줄을 맞춰 변호인 접견실로 이동하고 있었다. 그때, 저 멀리 의무실 옆 복도에서 키가 큰 젊은 여자 수형자 한 명이 아기를 품에 안고 여자교도관과 함께 걸어갔다. 구치소에서 남녀 수형자는 건물을 따로 쓰기에, 이렇게 특별한 경우가 아니면 눈으로도 볼 수 없도록 설계되어 있다. 그때 수형자 무리에서 한 남자가 가슴을 부여잡으며 복도 바닥에 픽- 하고 쓰러졌다.

"야! 왜 그래? 괜찮아?"

교도관이 놀라 물었지만 그 목소리는 남자의 귀에 들리지 않았다. 교도관의 부축을 받아 의무실로 가는 동안, 남자의 심장은 미친 듯이 뛰고 있었다. 그의 표정은 고통스러운 듯했지만, 가슴은 기대감으로 가득했다. 범죄자의 표식을 달고 있는 수감복 아래, 그는 아이를 만나기 위해 온 아버지였다. 그동안 말로만 듣던 아이…. 자신의 피와 살을 나눈 작은 생명체를 오늘 처음으로 만나게 될 것이다.

남자는 의도한 대로 의무실에 도착했다. 문이 열리고, 그녀와 아기가 보였다. 금영이 품에 안고 있는 작은 아기…. 그의 딸, 엘사가….

금영의 눈이 남자와 마주쳤다. 놀란 눈빛이었다. 하지만 곧 그녀도 알아차렸다. 이 모든 것이 계획된 연극이라는 사실을. 금영은 살며시 미소를 지었다. 남자에게는 그 작은 사인만으로도 충분했다. 그는 두 눈을 아기에게 옮겼다. 작은 얼굴. 아직 세상의 냄새가 묻지 않은 순수한 피부…. 자신과 닮은 눈동자…. 남자는 그 순간, 시간이 멈춘 것 같았다. 구치소의 차가운 벽도, 냄새도, 소리도 모두 사라지고 오직 그 작은 생명체만이 세상에 존재했다.

'내 딸.'

말로는 표현할 수 없는 감정이 그의 가슴을 채웠다. 평생 살며 한 번도 느껴보지 못한 감정이, 보호하고 사랑하고 싶은 마음이 느껴졌다. 그리고 동시에 찾아온 깊은 슬픔. 아이의 곁에 있어주지 못한다는, 앞으로도 오랫동안 함께하지 못할 거라는 현실의 무게가 그를 짓눌렀다. 더 가까이서 보고 싶다. 만약 가능하다면, 한 번이라도 저 작은 손을 잡아보고 싶다.

"야, 너 뭐 하는 거야! 빨리 안 들어가?"

교도관의 거친 목소리가 그의 상상을 산산이 부쉈다. 시간은 계속 흘러가고 있었다. 잠깐의 만남, 순간의 교차만이 허락된 현실…. 의무실의 분리된 공간으로 들어가며, 그는 이것이 마지막 순간일지도 모름을 깨달았다. 모든 것을 쏟아내야 했다. 그는 평생 간직할 이 짧은 만남의 기억 속에, 자신의 목소리가 기록되기를 바랐다.

"…! 사랑해…, 사랑해! 엘사야!!"

남자의 외침은 절박했다. 금영에게, 그리고 엘사에게 전하는 사랑의 메시지…. 그는 아직 아무것도 모르는 작은 생명에게 아빠가 여기 있다고, 사랑한다고 말하고 싶었다. 뜨거운 눈물이 그의 뺨을 타고 흘러내렸다. 감정이라는 것을 오랫동안 잊고 살았던 그였지만, 이 순간만큼은 자신의 감정을 숨길 수 없었다. 슬픔과 기쁨, 사랑과 후회가 뒤섞인 복잡한 감정이 눈물이라는 형체로 터져 나오고 있었다. 구치소의 차가운 현실 속에서, 그렇게 도영은 아버지가 되었다.

- 끝